미추홀 — 제물포 — 인천

미추홀―제물포―인천 2

복거일 장편소설

뿔

스승 김현 교수 (1942~1990) 께

彌鄒忽―濟物浦―仁川

차례 —— 2권

마흔두째 이야기	안골 예배당	13
마흔셋째 이야기	경인선	18
마흔넷째 이야기	하와이 이민	28
마흔다섯째 이야기	러일전쟁	35
마흔여섯째 이야기	제2차 한일협약	57
마흔일곱째 이야기	한일병합조약	67
마흔여덟째 이야기	광제호	73
마흔아홉째 이야기	인천항 갑문 선거	77
쉰째 이야기	3·1 독립운동	81
쉰한째 이야기	대한민국 임시정부	94
쉰두째 이야기	한용단	101
쉰셋째 이야기	진주만 기습 작전	105
쉰넷째 이야기	가라후토 탄광	112

쉰다섯째 이야기	일본의 항복	118
쉰여섯째 이야기	러시아군의 북한 진주	137
쉰일곱째 이야기	미군의 남한 진주	145
쉰여덟째 이야기	임시정부의 귀국	154
쉰아홉째 이야기	신의주학생사건	158
예순째 이야기	모스크바 삼상회의	162
예순한째 이야기	월남민들	169
예순두째 이야기	미소공동위원회	172
예순셋째 이야기	국제연합의 선거 결의	175
예순넷째 이야기	5·10 총선거	186
예순다섯째 이야기	대한민국 수립	190
예순여섯째 이야기	조선민주주의인민공화국 수립	197
예순일곱째 이야기	농지개혁	200

예순여덟째 이야기	중국의 국공내전	**205**
예순아홉째 이야기	애치슨 선	**221**
일흔째 이야기	북한군의 남침	**229**
일흔한째 이야기	미국의 참전	**237**
일흔두째 이야기	한강 방어선	**252**
일흔셋째 이야기	낙동강 전선	**257**
일흔넷째 이야기	팔미도 등대	**267**
일흔다섯째 이야기	인천 상륙작전	**275**
일흔여섯째 이야기	서울 수복	**284**
일흔일곱째 이야기	38선 돌파	**288**
일흔여덟째 이야기	장진호 전투	**295**
일흔아홉째 이야기	흥남 철수 작전	**308**
여든째 이야기	인천 학도의용대	**314**

여든한째 이야기	지평리 전투	326
여든두째 이야기	용문산 전투	336
여든셋째 이야기	반공포로 석방	345
여든넷째 이야기	한미상호방위조약	358
여든다섯째 이야기	조봉암 사건	366
여든여섯째 이야기	장면 부통령	379
여든일곱째 이야기	한일 수교	383
여든여덟째 이야기	함보른 탄광	393
여든아홉째 이야기	대사 가나야마 마사히데	398

아흔째 이야기	고속도로	402
아흔한째 이야기	1988 서울 올림픽	411
아흔두째 이야기	사할린 교포 모국 방문	416
아흔셋째 이야기	북한의 세습 체제	422
아흔넷째 이야기	2014 인천 아시아경기대회	427
아흔다섯째 이야기	황해의 귀환	434
	작가 후기	448

마흔두째 이야기

안골 예배당(1888년)

●

　이제 바람에 봄기운이 어렸다. 가가 앞에 서서, 월례는 한가로운 마음으로 바다를 바라보았다. 큰일을 치르느라, 몸이 노곤했다. 그래서 그런지, 안개 낀 바다도 노곤해 보였다. 어제 삼우제를 지내고 다시 가가로 나온 터였다.
　윤재 할머니는 "윤재 장가드는 것을 보고 죽어야 한난다"라는 말을 입에 달고 살았었다. 그러나 그녀는 일흔한 살까지 살아서 윤재가 장가들고 자식을 셋이나 얻은 것을 보고 이 세상을 하직했다. "내 제상에 믈 올릴 녀석"이라면서 대슈를 그리 귀여워했다. 그리고 며느리에게 고백했다, "나는 더 바랄 것이 없다. 어멈아, 네가 고맙다."
　"할마님." 가가 밖에 서서 기다리는 할머니를 보자, 대슈가 반갑게 부르면서 비탈길을 달려 올라왔다.
　"어셔 와라, 우리 대슈." 그녀는 팔을 벌렸다.
　그녀 손주는 안골 예배당에서 운영하는 영화학당(永化學堂)에 다니고 있었다. 안골 예배당에서 아이들을 가르친다는 얘기를 통진댁에게서 듣자, 대슈를 거기 다니게 한 것이었다. 처음엔 대슈 엄마가 아들을 학당에 보내는 것을 꺼렸다. 안골 예배당 목사에 관해 좋지 않은 얘기들이 돈다는 것이었다. 월례는 그런 소문이 허튼소리라는 것을 찬찬히 설명해주면서, 며느리를 안심시켰다.

이제는 누구나 글을 배울 수 있었다. 예전처럼 양반들만 글을 배우는 세상이 아니었다. 그런 세상에서 글을 배우지 않는 것처럼 어리석은 일은 없었다. 상민이라도 글을 읽고 쓸 줄 알아야 사람 노릇을 하는 세상이었다. 장사를 하면서, 그녀는 그 점을 뼈저리게 배웠다. 글을 알아야, 외상 장부라도 쓸 수 있었다.

일곱 살 어린애에겐 좀 먼 길이었지만, 그녀는 손주를 달래서 학당으로 보냈다. 그리고 학당이 파하면, 떡 가가로 오도록 했다. 녀석은 떡을 먹는 맛으로 학당에 열심히 다녔다. 날씨가 궂으면, 그녀가 녀석을 가가에서 데리고 잤다. 손주가 글을 깨치는 것이 대견하고 흐뭇해서, 녀석이 학당에서 배운 것들을 함께 복습했다. 그러다 보니, 그녀도 성경에 관해서 좀 알게 되었다.

대슈가 학당에 나가기 시작하고 얼마 뒤, 그녀는 떡을 이고 학당을 찾았다. 예배당을 운영하는 목사 부부가 무척 고마워했다. 대슈는 좀 수줍어 뒤쪽에 서 있었지만, 그날 학당에서 돌아와선 선생님들과 학생들이 자기에게 관심을 보이더라고 좋아했다. 그 뒤로 그녀는 달마다 떡을 이고 학당을 찾았다. 학생이라야 열 남짓했다.

목사 부부는 그녀가 기독교를 믿기를 기대하는 눈치였다. 그러나 그녀는 기독교 신도가 될 마음은 없었다. 기독교에 대해 무슨 반감이 있는 것은 아니었다. 손주를 예배당에서 하는 학당에 보낼 만큼 호의적이었다. 다만 병인년과 신미년의 기억이 아직 너무 생생했다. 특히 척화비를 망부석 삼아 허전함과 그리움을 달랜 일이 무슨 둑처럼 서서 그녀 마음이 기독교로 흐르는 것을 막았다. 그녀는 그것이 자신의 팔자라고 여겼다.

안골 예배당은 1885년 7월에 미국인 감리교 선교사 헨리 아펜젤러 (Henry Appenzeller)가 세웠다. 그는 갓 결혼한 아내와 함께 조선에 나와서 포교했다. 일본 여객선에서 내려 한성으로 올라가기 전까지 달포 동안, 그는 제물포에서 선교를 했고, 그것이 안골 예배당의 씨앗이 되었다.

아펜젤러는 교육에 마음을 쏟아서, 한성에 배재학당(培材學堂)을 세워 조선의 발전에 크게 공헌했다. 이승만(李承晩)과 주시경(周時經)은 그가 손수 길러낸 제자들이었다. 1902년에 그는 성경 번역을 위한 모임에 참석하려고 목포로 떠났다. 불행하게도, 그의 배가 다른 배와 충돌했는데, 그는 일행인 여학생을 구하다가 익사했다. 그때 44세였다. 양화진의 외국인 묘지에 그를 기리는 기념묘(cenotaph)가 있다.

선교 잡지 『모든 땅의 복음(Gospel in All Lands)』에 기고한 글에서, 그는 자신의 눈에 들어온 조선 사회의 모습을 기술했다. 흥미로운 대목은 조선 남자들의 게으름에 관한 기록이다, "경작하는 땅은 매우 좋은 듯하지만, 사내들의 무관심과 철저한 게으름은 이 나라의 가난과 비참의 가장 풍요로운 원천이다. 굶주림의 시기엔, 독신 남성들은, 그들을 먹여 살릴 아내들이 없어서, 많이 죽는다." 이 얘기는 당시 부산항의 관세 징수관인 미국인으로부터 들은 듯하다.

1885년 11월에 태어난 그의 첫딸 앨리스 아펜젤러(Alice Appenzeller)는 조선에서 태어난 첫 서양 아이였다. 그녀는 조선에서 어린 시절을 보내고 미국에서 교육을 받았다. 학업을 마치자, 그녀는 조선으로 돌아와 이화학당(梨花學堂) 당장을 지냈다. 여성에 대한 차별이 심한 사회에서 그녀는 여성의 지위를 높이기 위해 애썼다.

미국과 일본 사이의 관계가 악화되자, 1940년에 그녀는 조선을 떠났다. 조선이 해방되자, 그녀는 1946년에 돌아와서 이화여자대학교의 명예 총장을 지냈다. 1950년 2월에 강의를 하다가, 뇌일혈로 죽었다. 그녀의 갑작스러운 죽음에 모두 애통해했고, 그녀 아버지의 제자인 이승만 대통령이 그녀의 삶을 기리는 조사를 발표했다.

자기가 생장한 나라가 독립을 회복해서 날로 진전되는 것을 기뻐하며 한국을 자기 나라로 알고 언제던지 이 땅에 묻치기를 원하던 중 지금 갑작이 세상을 떠나게 된 것은 그 원대로 이 땅에 묻치게는 되었스나 우리 산 사람으로서 우리 한인과 그 부녀(父女)의 관계를 생각하면 실로 슬픔을 이기기 어려운 것이다.

1888년에 한성에서 활동하던 전도인 노병일이 제물포에 내려와서 전도하고 신도들이 생기면서, 비로소 안골 예배당은 실체를 갖추었다. 그들은 1890년에 안골이라 불리던 내리(內里)에 여섯 칸 초가를 얻어 집회를 시작했다. 이때부터 예배당은 내리교회라 불리게 되었다.

1892년엔 조지 존스(George Jones)[조선 이름은 조원시(趙元時)] 선교사가 인천 지역을 관장하게 되었다. 그의 부인 마가렛 벵겔 존스(Margaret Bengel Jones) 선교사는 자기 집에 영화여학당(Chemulpo Girls Day School)을 열었다. 이듬해엔 조지 존스 선교사가 영화남학당(Chemulpo Boys Day School)을 열었다. 영화학당은 줄곧 제물포의 중요한 초등교육기관으로 기능했다.

1899년에 안정수(安鼎洙)가 내리교회에 합류했다. 그는 충청도 보령(保寧) 출신으로 한성영어학교(漢城英語學校)를 졸업했다. 이어 제물포 해관에 근무했는데, 존스 목사로부터 세례를 받았다. 그는 영화학당의 야간부에서 한글, 한문과 영어를 가르쳤다. 지도력이 뛰어나서, 그는 이내 내리교회의 중심인물이 되었다.

  1901년엔 우병길이 합류했다. 그는 한성사범학교(漢城師範學校)를 졸업했는데 영화학당에서 가르쳤다. 안정수와 우병길은 협력해서 아직 서당과 비슷했던 영화학당을 근대식 학교로 발전시켰다. [우병길은 1904년에 윤병구(尹炳求)로 개명했다. 그리고 하와이로 이민한 뒤 신학을 공부해서 목사가 되었다.]

마흔셋째 이야기

경인선(1899년)

●

"살기가 워낙 어려우니, 버려지는 아해달히 그리 많다 하대유," 등에 업은 애의 포대기 끈을 다시 매면서, 통진댁이 말했다.

"이제 보릿고개인데…." 월례가 한숨을 쉬었다.

"녜에. 일본 사람 조계지에 많이 버려진대유."

"그러한가?" 그녀는 잠시 생각했다. "그러하면 그 아해달한 뉘 거두나? 나라해셔 거두나?"

"나라해셔 거둔다난 니야기는 못 들었네유. 보육원이라는 데셔 거둔다는 니야기는 들었어유."

"보육원?"

"녜에. 성당애셔 하는 므슴… 집인데, 부모 없는 아해달할 거둔다 하대유."

"그런 데가 다 있나?" 월례는 고개를 끄덕였다. 새로운 것들이 잇달아 생기는 판이라, 그런 데가 생길 법도 했다. 성당에서 한다면, 서양 사람들이 하는 일일 터였다.

통진댁이 말한 보육원은 프랑스 선교사들이 세운 논골 성당(畓洞 聖堂)에서 운영하는 '해성(海星) 보육원'이었다. '해성'은 성모 마리아의 호칭들 가운데 하나인 'Stella Maris(Star of the Sea)'에서 나왔다. 성모 마리아가 항해자들을 보호하고 인도한다는 믿음이 있어서, 항구들에 세워진 성당들엔 이 이름이 많이 쓰였다. 1894년에 프랑스에서 조선으로 파견된 수녀 셋이 거리를 떠도는 어린아이들을 거두기 시작했는데, 이것이 조선에서 처음 설립된 보육원이었다.

서양 사람들이 들어오는 관문이었으므로, 많은 문물들이 제물포에서 처음 시작되었다. 1884년엔 일본 사업가 호리 리키타로(掘力太郞)가 '다이부쓰(大佛) 호테루'를 지었다. 다이부쓰는 거대한 불상을 뜻하는 말인데, 호리가 뚱뚱해서 얻은 별명이라고 전해온다. 이 호텔은 일본식 2층 목조 건물이었다. 1885년에 제물포에 닿은 헨리 아펜젤러는 이 호텔을 칭찬했다, "호텔의 방들은 안락하게 컸지만, 좀 더 따뜻했으면 좋았을 것이다. 식탁에 앉자, 우리는 잘 만들어지고 맛있는 외국 음식을 먹었다." 아펜젤러가 좀 춥다고 한 것은 아마도 그가 배에서 내려 거룻배를 타고 상륙할 적에 비를 맞았던 때문일 것이다.

당시 제물포와 한성을 연결한 것은 육로는 좁은 길을 가는 우마차였고 수로는 한강을 이용한 연락선이었다. 그래서 외국인들은 들어올 때나 나갈 때나 제물포에서 하루를 묵어야 했다. 당연히, 다이부쓰 호테루는 장사가 잘되었다. 전망이 밝아지자, 호리는 1887년에 일본식 건물을 허물고 서양식 3층 건물을 지었다. 이듬해 완공된 이 호텔은 조선의 첫 서양식 호텔이니, 서울 정동에 세워져 명성이 높았던 손탁 호텔(Sontag Hotel)보다 4년 앞섰다. 그러나 1899년에 경인선이 노량진까지 개통되자, 다이부쓰 호테루는 어려움을 겪게 되어 사무실로 임대되었다.

제물포에 여러 나라들의 영사관들과 회사들이 들어서고 외국인들이 점점 늘어나자, 공원의 필요성이 제기되었다. 1888년에 러시아 측량 기사의 설계로 응봉산(鷹峯山) 일대에 '각국공원(各國公園)'이 들어섰다.

제물포 서북쪽에 일본 조계지가 형성되고 많은 일본인들이 살게 되면서, 이들을 위한 문화 시설들이 생겨났다. 이런 시설들은 조선 사람들에게 영감을 주어서, 그것들을 본뜬 시설들이 생겨났다. 19세기 말엽엔 극장 둘이 생겼는데, 하나는 일본인들을 관객으로 삼았고, 다른 하나는 조선인 관객들을 위해 공연했다. 후자는 제물포에서 사업으로 성공한 정치국(丁致國)이 청일전쟁 시기에 세운 협률사(協律舍)였다. 서울에 처음 세워진 극장인 협률사(協律社)보다 4년 앞섰다. 1912년에 신파극(新派劇)을 도입한 임성구(林聖九)의 혁신단(革新團)이 이곳에서 공연한 것을 계기로, 극장 이름이 축항사(築港社)로 바뀌었다.

1903년엔 제물포 남서쪽 팔미도(八尾島)에 첫 등대가 섰다. 제물포 인근 해역은 수심이 얕고 작은 섬들이 많은 데다 간만의 차이가 아주 커서, 드나드는 선박들은 늘 좌초의 위험을 맞았다. 팔미도 등대는 이런 위험을 크게 줄여주었다. 비록 외국 공관들의 압력을 받아 서양 기술자들의 힘을 빌려 세웠지만, 이 등대는 뒤늦게 개항한 조선이 국제 질서에 적극적으로 적응하기 시작했음을 상징하는 성취였다.

1904년엔 응봉산에 조선통감부 인천관측소가 들어섰다. 이 관측소는 조선 전국 13개 지역의 측후소들을 관장했고, 일본의 영향이 미치는 중국의 측후소들까지 관장했다. 측우기(測雨器)로 상징되는 조선 전래의 기상 관측을 넘어 근대적 기상 관측이 시작된 것이었다.

"안골 예배당 목사님끠셔 그러셨대유, '우리 영화학당 학생달한 아니 늘어나는데, 해성 보육원 원아달한 많이 늘어나는구나' 하구유."

"그리 말쌈하셨나?" 월례는 가볍게 탄식했다. "가난 구제는 나라두 못한다는 녯말이…."

저만큼 모퉁이를 돌아서 모녀가 올라왔다. 젊은 아낙이었는데, 보퉁이를 머리에 이고 네댓 살 되어 보이는 계집아이의 손을 잡고 있었다. 한눈에도 지친 기색이 역력했다.

모녀의 눈길이 매대에 놓인 떡으로 끌렸다. 아낙은 억지로 눈길을 돌렸지만, 계집아이의 눈길은 떡에서 떠나지 못했다. 가까워지니, 모녀의 행색이 더욱 초라하고 낯빛이 핼쑥한 것이 드러났다.

"아가, 이리 오나라." 월례는 충동적으로 그 아이에게 말하고 손짓을 했다.

아이가 멈칫하더니 제 엄마를 올려다보았다. 아낙은 월례의 얼굴을 살폈다.

"아가, 여기 떡 하나 먹어라." 그녀는 매대를 가리켰다.

용기를 얻은 그 아이가 제 엄마 허락을 기다리지도 않고 매대로 다가왔다.

월례는 기주떡 하나를 집어 아이에게 건넸다. "아가, 이거 기주떡이다."

아이가 두 손으로 떡을 받아 들었다. 손이 꼬질꼬질했다.

"감샤하옵니다." 아낙이 부끄러워하는 웃음을 얼굴에 올리고 인사를 차렸다.

"아해 엄마도 떡 하나 드셔유." 월례는 아낙에게 권하고 매대의 인절미 접시 하나를 앞으로 당겨놓았다.

"저는 다외얐삽니다." 아낙이 급히 손을 저었다.

"와서 하나 들어봐요. 이 인절미 밥보다 나아유," 통진댁이 권했다.

"감샤하옵니다." 아낙이 조심스럽게 인절미 한 조각을 집어 들었다.

월례는 안으로 들어가서 물 주전자와 사발을 들고 나왔다. "아가, 여기 믈 있다. 믈 먹고 떡은 찬찬히 먹어라."

녀석이 열심히 먹으면서 고개를 끄덕였다.

"이름이 므슥이고?"

"길례예유."

"길례?"

"녜에."

"나는 월례다."

문득 웃음판이 되면서, 분위기가 밝아졌다.

위쪽 길에서 나뭇단을 얹은 지게를 지고 박씨가 내려왔다. 떡집에선 밥을 짓느라 장작을 많이 썼다. "어서 오셔유."

"안녕하셨어유?" 박씨가 인사하고서 주막과 떡집 사이의 안마당으로 들어갔다. 월례는 나뭇짐을 부리는 것을 살피고서 삯을 치렀다. 박씨가 돌아가자, 그녀는 안에서 남양댁과 덕진댁이 떡메를 치는 것을 살폈다. 며칠 전부터 덕진댁이 팔이 아파서, 팔을 쓰는 일을 제대로 하지 못하고 있었다.

그녀가 다시 밖으로 나왔을 때, 모녀는 각기 인절미 한 판과 기주떡 한 판을 다 먹은 터였다. 아낙이 연신 감사하다고 인사했다.

통진댁이 그녀에게 모녀의 사정을 들려주었다. 그들은 소래(蘇來)에 산다고 했다. 여러 해 전부터 농사가 바쁘지 않으면, 아이 아버지가 제물포로 와서 부두에서 일했다. 얼마 전에 집에 다녀갔는데, 며칠 전에 사고가 나서 아이 아버지가 죽었다는 기별이 왔다. 그래서 찾아왔더니, 이미 공동묘지에 매장했다고 했다. 그래서 그냥 돌아가는 길이라는 얘기였다.

"살아갈 길이 막막하대유," 통진댁이 결론 삼아 말했다. "가진 땅안 없구. 이제 소작하기두 힘들구."

월례는 무겁게 고개를 끄덕였다. "그러나저러나, 소래까장 갈려면…." 그녀는 해를 살폈다. 얼마 안 있어, 해가 질 터였다.

"우리 집 뒷방에서 하룻밤 묵구 가두 다외얄 샌듸…," 통진댁이 말했다. 주막집 안주인답게 그녀는 오지랖이 넓었다.

"미안해서 어드리 하나유?" 아낙이 두 손을 잡고 안타까운 낯빛을 지었다.

통진댁이 손을 저었다. "므슴… 방이 닳는 것두 아니구." 그녀가 월례를 쳐다보았다. "대슈 할마님."

"응?"

"요사이 철도 공사하는 대서 떡이 많이 팔리나유?"

"점 팔리는듸…."

"그러하면," 그녀가 월례의 얼굴을 살폈다. "길례 어마니도 철도 공사판애셔 떡을 팔아두 다윌 닷한듸…."

그렇게 해서, 길례 어머니는 철도 공사판에서 떡을 팔게 되었다. 자연스럽게, 길례는 월례와 같이 지내게 되었고 대슈와 소꿉동무가 되었다.

조선에서 맨 먼저 놓인 철도는 제물포와 한성을 잇는 경인선(京仁線)이었다. 수도와 그 외항을 연결하는 것은 다른 노선들보다 경제적 타당성이 월등하기 마련이다. 그래서 일본이 1870년대에 철도 건설에 나섰을 때, 맨 먼저 놓인 노선은 도쿄와 그 외항인 요코하마(橫濱)를 연결하는 철도였다.

1896년에 미국 사업가 제임스 모스(James Morse)는 조선 정부로부터 경인선 부설권을 얻었다. 원래는 일본이 부설권을 얻었으나, 을미사변으로 일본에 대한 반감이 커져서, 모스가 차지하게 된 것이었다. 그는 1897년 3월에 기공식을 하고 철도 부설 작업을 시작했다. 그러나 미국에서 자본을 유치하는 데 실패하자, 일본 회사에 부설권을 매각했다.

모스로부터 부설권을 사들인 경인철도합자회사(京仁鐵道合資會社)는 1899년 4월에 다시 기공식을 갖고 공사를 재개했다. 마침내 1899년 9월에 제물포와 노량진 사이 구간이 개통되었다. 인천역에서 축현역, 우각동역, 부평역, 소사역, 오류역을 거쳐 노량진역에 이르는 이 구간은 33.1km였는데, 1시간 30분가량 걸렸다.

9월 18일 오전 9시에 노량진을 떠난 첫 열차에 탄 《독립신문》 기자는 "나는 새도 미처 따르지 못할" 만큼 빨리 달렸다고 썼다. 경인선 열차엔 당시 조선 사회의 모습이 반영되어, 1등 객실은 외국인들이, 2등 객실은 내국인 남성들이, 3등 객실은 내국인 여성들이 탈 수 있었다.

이어 1900년 7월에 한강 철교가 완성되어, 경인선 전 구간이 개통되었다. 서울의 종점은 정동의 서대문역이었다. [경부선이 완공되면서, 남대문역이 서울의 중심 철도역이 되었다.]

철도는 모든 사회에서 근대화의 중심적 기술이었다. 철도는 교통과 통신을 혁명적으로 발전시켜 사회의 생산성을 높이고 응집력을 강화했다. 자연히, 경인선의 개통은 미추홀의 성격을 다시 바꾸어놓았다. 개항이 한가한 나루 제물포를 국제항 제물포로 만들었던 것처럼, 경인선 개통은 제물포가 수도 서울의 온전한 외항 인천으로 발전하는 계기가 되었다. 19세기가 끝나고 20세기가 시작되는 바로 그 시점에 미추홀의 인천 시대가 열린 것이었다.

인천이 눈부시게 발전한 것은 물론 인천이 서울의 외항이라는 사정 덕분이었다. 하지만 서울이 근대적 도시로 빠르게 성장한 데엔 인천이라는 좋은 외항의 공헌도 컸다. 교통 수단이 원시적이었던 19세기 말엽과 20세기 초엽에 인천은 수도 서울이 외부에 영향을 미치기 좋은 통로였다. 국제적으로, 조선 정부는 인천에 들르는 외국 기선들을 통해서 다른 정부들과 교섭했다. 특히 일본에서 조선을 거쳐 중국으로 가는 정기 여객선들을 운영한 일본 해운회사들의 역할이 컸다. 국내적으로, 내륙의 도시들도 육로보다 인천을 거치는 해로가 빠른 경우들이 흔했다. 예컨대, 충청도의 중심인 공주는 내륙 도시였지만, 금강을 이용하면, 인천에서 단 하루 만에 공주에 이를 수 있었다.

개항으로 자라난 터라서, 인천은 무엇보다도 상업적으로 중요했다. 인천에 닿은 박래품(舶來品)은 주로 서울로 이송되어 소비되었다. 그러나 인천에서 해로로 판매된 물품들도 많았다. 개성, 해주, 진남포, 평양과 같은 도시들은 작은 일본 선박들에 의해 박래품들을 공급받았다. 이런 상업 활동을 지원하기 위해서, 이 시기에 일본 제일국립은행(第一國立銀行)을 비롯한 7개 은행이 인천에서 영업했다.

근대화 과정에서 인천과 서울 사이의 관계를 조명해주는 흥미로운 정보는 인천이 공업적으로도 융성했다는 사실이다. 1900년 1월에 안골 예배당의 조지 존스 목사가 쓴 「새 세기(The New Century)」라는 글에 따르면, 1890년대 말엽에 조선 정부는 서울에서 새로운 공장들을 출범시키려 애썼다. 대표적인 것들은 성냥 공장, 유리 공장 및 제지 공장이었다. 그러나 이 계획은 실패했다고 존스 목사는 진단했다. 가장 큰 문제는 공장을 지을 터가 부족하다는 사정이었다. 그래서 공장을 지을 조건이 좋은 인천에선 제조업이 자라날 수 있다고 말했다. 그의 예측은 놀랄 만큼 들어맞았으니, 인천에선 민간 자본으로 여러 공장들이 성공적으로 세워졌다.

1900년엔 외국인들의 투자로 인천에 성냥 공장이 세워졌다. 이 공장은 값싼 일본 성냥에 밀려 문을 닫았다. 그러나 1917년엔 조선인 촌주식회사(朝鮮燐寸株式會社)가 설립되어 번창했다. 이 회사의 강점은 신의주에서 압록강 유역의 삼림 자원을 얻어 인천으로 쉽게 수송할 수 있었다는 사정이었다.

1901년엔 동양연초회사(東洋煙草會社)라는 담배 공장이 세워졌다. 그리스 사업가가 세웠는데, 외국 담배 제품들의 범람에도 꿋꿋이 영업을 하다가, 조선 총독부가 담배 사업을 전매하게 되어 폐업했다.

1905년엔 일본 사업가가 사이다를 제조하는 인천탄산수제조소(仁川炭酸水製造所)를 세웠다. 이 새로운 음료수는 인기가 높아서 크게 번창했다.

같은 시기에 작은 유리 공장이 들어섰다. 1928년엔 '인천유리제조소'가 설립되어 중국으로 수출까지 했다. 유리의 원료인 규사가 풍부한 덕분에, 인천은 유리 공업의 입지로 적합했다. 그래서 1957년엔 이승만 정권의 경제적 성취들 가운데 하나인 '판유리 공장'이 인천에 설립되었다.

위에서 살핀 바처럼, 인천은 서울보다 여러모로 공업 지대로서의 입지가 좋아서 제조업이 번창했다. 경부선이 놓이자, 경인선과 만나는 영등포가 새 공장 지대로 자라났다. 마침내 20세기 전반엔 인천에서 영등포에 이르는 지역이 '경인공업지대'로 발전했다. 이런 추세는 해방 뒤에도 이어져 대한민국의 경제 발전에 크게 기여했다.

마흔넷째 이야기

하와이 이민

•

 "소래댁, 우리 떡 소쿠리," 통진댁이 길례 어머니에게 말했다.
 "네에." 소래댁이 부리나케 가가 안으로 들어가더니 떡 소쿠리 하나를 들고 나왔다.
 "제가 일게유." 통진댁 맏딸 금분이가 떡 소쿠리를 받아 머리에 이었다.
 소래댁은 다시 들어가더니, 작은 떡 보퉁이를 들고 나왔다.
 "그러하면, 아자마님, 저는 가보겠습니다." 원보가 다가와서 월례에게 인사했다.
 "그래, 잘 가거라. 가셔 성공하거라," 문득 탁해진 목소리로 그녀가 말했다. "그리하고 이것은," 그녀는 떡 보퉁이를 내밀었다. "내가… 기주떡이다. 네가 좋아하는."
 "아자마님, 고맙습니다." 떡 보퉁이를 받아 드는 원보의 얼굴이 문득 그윽해졌다. "저 돌아올 때까장, 아자마님 건강하게 계셔유."
 "그러하마. 원보야, 꼬옥 성공하야 돌아오거라."
 원보는 오늘 기선을 타고 미국으로 떠난다고 했다. 안골 예배당 목사가 주선해서 미국으로 농사지으러 간다고 했다. 모두 100명가량 되는데, 예배당 다니는 사람들이 반도 넘는다는 얘기였다.

길을 내려가는 사람들을 바라보면서, 소래댁이 조심스럽게 물었다. "미국이 아조 멀다면서유?"

"그러하다 하대. 일본보다 훨씬 멀다구. 이제 가면, 다시 돌아오기가 쉽지 아니할 샌듸…," 시린 마음으로 그녀는 조용히 한숨을 쉬었다. "내가 이 가가 내기 전에 원보가 태어났는듸…."

당시 하와이는 미국의 영토(Territory of Hawaii)여서 아직 주(State)가 아니었다. 하와이의 가장 중요한 산업은 사탕수수 재배였는데, 미국 선교사들의 후예가 장악한 5개 회사가 이 산업을 장악하고 있었다. 실은 이들이 경제만이 아니라 하와이의 정치도 장악하고 있었다.

사탕수수 재배는 노동력이 많이 드는 일이었다. 1850년대부터 사탕수수 재배가 번창하자, 사탕수수 재배 회사들은 동양에서 노동자들을 받아들이기 시작했다. 처음엔 중국인들을 받아들여서, 5만 명가량 되는 중국인 노동자들이 들어왔다. 그러나 저임금 중국 노동자들에 대한 미국 노동자들의 반감이 커져서 1882년에 중국인 입국거부법(Chinese Exclusion Act)이 제정되었고, 중국 노동자들의 입국이 막혔다. 그래서 1870년대부터는 일본인 노동자들이 많이 들어왔다.

1900년까지 들어온 일본 노동자들이 6만 5,000명에 이르러 그들에 대한 의존이 부쩍 커지자, 사탕수수 재배 회사들은 일본 노동자들이 단결해서 회사들에 맞설 가능성을 걱정하게 되었다. 실제로 일본 노동자들은 자신들이 지닌 힘을 인식하고 행동에 나서는 경향을 드러내고 있었다. 자연히, 회사들은 다른 나라 노동자들의 도입을 모색하게 되었다. 이런 상황에서 조선 노동자들의 이민이 추진되었다.

이 일을 주도한 사람은 미국 공사 호러스 앨런이었다. 그는 조선 노동자들의 하와이 이민이 양국에 좋은 일이 되리라고 판단했다. 이민이 미국에 이익이 되리라는 것은 자명했다. 그리고 이민은 가난한 조선인들을 굶주림에서 벗어나도록 도울 터였다. 아울러, 그에겐 고도의 정치적 판단도 있었다. 당시 조선의 독립에 대한 가장 큰 위협은 빠르게 커지는 일본의 영향력이었다. 그는 미국이 조선에 관심을 갖도록 하는 것이 조선의 독립에 좋은 영향을 미치리라 여겼고 고종도 그의 견해에 동의했다. 고종이 평안도 운산(雲山)의 금광 채굴권을 미국인들에게 준 것은 바로 그런 정세 판단에서 나왔다. 앨런은 하와이 이민이 미국 정부가 조선에 관심을 갖도록 하는 데 이바지하리라 판단했고, 고종도 동의했다.

앨런 공사는 하와이 이민을 주선하는 일을 데이비드 데쉴러(David Deshler)에게 맡겼다. 데쉴러는 1896년에 조선에 나와서 조선에 진출한 미국인들과 함께 여러 사업들에 손을 댔고 운산 금광에도 참여한 터였다. 데쉴러는 오하이오주의 두드러진 금융 가문의 후예로 당시엔 '홍콩과 상하이 은행(Honk Kong and Shanghai Bank)'의 인천 지점장이었다. 데쉴러의 계부는 오하이오 주지사였는데, 역시 오하이오주 출신인 앨런이 그에게 정치적 빚을 진 처지였다. 앨런으로선 두루 좋은 일을 하면서 자신의 빚도 갚은 셈이었다.

하와이 이민 업무를 위해, 데쉴러는 안골에 동서개발회사(East-West Development Company)와 데쉴러 은행(Deshler Bank)을 설립했다. 전자는 이민들의 모집을 맡았고, 후자는 하와이 사탕수수 회사들이 제공한 2만 5,000달러를 자본으로 삼아 이민에 필요한 금융 업무를 관장했다.

하와이 이민은 조선 정부가 시도한 첫 국제 사업이었다. 지금까지 조선 정부가 해온 국제 사업들은 시찰단을 외국에 보내어 사정을 알아보거나 유학생들을 보내 기술을 배워오는 수준이었다. 나머지는 외국에게 광산 채굴권, 어업권, 철도 부설권과 같은 이권들을 압력에 못 이겨서 양도하는 것뿐이었다. 당연히, 하와이 이민 사업 앞엔 난관들이 겹겹이 놓였다.

앨런이 먼저 풀어야 할 과제는 조선인들이 외국으로 이민 가는 것을 금하는 국법이었다. 이런 상황을 돌파하기 위해서, 그는 고종에게 이민 가는 국민들에게 여권을 발급하는 임시 기구의 설립을 건의했다. 고종이 이 건의를 받아들여서, 여권 업무를 관장하는 수민원(綏民院)이 설립되었고 총재엔 고종이 신임하는 민영환(閔泳煥)이 임명되었다.

수민원이 설립되자, 데쉴러는 곧바로 이민 희망자 모집에 나섰다. 이 일엔 안골 예배당 존스 목사 부부가 적극적으로 협조해서, 안골 예배당에 다니는 신도들이 많이 이민에 나섰다. 마침내 1902년 12월 22일에 121명의 이민들이 수민원 총재 민영환이 발급한 집조(執照)를 받아 일본 여객선 겐카이마루(玄海丸)에 올랐다. 존스 목사는 제물포 부두에 천막을 치고 이들을 환송하는 예배를 올렸다.

겐카이마루는 목포와 부산을 거쳐 이틀 뒤 나가사키에 도착했다. 이민들은 거기서 신체검사를 받았는데, 19명이 탈락해서 돌아왔다. 나머지 102명은 게일릭호(SS Gaelic)로 갈아타고 태평양을 건너 1월 13일 호놀룰루에 닿았다. 그곳의 신체검사에서 질병 때문에 탈락한 16명은 되돌아오고 나머지 86명이 하와이에 상륙했다. 성인 남성 48명, 성인 여성 16명, 그리고 어린이 22명이었다.

첫 이민단이 하와이에 정착하자, 고무된 데쉴러는 전국적 모집에 나섰다. 그는 서울과 평양 그리고 주요 항구 도시들에 동서개발회사의 지점들을 내고 이민들을 모집했다. 당시 황해도가 가뭄이 심했고 러시아가 일본과의 전쟁에 대비해서 연해주로 이주한 조선인들을 징집할 가능성이 있다는 소문이 퍼져서, 하와이 이민에 대한 사람들의 관심이 커졌다. 덕분에 이민 모집은 예상보다 훨씬 성공적이었다.

하와이의 사탕수수 농장들에 취업한 조선인 노동자들에 대한 평가도 좋았다. 조선인들은 일본인들보다 온순하고 이탈이 적어서, 일본인들이 독점한 하와이 노동시장에 도움이 된다는 평가를 받았다. 특히 계약 기간이 끝난 노동자들 가운데 귀국 희망자들이 16%에 지나지 않아서 55%나 되는 일본인들과 대조적이었다.

그러나 일본 정부는 조선인들의 하와이 이민에 대해 부정적 견해를 드러냈다. 조선인들이 많이 들어오면, 하와이의 노동시장에서 일본인들이 누려온 독점적 지위가 약해진다고 현지 일본 외교관들이 본국에 보고했다. 러일전쟁에서 이겨 조선에서의 지위가 확고해지자, 일본 정부는 하와이 이민을 금지하라고 조선 정부를 압박했다. 결국 1905년 4월에 조선 외부대신 이하영(李夏榮)은 이민을 금지하고 개항장들을 관리하는 감리들에게 집조의 발급을 중단하라고 지시했다. [수민원은 첫 이민단이 떠난 뒤 해체되고 집조 발급 업무는 외부로 귀속되었다.] 이렇게 해서, 조선인들의 하와이 이민은 1905년 여름에 실질적으로 중단되었다.

1902년 12월부터 1905년 7월까지 세 해가 채 못 되는 기간에 7,500명가량 되는 조선인들이 하와이로 이주했다. 1903년 여름까지 하와이에 정착한 600명가량 되는 이민들은 80%가량이 성인 남성이고 10%가량이 성인 여성이며 10%가량이 어린이였다. 하와이 이민은 농업 이민이었지만, 예상과 달리, 이들 이민들은 대부분 도시에서 살았고 농사를 짓던 사람들은 드물었다. 대조적으로, 중국인들과 일본인들은 거의 다 시골 출신으로 농사를 짓던 사람들이었다.

하와이 이민은 조선의 긴 역사에서 나온 첫 공식 이민이었고 가장 크고 성공적인 집단 이민이었다. 당연히, 그것의 영향도 컸다. 이주 노동자들과 그들의 후예들은 조선의 독립운동의 가장 열렬한 지지자들이 되었다. 1919년에 상해에서 대한민국 임시정부가 수립되자, 그들은 임시정부를 충실히 지원했다. 이어 이승만과 서재필이 이끈 워싱턴의 주미외교위원부를 지원해서, 미국에서의 외교 활동이 활발하게 펼쳐지도록 했다. 앨런 공사, 고종, 데쉴러와 같은 하와이 이민을 주도한 사람들은 물론 예상하지 못했겠지만, 그 사업은 조선 독립운동의 근거를 미리 마련해놓은 셈이었다.

그처럼 역사적으로 중요한 하와이 이민은 제물포 안골의 작은 예배당에서 시작되었다. 존스 목사 부부의 적극적 설득 덕분에, 안골 예배당 신도들 다수가 첫 이민선을 탔고, 이민 사업이 탄력을 얻었다. 첫 이민단을 실제로 이끈 사람들도 안골 예배당 출신이었다. 동서개발회사의 총무로 인솔 책임자였던 장경화 전도사, 통역을 맡았던 안정수 권사, 그리고 이민들의 신앙생활을 지도하는 임무를 띠었던 홍승하(洪承夏) 전도사는 모두 안골 예배당의 중심인물들이었다.

안정수의 활약은 특히 두드러졌다. 1903년 11월에 윤병구가 하와이에 도착하자, 안정수는 윤병구와 함께 하와이 감리사 조지 피어슨(George Pearson)의 도움을 받아 호놀룰루에 한인 감리교 선교회(Korean Methodist Church)를 세웠다. 이 예배 모임이 해외에 처음 세워진 조선인 교회였다. 이어 안정수는 하와이를 떠나 미국 본토로 들어갔고 뉴욕에서 사업가로 성공했다. 그렇게 모은 재산으로 그는 미국에서의 독립운동을 적극적으로 지원했다. 안타깝게도, 그는 조국의 해방을 보지 못하고 1940년에 뉴욕에서 병사했다.

윤병구는 이승만의 가깝고 충실한 친구였고 늘 이승만의 독립운동을 도왔다. 1934년에 뉴욕에서 이승만과 프란체스카 도너(Francesca Donner)가 결혼했을 때, 그가 주례를 섰다.

2023년 6월에 재외동포청이 설립되면서, 인천광역시 연수구에 청사가 섰다. 여러 도시들이 청사의 유치를 위해 경쟁했는데, 첫 공식 이민이 인천에서 출발한 하와이 이민이었다는 역사적 사실이 인천 유치에 도움을 주었다.

마흔다섯째 이야기

러일전쟁(1904년)

●

매대 뒤에 서서, 월례는 보지 않는 눈길로 바다를 바라보았다. 바깥 바다엔 큰 배들이 떠 있고 그 사이를 작은 배들이 분주히 오가고 있었지만, 그녀 마음은 싸리재 너머 애장터의 황량한 모습을 떠올리고 있었다. 긴 한숨을 내쉬고서, 그녀는 뇌었다, "불쌍한 것…."

지난달에 막내 손주 삼슈를 땅에 묻었다. 대슈의 뒤를 이어 네 아이가 무사히 자랐는데, 막내 삼슈가 홍역에 걸려 돌을 넘기지 못한 것이었다. 관도 없이 입던 옷만 걸친 작은 몸뚱이를 애장터에 묻고 돌아섰다. 봉분도 없으니, 곧 묻힌 곳도 잊힐 터였다. 애 엄마는 방에 머물고 내다보지도 못하는 터라서, 할머니인 그녀가 일을 치렀다.

흘긋 돌아보니, 길례는 열심히 외상 장부를 정리하고 있었다. 연말이라 외상 장부를 정리해야 하는데, 일이 손에 잡히지 않았다. 그래서 녀석에게 한번 해보라고 했는데, 녀석이 곧잘 했다. 안골 예배당의 영화학당에서 산술(算術)을 배운 덕분이었다.

더하기나 빼혀기야 특별한 것이 아니었지만, 고발기와 난호기는 다른 얘기였다. 그녀와 같은 보통 사람들이 큰 수를 곱거나 난훌 일이 없었으니, 그런 재주를 지닌 사람도 없었다. 길례는 달랐다. 고불고불한 서양 글씨로 곱거나 난호는 것을 보노라면, 절로 탄성이 나왔다. 처음엔 그녀 자신도 한번 배워볼까 하는 생각이 들었었다. 막상 배워보려니, 고불고불한 글씨를 외우기가 보기보다 힘들었다. 게다가 구구단을 외워야 한다는 것을 알게 되자, 배울 생각이 싹 가셨다.

'래년에는 열세 설이 되니⋯.' 그녀는 연필심에 침을 묻히면서 열심히 셈을 하는 길례를 대견스러운 눈길로 살폈다. 녀석이 대슈와 잘 어울린다고 여겨서, 손자며느리로 삼을 생각이었다.

양력으로는 벌써 갑진년 2월이었다. 음력으로는 아직도 계묘년 선달 스므나할인데. 나라에서 양력을 쓰기 시작한 뒤로, 날짜 헤아리는 일이 복잡하고 혼란스럽기 짝이 없었다.

갑자기 앞쪽에서 천둥 같은 소리가 들렸다. 그녀는 놀라서 먼바다를 살폈다. 수평선 너머로 반쯤 가라앉은 배가 대포를 쏘는 것 같았다.

길례가 탁자에서 일어나 그녀 곁으로 다가와 밖을 내다보았다. "할마님, 므슴 소래인가유?"

"글세⋯ 대포 쏘난 소래인가 보다." 그녀는 흘긋 매대 구석에 놓인 괘종시계를 살폈다. 영화학당을 졸업할 때, 길례가 우등상으로 받은 것이었다. 11시 46분이었다.

다시 포성이 나더니, 한동안 잇따랐다. 군함들이 본격적으로 싸우는 듯했다. 싸움은 반 시간 넘게 이어졌다. 그러더니 수평 너머로 반쯤 보이던 배가 항구로 돌아오기 시작했다. 이어 다른 배들이 나타나 그 배에 대고 포를 쏘는 것 같았다. 쫓기는 배가 앞바다로 들어와서야, 포성이 멈췄다.

그제야 사람들이 집 밖으로 나와서 바다를 살폈다. 서로 무슨 일이 일어났느냐고 물었지만, 아는 사람은 물론 없었다. 어쨌든 싸움은 끝난 모양이라고 사람들은 서로 안심시키면서 집으로 들어갔다.

그러나 얼마 지나지 않아서, 폭음이 제물포를 뒤흔들었다. 집이 흔들리자, 사람들이 놀라서 밖으로 뛰쳐나왔다. 배가 하나 폭파되어 가라앉고 있었다. 다른 배의 포탄을 맞아 겉이 상한 것이 아니라 스스로 폭파한 듯 배의 속이 드러나 있었다.

날이 어둑할 때, 쫓겨 들어왔던 큰 군함이 한쪽으로 기울면서 가라앉기 시작했다. 일부러 배를 가라앉히는 듯했다.

무슨 일인지 알 길이 없으니, 사람들은 더욱 불안했다. 밤이 되자, 사람들은 비로소 위험했던 하루가 지나갔다면서 가슴을 쓸어내렸다. 그때 배가 하나 요란한 소리를 내면서 불타기 시작했다. 그 불빛이 크고 작은 배들이 정박한 항구의 풍경을 한참 동안 비췄다.

이튿날 점심때 안골 예배당에 다녀온 통진댁을 통해서 이 느닷없는 사건의 진상이 전해졌다. 아라사(俄羅斯) 군함들과 일본 군함들이 싸웠는데 아라사 군함들이 졌다는 얘기였다. 아라사 군대가 일본 군대에 자기 배들을 내주지 않으려고 폭파시키고 가라앉히고 불태웠다고 했다.

음력 1895년 8월에 명성황후가 일본인들이 주도한 정변으로 살해되자, 일본 세력을 몰아내자는 의병 운동이 일어났다. 9월 중순에 충청도 남부 유성(儒城)에서 전 진잠(鎭岑) 현감 문석봉(文錫鳳)이 기병했다. 그러자 인근 고을들인 회덕(懷德), 옥천(沃川), 공주의 유생들이 호응했다. 11월에 단발령(斷髮令)이 나오자, 의병 운동은 큰 운동량을 얻어 전국으로 빠르게 확산되었다.

아쉽게도, 의병 지도자들은 뚜렷한 목표도 그것을 실현할 전략도 없었다. 일본 세력을 몰아내는 것은 모두 바라는 바였지만, 이미 동학란의 비참한 실패에서 깨달은 터라, 누구도 그것이 가능한 목표라 여기지 않았다. 모두 개화 조치들에 대해 불만이 컸지만, 그것들을 마냥 거부하는 것이 가능하다고 믿은 것도 아니었다. 이처럼 구체적이고 현실적인 목표가 없으니, 전략이 나올 수 없었다. 게다가 그들은 서로 연결해서 국민적 운동으로 만들려는 노력도 하지 않았다.

결국 그들은 자신들이 싫어하는 정책들을, 특히 혐오스러운 단발령을, 시행하는 지방 관아들을 습격해서 수령들을 죽여 분풀이를 했다. 그리고 정부군이 진압에 나서자, 제대로 맞서지 못하고 흩어졌다. 비장한 민중운동으로 시작된 '을미의병(乙未義兵)'은 별다른 긍정적 영향을 미치지 못한 채 끝났다.

그래도 그 운동이 뜻을 지니지 못한 것은 아니었다. 그것의 비현실성과 한계가 오히려 그것의 진정한 뜻을 도드라지게 했다. 국왕이 외국군의 포로가 되고 나라가 점점 외국의 속국으로 되어가는 상황을 그냥 받아들인다면, 어떻게 스스로 '산 사람들'이라 할 수 있겠는가? 스스로 나라를 이루어 살 자격이 있는 사람들이라고 다른 나라들로부터 인정받을 수 있겠는가? 일단 그런 구차한 운명을 단호히 거부하고 맨주먹으로라도 일어서는 것이 '산 사람들'의 선택이 아니겠는가? '을미의병'을 일으킨 사람들이 자신들에게 던진 그 괴로운 물음은 개항 뒤 조선 사람들이 스스로에게 거듭 던져온 물음이었고 앞으로도 계속 던지게 될 물음이었다. 그 물음에 대한 답을 찾아가는 험난한 과정이 바로 조선 사람들이 민족적 정체성을 다듬어가는 과정이었다.

비록 조선 사회에 별다른 긍정적 영향을 미치지 못했지만, '을미의

병'은 조선 역사의 흐름을 크게 바꾼 사건을 촉발시켰다. 의병들의 세력이 커져서 지방의 진위대(鎭衛隊) 병력만으로 진압이 어렵게 되자, 정부는 한성의 친위대(親衛隊) 병력까지 지방으로 보냈다. 한성의 경비가 허술해진 틈을 타서, 친로파는 일본군의 통제를 받는 고종을 러시아 대사관으로 피신시키려 시도했다. 흥선대원군과 친일파가 폐위를 모의하니 러시아 대사관으로 잠시 피신하자는 친로파의 건의를 고종은 선뜻 받아들였다.

친로파의 모의에 미국 공사 앨런과 러시아 공사 카를 베베르(Karl Weber)도 적극적으로 협력했다. 1896년 2월 10일 베베르는 공사관 보호를 구실로 삼아 인천에 정박한 군함에서 수병 120여 명을 한성으로 불러들였다.

다음 날 새벽 고종과 왕세자는 몰래 궁녀 교자를 타고 경복궁을 나와 러시아 공사관으로 들어갔다. '아관파천(俄館播遷)'이라 불리게 된 이 사건은 정국을 단번에 뒤집어놓았다. [당시 조선에서 러시아는 아라사(俄羅斯)로 음역되었다. 이런 표기는 원래 청(淸)의 관행이었다. 일본의 영향이 커진 뒤엔 일본식 음역인 노서아(露西亞)로 대치되었다.] 곧바로 고종은 친로파를 중심으로 내각을 꾸몄다. 총리대신으로 임명된 김병시(金炳始)가 근무하지 않아서, 박정양이 실질적으로 내각을 이끌었다. 고종은 러시아 공관으로 망명하게 된 사정을 설명하고, 명성황후 시해범들을 처벌하겠다는 뜻을 밝히면서, 단발령을 취소한다는 내용을 담은 조서를 러시아 공관 정문과 한성의 중심지들에 내걸었다.

이어 고종의 명으로 이미 살해된 총리대신 김홍집과 농상공부 대신 정병하(鄭秉夏)를 역적으로 지목해서 효수했다. 탁지부대신 어윤중은 도피하다가 군중에 피살되었다. 내부대신 유길준을 비롯한 내각의 주요 인물들은 일본 군영으로 도피했다가 일본으로 망명했다.

이런 상황에 대해 일본은 차분하게 반응했다. 무력으로 조선 정부에 대한 영향력을 되찾으려 시도하면, 러시아와 충돌할 위험이 컸는데, 강대국 러시아와 전쟁할 힘이 없다고 판단한 것이었다. 그래서 일본 공사 고무라 주타로는 1896년 5월에 러시아 공사 베베르와 만나 두 나라의 무력 충돌을 방지하는 방안을 협의했다.

이어 6월에는 러시아 니콜라이(Nikolai) 2세의 대관식에 참석한 야마가타 아리토모(山縣有朋) 전 수상과 알렉세이 로바노프-로스토프스키(Alexei Lobanov-Rostovsky) 외상이 조선에 관해 협상했다. 야마가타는 38도선을 경계로 이남은 일본이, 이북은 러시아가 차지하는 방안을 제시했다. 그러나 조선에 대한 야심이 컸던 러시아는 일본의 제안을 거부했다. 결국 '야마가타-로바노프 협정'은 조선을 일본과 러시아가 공동으로 보호하는 완충국으로 유지하기로 했다.

그러나 '야마가타-로바노프 협정'엔 공개되지 않은 조항 둘이 있었다. 하나는 앞으로 중대한 소요가 일어나면 두 나라는 추가 병력을 파견할 권리가 있다는 것이었고, 다른 하나는 조선이 그런 소요에 대응할 만한 군대를 갖출 때까지 두 나라는 병력을 조선에 주둔할 권리가 있다는 것이었다.

아관파천 이후 조선은 점점 어지러워졌다. 근대적 개혁을 요구하는 인민들의 조직과 집회를 무력으로 누르고 전제군주의 지위를 되찾은 데 고무되어, 고종은 자신이 실제로 큰 권력을 쥐었다는 환상을 품게 되었다. 그리고 강대국 러시아에 의탁하면, 자신의 권력을 온전히 유지할 수 있다고 판단했다.

게다가 전제군주제를 지닌 러시아는 조선의 개혁엔 관심이 없어서, 일본과 달리, 고종에게 아무런 개혁도 요구하지 않았다. 자연히, 고종은 일본을 점점 멀리하고 러시아로 기울었다. 러시아도 자신에게 충성하는 사람들을 조선 정부의 요직에 앉혀서 일본이 조선에 대해 지닌 이익을 줄이려고 시도했다.

1903년 10월부터 조선에 나와 있던 일본 상인들이 외상 판매 대금을 거두어들이기 시작했다. 거간들과 대부업체들은 대출금을 회수하고 새로운 대출은 거부했다. 일본이 러시아와의 전쟁을 준비한다는 소문이 퍼졌다.

조선 사람들은 두려움에 질렸다. 조선에서 전쟁이 일어나면, 조선 사람들이 큰 피해를 볼 터였다. 이미 청일전쟁으로 큰 괴로움을 겪은 터라, 모두 '고래 싸움에 새우 등 터지는' 상황을 걱정했다. 물론 걱정은 거기서 그치지 않았다. 러시아와 일본 가운데 어느 쪽이 이기든 조선은 이긴 나라에 병합되리라고 많은 조선 사람들과 모든 외국 사람들이 예상했다. 오직 고종과 친로파 관리들만이 자신들은 이기는 쪽에 가담했다 여기고 걱정하지 않았다.

러시아는 유라시아 대륙에서 가장 큰 나라로 전통적 강대국이었다. 일본은 막 근대화를 이룬 그리 크지 않은 나라였다. 어떤 지표로 따지더라도, 전쟁이 일어나면, 일본이 러시아를 이길 수 없었다. 그래서 일본으로선 먼저 러시아에 맞설 힘을 길러야 했다. 그런 판단에 따라 1896년의 아관파천 이후 일본은 러시아와의 충돌을 되도록 피하면서 러시아와의 궁극적 대결을 준비했다.

그런 준비 과정에서 중요한 이정표는 청의 '의화단(義和團) 사건'에 대규모 병력을 보낸 것이었다. 1900년에 기독교와 외세를 배격하는 의화단이 봉기하자, 북경의 외국인들과 중국인 기독교도들은 북경 공사관 지구(Legation Quarter)로 피신했다. 영국, 러시아, 프랑스, 독일, 미국, 이탈리아, 오스트리아-헝가리 및 일본으로 이루어진 '8국 연합(Eight-Nation Alliance)'은 급히 2,000명의 병력을 보냈다. 그러나 이들 구원 병력은 공사관 지구에 도달하지 못하고 패퇴했다. 외국군이 침공했다는 보고를 받자, 청의 실권자인 서태후(西太后)는 공식적으로 의화단을 지원하기로 결정하고 8개국에 선전포고를 했다.

의화단에 청의 정규군이 가세하자, 포위된 공사관 지구의 함락 가능성이 부쩍 커졌고 외국인들과 중국인 기독교도들은 학살의 위험에 직면했다. 연합국들은 황급히 군대를 파견했는데, 가까운 곳에 병력을 지닌 러시아와 일본의 군대가 주력이 되었다. 특히 일본군이 신속히 움직여서, 2만 명이 채 못 되는 연합군 가운데 8,000명이 일본군이었다.

연합군은 의화단과 청군을 물리치고 55일 만에 공사관 지구의 포위를 풀었다. 연합군은 급히 편성되고 지휘 계통도 혼란스러웠으므로, 제대로 통제되지 않은 군대였다. 그래서 연합군 병사들에 의한 의화단원들의 살해와 주민들에 대한 약탈이 이어졌다. 이런 혼란 속에서 일본군은 군기가 가장 엄정해서, 중국 민간인들에게 피해를 주지 않았다. 일본이 가장 큰 병력을 가장 신속히 파견하고 군기를 가장 엄정하게 지키자, 서양 열강의 일본에 대한 평가가 크게 높아졌다.

'의화단 사건'에서의 활약으로 크게 높아진 일본의 국제적 평판은 영일동맹(Anglo-Japanese Alliance)의 실현에 결정적 공헌을 했다. 당시 영국은 어떤 나라와도 동맹을 맺지 않는 '영예로운 고립(splendid isolation)'을 통해서 '영국 중심의 평화(Pax Britannica)'를 유지하려 애쓰고 있었다. 러시아가 점점 강성해지자, 영국은 곳곳에서 러시아와 부딪치게 되었다. 자연히, 동아시아에서 새로운 강자로 나타난 일본과의 동맹이 적절한 정책으로 떠올랐다.

마침 '남아프리카 전쟁(South African War)'에서 뜻밖으로 고전하는 참이어서, 영국은 일본과의 제휴가 더욱 절실해졌다. 1902년 1월 런던에서 양국은 동맹조약을 맺었다. 이 조약의 핵심은 '영국이 중국에서 지닌 특별 이익'과 '일본이 중국에서 지닌 이익에 부가해서 조선에서 특수한 정도로(in a peculiar degree) 지닌 상업적, 산업적 및 정치적 이익'을 인정한 것이었다. 아울러, 상대국이 다른 나라와 전쟁을 하게 되면 중립을 선언하고, 만일 복수의 나라들과 전쟁을 하게 되면 지원한다고 규정했다.

영일동맹은 두 나라에 큰 이익을 주었다. 영국은 자신의 영향력을 투사하기 힘든 동아시아에서 러시아에 대항할 우방을 얻었다. 일본은 훨씬 큰 이익을 얻었다. 먼저, 영국은 일본이 조선을 지배하는 것을 인정했다. 둘째, '한 당사국이 2개국 이상과 싸우게 되면, 다른 당사국도 참전한다'는 규정에 따라, 러시아와 싸울 때, 일본은 러시아의 동맹국인 프랑스가 참전하는 것을 걱정하지 않게 되었다. 심리적 효과도 컸으니, 일본 사람들은 반세기 전 미국 페리 제독의 강요로 개항한 뒤 줄곧 받아온 심리적 상처에서, 특히 '삼국 간섭'으로 받은 모멸감에서, 벗어날 수 있었다.

13세기에 몽골 제국에 예속된 모스크바 대공국(Grand Duchy of Moscow)

으로 출발한 러시아는 꾸준히 영토를 늘려 거대한 제국으로 발전했다. 그래도 인민들을 억압하고 탐욕스럽게 영토를 확장하는 전제군주제 국가의 성격은 바뀌지 않았다. 그래서 한번 러시아에 예속되면 독립을 되찾을 수 없다는 견해가 널리 받아들여졌다. 러시아와 일본이 대결했을 때, 조선의 거의 모든 지식인들은 러시아가 이기는 상황을 두려워했고 일본의 승리를 '덜 나쁜 상황'으로 여겼다.

유럽 대륙의 북쪽에서부터 흑해 연안과 중앙아시아를 거쳐 동북아시아에 이르는 긴 국경 전체에서 끊임없이 확장을 시도해온 터라, 러시아는 여러 곳에서 싸우거나 대치 상태에 있었다. 그래서 러시아 정부는 조선에서 일본과 대결하는 데 모든 자원을 쓸 수 없었고 준비도 소홀했다. 유색 인종인 일본을 얕보는 심리 상태도 거들어서, 상황을 냉철히 살피지 않고 일본이 감히 전쟁을 걸어오지 못하리라는 자신감을 품었다. 중앙정부의 이런 태도는 조선에 주재하는 러시아 외교관들에도 영향을 미쳐, 그들은 조선에서 일어나는 일들을 면밀히 살피지 않았고 일본이 이미 전쟁을 예상하고 준비한다는 징후들이 잇달아 나와도 그냥 넘겼다.

1904년으로 들어서자, 일본군은 부산에서 서울까지 25km마다 몇십 명이 주둔할 수 있는 기지들을 설치하기 시작했다. 이어 군산항으로 많은 양의 보리와 철도 자재들을 들여왔다. 일본이 들여온 철도는 프랑스 드코빌(Decauville) 회사에서 만든 협궤 경철도였는데, 쉽게 분해되어 수송된 뒤 현지에서 다시 조립할 수 있어서, 군사적 용도에 널리 쓰였다.

2월 6일부터 서울에선 많은 일본군 병력이 군산이나 아산에 상륙하리라는 소문이 돌았다. 이 소문은 그른 것으로 판명되었지만, 실제로 대규모 일본 함대가 제물포로 다가오고 있었다. 그러나 제물포에 정박한 2척의 러시아 군함들은 모항인 뤼순으로 피하지 않고 그대로 머물렀다. 러시아 공사는 군함들을 움직일 권한이 전혀 없었고, 함장들은 제물포에 머물라는 명령을 그대로 따라야 했다.

2월 7일 러시아 수송선 '숭가리(Sungari)호'가 제물포에 입항해서 거대한 일본 함대가 다가오고 있다고 보고했다. 그제야 상황이 심각하다는 것을 깨달은 러시아 함장들은 뤼순의 사령부에 보고하기로 결정했다. 2월 8일 러시아 포함 '코리에츠(Koryetz)호'가 제물포를 떠났다. 그러나 길목을 지킨 일본 어뢰정들의 위협을 받자, 제물포로 돌아왔다.

2월 9일 아침 일본 연합함대 2함대 4전대 사령관 우리유 소토기치(瓜生外吉) 소장은 러시아 방호 순양함 '바리야크(Varyag)호'를 비롯해서 당시 제물포에 머물던 중립국 함정들에 일본과 러시아 사이엔 적대적 관계가 존재한다는 사실을 통보했다. 그리고 러시아 함정들이 12시까지 제물포를 떠나지 않으면, 일본 함대가 16시에 러시아 함정들을 공격하겠으며 중립국 함정들은 피해를 입지 않도록 정박지를 옮기라고 요구했다.

영국 순양함 '톨버트(Talbot)호'에서 급히 열린 회의에서 중립국 함장들은 제물포가 중립적 항구라는 점을 들어 정박지를 옮기기를 거부하는 답신을 작성했다. 그리고 '톨버트호' 함장 데니스 배글리(Denis Bagly) 대령은 일본 함대 기함 '나니와(浪速)호'에 올라 우리유 소장에게 중립국 함장들의 답신을 전달했다.

장갑 순양함 1척, 방호 순양함 5척, 통보함 1척 및 어뢰정 8척으로 이루어진 일본 함대는 방호 순양함 1척과 포함 1척뿐인 러시아 함대가 대항하기엔 너무 강대했다. 그래서 중립국 함장들은 '바리야크호' 함장 프세볼로트 루드네프(Vsevolod Rudnev) 대좌에게 항복하라고 권했다. 그러나 러시아 함장들은 항복을 거부하고 길목을 막은 일본 함대와 싸워 외양(外洋)으로 나아가기로 결정했다.

11시 20분 '바리야크호'가 앞서고 '코리에츠호'가 바로 뒤에 서서, 외로운 러시아 함대는 거대한 일본 함대를 향해 움직이기 시작했다. 영국 선원들과 이탈리아 선원들은 러시아 선원들을 함성으로 응원했다. 이탈리아 순양함 '엘바(Elba)호'에선 러시아 국가가 연주되었다.

11시 45분 '바리야크호'가 좌현 포들로 길목을 막은 일본 함정들을 공격했다. 2분 뒤 일본 함정들이 응사하면서, '제물포 만 싸움(Battle of Chemulpo Bay)'이라 불리게 된 해전이 시작되었다. 워낙 한쪽으로 기운 싸움이라서, 12시 15분까지 '바리야크호'는 큰 피해를 입었다. 흘수선 아래에 포탄 5발을 맞았고, 심각한 화재가 여러 번 일어났고, 모든 함포들이 작동을 멈췄다. 마침내 배도 조종이 어려운 상태가 되었다. 일본 함대를 뚫고 외양으로 나갈 가능성이 없어지자, '바리야크호'는 가까스로 머리를 돌려 제물포 정박지로 돌아왔다. 12시 40분 중립국 함정들에 해를 입힐 가능성이 커지자, 추격해온 일본 함정들이 포격을 멈추고 돌아섰다.

러시아 선원들은 자신들의 배를 일본군이 쓰지 못하게 가라앉히는 작업에 들어갔다. 16시 '코리에츠호'의 선원들은 화약고들을 폭파시켜, 배를 가라앉혔다. 폭파의 충격이 하도 커서, 폭파된 배의 조각들이 근처에 정박한 중립국 배들 가까이 떨어졌다. 놀란 중립국 함장들은 루드네프에게 '바리야크호'는 폭파시키지 말라고 요청했다. 18시 10분 선원들에 의해 침수된 그 방호 순양함은 왼쪽으로 기울면서 가라앉았다. 이어 '바리야크호'에서 파견된 선원들에 의해 수송선 '숭가리호'도 불에 타서 가라앉았다.

이처럼 '제물포 만 싸움'은 일본 함대의 일방적 승리로 끝났다. 일본 함대는 사상자도 없었고 피해를 입은 함정도 없었다. 반면에, 러시아 함대는 전사자 33명에 전상자 97명을 냈고 전함 2척과 수송선 1척을 잃었다.

그래도 러시아 함대는 어떤 뜻에선 값진 승리를 얻었다. '바리야크호'의 분전은 러시아만이 아니라 세계적으로 칭송을 받았다. 중립국 배들을 타고 조국으로 돌아간 러시아 장병들은 영웅 대접을 받았다. 함장 루드네프는 소장으로 예편했는데, 1907년엔 일본 정부로부터 훈장을 받았다.

폭파되지 않은 '바리야크호'는 일본군에 의해 인양되어 수리된 뒤 '소야(宗谷)'로 개명되어 실습선으로 쓰였다. 1916년 4월 러시아 해군은 이 배를 일본으로부터 사들여서 '바리야크'라는 이름을 찾아주었다. '바리야크호'는 블라디보스토크를 떠나 인도양을 지나 1916년 11월 무르만스크에 도착했다. 영국 조선소에서 대대적 수리를 받아 러시아 해군의 북해 함대에 배치될 예정이었다. 그러나 영국 조선소에서 수리를 마쳤을 때, 러시아에서 '10월 혁명'이 일어났다. 러시아 선원들은 '적기(赤旗)'를 게양하고 출항을 거부했다. 결국 영국군이 그들을 진압하고서 배를 영국 해군에 소속시켰다. '바리야크호'는 1920년에 독일 선박 해체 회사에 고물로 팔려서 독일로 향하다가 스코틀랜드 렌달푸트 연안에서 바위에 걸려 좌초했다.

조국을 위해 죽음을 무릅쓴 러시아 장병들의 분투와 거듭된 침몰에서 되살아났지만 끝내 조국의 함대에 복귀하지 못한 채 이국의 바닻가에서 목숨이 다한 보호 순양함의 기억은 사람들의 마음속에 살아남았다. 2006년 7월 30일 러시아 '해군의 날'에 맞추어 '바리야크호'를 기념하는 비석이 렌달푸트에 세워졌다. 이듬해엔 대형 청동 십자가가 추가로 설치되었다. 2010년엔 대한민국과 러시아의 수교를 기념하는 뜻에서, 일본군이 '바리야크호'에서 건진 러시아 국기를 인천광역시립박물관이 러시아에 영속 대여 형식으로 돌려주었다.

'제물포 만 싸움'은 러시아 태평양 함대에 대한 일본 해군의 선제 공격의 일환이었다. 당시 러시아 함대는 모항인 동해 동북 해안의 블라디보스토크, 황해 북부 해안의 뤼순 및 황해 중동부 연안의 제물포로 분산된 상태였다. 일본이 조선 반도 남쪽 태평양을, 특히 조선과 일본 사이의 해협들을, 지배하는 터라, 이처럼 분산된 함정들은 서로 교신하기도 어렵고 함께 작전하는 것은 불가능했다. 이런 중대한 약점을 파고들어 셋으로 나뉜 러시아 함대들을 개별적으로 격파한다는 것이 일본 해군의 기본 전략이었다.

 1904년 2월 4일 일본 정부는 러시아와의 국교 단절과 개전을 결의했다. 6일엔 러시아에 단교를 통보했다. 이날 도고 헤이하치로 중장이 이끈 연합함대는 규슈 북서부 사세보(佐世保) 군항을 떠나서 뤼순으로 향했다. 2월 7일 소청도(小靑島) 부근에서 도고는 2함대 4전대를 제물포로 보냈고, 곧 '제물포 만 싸움'이 나왔다.

 서남쪽으로 뻗은 랴오둥반도의 남쪽 해안 끝에 자리 잡은 뤼순항은 동아시아에서 부동항을 갈구해온 러시아가 마침내 얻은 좋은 항구였다. 그러나 준설이 제대로 되지 않아서, 수심이 얕았다. 그래서 큰 함정들은 썰물 때엔 출입이 어려워 주로 외항에 머물렀다.

2월 8일 18시 뤼순 동쪽 44해리까지 북상하자, 도고는 구축함대들을 둘로 나누어 주력은 뤼순항을 공격하고 다른 부대는 다롄항(大連港)을 공격하도록 했다. 뤼순에 있는 첩자들이 러시아 군이 완벽한 경계 상태에 있다고 보고한 터라, 그는 주력 전함들을 투입하는 것이 위험하다 판단한 것이었다.

당시 뤼순의 러시아 해군은 밖에 알려진 것보다 방어 태세가 허술했다. 해안포들 가운데 제대로 작동하는 것들은 몇 되지 않았다. 방어 시설을 위한 예산은 인근 다롄항의 구축에 전용되어서, 방어 시설이 허술했다. 게다가 일본이 국교 단절을 통보했어도, 뤼순의 러시아 해군 지휘부는 별다른 조치를 취하지 않았다. 러시아 함정들은 일본 함정들과 조우했을 때 결코 먼저 발포하지 말라는 지시를 여전히 따르고 있었다. 그리고 일본 함대가 뤼순으로 향하던 시간에 러시아 해군 장교들은 함대 사령관 오스카르 스타르크(Oskar Starck) 중장이 주최한 연회에 참석해서 즐기고 있었다.

2월 8일 22시 30분 초계 임무를 수행하던 러시아 구축함들은 뤼순항 공격에 나선 일본 구축함 10척과 조우했다. 러시아 함대의 모항 근해에 갑작스럽게 나타난 일본군 함대는 당연히 수상했지만, 결코 먼저 도발하지 말라는 명령에 따라, 러시아 함정들은 일본 함대를 제지하지 않고 상부에 보고하려고 뤼순항으로 향했다.

2월 9일 00시 28분 일본 구축함 4척이 러시아 함정들에 탐지되지 않고 뤼순항에 접근해서 어뢰들을 발사했다. 그 뒤로 02시까지 나머지 구축함들이 가세해서 모두 16발의 어뢰를 발사했다. 이 어뢰들은 대부분 어뢰 방어망에 걸리거나 폭발하지 않았지만, 3발이 러시아 함정들을 맞추었다. 일본군에 행운이 따라서, 이 3발의 어뢰가 러시아 함대의 주력함들을 격침시켰고, 러시아 함대의 열세는 더욱 두드러지게 되었다.

뤼순과 제물포에서 선제공격을 성공시킨 뒤 2월 10일에 비로소 일본은 러시아에 선전포고를 했다. 이런 책략은 일본이 10년 전 청일전쟁에서 썼고 거의 30년 뒤 미국과의 태평양전쟁에서 쓸 터였다.

러시아와 일본이 전쟁에 들어갔을 때, 두 나라는 국력에서 차이가 컸다. 러시아는 세계에서 가장 너른 땅을 지녔고 인구는 1억 2,000만 가량 되었다. 훈련된 병력은 450만가량 되었다. 일본은 그리 크지 않은 섬나라였고 인구는, 보호령인 대만을 빼면, 4,400만이었다. 훈련된 병력은 80만가량 되었다.

그러나 동아시아만을 따지면, 사정은 달랐다. 러시아 해군은 세 곳으로 분산되었고 일본 해군이 연결을 막아서, 힘을 합쳐 작전할 수 없었다. 바이칼호 동쪽 광막한 지역에 주둔한 러시아 육군은 8만 3,000명에 지나지 않았고 야포는 196문뿐이었다. 항구들을 지키는 병력 2만 5,000명과 철도 경비병력 3만 명이 이들을 지원했다.

이 군대는 교통 수단의 부족으로 빠르게 강화되기 어려웠다. 수도 모스크바와 가장 중요한 싸움이 벌어진 뤼순 사이의 거리는 9,000km 가까이 되었다. 이 엄청난 거리는 시베리아 횡단철도와 치타에서 하얼빈을 거쳐 뤼순에 이르는 동청철도(東淸鐵道) 지선으로 연결되었다. 이 긴 철도는 단선이어서, 수송 속도가 느렸다. 그나마 시베리아 횡단철도는 아직 완공이 되지 않았다. 시베리아 횡단철도는 서쪽 우랄산맥 남단과 동쪽 블라디보스토크에서 동시에 부설되어 바이칼호에서 만났으나, 긴 바이칼호를 남쪽으로 돌아가는 부분이 아직 연결되지 않았다. 그래서 11월에서 4월까지는 얼어붙은 호수 위로 물자를 날랐고 다른 때엔 바이칼호를 돌아가는 도로에 주로 의존했다. 이처럼 수송 능력이 제약되어, 모스크바에서 뤼순까지 1개 대대를 수송하는 데는 1개월이 걸렸다.

러시아군에 불리하게 작용한 또 하나의 지리적 요소는 태평양 함대의 모항인 블라디보스토크가 겨울엔 얼어붙는다는 사정이었다. 만일 러시아가 동아시아에서 확보한 유일한 부동항인 뤼순을 이용하지 못하게 된다면, 태평양 함대는 기동에 결정적 제약을 받을 터였다. 일본과 전쟁을 하게 되면, 러시아로서는 유럽의 발틱 함대를 동아시아로 이동해서 해군을 증강해야 했다. 만일 발틱 함대가 동아시아에 겨울에 닿고 뤼순을 이용할 수 없게 된다면, 이 강력한 함대는 기항할 항구가 없게 될 터였다. 따라서 러시아로선 뤼순을 포기하기 힘들었다.

뤼순을 꼭 지켜야 한다는 사정은 러시아의 전략적 선택을 어렵게 만들었다. 러시아군의 합리적 전략은 일본군과의 결전을 피하면서 병력의 증강을 기다리는 것이었다. 뤼순을 지키려면, 일본군과 초기에 랴오둥반도에서 결정적 싸움을 치러야 했다. 러시아군으로선 풀기 어려운 문제를 안게 된 것이었다.

반면에, 일본군은 바다를 통해서 상비군 전부를 이내 만주에 투입할 수 있었다. 당시 일본의 상비군은 28만 3,000명이었고 야포는 870문이었다. 따라서, 만주에선 일본군이 오히려 압도적 우위를 누렸다. 이런 상황을 고려해서, 일본은 빠른 공격 작전으로 동아시아의 러시아군이 강화되기 전에 심대한 타격을 주어 러시아가 싸울 뜻을 잃도록 한다는 전략을 세웠다.

개전 초기에 러시아군이 열세이리라는 것을 러시아군 수뇌부도 잘 인식했다. 그래서 만주 주둔 러시아 육군을 지휘한 알렉세이 쿠로파트킨(Aleksei Kuropatkin) 대장은 일본군의 공격을 막아내면서 시베리아 횡단철도의 완공으로 병력이 증강될 때까지 기다린다는 전략을 구상했다. 일본군이 전 병력을 만주에 투입하면, 랴오둥반도는 고립될 터이므로, 뤼순 주둔 러시아군은 근거인 하얼빈 지역으로 물러나는 것이 합리적이라고 그는 주장했다.

놀랍지 않게도, 해군 참모부의 생각은 달랐다. 그들은 러시아 함대가 일본 함대에 패배하는 상황은 나올 수 없다고 판단했다. 그래서 일본군이 랴오둥반도 근처에 상륙하는 상황도 나올 수 없다고 주장했다. 당시 동아시아의 러시아 해군을 지휘한 예프게니 알렉세이예프(Evgeni Alexeiev) 대장은 당연히 그런 주장을 지지했다.

이처럼 상충되는 두 전략 가운데 러시아 황제 니콜라이 2세는 알렉세이예프의 손을 들어주었다. 그는 황제의 총애를 받았고 궁정에서 영향력이 컸다. 결국 쿠로파트킨은 자신의 기본 전략과 알렉세이예프의 주장을 타협시켜서 조리가 없는 전략을 수립했다. 본질적으로 시간을 버는 전략을 추구하되, 뤼순을 지키기 위해 하얼빈으로 물러나는 대신 랴오둥반도 북쪽의 랴오양(遼陽)에 군대를 집결하고 일부 병력을 파견해서 랴오둥반도를 지킨다는 방안이었다. 그의 방안은 알렉세이예프의 동의를 얻었다.

이후 러일전쟁은 세 국면으로 펼쳐졌다. 첫 국면은 전략적 중요성을 지닌 뤼순에서 벌어진 싸움이었다. 뤼순은 요새들로 둘러싸인 항구 도시였다. 그래서 싸움은 공성전(攻城戰)의 양상을 띠었고, 양측의 인명 피해가 무척 컸다. 1905년 1월 5일 고립된 러시아군이 일본군에 항복했을 때, 일본군 사상자는 5만 7,580명이나 되었고 러시아군 사상자는 3만 1,306명이었다.

둘째 국면에선 너른 만주 평야에서 두 군대가 싸웠다. 양군이 모든 병력을 동원한 회전(回戰)이 잇달아 나왔는데, 싸움마다 일본군이 이겨서 러시아군은 북쪽으로 물러났다. 결정적 싸움은 1905년 2월 하순에서 3월 초순에 걸쳐 만주의 중심 도시인 펑톈(奉天)에서 벌어졌다. 이 싸움에서 일본군은 크게 이겨 러시아군은 북쪽으로 물러났다. 일본군이 '봉천 회전(奉天回戰)'이라 부르고 러시아군은 '묵덴 싸움(Battle of Mukden)'이라 부른 이 싸움은 당시까지는 가장 큰 싸움이었다. ['묵덴'은 만주족이 자신의 도읍을 부른 이름이다.] 러시아군 34만 명과 일본군 27만 명이 싸워서, 러시아군 8만 8,352명과 일본군 7만 5,504명이 죽거나 다쳤다.

셋째 국면은 해전이었다. 러시아는 발틱 함대를 뤼순의 태평양 함대와 합류시켜 일본 해군과 결전을 벌이기로 했다. '2태평양함대'라는 이름을 얻은 이 함대는 긴 항해 끝에 1905년 5월 하순경 극동 해역에 이르렀다. 그러나 이때엔 뤼순이 이미 일본에 항복한 터였다. 그래서 그들은 블라디보스토크로 향했는데, 대한해협에서 일본 함대의 기습을 받아 전멸했다.

대한해협에서 벌어진 '쓰시마 해전'도 일본의 압승으로 끝나자, 일본과 러시아는 전쟁을 끝내기 위한 교섭에 나섰다. 전세가 유리한 일본도 전세가 불리한 러시아도 전쟁을 계속하기 어려운 처지였다.

러시아군에 육지와 바다에서 연전연승을 해서, 겉으로는 위세가 당당했지만, 일본은 실제로는 기진맥진한 상태였다. 국력에 비해 너무 큰 전쟁을 치르느라, 전쟁 비용이 감당하기 어려운 수준으로 늘어났고, 만주의 군대는 길어진 보급선으로 극심한 어려움을 겪고 있었다. 그래서 만주의 육군이 전쟁을 끝낼 외교 교섭에 빨리 나서라고 외무성을 거세게 압박했다.

러시아 황제 니콜라이 2세는 전쟁을 계속하려는 의지가 강했다. 그러나 러시아 인민들은 먼 아시아 땅에서 일어난 전쟁을 지지하지 않았다. 1905년 1월 22일 일요일에 수도 상트페테르부르크에서 한 무리의 인민들이 황제에게 청원을 하려고 궁궐로 행진했다. 이들을 이끈 그레고리 가폰(Gregory Gapon) 신부는 친정부적인 인물이었고 그를 따른 인민들도 황제에 충성하는 사람들이었다. 그들은 자신들의 어려운 처지를 '자비로운' 황제에게 호소하고 도움을 청하려는 생각이었다. 그러나 니콜라이 2세는 그들을 만나려 하지 않고 전날에 이궁(離宮)으로 떠나버렸다. 인민들이 궁궐로 몰려오자, 궁궐을 지키던 군대가 발포했다. 결국 1,000명가량의 사상자들이 생겼다. '피의 일요일'이라 불린 이 사건으로 황제에 호의적이던 민심은 적대적으로 돌아섰고, '1905년의 혁명'으로 이어졌다. 니콜라이 2세는 자신의 정권을 지키기도 어려운 상황이어서, 결국 전쟁을 끝내는 데 동의했다.

일본은 시오도어 루스벨트(Theodore Roosevelt) 미국 대통령에게 중재를 요청했다. 러시아도 루스벨트의 중재를 받아들였다. 그래서 1905년 8월에 미국 뉴햄프셔주 포츠머스에서 평화 협상이 열렸다. 마침내 1905년 9월 5일 일본 외상 고무라 주타로와 러시아 대표인 전 재무상 세르게이 비테(Sergei Witte) 사이에 '포츠머스 조약(Treaty of

Portsmouth)'이 체결되었다. 이 조약의 주요 내용은 아래와 같다.

(1) 조선에서의 일본의 우월적 지위를 인정한다.
(2) 러시아군은 만주로부터 완전히 철군한다.
(3) 러시아는 뤼순과 다롄을 포함한 남만주의 조차권을 일본에 이양한다.
(4) 창춘 이남의 철도와 채광권을 일본에 이양한다.
(5) 북위 50도 이남의 사할린을 일본에 할양한다.
(6) 동해, 오호츠크해, 베링해의 러시아 연안에서의 어업권을 일본에 양도한다.

러일전쟁에서 일본이 러시아에 이기자, 온 세계가 큰 충격을 받았다. 세계에서 가장 강대한 나라로 여겨진 러시아가 아시아의 그리 크지 않은 나라인 일본에 육지와 바다의 싸움들에서 번번이 져서 굴욕적 조건으로 강화한 것이었다. 충격을 더욱 크게 만든 것은 유색인종 국가인 일본이 백인종 국가인 러시아를 이겼다는 사실이었다. 지금까지 유색인종 군대가 백인종 군대에 이긴 적은 없었다. 당연히, 일본의 승전은 유색인종의 깊은 열등감을 시원스럽게 걷어냈다. 영국 전사가 풀러(J. F. C. Fuller)의 말대로, "유색인들이 백인들의 우위에 도전함으로써, [일본의 러시아에 대한 승리는] 아시아와 아프리카를 일깨웠고 모든 식민제국들에 치명적인 도덕적 타격을 가했다."

놀랍지 않게도, 아시아와 아프리카의 식민지들에서 독립운동이 활발하게 일어났다. 특히 영국의 지배를 받던 인도와 프랑스의 지배를 받던 베트남에선 일본을 본받으려는 움직임이 거세게 일었고 많은 유학생들이 일본을 찾았다. 1940년대에 일본이 해외 팽창 정책을 추구하면서 내건 '대동아공영권(大東亞共榮圈)'이라는 구호가 동아시아 국가들에서 상당한 호응을 얻은 것은 러일전쟁의 그런 성격에서 비롯했다.

마흔여섯째 이야기

제2차 한일협약(1905년)

●

포츠머스 조약의 내용은 일본으로선 불만스러운 것이 아니었다. 일본이 러시아에 더 내놓으라고 요구할 처지도 못 되었다. 일본이 다시 전쟁을 시작할 처지가 못 된다는 것을 러시아도 알고 있었고, 러시아는 만주 북부에 4개 사단을 증강한 판이었다. 그래서 러시아는 일본의 배상금 요구를 끝까지 받아들이지 않았다.

그러나 일본 국민들의 생각은 달랐다. 12만 가까운 전사자들과 5만이 넘는 전상자들을 낸 전쟁에서 이겼는데, 막상 얻은 것은 그리 많지 않다는 여론이 일었다. 선정적 신문들은 전리품이 막대하리라는 기대를 국민들에게 심어주었고, 조약이 체결되자, 일본 정부가 협상에서 실패했다고 격렬하게 비난했다. 일본 국민들은 배상금을 받지 못하게 되었다는 것에 특히 큰 실망과 분노를 느꼈다. 그들은 청일전쟁에서 받은 막대한 배상금으로 여러 사업에 투자해서 사회 발전의 계기로 삼았던 일을 이번에도 재현하리라 기대했던 터였다.

1905년 9월 3일 오사카(大阪)에서 강화조약에 반대하는 집회가 열렸다. 거기 모인 사람들은 모두 조약을 폐기하고 전쟁을 계속하자고 주장했다. 그 뒤로 전국에서 조약 반대 집회들이 열렸다.

포츠머스 조약이 체결된 9월 5일엔 도쿄 히비야(日比谷) 공원에서 야당 의원들이 주도하는 조약 반대 집회가 열렸다. 경찰은 상황이 불안하다고 판단하고서 공원을 봉쇄했다. 그러나 분노한 군중은 공원으로 진입하고 이어 궁성을 향해 행진했다. 그들은 친정부 신문사와 내무대신 자택을 습격했고 파출소들을 파괴했고 곳곳에서 방화했다. 그들은 적국 러시아만이 아니라 조약을 중재한 미국에 대해서도 적대적 태도를 보여서, 러시아 정교회와 미국 공사관 및 기독교 교회들을 습격했다.

도쿄가 무정부상태가 되자, 9월 6일 일본 정부는 계엄령을 내리고 근위사단을 동원해서 폭동을 진압했다. 이 폭동으로 17명이 죽고 500명 넘게 다쳤다. 이어 고베와 요코하마에서도 폭동이 일어나, 계엄령은 11월 29일에야 해제되었다. 결국 1906년 1월 가쓰라 다로(桂太郞) 내각이 물러나고 입헌정우회(立憲政友會)의 사이온지 긴모치(西園寺公望) 내각이 들어섰다.

포츠머스 조약에 실망하고 분노한 인민들을 달랠 길을 찾던 일본 정부는 조약으로 얻은 이권들 가운데 가장 중요한 항목인 '조선에서의 우월적 지위의 확보'를 국민들에게 널리 알리는 일에 착수했다. 조선에서의 우월적 지위를 확보한 것은 현실적으로 중요한 성과였을 뿐 아니라, 애초에 일본과 러시아가 그것을 다투다가 전쟁이 일어난 터여서, 상징적 의미도 컸다. 그래서 일본 정부는 포츠머스 조약으로 한반도가 확실하게 일본의 영향 아래 들었다는 사실을 국민들이 선명하게 인식하도록 할 극적 조치를 찾았고 결국 조선의 외교권을 박탈해서 실질적 보호국(protectorate)으로 삼는 방안을 골랐다.

마침 국제 정세도 그런 극적 조치를 추진하는 데 좋았다. 이미 1905년

7월엔 '태프트-가쓰라 각서(Taft-Katsura Memorandum)'가 작성되었다. 미국 전쟁장관[육군 장관] 윌리엄 태프트(William Taft)는 필리핀으로 가는 길에 일본에 들러서 7월 29일 가쓰라 수상과 양국의 관심사들을 논의했다. 그들은 대체로 의견이 합치했고 그런 사실을 각서 형태로 남겼다. 실질적 중요성을 지닌 논의들은 필리핀과 조선에 관한 것들이었다.

스페인과의 전쟁에서 이겨 1898년에 필리핀을 얻은 터라, 미국은 아시아의 새로운 패권국으로 떠오른 일본이 미국의 필리핀 영유에 대해 호의적이기를 희망했다. 그래서 태프트는 미국처럼 강대하고 일본에 우호적인 나라가 필리핀을 다스리는 것이 일본의 이익에 기여한다고 지적했다. 가쓰라는 일본은 필리핀에 대해 공격적 의도가 없다고 밝혔다.

조선에 관해서, 가쓰라는 일본이 조선을 식민지로 삼는 것은 절대적 중요성을 지녔다고 강조했다. 조선이 러일전쟁의 원인이었으므로, 조선 문제의 완전한 해결은 전쟁의 논리적 결과라고 주장했다. 특히 조선이 다른 나라들과 신중하지 못하게 조약을 맺은 것이 문제의 근원이므로, 동아시아의 평화를 유지하기 위해서는 조선이 다시 그런 상황을 불러오는 것을 일본이 막아야 한다고 덧붙였다. 가쓰라의 주장에 대해, 태프트는 일본이 조선을 보호국으로 삼는 것은 동아시아의 안정에 직접적으로 기여할 거라며 동의했다. 그리고 자신의 의견에 시어도어 루스벨트 대통령도 동의하리라 생각한다고 덧붙였다.

'태프트-가쓰라 각서'는 정식 협약(agreement)이나 조약(treaty)이 아니었다. 그저 미국 전쟁장관과 일본 수상이 국제 정세에 관해 논의한 것을 기록한 문서에 지나지 않았다. 태프트 자신이 밝혔듯이, 그는 국제 협정이나 조약을 다루는 국무장관이 아니었다. 그리고 통념과 달리, 이 각서는 비밀 문서도 아니었다. 그래도 미국의 전쟁장관이 조선을 식민지로 삼겠다는 일본의 정책에 동의하고 미국 대통령도 생각이 같으리라고 단언한 것은 일본으로서는 마음이 든든해지는 일이었다.

이어 8월엔 1902년에 체결된 제1차 영일동맹을 갱신한 제2차 영일동맹이 체결되었다. 제2차 영일동맹의 주요 내용은 일본은 영국이 인도에서 지닌 이권들을 지지하고 영국은 일본이 조선에서 지닌 이권들을 지지한다는 것이었다.

이처럼 조선을 보호령으로 만드는 것에 대해 미국, 영국 그리고 러시아의 지지를 차례로 얻자, 일본은 때를 놓치지 않고 조선을 보호령으로 삼으려 했다. 포츠머스 조약에 대한 국민들의 실망과 분노가 분출한 폭동은 그런 조치를 더욱 절박하게 만들었다. 1905년 11월 일본 정부는 정계의 원로인 이토 히로부미를 대사로 삼아 조선으로 급파했다.

이토 대사는 11월 15일 고종을 알현하고 협약안을 제시했다. 고종과 대신들은 이 협약안을 검토했다. 이때는 이미 일본 공사관이 군대로 궁궐을 포위하고 조정을 고립시킨 터였다.

조선이 스스로 외교권을 포기한다는 방안에 대해 대신들은 거세게 반발했다. 그러나 고종은 대신들에게 이토가 '협약안을 거부하는 것은 받아들일 수 없고 부분적 수정은 가능하다'는 얘기를 했다고 밝혔다. 그리고 조선 황실에 직접적으로 문제가 되는 부분들을 수정해서 일본의 협약안을 받아들이는 타협책을 내놓았다.

결국 고종과 대신들은 이토의 협약안에서 네 곳을 수정했다. 고종은 가장 중요한 사항은 조선 황실을 유지하는 것임을 강조하고, 4개 조로 된 협약안에 "일본국 정부는 한국 황실의 안녕과 존엄을 유지하기를 보증함"이란 조항을 추가하라고 지시했다.

11월 17일 오후 일본 측과의 협의를 위해 떠나면서, 대신들은 수정안을 최후의 대안으로 여기고 일단 일본의 협약안을 거부하기로 다짐했다. 실제로 대신들은 일본 공사관에서 열린 회의에서 일본의 협약안을 끝내 거부했다. 그러자 하야시 곤노스케(林權助) 공사는 대신들에게 궁궐로 돌아가서 어전 회의를 열라고 요구했다.

이런 일들이 벌어지는 동안, 궁궐을 에워싼 일본군은 요란한 무력시위를 했다. 야포들까지 동원되었다. 1895년의 을미사변을 겪은 대신들과 고종에겐 이런 무력시위는 음산하고 무서운 뜻을 지닐 수밖에 없었다.

17일 저녁 일본 군대는 착검을 하고서 궁궐로 들어와 황제의 거처를 에워쌌다. 그리고 이토는 조선 주둔 일본군 사령관 하세가와 요시미치(長谷川好道) 대장을 대동하고 들어와서 다시 조선 조정을 핍박하기 시작했다. 그는 고종과의 면담을 요구했다. 고종은 목이 몹시 아파 무척 괴롭다면서 접견을 거절했다. 그러나 그는 고종 앞으로 나아가서 직접 면담을 요청했다. 고종은 그래도 거절했다. "돌아가시오. 그리고 그 일은 내각 대신들과 협의하시오." 그 말을 듣자, 그는 밖으로 나와 대신들에게 선언했다, "여러분들의 황제께서 이 일에 관해 나와 협의하도록 여러분들에게 명을 내리셨소."

그렇게 해서, 회의가 새로 열렸다. 군인들의 입회 아래, 대신들은 여러 날을 버텼다. 단 한 사람의 외국 대표도 그들에게 도움이나 자문을 주지 않았다. 결국 대신들은 황제와 협의해서 작성한 수정안을 이토에게 제시했고, 이토는 그것을 받아들였다. 그래서 11월 18일 새벽에 조선 외부대신 박제순(朴齊純)과 일본 특명전권공사 하야시 곤노스케가 협약에 서명했다.

흔히 '을사보호조약'이라 불린 이 '제2차 한일협약'의 주요 내용은 아래와 같다.

(1) 일본 정부는 한국의 외교를 감리, 지휘한다.
(2) 한국 정부는 일본 정부를 거치지 않고는 다른 나라들과 조약을 맺거나 약속을 하지 않는다.
(3) 일본 정부는 한국 황제의 아래에 통감(統監)을 두어 외교 업무를 관장케 한다.

외교권을 일본에 넘기는 내용이라서, 제2차 한일협약은 조선의 독립을 근본적으로 허물고 조선을 일본의 실질적 보호국으로 만드는 조약이었다. 그러나 이미 조선 전체가 일본군에 점령되고 일본군에 의해 궁궐이 봉쇄된 상황에서 고종이나 대신들이 할 수 있는 일은 거의 없었다. 그래서 고종과 대신들은 일본의 무력적 강압에 나름으로 잘 버텨냈다고 생각했다.

뒷날 이 협약에 찬성했다는 이유로 '을사오적(乙巳伍賊)'이라 불린 이완용, 박제순, 이지용(李址鎔), 권중현(權重顯) 및 이근택(李根澤)이 12월 16일 고종에게 올린, 억울함을 호소한 상소문에서 이 점을 엿볼 수 있다. "독립이라는 칭호가 바뀌지 않았고 제국이라는 명칭도 그대로이며 종사는 안전하고 황실은 존엄한데, 다만 외교에 대한 한

가지 문제만 잠깐 이웃 나라에 맡겼으니, 우리나라가 부강해지면 도로 찾을 날이 있을 것입니다."

그래서 고종은 이 협약에 반대하는 상소들에 대해서 호의적이지 않았다. "대체로 경은 노숙한 사람으로서 나랏일을 우려하고 임금을 사랑하는 지성을 가지고 물론 이런 말을 할 수 있겠지만, 또한 그 일에 어찌 헤아린 점이 없겠는가? 경은 이해하도록 하라"는 비답(批答)에서 고종의 생각이 드러났다. 상소가 이어지자, 그는 짜증을 냈다. "이미 여러 번 칙유하였으니, 이해해야 할 것인데, 왜 이렇게까지 번거롭게 구는가? 경들의 충성스러운 말을 왜 모르겠는가? 속히 물러가라."

제2차 한일협약이 공표되자, 조선과 외교 관계를 맺었던 나라들은 조선의 공사관을 폐쇄했다. 이런 조치는 조선의 독립을 실질적으로 허물었다. 지금까지 일본의 압도적 영향 속에서도 독립을 유지하도록 조선을 떠받친 힘은 외국 외교관들의 존재였다. 그들이 떠나면서, 조선의 일은 일본의 내정이 되어버렸고, 조선 사람들이 외국의 도움을 받을 길은 사라졌다.

제2차 한일협약 체결 사실이 알려지자, 인민들의 의분이 폭발했다. 장지연(張志淵)은 《황성신문(皇城新聞)》에 「이날에 목놓아 우노라(是日也放聲大哭)」라는 논설로 협약의 부당함을 사람들에게 호소했다. 이 글의 영향은 커서, 협약에 반대하는 운동이 거세게 일었다.

여론이 자신의 예상보다 훨씬 나쁘자, 고종은 그 협약이 일본의 강요에 의해 체결된 것이며 자신은 그것을 승낙한 적이 없다는 주장을 펴기 시작했다. 그리고 밀사들을 궁궐 밖으로 내보내서 그런 얘기를 퍼뜨리게 했다. 사람들은 황제의 말을 믿었고 '을사오적'을 처단하고 협약을 폐기하라는 상소를 궁궐 대문 앞에 엎드려 올렸다. 고종은 그런 복합(伏閤) 상소를 하는 사람들이 성가셨지만, 그들의 협약 반대가 자신에게 나쁘지 않다는 생각에서 그들을 물리치지 않았다.

고종의 그런 태도는 11월 28일 이토를 만난 뒤 바뀌었다. 고종은 일본의 융자로 황실의 재정을 충실하게 하고 싶다는 뜻을 밝혔고, 이토는 고종의 희망을 들어주는 대신 내각의 실질적 수반인 참정대신(參政大臣)에 박제순을 임명해달라고 요청했다. 이처럼 타협이 되자, 고종은 궁궐 문 앞에서 복합한 상소인들을 법부에서 잡아다가 징계하라는 명을 내렸다.

고종의 명에 따라 조병세(趙秉世)와 민영환(閔泳煥)을 비롯한 상소인들이 구금되었다. 그제야 민영환은 상황을 짐작하게 되었고 문제의 근원이 '을사오적'이 아니라 고종 자신이라는 것을 깨달았다. 민씨 일족을 대표해온 대신으로서 고종의 행적과 인품을 잘 아는 그는 이제 고종이 나라의 독립이 아니라 황실의 안녕에 궁극적 가치를 둔다는 것을 확실히 인식하게 되었다. 멸망의 길로 들어선 나라를 걱정하던 울분에 자신이 모셔온 황제의 행태에 대한 절망이 겹치자, 그는 자결의 길을 골랐다.

그가 자신의 명함 앞뒤에 급히 쓴 유서인 '우리 대한제국 이천만 동포에게 작별하며 고함'에서 이 점이 드러난다. 그가 동포들에게 한 마지막 당부는 "우리 동포형제들은 천만 배 더욱 분발하고 뜻과 기력을 굳게 하고 학문을 열심히 닦으며 마음을 단단히 먹고 협력해서 우리의 자주독립을 되찾으라"는 것이었다. 제국의 신민의 한 사람이 다른 신민들에게 남기는 비장한 당부니, '황제께 충성하라'거나 '황제를 중심으로 단결하라'거나 '황실의 안녕을 위해 애쓰라'는 말이 들어가는 것이 당연하다. 황제의 인척을 대표한 대신이고 황제의 신임과 은총을 깊이 입었으며 현직이 황제를 가까이서 모시는 시종무관장인 그로선 그런 얘기를 하는 것이 더할 나위 없이 자연스럽다. 그러나 그는 황제라는 말을 당연히 써야 할 자리에서도 쓰지 않았다. [그가 이 유서에서 황제를 언급한 것은 "황은을 우러러 갚고(仰報皇恩)"라는 의례적 표현뿐이었다.]

이처럼 민영환의 유서에선 그가 말한 것보다 말하지 않은 것이 훨씬 유창하다. 그는 고종 황제가 나라를 지키는 데 해로운 존재라는 자신의 처절한 깨달음을 그런 침묵으로 드러낸 것이었다. 그렇게 큰 울분과 깊은 절망이 그로 하여금 자인(自刃)이라는 가장 단호하면서도 가장 힘든 자결 방식을 택하도록 몰아세웠을 것이다.

11월 30일 민영환이 자결하자, 원래 소두(疏頭)였던 조병세도 다음 날 자결했다. 그는 고종의 명으로 구금되었다가 고향 가평으로 축출되었는데, 다시 상경해서 상소했다. 끝내 고종에게 배척당하고 강제로 축출되자, 낙향하는 가마 속에서 음독했다.

보다 적극적으로 일본에 맞서려는 움직임도 일었다. 1906년 봄부터 여름에 걸쳐 충청도 정산(定山)에서 민종식(閔宗植)이, 전라도 태인에선 최익현(崔益鉉)이, 경상도 울진에선 이미 을미사변 때 의병을 일으켰던 신돌석(申乭石)이, 그리고 대구에선 정용기(鄭鏞基)가 의병을 일으켰다. 을미사변 때 활약했던 의병장들도 다시 움직이기 시작했다.

위태로운 나라를 구하려는 열정에서 나왔으므로, 의병 활동은 자연스러웠고 너른 지지를 받았다. 안타깝게도, 그것은 풀릴 수 없는 문제를 안고 있었다. 일본과의 조약들은 조선 정부가 체결한 것이었다. 그래서 그것들을 파기하라고 정부에 요구하면서 무력으로 그런 요구를 관철하려는 태도는 정부의 권위에 대한 도전이었다. 전제군주제인 대한제국에서 그런 태도는 황제의 권위에 대한 직접적 도전이었다. 현실적으로, 의병들은 지방 관아를 습격해서 수령들을 내쫓고 무기를 탈취해서 무장했다. 이런 행태는, 뜻이 어떻든, 반란이었다. 임진왜란이나 병자호란에서 활약한 의병들과는 성격이 달랐다.

　이처럼 곤혹스러운 사정이 의병들의 활동을 본질적으로 제약했다. 게다가 러일전쟁에서 일본이 이기자, 조선의 민심이 크게 바뀌었다. 일본군이 조선에서 물러갈 가능성이 점점 멀어지는 것을 지켜본 조선 인민들은 그런 상황을 받아들이고 적응하기 시작했다.

　그런 민심의 변화를 잘 보여주는 지표는 일본 유학생들의 급격한 증가였다. 과거가 없어진 터라, 일본 유학 경험과 일본어 실력이 출세하는 데 큰 도움이 된다고 사람들이 판단한 것이었다. 특히 양반 자제들이 황실특파유학생 신분으로 많이 일본에 유학했다. 일본 유학생들은 한일병합 때까지 지속적으로 증가했고 일본 정부가 일본 유학을 억제하는 정책을 편 뒤에야 줄어들었다.

마흔일곱째 이야기

한일병합조약(1910년)

●

 싸리재 마루에 올라서자, 대슈가 길 한쪽에 지게를 세웠다. 그리고 길례를 돌아보면서 씨익 웃었다. "힘들지?"
 그녀도 웃음을 지으면서 고개를 저었다. "오늘은 그래도 덜 더운디."
 그가 패랭이를 벗어 부채 삼아 부치면서 멀리 보이는 경인선 싸리재 정거장(停車場)을 내려다보았다. "더워도 사람들은 많네."
 그녀는 지게 위에 얹힌 주전자에서 잔에 물을 따라 내밀었다.
 "당신 더위 먹으면, 아니 다외는디." 그가 좀 걱정스러운 낯빛으로 그녀의 얼굴을 살폈다.
 그녀는 며칠 전부터 태기가 있었다. 그들은 지난봄에 혼례를 올렸다. 작년 가을부터 갑자기 수척해진 월례 할머니가 혼사를 서둘렀다. "이제 구월인디. 여름도 갔는디."
 어릴 적부터, 그러니까 경인선 공사가 시작될 때부터, 떡 광주리를 머리에 인 엄마를 따라 오간 길이었다. 몇 해 전부터는 대슈 오빠와 함께 싸리재 정거장에서 떡을 팔았다.
 고갯길이었지만, 오가는 사람들이 끊이지 않았다. 전에는 고불고불한 산길이었는데, 이제는 신작로(新作路)가 되어서, 소가 끄는 달구지들도 많이 다녔다. 요즘엔 인력거를 탄 사람들도 다녔다.

"염전이 많이 맹갈아졌구나." 동쪽 주안 쪽을 가리키면서, 그가 가벼운 탄성을 냈다. 반듯반듯한 염전들이 바닷가에 자리 잡고 있었다. 세 해 전부터 나라에서 주안 바닷가에 염전들을 만들고 있었다. 요즈음엔 소금 가마니들이 정거장에 많이 들어오고 있었다.

그녀가 고개를 끄덕였다. "나라에서 하는 일이니…."

"하여튼 세상이 참아로 빨리 바뀐다," 탄식 비슷하게 혼잣말을 하고서, 그가 일어났다. "가보자."

싸리재 정거장 가까이 이르자, 부부는 세를 얻은 가가로 들어갔다. 뒷골목에 매대 하나 놓은 작은 가가였는데, 골목 입구 벽에 '제물포 떡집'이란 작은 안내판을 붙여놓아서 손님들이 어렵지 않게 찾을 수 있었다.

길례가 가가 문을 열고 매대를 내놓자, 대슈가 지고 온 떡을 매대에 올려놓았다. 한여름엔 쉽게 상하지 않는 기주떡을 주로 팔았다. 길례가 떡을 진열하는 사이, 대슈는 풍로에 불을 지피고 물 주전자를 올려놓았다. 물은 꼭 끓여서 내놓는 것은 월례가 세운 전통이었다. 일본 영사관 김씨의 얘기를 따른 것이었다. 제물포는 작은 반도인데 평지엔 늪이 많아서 물맛이 좋지 않고 배탈이 잘 난다고 했다. 그래서 일본 사람들은 되도록 끓인 물을 먹는다고 했다. 생각해보니, 정성들여 만든 떡을 먹고 배탈이 날 리는 없었지만, 깨끗하지 않은 물을 마시고 배탈이 나더라도, 사람들은 떡을 먹고 배탈이 났다고 여길 터였다.

준비가 되자, 길례는 작은 떡 광주리를 머리에 이고 손에 작은 물 주전자를 들고 나섰다. 남편이 가가를 지키는 사이, 그녀는 정거장을 한 바퀴 돌면서 떡을 파는 것이었다.

새로 지어진 대합실 입구 위엔 '츅현뎡거장(柚峴停車場)'이란 간판이 붙어 있었다. '츅현'은 싸리재를 뜻하는 한자라 했다. 그녀는 경건한 마음으로 안으로 들어섰다. 내리 예배당에 들어설 때 품게 되는 마음과 비슷했다. 하긴 그녀에게 이곳 정거장은 예배당과 같았다. 두 곳 다 그녀의 삶의 터전이었다.

대합실로 들어서자, 그녀는 조심스럽게 둘러보았다. 한쪽에 사람들이 몰려 있었다. 가까이 다가가보니, 벽보가 붙어 있었다. 붓글씨로 쓴 것이 아니고, 인쇄한 것이었다. 한문이어서, 그녀로선 무슨 뜻인지 알 수 없었다. 그녀는 벽보를 보는 사람들의 얼굴을 살폈지만, 모두 어두운 낯빛으로 벽보를 보고서 슬그머니 물러나곤 했다. 좋은 소식이 아니라는 얘기였다. 물론 그 사람들도 대부분 그녀처럼 한문을 모르는 사람들일 터였지만. 어쩌면, 벌써 소문이 퍼졌을 수도 있었다. 요즘엔 철도 덕분에 서울에서 일어난 일들이 당일로 이곳 제물포로 퍼졌다.

그녀는 조용히 대합실을 한바퀴 돈 뒤에 한쪽 의자들이 놓인 곳에 광주리를 내려놓았다. 정오가 가까워져서, 떡은 그런대로 팔렸다. 그녀가 가가로 돌아가서 다시 떡을 가져오려고 빈 광주리를 머리에 이는데, 선비 차림의 노인이 벽보를 읽고 있었다. 차림으로 보나 몸짓으로 보나, 벽보의 뜻을 아는 듯했다. 그녀는 광주리를 내려놓고 그 노인에게로 다가갔다.

오랫동안 벽보를 보던 노인이 돌아섰다. 처연한 낯빛이었다. 그녀와 눈길이 마주치자, 그가 멈칫했다.

그녀는 허리를 깊이 숙여 인사했다. "어루신, 쇼인네가 글을 몰라셔… 뎌긔 벽에 븥은 글은 므슴 뜻이옵니까?"

그녀의 행동이 당돌하다고 느꼈는지, 그가 흠칫했다. 그러고는 애써 목소리를 가다듬어 말했다, "우리 대한데국 황데 폐하끠서 이 나라 이 백성을 모두 일본 천황에게 넘군다는 녜아기이오."

"아, 녜에. 어루신 감샤하옵니다." 그녀는 다시 허리 숙여 인사했다. 돌아서려다가, 그녀는 충동적으로 물었다, "어루신, 그러하온대, 어드리 나라와 백성을 넘굴 수 이시나잇가?"

이번엔 노인이 정말로 놀라서 그녀를 찬찬히 살폈다. "됴한 녜아기이오." 그리고는 고개 들어 대합실 천장을 보면서 탄식했다, "아녀자도 아난 것을 명색이 황데라 하난⋯."

라틴 아메리카와 필리핀에서 지닌 영향력을 강화하는 데 마음을 쓰느라, 미국은 중국으로의 진출이 다른 강대국들에 비해 늦었다. 불리한 상황을 바꾸려고, 윌리엄 맥킨리(William McKinley) 정권의 국무장관 존 헤이(John Hay)는 1899년에 중국에서의 '문호 개방 정책(Open Door Policy)'을 선언했다. 그는 강대국들이 중국에서 자신들의 영향권을 설정하고 배타적으로 지배하는 것에 반대하고 기회의 균등을 주장했다.

이어 1909년에 윌리엄 태프트(William Taft) 정권의 국무장관 필랜더 녹스(Philander Knox)는 무력 대신 교역과 투자로 해외에 진출한다는 '달러 외교(Dollar Diplomacy)'를 추구했다. 이런 정책의 일환으로 그는 만주 철도의 '상업적 중립화(commercial neutralization)'를 제안했다. 이 제안의 실질적 의미는 러시아와 일본이 장악한 만주 철도를 중국에 돌려주는 것이었다.

'달러 외교'는 강대국들의 이권들을 줄이고 문호를 개방해서 미국

자본의 중국 진출을 돕는 데 궁극적으로 실패했다. 오히려 만주에서 큰 이권들을 지닌 러시아와 일본이 그 이권들을 지키기 위해 협력하도록 만들었다. 그래서 1910년 7월에 러시아는 종래의 정책을 바꾸어 일본의 조선 병합을 양해했다.

조선 병합의 가장 큰 난관이었던 러시아의 반대를 넘어서자, 일본 정부는 병합 절차를 서둘렀다. 병합에 반대하는 조선 인민들의 봉기에 대비해서, 일본 정부는 현역 육군 대장인 데라우치 마사타케(寺內正毅) 육군대신이 조선 통감을 겸직하도록 했다. 마침내 1910년 8월 22일 총리대신 이완용과 통감 데라우치 마사타케 사이에 '한일병합조약'이 체결되어 8월 29일 공표되었다. 이 조약 제1조는 "한국 황제 폐하는 한국 전부에 관한 일체의 통치권을 완전 또 영구히 일본 황제 폐하에게 양여(讓與)한다"였고 제2조는 "일본 황제 폐하는 전조에 기재한 양여를 수락하고 전연 한국을 일본제국에 병합함을 승낙한다"였다. 이렇게 해서, 순종(純宗)은 조선 왕조의 마지막 임금이 되었고, 조선 사람들은 나라를 잃었다.

그러나 조선 왕실은 명맥을 유지했다. 한일병합조약의 제3조는 "일본국 황제 폐하는 한국 황제 폐하, 황태자 전하 및 그 후비와 후예로 하여금 각기의 지위에 적응하여 상당한 존칭 위엄 및 명예를 향유하게 하며 또 이것을 유지함에 충분한 세비를 공급할 것을 약속한다"고 규정했다. 그리고 일본 정부는 이 조항만큼은 충실히 이행했다.

대한제국 황제는 신민과 통치권을 대일본제국의 천황에게 양도한다는 조서(詔書)와 대일본제국 천황은 이를 받아들인다는 조서가 사람들이 많이 모이는 곳마다 나붙었지만, 사람들은 별다른 동요 없이 일상적 삶을 이어갔다.

　반면에, 나라가 망했다는 사실을 자신의 치욕으로 받아들이고 목숨을 끊은 사람들도 있었다. 어떤 길을 고르든 좋은 선택이 될 수 없는 상황을 맞은 지식인의 심경을 황현(黃玹)의 유시는 아프도록 선연하게 드러냈다.

새와 짐승 슬피 울고 바다와 산악도 찌푸리네.	鳥獸哀鳴海岳嚬
무궁화 세상은 이미 사라졌구나.	槿花世界已沈淪
가을 등불 아래 책 덮고 옛일을 회고하느니	秋燈掩卷懷千古
사람 세상에서 글 아는 사람 노릇이 힘들도다.	難作人間識字人

마흔여덟째 이야기

광제호

●

갑판에 혼자 선 나팔수가 나팔을 불기 시작했다. 느리고 애잔한 곡조에 맞춰, 돛대에 걸렸던 태극기가 천천히 내려오기 시작했다.

가슴 가득한 감정을 지그시 억누르고서, 신순성(愼順晟)은 손을 들어 경례했다. 바닷바람에 펄럭이면서 항의하는 듯한 몸짓으로 천천히 내려오는 깃발을 침침한 눈으로 우러렀다. 이제 돛대 위에선 다시 보지 못할 깃발이었다.

승무원들이 내려온 깃발을 조심스럽게 접었다. 이어 다른 승무원들이 욱일기(旭日旗)를 깃대에 올릴 준비를 했다. 취주병이 다시 나팔을 불기 시작했다. 일본 국가였다.

신순성은 다시 자세를 바로 하고 경례했다. 깃발이 돛대를 올라가기 시작했다. 숨을 깊이 쉬면서, 그는 자신의 마음을 체념으로 채우려 애썼다. 이제 새로운 세상이 열렸고, 그 세상에서 살아가야 했다. 조선 사람들 모두가. 어제 '한일병합조약'이 공포된 것이었다. 이제 그는 일본제국의 신민이었고, 그가 이끌어온 이 배 광제호는 일본제국의 재산이었다.

고려 우왕 치세에 최무선이 화포를 개발하면서, 조선 수군의 전력은 크게 도약했다. 덕분에 전국을 휩쓴 왜구를 물리칠 수 있었다.

조선 명종 치세에 판옥선이 표준 전함으로 채택되자, 화포를 갖춘 판옥선이 조선 수군의 주력이 되었다. 이런 수군 전력은 임진왜란에서 우세한 왜군을 물리친 힘의 원천이었다.

그 뒤로 수군의 전력은 줄어들었다. 조선조 후기에 사회는 전반적으로 침체했고, 해외로부터의 외침이 없어서, 정부는 수군의 유지에 관심이 없었다. 수군은 소금을 굽고 고기를 잡아 연명하는 일에 매달렸다.

어쩔 수 없이, 전선들은 쇠락했다. 대신 고기잡이에 편리한 작은 배들이 많이 만들어졌고, 어느 사이엔가 포작선(鮑作船)이라 불린 고기잡이배들이 수군의 실질적 주력이 되었다.

1866년의 병인양요는 조선이 해군력을 갖추지 못했다는 사실을 괴롭게 일깨워주었다. 거대한 함포들을 갖춘 서양 전함들 앞에 조선이 내놓을 수 있는 배는 없었다. 조선 수군의 배들은 가까운 섬들에 병력과 물자를 실어 나르는 임무만 수행할 수 있었다. 해가 갈수록, 상황은 악화되었다.

마침내 고종은 근대식 군함을 도입해서 최소한의 해군력을 갖추기로 결정했다. 1903년에 조선 정부는 일본 미쓰이(三井) 물산이 쓰던 석탄 운반선을 구입해서 80mm 대포 4문과 5mm 기관총 2정을 탑재했다. 현대식 기선을 운용할 인력이 있을 리 없어서, 선장 이하 고급 승무원들은 모두 일본 사람들이었다. 일본 동경고등상선학교를 졸업하고 갑종 해기사 자격을 얻은 신순성이 유일한 조선인 사관이었다. 양무호(揚武號)라는 이름을 얻은 이 배의 모항은 인천항이었다.

이 배의 구입과 개량에 든 비용은 조선 정부 한 해 예산의 10%가량 되었으니, 조선 정부로선 과감한 투자였다. 그러나 만재 배수량이 4,000톤이 넘는 이 배는 너무 크고 낡아서, 운영비만 많이 들고 군함으로서 제대로 기능하지 못했다. 실제로, 일본 사람들이 사정을 잘 모르는 조선 정부를 속이고서 낡은 배를 비싼 값에 팔아 폭리를 취한 터였다.

조선 정부는 보다 실용적인 배를 마련하기로 결정하고 일본 가와사키(川崎) 조선소에 배수량 1,000톤인 함정을 발주했다. 이 배에 76.2mm 함포를 탑재해서 해안 경비, 등대 순시, 세관 감시와 같은 임무를 맡겼다. 광제호(廣濟號)라 불린 이 배는 1904년에 취역했다. 함장은 신순성이었다.

1905년 11월에 제2차 한일협약이 체결되자, 광제호는 군함으로서의 임무를 마치고 탁지부(度支部) 관세국 소속 연안 감시선이 되었다. 그리고 이번에 한일병합조약이 체결되자, 광제호는 고사이마루(光濟丸)로 개명되어 잡다한 수송 임무에 쓰이게 되었다.

1945년에 해방되자, 나이가 많아도 부지런히 움직인 이 배는 조선에 거주했던 일본인들을 본토로 실어 날랐다. 이어 일본에서 수송선으로 쓰이다가 1947년에 좌초해서 폐기되었다.

그날 신순성은 광제호에서 내려진 태극기를 간수해서 집으로 가져갔다. 그리고 아들 태범(兌範)을 서재로 불렀다.

"이 기는 태극기다. 광제호에 게양되었던 태극기다."

"녜에, 아버님."

"언젠가는…." 아들을 보면서, 그는 고개를 천천히 끄덕였다.

"알겠습니다. 아버님."

그는 금고를 열고 보자기로 싼 태극기를 넣었다. 그러고서 한 세대가 지난 1944년에 신순성은 세상을 하직했다.

해방이 되었을 때, 조선에 남아 있던 유일한 기선은 1,631톤 '부산호'였다. 일본 당국이 조선 선적의 배들까지 일본으로 가져갔는데, 이 배는 수리를 위해 모항인 인천에 머물던 참이었다. 인천항에서 열린 부산호의 재취항식에서 신태범이 기증한 광제호의 태극기가 돛대에 내걸렸다.

금고 속에서 어두운 세월을 견딘 그 깃발은 밝은 햇살 속에 시원한 바닷바람을 받아 기운차게 펄럭였다. 눈물이 흘러 침침해진 눈길로 그 깃발을 우러러 경례하면서, 신태범은 금고를 열며 한 아버지의 말씀을 되새겼다: "언젠가는…."

마흔아홉째 이야기

인천항 갑문 선거(1911년)

●

'임오년 여름이었는디, 신해년 봄이니… 스물아홉 해….' 월례는 벌써 몇십 번 한 계산을 다시 했다.

오랜만에 고개에 오르니, 훤히 트인 앞바다가 시원스럽게 다가왔다. 그때만 하더라도 앞 바다에 배들이 그리 많지 않았었다. 이제는 먼바다까지 배들이 가득했다. 서른 해 동안에 세상이 참 많이 바뀐 것이었다. 여기서 떡 장사를 하면서 보낸 세월이 꿈속 세월처럼 느껴졌다. 이제 그 모든 것들이 일어난 이곳 바닷가를 떠나는 것이었다.

한숨이— 한탄도 아니고 아쉬움도 아니고 그저 지난 세월과 문득 마주 설 때 맛보게 되는 슬픔에 가까운 맑은 느낌이 밴 한숨이—조용히 그녀 입에서 새어 나왔다. 그 맑은 느낌에 '그래도 나는 살아남았다'는 자부심이 안개처럼 어렸다. 그랬다, 정말로 힘든 세월이었고 혼자 힘으로 버텨낸 것이었다.

'지금은 어디 겨시는지….' 갑신년에 그녀를 도와준 그 고마우신 분의 모습이 떠올랐다. 이제 얼굴도 흐릿했다. 늙으니 모든 것들이 흐릿해졌다.

하긴 그녀의 기억 속에 남은 그때 제물포 바닷가도 모습이 흐릿했다. 그녀는 아득해진 눈길로 처음 여기서 장사를 시작했을 때의 바닻가 모습을 떠올렸다. 그때는 선착장도 없었다. 그저 배를 바닷가에 대고서 타고 내렸다. 그러다가 돌로 제방을 쌓고 바다로 뻗어나간 선착장을 만들었다. 키가 큰 서양 사람이 인부들을 데리고서 그 일을 했다. 해관(海關)에서 일하는 아라사 사람이라고 했다. 선착장이 생겨서 쉽게 타고 내리게 되자, 모두 편리하다고 감탄했다.

이제 갑문(閘門)이라는 것을 만든다고 했다. 둑을 쌓아 썰물에도 바닷물이 빠지지 않도록 하고 둑에 만든 문으로 배들이 드나들도록 한다는 얘기였다. 그렇게 하면, 엄청나게 큰 배도 곧바로 선착장에 대어서 그대로 사람들과 물건들을 태우고 내릴 수 있다고 했다.

그런 갑문 시설이 만들어지면, 바닷가에 여러 시설들이 들어서게 되어서, 제물포 바닷가가 다 바뀌는 것이었다. 지금까지 남아 있던 바닷가 집들을 나라에서 사들여 다 허물고 그 자리에 신식 건물들을 세운다고 했다. 일본인들이 빠르게 늘어나면서, 일본 조계지 너머로 진출했다. 그녀 가가 둘레 백 호도 채 못 되는 초가집들이 제물포에 남은 마지막 조선 사람들 집이었다.

그녀의 가가도 이번에 그렇게 나라에서 사들였다. 원래 주막집 헛간이었던 집을 가가로 만들었고 소래댁과 길례가 함께 살게 된 뒤로는 방을 한 칸 덧대었던 터라서, 보상액은 그리 많지 않았다. 그래도 싸리재 덩거장 가까운 데에 어엿한 집 한 채를 얻을 수 있었다. 가가를 내고, 길례가 곧 해산하면, 대슈네 식구들하고 함께 살 만했다.

그녀는 갑문이 세워질 곳이라고 사람들이 가르쳐준 곳을 살폈다. 그곳까지 땅으로 만들려면, 엄청난 흙이 필요할 터였다.

'그 흙은 다 어디서 나나?' 가벼운 호기심으로 그녀는 둘레를 살폈다. 이 싸리재도 흙을 파내서 낮아지리라는 생각이 들었다. 고개가 낮아지는 것이야 좋은 일일 터였다.

'옛말에 상전벽해(桑田碧海)라 하얏난디,' 그녀 얼굴에 희미한 웃음이 어렸다. '이제는 벽해가 상전이 되는구나.'

"할마님, 시드럽지 아니 하셔우?" 옆에 앉은 길례가 그녀 얼굴을 살폈다.

"나는 관겨티 아니하다. 아가, 너는 어떠하냐?" 그녀 눈길이 손주며느리의 불룩한 배로 끌렸다.

길례가 배시시 웃었다. "이제 나리막길인데유."

"그래. 가보자." 그녀는 천천히 일어섰다. 그리고 자신의 삶의 터전이었던 주막집 헛간을 찾았다. 다른 집들에 가려서, 보이지 않았지만, 그녀는 그 작은 초가에 마지막 작별의 눈길을 길게 보냈다. 그리고 결연히 돌아섰다. 저 아래에 덩거장이 있었다. 그녀 자식들이 삶을 꾸려갈 터전이었다.

1911년 6월에 인천항 갑문 선거(船渠) 시설의 기공식이 열렸다. 이 거대한 공사는 1918년 10월에 준공되었다. 갑문 안의 수심이 깊어서, 4,500톤급 선박 5척이 동시에 접안할 수 있었다. 그래서 일본이 만주와 산둥성을 점령해 황해를 실질적 내해로 만든 20세기 전반에, 인천항은 큰 간만(干滿)의 차이를 극복하고 황해의 중심적 항구로 기능할 수 있었다.

선박의 대형화가 빠르게 진행되면서, 적어도 8,000톤급 선박이 접안할 수 있는 시설이 필요해졌다. 그래서 1930년대 중엽에 제2갑문 선거가 추진되었는데, 태평양전쟁이 일어나면서, 연기되었다. 대한민국이 선 뒤엔 6·25 전쟁이 일어나서 이 야심 찬 계획은 실현되지 못했다. 한국이 경제 발전을 이루자, 1966년에 다시 추진되어 1974년에 완공되었다.

실은 이 공사는 일본이 추진했던 제2갑문 선거 계획을 훌쩍 넘어 인천항 내항 전체를 선거로 만든 대역사였다. 월미도와 소월미도 사이에 갑문을 설치하고 대대적으로 준설해서 너른 수면 전체를 선거로 삼고 5만 톤급 선박들이 드나들 수 있도록 만들었다. 덕분에 인천항의 하역 능력은 1966년의 142만 톤에서 1976년의 872만 톤으로 늘어났다.

쉰째 이야기

3·1 독립운동(1919년)

●

　길례는 정성스럽게 쌀을 씻었다. 시할머니 제상에 오를 떡을 만들 쌀이었다. 그녀에게 시할머니는 하늘이나 땅 같은 존재였다. 제물포 떡 가가 앞에서 시할머니를 처음 만난 장면에서 그녀의 삶의 기억들이 시작되었다. 그 이전 네 해의 삶에서 남은 기억들은 몇 안 되고 흐릿했다.
　배고픈 참에 떡을 받아 열심히 먹는데, 할머니가 이름을 물었다. 길례라고 대답하자, 할머니가 웃으면서 말했다, "나는 월례다." 모두 웃었고, 세상이 문득 환해졌다.
　할머니는 이리로 이사하고 신규가 태어난 뒤 두 해를 더 사셨다. 이사한 뒤 식구들이 다 모인 자리에서 할머니는 재산을 분배하셨다. 떡집은 맏이인 대슈가 이어받고 솔밭골의 집과 논밭은 논 세 마지기만 대슈 몫으로 하고 나머지는 지차들이 물려받으라고 말씀하셨다. 그 뒤로 친정어머니하고 그녀가 떡집을 해온 터였다. 싸리재 덩거장에 드나드는 사람들이 점점 많아져서, 떡집은 잘되었다. 재료를 구해오는 일을 맡은 대슈는 "바쁘다 바빠"를 연신 입에 올렸다. 철길을 따라 난 신작로엔 큰 신식 집들이 섰다. 사람들이 많아지면, 살기가 좋아진다는 이치를 그녀는 실감하고 있었다.

"엄니이." 신규가 매대 앞에서 불렀다.

아궁이에 불을 지피던 그녀는 돌아보지 않은 채 물었다. "왜?"

"나 현국이 형하고 떡 하나씩 먹을게."

"현국이?" 그녀는 돌아보았다. 매대 너머에 신규가 서 있고 그 뒤에 이웃집 아이가 얼쩡거리고 있었다. "현국이가 벌셔 왔냐?"

"오늘 우리 학교에서 만셰 브르고 모도 집으로 갔습니다." 현국이가 대꾸했다. 녀석은 신규보다 네 살 위로 쇠뿔고개에 있는 보통학교 2학년생이었다.

"만셰 블렀다구?"

"녜에."

"신규야, 거기 매대 떡을 형과 함끠 먹어라."

"알았어유," 녀석이 신나서 대꾸했다.

불길을 살피면서, 그녀는 현국이가 한 얘기를 음미했다. 초하룻날에 서울에서 '만셰 시위'가 있었다는 얘기가 그날 저녁에 퍼졌다. 그러나 인천에선 조용했다. 오늘 초엿새에야 비로소 만셰 시위가 벌어졌던 모양이었다. 인천은 일본 사람들이 워낙 많고 학생들은 거의 다 일본 학생들이라서, 만셰 시위가 일어나기 어려웠다.

마음이 착잡했다. 조선 사람이라면 누구나 "대한독립 만셰!"를 외치고 싶을 터였다. 다른 편으로는, 조선 사람들이 만셰 시위를 벌이면, 일본 사람들이 가만히 있지 않을 터였다. 그다음 일이 그녀는 두려웠다. 뭐니 뭐니 해도, 지금은 그녀가 어렸을 적보다는 모두 잘살고 있었다.

1918년 11월 제1차 세계대전이 멈추자, 온 세계에서 새로운 질서를 마련하려는 움직임이 일었다. 1917년의 러시아혁명에서 영향을 받아, 유럽에선 혁명의 열기가 뜨거웠다. 1917년에 핀란드가 공화국을 선포한 뒤로 1918년엔 리투아니아, 라트비아, 조지아, 유고슬라비아, 체코슬로바키아, 아이슬란드가 독립을 선언했다. 특히 1918년 1월 우드로 윌슨(Woodrow Wilson) 미국 대통령이 의회 연설에서 제시한 '민족자결주의(Principle of Self-determination)'는 억압받던 약소국들에게 영감과 희망을 주었다.

이런 사조의 영향을 받아, 서양 열강과 일본의 침략으로 괴로움과 굴욕을 맛보던 중국에선 빼앗긴 국권을 회복하려는 움직임이 활발해졌다. 이런 움직임을 주도한 것은, 놀랍지 않게도, 젊은 세대를 대표하는 대학생들이었다.

마침 와세다(早稻田) 대학에서 철학을 공부하던 이광수(李光洙)가 북경을 찾았다. 새로운 질서를 추구하는 세계적 움직임과 중국 지식인들의 국권 회복 운동을 알게 되자, 그는 그런 상황이 조선에 독립의 기회를 준다고 판단했다. 서울로 돌아오자, 그는 와세다 대학을 졸업하고 중앙학교(中央學校) 교사로 일하던 현상윤(玄相允)을 만나 상의했다. 현상윤은 이광수의 생각에 동의하고 협력을 약속했다.

서울에서 협의를 마치자, 이광수는 1918년 12월 하순에 도쿄로 가서 동지들을 모았다. 이때 일본에 유학한 조선인 학생들도 급격하게 바뀌는 국제 정세에 관심을 갖고 있었다. 그들은 뉴욕에서 열린 소약속국동맹회의(Congress of League of Small and Subject Nationalities)에 특히 큰 관심을 가졌다.

이광수를 통해서 중국과 국내의 최근 정세를 자세히 알게 되자, 유학생들은 바로 독립운동에 나서기로 결의했다. 이들은 조선청년독립당(朝鮮靑年獨立黨)을 결성하고 자신들의 독립운동을 그 정당의 이름으로 하기로 했다. 이광수가 조선청년독립당의 '독립선언서' 초안을 만들자, 메이지(明治) 대학의 백관수(白寬洙)와 게이오(慶應) 대학의 김도연(金度演)이 퇴고해서 사흘 만에 독립선언서가 완성되었다.

이들은 이번 독립선언이 도쿄에서의 일회성 행사로 끝나지 않도록, 널리 퍼지고 오래 이어지도록, 계획을 세웠다. 먼저, 와세다 대학의 송계백(宋繼白)을 국내로 들여보냈다. 그는 명주에 베낀 독립선언서를 모자 속에 끼워 넣어서 일본 경찰의 눈길을 피했다. 그는 모교인 중앙학교의 현상윤을 찾아가 독립선언서를 꺼내놓고 유학생들의 독립선언 계획을 밝혔다.

한편 '조선유학생학우회'의 회장인 와세다 대학의 최팔용(崔八鏞)은 이광수에게 상해로 가라고 권했다. 독립선언서를 발표한 뒤 동지들이 모두 체포되면, 일본의 식민 통치의 부당성과 조선인들의 독립운동을 세계에 알릴 사람이 없을 터였다. 최팔용이 내놓은 여비로 이광수는 상해로 향했다.

1919년 2월 8일 오전 유학생들은 독립선언서를 일본 의회, 각국 대사관 그리고 신문사들에 발송했다. 이어 오후 2시에 도쿄의 조선기독교청년회관에서 '조선유학생학우회' 명의로 모임을 열었다. 모두 600여 명이 모여서, 회의장을 채우고도 모자라 밖으로 넘쳤다. 당시 도쿄의 조선인 유학생들이 642명이었으니, 모두 모인 셈이었다.

회의 도중에 최팔용이 회의의 진정한 목적은 독립선언이라고 밝혔다. 그러자 백관수가 등단해서 독립선언서를 낭독했다. 이어 김도연이 결의문을 낭독했다. 감동한 유학생들의 울음은 아오야마가쿠인(靑山學院) 대학의 윤창석(尹昌錫)이 기도를 시작하자 차츰 그쳤다. 독립선언을 막으려는 일본 경찰과의 충돌로 많은 유학생들이 다쳤고 주동자들은 검거되어 끌려갔다.

상해에 닿자, 이광수는 도쿄 유학생들의 독립운동에 관한 기사를 써서 노스차이나 데일리뉴스(North China Daily News)를 찾았다. 그 신문사 사람들은 처음엔 그의 기사를 반신반의했다. 실제로 도쿄의 조선 유학생들이 독립을 선언하자, 그 신문은 '젊은 조선의 야망'이란 제목으로 그 사실을 알렸다. 다음 날 미국인 신문 『차이나프레스(The China Press)』에 이광수가 작성한 기사가 실렸다. 이렇게 해서, 1919년의 조선 독립운동이 바깥 세계에 알려지기 시작했다.

국내에서도 독립선언을 위한 준비가 착실히 진행되었다. 송계백에게서 독립선언서를 받자, 현상윤은 중앙학교 교장 송진우(宋鎭禹)와 출판을 통한 계몽운동을 하던 최남선(崔南善)에게 보였다. 최남선은 국내 독립운동의 선언서는 자기가 작성하겠다고 말했다. 현상윤은 보성고등보통학교 교장 최린(崔麟)에게 도쿄의 상황을 설명했고 최린은 천도교 교주인 손병희(孫秉熙)에게 현상윤의 얘기를 보고했다.

1894년에 동학군이 관군과 일본군의 연합군에 패배한 뒤, 동학 교단을 추스르는 임무는 손병희에게 돌아갔다. 그는 조선 사회의 상황이 동학의 활동을 엄격하게 제약한다는 사실을 인식했고 동학을 현실 정치에 깊이 개입하지 않는 비교적 순수한 종교로 이끌었다. 그런 쇄신 과정에서, 그는 동학을 천도교(天道敎)로 개명했다.

조선청년독립당의 독립선언서를 거듭 읽은 손병희는 고개 들어 최린을 잠시 응시했다. 그리고 한숨을 길게 내쉬었다. "어린아이들이 저렇게 운동을 하는데, 우리로서 어떻게 보기만 할 수 있겠소. 우리도 합시다."

"알겠습니다." 손병희의 선선한 응낙에 최린은 조용히 안도의 한숨을 내쉬었다. 그리고 슬쩍 둘러앉은 천도교 간부들을 살폈다.

"자세한 것은 여러분들이 상의해서 처리하시오." 손병희가 당부했다.

당시 천도교는 민족 종교로서 세력이 컸고 응집력이 강했다. 손병희가 결단을 내리자, 그의 핵심 참모들인 권동진(權東鎭)과 오세창(吳世昌)이 최린과 함께 적극적으로 움직였다. 그들과 중앙학교 측이 협력하게 되자, 일은 빠르게 나아갔다.

최린은 송진우, 현상윤, 최남선과 함께 국내에서도 독립선언을 하기로 하고 신망이 있는 사람들을 독립선언서의 서명자들로 삼기로 했다. 그들은 철종(哲宗)의 부마이며 갑신정변의 주역들 가운데 하나인 박영효(朴泳孝), 참정대신으로 을사보호조약을 반대했던 한규설(韓圭卨), 한일병합 뒤에 작위를 거절한 대신 윤용구(尹用求), 그리고 개화파의 지도자였던 윤치호(尹致昊)에게 참여를 타진했다. 그러나 네 사람 모두 서명자가 되기를 거절했다.

신망 있는 대한제국 관리들을 끌어들이는 데 실패하자, 그들은 기독교 세력과의 연합을 시도했다. 마침 기독교 쪽에서도 평안북도 정주(定州)의 오산학교(伍山學校) 교주 이승훈(李昇薰)을 중심으로 독립운동을 시작한 참이었다. 최남선의 주선으로 이승훈이 서울로 올라와 중앙학교 교주 김성수(金性洙)의 집에서 송진우를 비롯한 서울의 독립운동 세력과 만났다. 그동안 서울에서 이루어진 일들과 앞으로의 계획을 듣자, 이승훈은 흔쾌히 합류하겠다고 말했다. 열정적인 이승훈은 바로 기독교 지도자들을 만나 참여를 설득했다. 당시 기독교 측은 자금이 옹색했다. 이승훈이 천도교 측에 자금 지원을 요청하자,

손병희는 이승훈이 요청한 5,000원을 선뜻 지원했다.

이어 최린은 친교가 있는 신흥사(新興寺)의 한용운(韓龍雲)에게 독립운동 계획을 밝혔고 한용운은 흔쾌히 참여했다. 시일이 급박했고 비밀을 지켜야 했으므로, 불교계에 널리 알릴 수 없어서, 마침 서울에 올라온 해인사(海印寺)의 백용성(白龍城)만이 참여했다.

독립운동 주동자들은 유교 측과는 접촉하지 않았다. 유교는 종교적 색채가 옅고 조직이 뚜렷하지 않았으며 오랜 당쟁으로 응집력이 약했다. 기일이 촉박한 데다, 참가자들의 범위를 넓히면, 비밀이 새어 나갈 위험이 따라서 커질 터였다.

일본 유학생들이 독립선언을 준비한다는 소식에 국내 학생들도 움직이기 시작했다. 기독교청년회(YMCA) 간사로 이미 기독교 측의 독립운동에 참여한 박희도(朴熙道)가 중심이 되어 여러 차례 회합한 결과, 각 대학의 대표자가 선정되어 조직적으로 운동을 추진하게 되었다. 이어 종교계가 중심이 되어 독립운동을 추진하자, 학생들은 거기 가담해서 앞장을 서기로 했다.

2월 15일 최남선이 최린에게 독립선언서 문안을 건넸다. 독립선언서에 민족 대표자로 서명할 사람들은 천도교 측에선 손병희를 비롯한 15명이, 기독교 측에선 이승훈을 비롯한 16명이, 그리고 불교 측에선 한용운과 백용성 2명이 서명하기로 결정되었다. 천도교의 대도주(大道主) 박인호(朴寅浩), 기독교의 함태영(咸台永), 그리고 중앙학교의 송진우와 현상윤은 사후 수습을 위해 서명에서 빠졌다.

마침 고종 황제의 장례에 참석하려고 많은 사람들이 서울로 모여들고 있었다. 인산일(因山日)인 3월 3일 바로 전날이 거사에 좋았지만, 일요일이라 기독교 측에서 반대했다. 그래서 3월 1일이 거사 일로 잡혔다.

독립선언서의 인쇄는 천도교 측에서 맡기로 되어 이종일(李鍾一)이 운영하는 보성사(普成社)에서 조판을 시작했다. 그러나 보성사 직공의 기술이 부족해서 최남선이 운영하는 신문관(新文館)에서 조판을 하고 보성사에선 인쇄만 했다. 2월 27일 밤까지 이종일은 선언서 2만 1,000장을 인쇄해서 자기 집으로 옮겼다.

독립선언서를 비밀리에 전국에 배포하는 일은 어렵고 위험했다. 그래서 천도교, 기독교, 불교 그리고 학생 측이 각기 책임자를 정해서 배포하기로 했다. 가장 중요한 서울 시내의 배포는 학생들이 맡았다. 지방 도시들엔 기독교와 천도교에서 분담해서 인원을 파견했다. 일본 정부와 의회, 파리평화회의에 참석한 각국 대표들, 윌슨 미국 대통령에게 보낼 의견서나 청원서 등의 문서들을 국외로 반출할 책임자들도 결정되어 2월 27일부터 출발하기 시작했다.

민족 대표들은 2월 28일 오후에 손병희의 집에 모여 상견례 겸 마지막 회의를 했다. 이 자리에서 최린은 학생들과 시민들이 많이 모인 파고다 공원에서 독립선언을 하면 일본 경찰과 민중 사이에 충돌이 일어날 가능성이 크다고 지적하면서 장소를 바꿀 것을 제안했다. 논의 끝에 최린의 제안을 따라 파고다 공원에 가까운 인사동의 명월관(明月館) 분점 태화관(泰和館)에서 민족 대표들만 모여 독립선언식을 열기로 결정되었다.

1919년 3월 1일 오후 2시 태화관 2층에서 마침내 조선 민족 대표들이 모였다. 지방에 있던 대표 넷이 미처 도착하지 못해서, 참석한 서명자들은 29명이었다. 간소하게 점심을 든 뒤, 그들은 바로 선언식을 시작했다. 참석자들은 식탁에 놓인 독립선언서를 한 장씩 집어 들었다. 잠시 사람들이 인쇄 잉크 냄새가 나는 선언서를 들여다보았다.

오등(吾等)은 자(玆)에 아(我) 조선(朝鮮)의 독립국(獨立國)임과 조선인(朝鮮人)의 자주민(自主民)임을 선언하노라.

선언서를 속으로 읽으며 자신들이 하려는 일의 뜻을 새삼 새기는 사람들의 얼굴엔 비장함이 어렸다. 이제 자신들에게 닥칠 험한 운명을 온몸으로 느끼면서, 모두 말이 없었다.
"원래 선언서를 낭독할 예정이었으나, 이 자리는 우리만 모인 곳이니, 선언서를 배포하는 것으로 낭독을 대신하겠소이다." 손병희가 무겁게 말했다.
이때 보성법률상업전문학교(普成法律商業專門學校)에 다니는 강기덕(康基德)이 학생 둘과 함께 나타났다. 탑골 공원에 학생들이 모여서 민족 대표들이 오기를 기다리니, 함께 가서 학생들 앞에서 독립선언서를 낭독해달라는 얘기였다.
최린은 학생들에게 선언 장소를 갑자기 바꾼 이유를 설명했다. 그리고 학생들에게 충돌이 없도록 하라고 간곡하게 당부했다.
학생들이 돌아가자, 손병희가 한용운에게 말했다, "만해 선사."
"네." 한용운이 자리에서 일어났다. 그리고 간단하게 인사한 다음 만세삼창을 주도했다.
"죠션독립 만셰!"를 외치는 소리에 놀란 주인이 달려왔다.
대표들은 주인이 해를 입지 않도록 배려했다. 그래서 주인에게 총독부 경무총감부(警務總監部)에 전화를 걸어서 조선 민족 대표들이 독립을 선언했음을 통보하라고 부탁했다.

이 사이에 파고다 공원에선 자연스럽게 독립선언식이 진행되었다. 오후 1시경부터 모여든 사람들은 공원을 채우고 넘쳐서 종로를 메웠다. 그러나 그들이 기다리던 민족 대표들은 끝내 나타나지 않았다.

그러자 경신학교(儆新學校) 졸업생인 정재용(鄭在鎔)이 단상으로 올라갔다. 그는 지녔던 독립선언서를 꺼내 들고 낭독하기 시작했다, "오등은 자에 아 조선의 독립국임과 조선인의 자주민임을 선언하노라. 차로써 세계만방에 고하야 인류 평등의 대의를 극명하며, 차로써 자손만대에 고하야 민족자존의 정권을 영유케 하노라…."

청중은 숨을 죽여가며 들었다. 어려운 낱말들을 제대로 알아듣기 어려웠지만, 뜻이야 환한 대낮처럼 분명했다. 일본의 압제에서 벗어나 떳떳하게 살겠다는 얘기였다.

"…오등은 자에 분기하도다. 양심이 아와 동존하며 진리가 아와 병진하는도다. 남녀노소 업시 음울한 고소로부터 활달히 기래하야 만휘군상으로 더부러 흔쾌한 부활을 성수하게 하도다. 천백세 조령이 오등을 음우하며 전 세계 기운이 오등을 외호하나니, 착수가 곧 성공이라. 다만, 전두의 관명으로 맥진할 따름인저."

마침내 긴 선언서의 낭독이 끝나자, 박수와 환호가 터졌다.

"여러분, 잠깐만." 환호하는 청중에게 정재용은 잠시 조용히 해달라는 손짓을 했다. "독립선언서엔 '공약 3장'이 있습니다. 제가 낭독하겠습니다."

조용해진 속에 정재용이 공약3장을 낭독했다, "… 조선 건국 4252년 3월 1일 조선민족대표 손병희 외 32인."

이번에는 박수와 환호가 더욱 컸다.

정재용은 다시 조용히 해달라는 손짓을 한 뒤, 감격으로 탁해진 목소리로 외쳤다, "여러분, 이제 독립선언과 동시에 우리 조선은 독립국이 되었습니다. 조선의 무궁한 미래를 위해 만세를 부르겠습니다. 제가 선창하면, 여러분들은 수창하시기 바랍니다. 조선 독립 만세!"

청중들이 일제히 따라서 "조선 독립 만세!"를 외치며 두 손을 들어 조선의 미래를 축원했다.

그들은 바로 공원을 나와 시위행진을 시작했다. 동대문, 남대문, 서대문으로 만세 소리가 퍼져나가면서, 고종 황제의 장례로 모여든 사람들이 시위 행렬에 참가했다. 저녁나절엔 시위가 서울 교외로 번졌고 밤 늦게까지 만세 소리가 났다.

그렇게 시작된 만세 시위는 이내 마른 들판의 불길처럼 조선 곳곳으로 퍼졌다. 3월 1일 서울의 만세 시위와 동시에 평안남도의 평양, 진남포, 안주와 평안북도의 의주, 선천 그리고 함경남도 원산에서 만세 시위가 일었다. 3월 2일엔 평안남도의 상원, 진남포, 중화, 증산, 안주와 평안북도의 초산과 황해도의 해주, 수안에서 시위가 일었다. 그 뒤로 전국에서 만세 시위가 일었다. 일본의 혹독한 탄압에도 불구하고, 시위는 4월까지 60일 동안 이어졌다. 전국 218개 군 가운데 211개 군에서 총 1,500여 회의 시위에 200만 명 이상이 참가했다.

조선총독부는 평화로운 시위들을 무력으로 진압했다. 경찰만으로 진압하기 어렵자, 군대까지 동원했다. 4만 7,000명이 체포되고 7,500명이 죽었으며 1만 6,000명이 다쳤다. 민가 700여 채와 교회당 47채와 학교 2채가 일본 당국의 방화로 불탔다.

거의 모든 조선 사람들이 만세 시위에 참가해서 큰 희생을 치렀어도, 조선 사람들은 명시적 목적인 조국의 독립을 얻지 못했다. 조선 사람들이 스스로 일본을 물리치기엔 조선의 역량은 일본의 역량보다 너무 작았다.

이 점은 3·1독립운동을 추진한 독립운동 지도자들도 잘 알았다. 그들은 국제적 지원이 조선의 독립에 필수적임을 이미 깨달았고, 당시 근본적 변화를 겪던 국제 질서에서 조선의 독립에 유리한 여건을 발견하자, 그것을 이용하기 위해 3·1독립운동을 일으킨 것이었다.

불행하게도, 그들의 기대는 비현실적이었음이 드러났다. 국제적 여론이 힘을 쓰기엔 일본의 역량이 너무 컸고 국제적 위상이 너무 높았다. 청일전쟁과 러일전쟁에서 잇따라 이긴 터라, 20세기 초엽의 일본은 명실상부한 강대국이었다. 제1차 세계대전에선 연합국 측에 가담했고 독일의 동아시아 식민지들을 공격해서 쉽게 차지했다. 그래서 전쟁을 마무리하는 파리평화회의에 주요 승전국들 가운데 하나로 참가했다.

자연히, 일본의 뜻을 거스르는 결정은 나오기 어려웠다. 게다가 조선은 독립된 나라가 아니었으므로, 회의에 정식으로 참가할 자격도 주어지지 않았다. 거족적이었다 하더라도, 시위만으로 조선의 독립을 이룰 수는 없었다.

그러나 3·1독립운동의 성과가 작았던 것은 아니다. 먼저, 일본의 조선에 대한 시각과 정책이 바뀌었다. 만세 운동이 워낙 갑작스럽고 거셌으므로, 조선총독부는 경악했고 일본 전체가 큰 충격을 받았다. 그들은 무력에 의한 억압만으로는 조선을 순조롭게 다스릴 수 없다는 것을 깨달았다. 3·1독립운동에 대한 책임을 지고 하세가와 요시미치(長谷川好道) 총독이 물러나고 사이토 마코토(齋藤實)가 후임이 되었다. 일본에선 일반적으로 해군이 육군보다 온건했으므로, 육군 장군들이 맡았던 조선총독에 해군 제독 출신인 사이토를 기용한 것이었다. 그런 기류를 반영해서, 사이토는 '문화 정치'를 내세웠다. 비록 그런 정책의 변환이 근본적인 조치일 수는 없었지만, 억압과 통제를 줄여서 조선 사람들이 보다 자유롭게 살 수 있게 된 것은 다행이었고 장기적으로는 조선 사람들의 역량을 늘리는 데 기여했다.

국제적으로도 성과가 작지 않았다. 이미 10년 전에 끝난 일본의 조선 합병은 국제 사회의 공인을 받았고 일본의 통치 아래 조선 사람들의 삶이 나아지고 있다고 알려졌다. 3·1독립운동으로 조선의 실상이 드러나면서 '조선 문제'가 국제적 의제로 새삼 등장했다. 그런 인식의 변화는 국제적 도움이 나올 바탕을 마련했다. 아울러 약소국들과 식민지들의 주권 회복 운동과 독립운동에 운동량을 더해주었고, 특히 중국 대학생들의 국권 회복 운동인 1919년의 '5·4운동'에 직접적 영향을 미쳤다.

그러나 가장 큰 충격을 받은 것은 조선 사람들 자신이었다. 만세 시위가 온 나라를 휩쓸면서, 지금까지 무기력하게 일본의 압제적 통치를 받아들이던 조선 사람들은 자신들이 떳떳하게 살 자격과 희망을 지녔음을 새삼 깨달았다. 이런 자각에서 대한민국 임시정부 수립이라는 실질적 성과가 나왔다.

쉰한째 이야기

대한민국 임시정부(1919년)

●

"자아, 이제 올 사람들은 다 온 것 같으니, 회의를 시작합시다," 좌중을 둘러보면서, 홍진(洪震)이 말했다. 그는 대한제국에서 검사로 일했고 뒤엔 평양에서 변호사로 활동해왔다. 나이가 제일 많아서, 자연스럽게 모임의 좌장이 되었다. 그는 뒤에 상해 임시정부에서 주도적 역할을 할 터였다.

"그렇게 하지요." 옆에 앉은 이규갑(李奎甲)이 고개를 끄덕였다. 그는 목사로 기독교계를 대표했다.

"오늘 십삼 도 대표들이 다 모여서 국민대회를 열기로 했는데, 보시다시피, 오지 못한 대표들이 많습니다." 애써 실망감을 감추면서, 홍진이 말을 이었다, "먼 데서 오기가 힘들어서 그런지, 함경도하고 평안북도 대표들이 오지 않았습니다. 그래서 오늘은 국민대회를 여는 대신 국민대회를 준비하는 회의로 삼는 것이 좋을 듯합니다."

사람들이 고개를 무겁게 끄덕였다. 누가 한숨을 쉬었다.

"그렇게 하는 것이 좋을 듯합니다," 일을 실질적으로 주도해온 한남수(韓南洙)가 말하고서, 준비해온 서류들을 탁자 위에 꺼내놓았다.

모인 사람들은 스물가량 되었다. 원래는 오늘 1919년 4월 2일에 조선 13도 대표들이 이곳 인천 각국공원에 모여서 조선 임시정부의 수립을 선포할 계획이었다. 회의가 열린 곳은 셰창양행 사택 건물이었다. 바로 '셰창 바늘'로 조선 여인들의 수고를 덜어준 독일 회사의 건물이었다. 제1차 세계대전에서 일본이 연합국의 일원으로 참전하자, 조선총독부는 조선에 있던 독일 회사들의 자산들을 압류했다. 그래서 셰창양행의 건물들도 조선총독부가 소유하게 되었고 지금은 경매에 부쳐진 상태였다. 변호사인 홍진이 압류된 사택을 관리하는 사람들과 연결이 되어서, 비밀 회합 장소로 삼은 것이었다.

국민대회를 통해 임시정부를 수립하려는 계획은 만세 운동이 일어나고 얼마 지나지 않아서 추진되었다. 만세 운동은 조선인들의 정부를 수립하는 걸 내포하고 있었다. 그래서 오늘 여기서 국민대회를 열어 '국민대회 취지서'를 발표하고 '임시정부 약법'을 공포하기로 한 터였다.

희망에 부풀어 이곳을 찾았는데, 성원조차 안 되는 상황이 나왔으니, 모두 실망과 자괴감으로 낯빛이 어두웠다. 그런 분위기를 떨쳐내려고, 모두 한남수가 준비해온 서류들을 열심히 검토했다. 이미 토론된 사항들이라, 별다른 수정 없이 통과되었다.

"이 자리에서 논의할 일이 하나 있습니다," 천도교 대표로 참가한 안상덕(安商德)이 말했다. "오늘 참석자가 적어서, 일이 이리 되었는데, 여기 인천이 좀 외져서, 찾기가 쉽지 않은 면도 있습니다. 그래서 다음 대회를 열 때, 다시 여기에 모일 것인지, 아니면, 서울에서 모일 것인지, 한번 얘기해보는 것이 좋을 것 같습니다." 안상덕은 3·1만세 운동에서 인쇄물들을 각지에 배포하는 일에 참여했다. 그래서 국민대회의 개최와 같은 일에서 실무에 밝았다.

동의하는 발언들이 나왔다. 차츰 다음 대회는 서울에서 열자는 쪽으로 의견이 모아졌다.

"원래 이곳 각국공원에서 열기로 한 데엔 세 가지 이유가 있었습니다," 홍진이 말했다. "하나는 장소가 넓어서 대회를 열기 좋다는 사정이었습니다. 둘은 서울보다는 이곳이 비밀을 유지하기 좋고 감시가 덜하다는 사정이었습니다. 셋은 이곳 각국공원이 원래 제물포의 외국 조계지여서 우리 조선이 단 10년 전만 하더라도 어엿한 독립국이었음을 상기시킨다는 점이었습니다. 그래서 우리의 임시정부 수립 선포에 이곳이 적절하다고 생각했습니다. 그러나 현실적으로 이곳이 외진 곳이어서 멀리서 오는 사람들의 참석을 어렵게 했으리라는 점도 중요합니다. 나온 얘기를 들어보니, 차기 대회는 서울에서 여는 것이 낫다는 의견인 것 같습니다. 모두 동의하십니까?"

마침내 1919년 4월 23일에 서울 서린동 봉춘관(逢春館)에서 13도 대표들이 모여 국민대회(國民大會)를 열었다. 먼저, '대조선공화국(大朝鮮共和國) 임시정부 선포문'을 발표해서 조선 민족이 독립했음을 선언했다. 이어 (1) 임시정부의 조직, (2) 일본의 조선에 대한 통치권의 철거와 군대의 철퇴 요구, (3) 파리강화회의(講和會議)에 파견할 대표 선정, (4) 일본 관청의 조선인 관공리 퇴직, (5) 납세 거부, (6) 일본 관청에 대한 청원 및 소송의 금지를 결의했다.

내각을 구성할 각원들도 선출했다. 대통령에 해당하는 집정관총재(執政官總裁)엔 이승만이 뽑혔고 수상에 해당하는 국무총리총재(國務總理總裁)엔 이동휘(李東輝)가 뽑혔다. 파리강화회의에 파견할 대표로는 이승만을 비롯한 7인을 뽑았다.

미국 통신사 UP가 이 소식을 전해서 '한성 정부'의 수립이 널리 알려졌다. 절차적으로 흠결이 없었고, 정책들이 독립국가로 가는 과정에 어울렸고, 내각의 구성도 명망 높은 인사들을 두루 포함했으므로, 한성 정부는 다른 데서 세워진 임시정부들이 누리지 못한 권위를 누렸다.

　3·1독립운동은 조선 사람들이 자신들의 처지를 깊이 성찰하는 계기가 되었다. 그런 성찰에서 망명 정부를 수립하려는 움직임이 일었다. 조선이 일본에 망한 지 10년이 지났어도, 조선 사람들은 망명 정부를 세우지 못했다. 일본이 1894년의 청일전쟁에서 이긴 뒤 조선에 대한 실질적 지배를 꾸준히 강화해서 병합의 충격이 비교적 작았다는 사정도 있었고, 조선조 왕실이 그대로 남아서 망국의 현실을 상당히 덮었다는 사정도 있었다.

　이제는 사정이 문득 달라졌다. 조선 사람들은 이웃 나라의 식민지로 전락한 조국의 현실을 정직하게 바라보고 앞날을 생각하게 되었다. 그리고 그런 반성에 따라 행동하게 되었다.

　맨 먼저 움직인 사람들은 3·1독립운동을 주도한 천도교 지도부였다. 시위가 막 전국으로 퍼져나가던 3월 3일 그들은 지하신문인 『조선독립신문』을 통해서 '가정부(假政府)'를 세웠음을 알렸다. 이어 3월 21일엔 러시아 극동 지역에서 '대한국민회의'가 임시정부를 세웠음을 선포했다. 4월엔 '조선민국 임시정부', '상해 임시정부', '신한민국 정부', 그리고 '한성 정부'가 섰다. 8월엔 간도에서 '임시대한공화국 정부'가 섰다. 이들 임시정부들은 지역 명망가들이 모여서 갑작스레 만든 서류상의 조직들이어서, 정부라고 할 만한 실체는 없었다. 그래도 임시정부들이 만들어졌다는 사실은 조선이 다시 독립하는 길고 험한 여정에서 중요한 이정표가 세워졌음을 뜻했다.

소수의 명망가들이 서류상으로 만든 조직들인 여러 임시정부들을 통합해서 실체가 있는 임시정부를 만드는 것은 모두 바라는 바였다. 독립운동가들이 몰려든 상해에서 이런 움직임이 열매를 맺은 것도 자연스러웠다. 당시 프랑스 조계는 일본 당국의 힘이 미치지 않는 곳으로 알려져서, 상해의 조선 독립운동은 그곳에서 이루어졌다. 영국의 맞수였던 프랑스는 영국과 동맹을 맺은 일본에 비우호적이었다.

그러나 의견들이 다르고 이해들이 엇갈려서, 임시정부를 세우는 일은 쉽지 않았다. 분열의 위기까지 겪고 나서 4월 11일에야 비로소 29명의 의원들은 임시정부의 구조와 충원에 관해 합의를 보았다.

국호는 대한민국(大韓民國)으로 정했다. 의결 기관으로는 임시의정원을 두고, 이동녕(李東寧)을 의장으로 선출했다. 정부 수반인 국무총리로는 이승만이 압도적 지지를 받았다.

이어 자유민주주의를 따른 임시헌장이 제정되었다. 임시헌장은 민주공화제를 채택하고 기본권을 보장하고 남녀평등을 실천하고 생명형, 신체형 및 공창제(公娼制)를 폐지했다.

4월 12일 이승만은 대한공화국(The Korean Republic) 임시정부 국무경 명의로 파리강화회의의 의장인 조르주 클레망소(Georges Clemenceau) 프랑스 대통령과 윌슨 미국 대통령에게 공한을 보내서 한국의 독립을 인정할 것을 요구했다. 처음으로 조선의 임시정부가 국제사회에 자신의 존재를 알리고 승인을 요청한 것이었다.

상해에 대한민국 임시정부가 서면서, 상해는 조선 사람들에겐 자유와 미래의 상징이 되었다. 그 국제도시를 향한 그리움을 젊은 시인 박팔양(朴八陽)은 1927년에 인천에서 발행된 문예지 『습작시대(習作

時代)』에 실린 「인천항(仁川港)」에서 절절하게 풀어냈다.

조선의 서편 항구 제물포 부두,
세관의 기(旗)는 바닷바람에 펄럭인다.
젖빛 하늘, 푸른 물결, 조수 내음새,
오오, 잊을 수 없는 이 항구의 정경이여.

상해로 가는 배가 떠난다.
저음의 기적, 그 여운을 길게 남기고
유랑과 추방과 망명의
많은 목숨을 싣고 떠나는 배다.

어제는 Hongkong, 오늘은 Chemulpo, 내일은 Yokohama로
세계로 유랑하는 코스모포리탄
모자 삐딱하게 쓰고 이 부두에 발을 내릴 제

축항 카페에로부터는
술 취한 불란서 수병의 노래
"오 말쎄이유! 말쎄이유!"
멀리 두고 와 잊을 수 없는 고향의 노래를 부른다.

부두에 산같이 쌓인 짐을 이리저리 옮기는 노동자들
당신네들 고향은 어데시오?
"우리는 경상도" "우리는 산동성"

대답은 그것뿐으로 족하다.

월미도 영종도 그 사이로
물결을 헤치고 나가는 배의
높디높은 마스트 위로 부는 바람
공동환(共同丸)의 기빨이 저렇게 퍼덕거린다.

오오, 제물포! 제물포!
잊을 수 없는 항구의 정경이여.

쉰두째 이야기

한용단(1924년)

●

"신규야아." 골목에서 소리가 났다.
"그래애," 신규가 대꾸하고 옆문을 열었다.
"신규야, 떡 가져가라." 길례는 떡 찬합을 싼 보자기를 아들에게 내밀었다.
녀석이 받아들면서 씨익 웃었다. "어마니, 나 다녀올게."
"그래."
신규는 중학교 친구들과 같이 야구 구경을 가는 것이었다. 야구 시합은 웃터골 공설운동장에서 벌어져서, 야구 시합이 있는 날이면, 인천의 학생들은 웃터골로 몰렸다.
그녀는 가벼운 마음으로 역에 갈 준비를 시작했다. 기미년 만세 운동 이후로 세상이 좀 나아졌다. 전에는 헌병들이 눈을 부라렸는데, 요즘은 순사들이 순찰을 돌았다. 이제는 학교에서도 선생들이 칼 차고 교실에 들어오지 않는다고 했다.
덕분에 야구 시합도 생겨서, 사람들이 몰렸다. 원래 빨래터였던 곳에 만든 운동장에서 일본 사람들이 만든 야구단끼리 시합을 했는데, 조선 학생들이 야구단을 만들어 참가했다는 얘기였다. 조선 사람들이 운동장에 모여서 조선 학생 야구단을 목이 터져라 응원하고 빈 석유통을 두드리면서 기세를 올린다고 했다. 여름날에 지게 세워놓고 구경하다 시합에 넋을 빼앗겨 조갯살과 생선을 썩힌 생선 장수 얘기를 신규가 들려주었다.

길례가 역에서 돌아와 저녁을 짓는데도, 신규가 돌아오지 않았다. '무슨 일이 일어났나?' 하고 걱정하는데, 녀석이 식식거리며 들어왔다.

제 어미의 묻는 눈길에 녀석은 화가 덜 풀린 목소리로 말했다, "일본놈 심판이 심판을 개판으로 봐서, 다 이긴 시합을 망쳤어."

야구는 1904년에 기독교청년회(YMCA)를 통해서 서울에 처음 소개되었다. 이어 배재, 휘문, 중앙과 같은 학교들에 보급되어 학생 야구단이 생기고 일반인 야구단도 생겼다. 한일병합 뒤엔 일본인 야구단과 조선인 야구단 사이에 시합이 벌여졌고 차츰 인기를 얻었다. 이들 야구단들이 시합을 벌이면서, 야구에 대한 관심이 높아졌다.

이런 야구 열기는 일본인들이 많은 인천으로 이내 번졌다. 일본 기업들과 기관들이 야구단을 먼저 결성해서 정기적으로 시합을 벌이자, 서울로 통학하는 '경인기차통학생친목회'가 만든 조선인 학생 야구단이 참가했다. 한용단(漢勇團)이라 불린 이 야구단은 배재, 휘문, 중앙의 인천 출신 선수들로 이루어졌다. 인천에 6개월 이상 거주해야 출전 자격이 있다는 규정 때문에, 뛰어난 선수들을 뽑아서 기차통학을 시키기까지 했을 만큼 열기가 높았다.

1924년의 시합에서 모처럼 한용단이 우세하게 경기를 이끌었다. 그대로 간다면, 한용단이 첫 우승을 한다고 모두 들뜬 때였다. 결정적 순간에 일본인 심판이 한용단에 불리한 판정을 해서, 경기가 뒤집혔다. 분개한 조선인 관중이 본부석으로 몰려가 항의하면서, 일본 관중과 충돌이 일어났다. 한용단의 곽상훈(郭尙勳) 단장을 포함한 여러 사람이 경찰서로 연행되었다. [곽상훈은 제헌국회의원 선거에서 인천부 갑구에서 당선되어 정치로 들어섰고 국회의장을 지냈다.]

이 일로 인천의 야구대회는 중단되었다. 두 해 뒤 새로 부임한 일본인 인천 부윤(府尹)이 공설운동장을 확장한 다음 인천체육협회 주관으로 야구대회를 다시 열었다. 한용단도 참가하려 하였으나, 그 이름으로는 안 된다는 통보를 받아, '고려야구단'으로 개칭해서 참가했다.

중일전쟁과 태평양전쟁이 일어나고 사회가 전시 동원 체제로 바뀌자, 전쟁 수행에 직접적 도움이 안 되는 사회 활동들은 억제되었다. 자연히, 야구도 쇠퇴했다.

해방이 되자, 인천을 기반으로 한 야구단이 다시 조직되었다. 1947년엔 인천팀이 4도시야구대회(서울, 인천, 부산, 대구)와 전국체전에서 우승했다. 이후 한국전쟁으로 중단될 때까지, 인천팀은 좋은 성적을 냈다.

전쟁이 끝나자, 고등학교 야구의 인기가 높아졌다. 1950년대엔 인천고등학교와 동산고등학교가 잇달아 우승해서, '야구 도시'로서의 인천의 명성을 이어갔다.

1982년에 프로야구가 출범하면서, 마침내 한국에서도 야구 문화가 꽃을 활짝 피웠다. 인천의 야구단은 삼미그룹이 후원하는 '삼미 슈퍼스타즈'였다. 첫해 성적은 최하위였으나, 역설적으로, 승률 0.188에 18연패라는 '기록적' 성적이 이 팀을 전설적 존재로 만들었다. 이듬해엔 재일동포 투수 '너구리' 장명부(張明夫)의 활약으로 전후기 리그에서 2위를 했다. 일본 프로 야구계에서 오랫동안 활동했던 그는 427이닝에 30승이라는 기록을 세웠다. 40년이 지난 뒤에도, 나이 든

팬들은 삼미 슈퍼스타즈와 장명부를 아련한 그리움으로 떠올린다.

1985년엔 풍한그룹의 청보식품이 삼미 슈퍼스타즈를 인수해서 '청보 핀토스'가 출범했다. 그러나 뚜렷한 성적을 내지는 못했다.

1988년엔 태평양그룹이 청보 핀토스를 인수해서 '태평양 돌핀스'가 출범했다. 성적이 나아져서, 1994년엔 준우승을 했다.

1996년엔 현대그룹이 태평양 돌핀스를 인수해서 '현대 유니콘스'가 출범했다. 1998년에 인천팀으로선 처음으로 우승했다.

2000년에 현대 유니콘스는 연고지를 수원으로 옮기고, 대신 'SK 와이번스'가 인천 연고팀이 되었다. ['와이번스'는 환상적 동물인 wyverns의 음역이다.] 성적이 뛰어나서 네 차례 우승했다.

2021년 신세계그룹이 SK 와이번스를 인수해서 'SSG 랜더스'가 출범했다. 역사적 인천상륙작전과 빠르게 다가오는 우주 탐험을 아울러 상기시키는 '랜더스(landers)'는 2022년에 우승했고 넓고 두터운 팬덤을 누린다. 1920년대 초엽 웃터골의 허름한 운동장에서 시작된 인천의 야구 전통은 한 세기가 지난 지금도 활기차게 이어진다.

쉰셋째 이야기

진주만 기습 작전 (1941년)

●

1941년 12월 7일 일본군 함대가 하와이 진주만(眞珠灣; Pearl Harbor)의 미군 함대를 공격했다. 나구모 주이치(南雲忠一) 중장이 이끄는 일본 해군 '기동 부대'의 주력인 6척의 항공모함에서 발진한 함재기들이 진주만에 주둔한 미군 태평양함대의 군함들과 항공기들을 기습해서 많이 파괴했다.

'하와이 작전'이라 불린 이 기습이 성공했다는 것이 확인되자, 일본군은 영국령 말라야와 필리핀에 대한 침공에 나섰다. 이 지역에서 일본군은 미군이나 영국군에 대해 압도적 우위를 누렸으므로, 일본군의 침공 작전은 예정대로 진행되었다. 그래서 일본군은 서태평양 지역을 완전히 장악했다.

이렇게 시작된 '태평양전쟁'은 더 거대한 제2차 세계대전의 한 부분이었다. 실은 태평양전쟁이 일어나면서, 비로소 제2차 세계대전이 본격화되었다는 편이 정확하다. 따로 시작된 전쟁들이 태평양전쟁을 계기로 합쳐져서 하나의 거대한 전쟁이 된 것이었다.

그 전쟁의 가장 오래된 연원은 1931년 9월에 일본이 일으킨 만주사변(滿洲事變)이었다. 당시 만주에 주둔한 일본군은 우세한 전력으로 단숨에 만주를 석권하고 괴뢰 국가인 만주국(滿洲國)을 세워서 만주의 영구적 통치를 시작했다. 이어 1937년 7월엔 중국 본토를 침공해서 본격적 중일전쟁(中日戰爭)이 일어났다. 태평양전쟁이 일어나서 일본이 미국을 비롯한 연합국들과 싸우게 되자, 중일전쟁과 태평양전쟁이 하나로 합쳐졌다.

유럽에선 1939년 9월에 독일이 폴란드를 침공했다. 폴란드의 우방인 영국과 프랑스가 독일에 대해 선전포고를 하면서, 서유럽으로 전쟁이 확대되었다. 1941년 6월에 독일이 러시아를 침공하자, 유럽 전체가 전쟁에 휩싸였다.

일본이 진주만 기습에 성공하자, 독일은 곧바로 미국에 대해 선전포고를 했다. 그래서 유럽의 전쟁과 태평양전쟁이 하나로 합쳐졌다. 결국 전쟁은 독일, 이탈리아, 일본이 중심이 된 추축국(樞軸國) 진영과 영국, 프랑스, 네덜란드, 미국, 중국, 오스트레일리아 그리고 러시아가 중심이 된 연합국 진영의 대결이 되었다.

진주만 기습이 완벽하게 성공했다는 것이 알려지자, 너른 일본 제국 전체가 열광했다. 조선에서도 환영 시위와 축제가 이어졌다. 일본의 통치에 저항하던 사람들도 자신들의 판단과 태도를 크든 적든 수정하게 되었다. '이제 일본이 떠오르는 해가 되었으니, 그 기세에 맞서기보다는 올라타는 것이 조선 사람들에게 현명한 길이 아닌가?' 하는 생각을 품게 되었고 일본 정부의 시책에 적극적으로 협력하는 사람들이 늘어났다.

일본 사람들이 많은 인천에선 반응이 특히 열광적이었다. 학생들이 거리를 행진하고 갖가지 단체들이 모임을 열어서, 인천 시내에 축제 분위기가 가득했다. 모임이 많이 열린 각국공원에 갔다 온 사람들은 모두 공원에 "발 디딜 틈이 없었다"고 했다.

 길례도 모처럼 마음이 가벼웠다. 워낙 살기가 힘들고 장사가 안 되어 마음이 늘 무거웠는데, 일본이 세계에서 가장 강한 나라에 이겼다고 하니, '이제 좀 잘살게 되려나?' 하는 마음이 들게 되었다. 사람들이 많이 몰려나오니, 떡도 잘 팔렸다.
 시간이 지나자, 그녀는 차츰 마음이 불안해졌다. 새로 전쟁이 시작되었으니, 첫 싸움에서 아무리 크게 이겼다 하더라도, 오래갈 것 같았다. 중국과 전쟁이 났을 때도 그랬다. 처음엔 중국이 몇 달 못 버틴다고 모두 자신 있게 얘기했다. 역에서 떠드는 사람마다 곧 중국이 두 손 들고 대일본제국에 살려달라고 애원하리라고 장담했다. 그렇게 쉽다던 전쟁이 어느덧 다섯 해째 이어지고 있었다. 미국은 중국보다 훨씬 힘이 센 서양 나라였다. 그런 나라가 제대로 싸우지도 않고 두 손 들리라고 얘기하는 사람들이 그녀는 영 미덥지 않았다.
 그녀는 영화학당을 다닐 때 선교사 부인 존스 여사에게 지리를 배웠다. 그때 배운 지리 교과서를 꺼내놓고 일본과 미국을 찾아보았다. 일본과 미국은 너무 멀었다. 막막한 태평양이 두 나라 사이에 있었다. 하와이는 그 중간에 있는 작은 섬이었다. 그리고 미국은 엄청나게 컸다. 일본의 몇십 배는 될 것 같았다.
 '이 너른 땅을 차지하려면, 얼마나 많은 군인들이 있어야 할까?' 하는 생각이 들었다. '설령 일본에 그런 군인들이 있다 하더라도, 그들을 미국까지 실어갈 배들이 있을까?' 그녀가 제물포에서 떡 장사를 그냥 한 것은 아니었다. 사람들을 배에 태워서 멀리 나르는 일이 얼마나 어려운가 그녀는 잘 알았다.

지리책을 덮는 그녀의 입에서 탄식 비슷한 소리가 새어 나왔다, "일본은 죽었다 깨어나도 미국에 못 이긴다." 마음이 더욱 무거워졌다. 못 이긴다면, 한껏 바랄 수 있는 것은 지지 않는 것이었다. 결국 전쟁은 오래간다는 얘기였다.

그렇게 미국과의 전쟁이 오래가면, 사는 게 더 어려워질 터였다. 중국과 싸우게 된 뒤로, 사는 게 무척 어려워진 터였다. 물건들은 점점 귀해지고 값이 올랐다. 무엇보다도, 쌀이 귀해졌다. 쌀이 귀해지니, 떡 장사는 당연히 어려워졌다. 재작년에 흉년이 크게 들자, 작년부터는 아예 공출(供出)이 실시되었다. 나라에서 정한 대로 쌀을 헐값에 바쳐야 했다. 식구들이 먹을 쌀도 부족해지자, 만주에서 들여온 콩 같은 잡곡들과 안남(安南)이란 나라에서 들여온 안남미(安南米)를 먹게 되었다.

이처럼 답답한 마음을 털어놓을 사람도 이제는 없었다. '월례 할마님만 겨셔도…' 하는 생각을 하루에도 여러 번 하곤 했다.

실은 그녀 자신이 식구들의 얘기를 듣고 다독거리는 웃어른이었다. 시아버지는 10년 전에 환갑 잔치 받으시고 곧 돌아가셨다. 시어머니는 세 해를 더 사셨다. 친정어머니는 시어머니가 돌아가신 이듬해 돌아가셨다. 남편 대슈는 시름시름 앓더니 작년 봄에 죽었다. 평생 의지했던 분들이 10년도 안 되는 동안에 돌아가시니, 그녀로선 슬프고 허전할 뿐 아니라 두렵기도 했다.

어느덧 3월도 하순이었다. 인천 거리는 활기가 있었다. 봄도 왔고 전쟁도 잘 나아가고 있었다. 일본군은 싸움마다 이기고 있었다. 지난 달 일본군이 영국군을 굴복시키고 싱가포루를 점령했을 때는 온 나라가 떠들썩했었다. 며칠 전엔 일본군이 오란다령(和蘭領) 동인도에서 오란다 군대의 항복을 받았다. [오란다는 네덜란드를 가리켰다. 당시 인도네시아는 '오란다령 동인도'라 불렸다.] 이 승리는 무척 중요하다고 모두 말했다. 그곳은 석유가 많이 나서, 이제 일본군은 석유 걱정이 없어졌다는 얘기였다.

"노오들 강변 봄 버들 휘휘 늘어진 가지에다가 무저엉 세월 한 허리를…." 역으로 나갈 준비를 하면서, 길례는 흥얼거렸다. 몇 해 전에 나와서 남녀노소가 모두 부르는 노래였다. 옛날 가락은 아닌데, 옛날 가락 비슷해서, 그녀처럼 나이가 든 사람들이 특히 좋아했다.

"떡집 할마님," 매대 밖에서 이웃집 금순이가 불렀다.

"오오냐." 그녀는 대꾸하고서 밖을 살폈다.

금순이하고 옥자가 쑥이 든 바구니를 매대 한쪽에 올려놓았다.

"슈고 많이 했다." 그녀는 안쪽을 돌아보았다. "어멈아, 우리 고은 아기시들히 쑥을 많이 캤다."

"네에, 어머님." 막내 며느리 현규 댁이 대답하고서 매대로 다가가 쑥이 가득한 바구니를 집어 들었다. 그리고 쑥개떡과 콩떡을 집어 아이들에게 건넸다. "슈고 많이 했다."

길례는 광주리에 쑥개떡을 담았다. 떡을 담을 때마다 나오는 한숨을 죽이고, 그녀는 오늘 팔릴 만한 양을 헤아렸다. 날씨가 좋으니 아무래도 사람들이 좀 많이 나들이할 터였다. 그녀는 여느 때보다 쑥개떡을 한 줄 더 담았다.

재작년부터 인절미와 기주떡은 만들 수 없었다. 중국에서 일본군이 전쟁을 벌인 뒤로, 모든 것들이 부족해졌다. 온갖 것들이 배급을 받아야 했다. 모두 '하이규(配給)'란 말을 입에 달고 살았다. 농사짓는 사람들은 공출(供出)에 시달린다고 하소연했다.

　찹쌀을 구할 수 없었고 막걸리도 구하기 어려웠다. 고물을 만들 잡곡도 구하기 어려웠다. 그래서 생각해낸 것이 쑥개떡이었다. 작년부터 봄에 쑥을 많이 뜯어놓았다가 만들었는데, 그런대로 장사가 되었다.

　머리에 떡 광주리를 이고 문을 나서자, 마음이 좀 가벼워졌다. 이럴 적부터 사십 년 동안 해온 일이었다. 싸리재 덩거장은 그녀의 삶의 터전이었다. 세월이 흘러 이제 그녀는 할머니가 되었지만, 그사이에 싸리재 덩거장이 상인천역(上仁川驛)으로 이름이 바뀌었지만, 실은 철길이 좀 북쪽으로 다시 나는 바람에 역사도 위치가 바뀌었지만, 그녀 일과의 중심은 역사에서 떡을 파는 일이었다. 그렇게 돈을 벌어 자식들을 키우고 가르쳤고 부모를 봉양했다. 역에서 들은 이야기들로 세상이 돌아가는 것을 짐작했고, 어려운 일이 생기면 거기서 사귄 단골들에게 조언을 구했다.

　삶은 여전히 어려웠고 크고 작은 걱정들은 이어졌다. 그래도 그럭저럭 아이들이 자라서 자리를 잡았으니, 한숨을 놓은 터였다. 맏이 신규는 전문학교를 나와 지금은 서울의 은행에서 일하고 있었다. 떡장수 아들이 대학교를 나왔다는 사실은 늘 그녀 가슴을 성취감으로 뿌듯하게 만들었다.

　월례 할머니는 늘 말씀하셨다, "사람은 배워야 사람 노릇을 한다. 자식들을 가르치는 것이 으뜸이다." 그녀는 그 말씀을 소홀히 한 적이 없었다. 맏딸인 금순이가 여학교에 가게 되었을 때, 남편 대슈가 "여자가 글은 배워서 므슥에 쓰나?"라는 얘기를 했다가, 그녀에게 단단히 훈계를 들었다. 그녀가 월례 할머니 말씀을 들이대면서 따지자, 그가 놀라서 대꾸를 못했다. 덕분에 봉순이, 정순이, 미순이는 여학교를 나오고 시집을 잘 가서 잘살고 있었다. 막내 현규는 고등보통학교를 나온 뒤 농사를 지으면서 떡장사를 돕고 있었다. 현규는 세 살 난 딸 영자를 두었다.

몇 해 뒤엔 자연스럽게 영자 어멈이 떡장사를 이어받을 터였다. 실은 이제는 떡 광주리를 이고 다니는 것도 예전처럼 쉽지 않았다. 작년에는 어금니 하나가 빠졌다. '나이는 못 속인다'는 얘기가 실감이 났다.

역 앞에서 그녀는 잠시 멈춰 서서 처음 역을 보았을 때의 모습을 떠올렸다. 이제는 기억이 흐릿했다. 역 오른쪽엔 큰 연못이 있어서, 둘레에 수양버들이 자랐고 겨울엔 아이들이 썰매를 탔었다. 이제는 그 자리에 큰 집들이 들어서서 상가를 이루었다.

역 앞 광장에선 한 무리의 학생들이 국기를 흔들면서 〈군함행진곡(軍艦行進曲)〉을 부르고 있었다. 오란다에 이긴 것을 기리는 듯했다. 자신도 모르게, 그녀는 그 익숙한 가락을 흥얼거렸다. 그녀는 내려놓았던 물 주전자를 집어 들었다. 그리고 행진곡의 경쾌한 가락에 실린 듯 가벼운 걸음으로 역사로 향했다.

쉰넷째 이야기

가라후토 탄광 (1942년)

●

 현규는 아침부터 마당 한쪽에서 뚝딱거리고 있었다. 곁에서 영자가 제 아버지 하는 것을 열심히 쳐다보면서 연신 "아부지, 그거 므엇이야?" 하고 묻고 있었다. 녀석은 호기심이 많았다.
 역에 나갈 준비를 하면서, 길례는 마당의 부녀를 흐뭇한 마음으로 바라보았다. 지난 3월에 영자 어멈이 태기가 있었다. 그 애기를 듣고서, 그저께 어멈의 맏오빠가 산양 한 마리를 보내왔다. 먹을 것이 워낙 궁한 시절에 아이를 가졌으니, 산양 젖으로 영양을 보충하라는 뜻이었다. 현규의 큰처남은 수원의 농사시험장(農事試驗場)에서 일했었는데, 몇 해 전에 폐병에 걸려 직장을 그만두고, 농사를 짓고 있었다. 농사에 관해 아는 것들이 많아서, 새로운 농사를 짓는다고 했다. 지금 현규는 마당 한쪽에 있는 닭장을 늘려 산양 집을 마련하고 있었다.
 광주리를 이고서, 그녀는 손녀를 불렀다, "영자야, 할마니 간다. 잘 놀아라."
 녀석이 쳐다보고 달려왔다. "할마니임."
 "어마니, 다녀오셔유." 망치를 든 채 허리를 펴면서, 현규가 사람 좋은 웃음을 띠고 인사했다.

"그래."

문을 나서자, 그녀는 며느리에게 손을 내밀었다. "다구."

"네에." 영자 어멈이 손에 든 물 주전자를 건넸다. "어머님, 다녀오셔유."

역 대합실은 활기가 있었다. 싸움터에서 이겼다는 소식이 잇따라 들려오니, 모두 기운이 나는 듯했다. 이번엔 비율빈(比律賓, 필리핀) 싸움에서 이겨서, 끝까지 버티던 미국 군대가 항복했다고 했다.

대합실 한쪽 의자들이 놓인 곳에 서서 사람들을 살피면서, 그녀는 마음 한구석에 희망이 조심스럽게 고개를 드는 것을 느꼈다. '이런 식으로 나가면… 일본이 싸움마다 이긴다면, 일본이 정말로 이길 수도 있겠다. 뉘 알겠는가?'

서울 가는 열차가 떠나자, 대합실이 한산해졌다. 대합실엔 갖가지 벽보들과 표어들이 어지럽게 붙어 있었다. 모두 일본어였다. 전에는 언문으로 써진 것들이 간혹 있었는데, 언젠가부터 언문이 다 사라지고 일본 글자들로 바뀌었다. 이제는 학교에서 일본 말만 가르친다 하니, 한 30년 지나면, 조선 사람들도 일본 말을 쓸 터였다. 그녀는 뜻 모를 한숨을 쉬었다.

그녀가 다시 대합실과 앞쪽 광장을 한 바퀴 돌아보려고 광주리를 이는데, 영자 어멈이 영자를 업고 대합실로 들어섰다. 가슴이 철렁했다.

두리번거리던 어멈이 그녀를 보자, 걱정으로 질렸던 얼굴이 좀 밝아졌다. "어머님…."

"므슨 일이냐?" 태연하려고 애썼지만, 입에선 어쩔 수 없이 떨리는 목소리가 나왔다.

"어마님, 아범이… 부청 서기허구 순사가 나와서, 아범을 데리구 갔어유."

"아범을?"

"네에. 므슨 볼일이 있다 하면서….”

무슨 큰 사고가 난 것은 아니어서, 그녀는 마음이 좀 놓였다. "알았다. 자아, 밖으로 나가자."

광장으로 나와 한켠에 서자, 그녀는 광주리를 내려놓고 며느리에게서 자세한 얘기를 들었다. 인천부청(仁川府廳)에 다니는 사람과 순사가 나와서, 현규와 한참 얘기를 했다는 것이었다. 그 사람들과 함께 부청으로 가기 전에, 현규는 아내에게 간단히 설명했는데, 나라에서 만든 노무자 명단에 자신이 들어 있다는 것이었다.

길례 마음이 어둑해졌다. 예삿일이 아니었다. 조선 청년들을 일을 시키려고 일본으로 데려간다는 얘기가 돈 지 오래였다. 모처럼 먼 데까지 나와서 신이 난 손녀 머리를 쓰다듬으면서, 그녀는 애써 차분한 목소리를 냈다, "집으루 가자."

현규는 저물녘에야 돌아왔다. 얼굴이 잿빛이었다. 마당에 선 채, 무거운 목소리로 일어난 일들을 띄엄띄엄 설명했다. 일본 탄광회사에서 노무자를 모집하는데, 뽑혔다는 얘기였다. 그가 집을 떠나기 어렵다고 했지만, 부청 직원은 나라에서 하는 일이라서 가야만 한다고 잘라 말했다. 결국 서류에 도장을 찍고 병원에 가서 신체검사를 하고 돌아왔다고 했다.

일자리는 내지(內地)에 많으므로, 늘 조선 사람들은 일본으로 들어갔다. 공업과 상업이 발전한 내지가 농사 위주의 조선보다 임금이 훨씬 높으니, 조선 사람들은 모두 내지로 들어가려고 애썼다. 그래서 일본 회사들이 조선에서 노무자들을 모집하곤 했다. 중일전쟁이 일어나고 군수 산업이 활기를 띠자, 일본 회사들의 모집만으로는 노동력의 수급이 원활하지 않게 되었다. 그래서 일본 정부가 개입해서 노동자들의 선발과 동원을 조직적으로 추진했다. 이른바 '관 알선'이었다. 말은 '알선'이었지만, 정부가 계획을 짜고 실행하는 일이라서, 일단 동원 명부에 이름이 오르면, 조선 사람이 정부의 '알선'을 거부할 수는 없었다.

지금 가장인 현규가 탄광으로 끌려가면, 집안이 무너지는 것이었다. 갑자기 닥친 재앙에 식구들은 얼어붙었다. 탄광에서 일하기가 힘들다는 것이야 모두 알고 있었다. 땅속 깊이 굴을 파고서 석탄 가루를 마시면서 일하는 것이었다. 사고도 자주 일어나서, 많이 죽는다고 했다.

길례가 먼저 정신을 차렸다. "어멈아, 아범 배고프겠다."
영자 엄마가 깊은 악몽에서 깨어난 듯 정신을 차렸다. "네에, 어마님."
"자아, 아범은 방으로 들어가자."

한 주일 뒤, 인천부에서 '알선'을 받은 노무자들이 한데 모여 일본으로 떠났다. 그리고 석 달 가까이 되어서, 현규로부터 편지가 왔다. 가라후토(樺太)에 있는 탄광에서 일하고 있는데, 건강하게 잘 지내니 걱정하지 말라는 얘기였다. 석 달 동안 속이 탔던 식구들은 그래도 마음이 좀 놓였다.

러일전쟁 뒤 두 나라가 맺은 '포츠머스조약'에 따라, 일본은 러시아로부터 북위 50도선 이남의 사할린 섬을 할양받았다. 일본은 이 지역을 가라후토라는 이름으로 불렀다. 이 지역의 행정 중심지는 도요하라(豊原)였다. [지금 명칭은 유즈노사할린스크다.] 사할린은 기온이 낮고 산악 지대가 많은 섬인데, 임산 자원과 광물이 많았다. 특히 석탄이 풍부했다. 그래서 많은 조선 노무자들이 가라후토의 탄광들에서 일했다.

그해 10월에 영자가 남동생을 보았다. 큰아버지 신규가 영치(英治)라는 이름을 지었다. 일본식으로는 '에이지'라 부른다고 했다. 이미 세 해 전에 창씨개명(創氏改名)을 한 터라서, 녀석의 이름은 리무라 에이지(李村英治)가 되었다. 길례는 이 이름이 마음에 들었다. 애초에 창씨개명을 해서 내지인과 조선인의 이름을 비슷하게 만들었으면, 아예 일본식 이름을 갖는 것이 낫다는 생각이었다.

원래 조선총독부는 조선인들이 일본식 성과 이름을 갖는 것을 달가워하지 않았다. 1910년의 한일병합 뒤, 일본식 성과 이름으로 바꾸는 조선인들이 많아지자, 조선에 나온 일본인들이 그런 풍조를 비난했다. 용모가 비슷한데, 성명까지 같아지면, 조선인들과 일본인들을 분간하기 어렵다는 민족 차별적 문제 제기였다. 그래서 초대 총독 데라우치 마사타케는 조선인들이 일본식 성명을 갖는 것을 엄격히 막았다.

일본 제국이 영토를 넓혀 명실상부한 제국이 되자, 일본의 위정자들은 식민지나 위성국가를 차별과 억압으로 통치하는 것이 비효율적이라는 사실과 마주쳤다. 이 문제는 오랜 역사와 고유의 문화를 지닌 조선에서 특히 심각했다. 긴 모색 끝에 해결책으로 나온 것이 조선인들을 '충량한 황국신민(皇國臣民)'으로 만드는 동화 정책이었다. 창씨개명은 이런 동화 정책의 일환이었다. 제7대 조선총독인 미나미지로(南次郞)는 동화 정책을 강력하게 추진했고, 거의 모든 조선인들이 성명을 일본식으로 바꾸었다.

국책은행에 다니는 터라, 신규는 남보다 앞서 창씨개명을 했다. 길례도 선뜻 찬성했다. 조선이 일본의 지배를 받는 처지에서, 조선인에 대한 차별을 줄여준다는 데 굳이 마다할 이유가 없었다. 또 하나의 이유는 창씨개명으로 자신의 집안이 원래 외거노비였다는 사실이 잊히리라는 점이었다. 이제 그 사실을 아는 사람은 그녀 집안에도 그녀뿐이었지만, 그래도 사람들이 집안 내력을 얘기하고 족보를 따질 때면, 마음이 편치 않았다. 이제 스스로 씨를 고르고 이름을 지은 터에, 누가 양반 상놈 따지랴 싶었다.

길례에게나 영자 어멈에게나 가라후토에서 오는 아들과 남편의 편지를 받고 답장을 쓰는 일은 기쁜 일이었다. 그러나 1944년부터는 편지가 점점 늦어졌다. 마침내 1945년 봄에 온 편지가 마지막 편지가 되었다. 신규는 미국의 항공기와 잠수함 공격으로 일본열도가 점점 고립되어간다고 했다. 그리고 조심스럽게 말했다, "어머니, 어머니만 알고 겨셔요. 이제 일본이 얼마 버티지 못할 것 같습니다."

쉰다섯째 이야기

일본의 항복(1945년)

•

1941년 12월의 진주만공격으로 일본군은 연합군에 대해 군사적 우위를 얻었다. 그 뒤로 일본군은 동남아시아와 남태평양의 섬들로 거침없이 진출했다. 남태평양 지역에서 일본에 맞서는 나라는 오스트레일리아와 뉴질랜드뿐이었다.

그러나 일본군이 누린 군사적 우위는 그리 오래가지 못했다. 근본적 원인은 미국의 압도적 국력이었다. 당시 미국은 세계 총생산액의 절반가량을 차지했다. 일본과 독일이 동시에 미국에 대해 선전포고를 했으므로, 미국은 태평양에서 일본과 맞서고 대서양에선 독일과 맞서게 되었다. 미군 지휘부는 독일이 더 위험한 적국이라 판단하고서 '먼저 독일을 격파한 뒤, 일본을 격파한다'는 전략을 세웠다. 그래서 전력의 20%만 태평양전쟁에 투입하고 80%는 유럽 전선에 투입하기로 결정했다. 그러나 미국의 전력이 워낙 강대했으므로, 전력의 20%만 투입한 미군에 일본군은 밀렸다.

태평양전쟁에서 일본군이 군사적 우위를 잃은 계기는 1942년 6월의 미드웨이 해전(Battle of Midway)이었다. 일본군과 미군의 항공모함 함대들이 부딪친 이 대규모 해전에서, 일본 함대는 항공모함 4척을 모두 잃었고, 미국 함대는 항공모함 3척 가운데 1척을 잃었다. 제조업에서 미국에 크게 뒤진 터라, 일본은 이 해전에서 잃은 배들과 숙련된 인력을 보충하는 속도에서 미국보다 훨씬 느릴 수밖에 없었고, 미국은 태평양의 제해권을 누리게 되었다.

미군 지휘부는 이런 군사적 우위에 바탕을 둔 '건너뛰기 전략(leap frogging strategy)'을 추구했다. 일본군이 점령한 섬들을 모두 점령하는 대신 전략적으로 중요하거나 일본군의 방어가 약한 섬들을 점령하고 그 섬들을 징검다리 삼아 일본 본토로 향한다는 전략이었다. 이 전략은 크게 성공해서, 미군의 공격을 받지 않은 섬들에 주둔했던 일본군은 보급을 받지 못한 채 덩굴 잘린 참외처럼 시들어갔다.

이런 전략적 성공에 힘입어, 1942년 8월에 남태평양 솔로몬제도의 과달카날섬에서 시작된 미군의 반공(反攻)은 1944년 6월엔 중태평양 마리아나제도의 사이판섬에 이르렀다. 태평양전쟁에서 가장 처절한 싸움 끝에, 미군은 사이판을 점령했다. 마리아나제도가 일본 본토 방어선의 중심이었으므로, 사이판의 함락은 일본 본토가 미군의 공격에 노출되었음을 뜻했다. 일본군은 미군의 폭격을 막아낼 수 없었으므로, 일본의 모든 시설들이 미군의 폭격으로 파괴되기 시작했다.

이런 상황에서도 일본군 지휘부는 끝까지 항전하겠다는 결의를 밝혔다. 파멸이 항복보다 낫다는 생각을 거의 모든 군사 지휘관들이 공유했다.

1945년 3월 9일 밤에 미군 B-29 폭격기 300여 대가 도쿄 시가를 소이탄으로 공습했다. 민간인 거주 지역을 휩쓴 불길로 $40km^2$가 완전히 파괴되고 10만 명가량이 죽었다. 이 참사는 독일의 드레스덴이나 함부르크가 연합군의 공습으로 입은 피해보다 컸다. 그래도 일본군 지휘부는 항전을 고집했다.

1946년 8월 6일엔 히로시마(廣島)에 원자폭탄이 투하되었다. 이 새로운 무기에 히로시마는 지옥이 되었고 몇만 명의 시민들이 죽었다. 그래도 군부 지휘관들의 태도는 바뀌지 않았다.

이처럼 군부 지휘관들이 일본을 파멸의 길로 이끄는 상황에서 분별 있는 사람들의 눈길은 군부보다 큰 권위를 지닌 사람에게로 쏠렸다. 오직 그만이 일본을 파멸에서 구할 수 있었다.

히로시마에 원자폭탄이 투하된 지 사흘인 1945년 8월 9일 히로히토(裕仁) 천황은 자신이 나설 때가 되었다고 판단했다. 미국과의 전쟁을 결정할 때부터 그의 마음 어느 컴컴한 구석엔 이런 날이 올지 모른다는 생각이 웅크리고 있었다. 군부가 싸움에서 이기는 한, 그가 나서서 할 일은 없었다. 섣불리 나서면, 황실을 위태롭게 할 터였다. 이제 군부가 미국과의 싸움에서 완전히 졌으니, 그가 나서서 수습할 차례였다.

오전 10시에 천황은 기도 고이치(木戶幸一) 내대신(內大臣)에게 수상의 정세 판단과 정부의 대응책에 대해 알아보라고 지시했다. 스즈키 간타로(鈴木貫太郎) 수상의 신통치 못한 답변을 듣자, 기도는 그에게 천황의 뜻을 전했다: '포츠담선언을 이용해서 전쟁을 조속히 끝내는 것이 바람직하다.' 기도는 천황이 원로들의 뜻을 듣고 싶어 한다고 덧붙였다.

이런 과정을 거쳐, 10시 30분에 최고전쟁지도회의가 열렸다. 총리대신(수상), 외무대신, 육군대신, 해군대신, 육군 참모총장 및 해군 군령부(軍令部) 총장의 여섯 요인들로 이루어진 회의였다.

먼저 스즈키 수상이 상황을 간단히 정리했다. 그리고 자신의 의견을 다른 때보다 단호히 밝혔다, "히로시마에 투하된 원자탄의 충격이 큰데, 이제 러시아군이 참전했으므로, 전쟁을 더 지속할 수는 없습니다. 따라서 우리로선 포츠담선언을 받아들일 수밖에 없습니다."

수상의 말을 받아, 외무대신 도고 시게노리(東鄕茂德)가 자기 의견을 덧붙였다, "포츠담선언의 조건들에 대한 유일한 예외는 '국체(國體)의 보장'입니다." '국체의 보장'은 천황제의 보전을 뜻했다.

수상과 외상의 발언에 대해 다른 사람들은 반응하지 않았다. 긴 침묵이 이어졌다.

마침내 과묵하기로 이름난 요나이 미쓰마사(米內光政) 해군대신이 입을 열었다, "영원히 침묵하면, 결론을 내릴 수가 없습니다." 그리고 차분한 목소리로 논의의 핵심을 제시했다, "지금 우리에게 열린 길은 둘입니다. 하나는 천황 체제의 보전이라는 조건으로 포츠담선언을 받아들이는 길이고, 다른 하나는 추가 조건들을 제시하고서 연합국과의 협상에 들어가는 길입니다."

그러자 도요타 소에무(豊田副武) 해군 군령부 총장이 히로시마에 투하된 원자탄의 중요성을 깎아내리는 주장을 폈다. 미국이 보유한 핵분열 물질엔 한계가 있을 터이므로, 미국의 원자탄 공격은 군사적으로 아주 심각한 위협이 아니라는 얘기였다.

그때 나가사키(長崎)에 원자탄이 투하되었다는 보고가 올라왔다. 나가사키현 지사는 미군 폭격기가 투하한 폭탄이 히로시마에 투하된 것과 같으나, 위력은 훨씬 작아서 피해도 작다고 보고했다. 이 잘못된 정보는 둘째 원자탄 폭발로 회의에 참가한 지도자들이 받은 충격을 많이 줄여주었다. 그래도 미군이 사흘 만에 다시 원자탄을 투하했다는 사실은 도요타의 주장의 근거를 없애버렸다.

두 시간 동안 심각한 논의가 이어졌다. 예상대로, 지도자들은 두 진영으로 갈라졌다. 도고, 요나이 그리고 회의에 뒤늦게 참석한 히라누마 기이치로(平沼騏一郎) 추밀원 의장은 국체 보전 조건으로 포츠담 선언을 받아들인다는 도고의 안을 지지했다. 아나미 고레치카(阿南惟幾) 육군대신과 우메즈 요시지로(梅津美治郎) 육군 참모총장, 도요다는 도고가 제시한 조건에 셋을 추가해야 한다는 주장을 폈다: (1) 일본군의 자진 무장해제, (2) 전쟁 범죄 재판이 있을 경우, 일본이 관장함, (3) 연합군의 일본 점령에서 도쿄의 제외. 스즈키는 두 진영 사이에서 중립적 입장을 지켰다.

오후 1시 30분에 스즈키는 기도 내대신에게 최고전쟁지도회의의 결정을 알렸다: '회의는 4개 조건을 달아 포츠담 선언을 수락한다.' 회의가 합의를 도출하는 데 실패했다는 것을 인정하기 싫어서, 스즈키는 회의 참가자들의 공분모를 회의의 결정이라고 얘기한 것이었다.

최고전쟁지도회의가 결론 없이 끝나자, 오후 2시 30분에 내각회의가 열렸다. 내각회의도, 최고전쟁지도회의와 같이, 두 진영으로 뚜렷이 갈렸다. 도고 외무대신은 조건 하나만 달아서 포츠담선언을 수락하자고 주장하면서 유연한 대응을 바라는 세력을 이끌었고, 아나미 육군대신은 네 조건을 모두 관철해야 한다고 주장하면서 강경한 대응을 바라는 세력을 이끌었다.

오후 8시에 스즈키는 길게 이어진 토론을 종결하고 양측의 제안들을 표결에 부쳤다. 각료들 가운데 몇 사람은 도고를 지지했고, 몇은 아나미를 지지했다. 그러나 상당수는 마음을 정하지 못했다. 내각의 표결에서 절대적 불문율은 만장일치였으므로, 내각은 정책을 결정하지 못하고 휴회했다.

스즈키와 도고는 곧바로 천황의 거소로 향했다. 도고는 그날 있었던 일들을 천황에게 자세히 설명했다. 그리고 최고전쟁지도회의도 내각도 전쟁을 끝낼 만한 결정을 하지 못하는 상태가 문제의 핵심임을 지적했다. 일본 제국 헌법은 정부가 이런 교착 상태에서 빠져나오기 위해 천황이 개입할 여지를 두지 않았다. 이럴 경우 내각이 할 수 있는 것은 총사직하는 것뿐이었다.

스즈키는 어전회의를 열 것을 천황에게 상주했다. 천황은 무겁게 고개를 끄덕여 허락했다. 천황이 직접 정부의 업무에 개입할 기회를 마련한다는 점에서, 이것은 비상한 조치였다.

8월 9일 밤늦게 천황의 임시 거소인 지하 방공호에서 일본의 의사 결정에서 중요한 역할을 하는 요인들이 다 모였다. 최고전쟁지도회의의 6인과 히라누마 기이치로(平沼騏一郞) 추밀원 의장, 그리고 천황의 보좌관 5인이었다. 그들 앞 책상 위에는 천황제의 유지만을 조건으로 달아 포츠담선언을 수락하자는 도고의 제안서가 한 부씩 놓여 있었다.

자정 10분 전에 천황이 조용히 들어왔다. 스즈키는 그날 최고전쟁지도회의와 내각에서 일어난 일들을 다시 설명했다. 이어 도고가 자신의 제안서를 설명하고 요나이가 도고를 지지하는 발언을 했다.

아나미와 우메즈는 도고의 제안에 절대적으로 반대한다고 선언하고서 그동안 육군 지휘부가 해온 주장들을 되풀이했다. 그는 원자탄의 투하도 러시아군의 침공도 본토 방위에 별다른 영향을 미치지 않는다고 덧붙였다.

이어 도요다가 아나미와 우메즈의 주장을 지지했다. 그리고 목소리에 힘 주어 덧붙였다. "만일 일본이 스스로 군대를 무장해제할 수 없게 되면, 저로선 제 명령에 제 부하들이 복종할지 자신할 수 없습니다."

문득 분위기가 싸늘해졌다. 군부 반란의 가능성을 언급한 이 발언엔 온건파에 대한 협박이 담겼다고 참석자들은 느꼈다. 지금 회의에 참석한 모든 사람들의 마음을 짓누르는 것은 극단적 견해를 지닌 젊은 장교들이 항복에 반대해서 암살과 반란으로 권력을 장악할 가능성이었다. 1930년대 초엽부터 암살과 반란은 빈번했었고, 지금은 어느 때보다 그런 행태가 나올 가능성이 컸다.

마침내 스즈키가 선언했다. "긴 논의에도 불구하고, 우리는 이 중요한 문제에 관해 합의를 이루지 못했습니다. 이제 저로서는 이 문제를 폐하께 상주하고 폐하의 결심을 받들 수밖에 없습니다." 그는 천황을 향해 돌아서서 말했다. "폐하, 외무대신의 제안처럼 한 가지 조건을 단 안과 네 가지 조건들을 단 안 사이에서 어떤 것을 택해야 할지 폐하께서 하교해주시기 앙망하옵나이다."

"알겠소." 히로히토 천황은 머뭇거림 없이 자리에서 일어났다.

모두 급히 자리를 차고 일어나서 천황에게 허리 굽혀 인사했다. 그리고 부동자세로 섰다. 잠시 무거운 침묵이 방공호 속의 조용한 방을 채웠다.

"짐은 국내와 해외의 상황을 깊이 살피고서 전쟁을 계속하는 것은 국가의 파멸과 세계적 유혈과 잔학의 연장을 의미할 뿐이라고 결론을 내렸소. 짐은 우리 죄 없는 백성들이 고통을 겪는 것을 더 이상 지켜볼 수가 없소. 전쟁을 끝내는 것은 세계 평화를 회복하고 국가를 참혹한 불행으로부터 벗어나게 하는 유일한 길이오."

그는 가슴 깊은 곳에서 치미는 감정을 가까스로 억누른 목소리로 결론을 내렸다, "용감하고 충성스러운 일본의 전사들이 무장해제를 당하는 것이 짐으로선 견디기 어렵다는 것은 말할 필요도 없소. 짐을 정성으로 보좌한 사람들이 이제 전쟁을 일으킨 사람들로 형벌을 받아야 한다는 것도 견디기 어렵소. 그래도 우리가 견디기 어려운 것들을 견뎌야 할 때가 왔소. (…) 짐은 눈물을 참으면서 외무대신이 제시한 윤곽을 바탕으로 삼아 연합국의 선언을 수락하는 방안을 허락하고자 하오." 말을 마치자, 천황은 조용히 방에서 나갔다.

천황의 등에 대고 허리 숙여 인사한 사람들이 자세를 바로 하자, 스즈키가 선언했다, "폐하의 결정은 본 회의의 결정이어야 합니다." 모두 고개를 끄덕여 동의했다.

그러나 최종적 결정은 내각의 권한이었다. 곧 수상 관저에서 내각 회의가 열렸고, 천황의 결정은 일본 정부의 공식적 결정이 되었다.

그렇게 공식적 결정이 나왔어도, 강경파를 이끄는 아나미는 아직도 완전히 승복하지 않았다. 그는 스즈키에게 물었다, "만일 연합국 측에서 우리가 덧붙인 한 가지 조건조차 거부한다면, 수상께선 어떻게 하시겠습니까? 전쟁을 계속하시겠습니까?"

스즈키는 낮은 목소리로 대답했다, "나는 전쟁을 계속해야 한다고 생각합니다."

그러자 요나이가 아나미에게 물었다, "그러면 육상(陸相)도 전쟁을 계속해야 한다고 생각하시오?"

아나미는 주저하지 않고 대답했다, "그렇습니다."

내각이 포츠담선언을 받아들이기로 결정하자, 외무성 직원들은 연합국들에 그 결정을 한시라도 빨리 통보하기 위해 분주히 움직였다. 그래서 8월 10일 오전 6시 45분에 "상기 선언이 주권을 지닌 통치자로서 천황 폐하가 지닌 권한을 침해하는 어떤 요구도 포함하지 않는다는 조건으로" 포츠담선언을 수락한다는 내용의 전문을 스웨덴과 스위스를 통해서 연합국들에 발송했다.

이것은 전쟁의 경과에 결정적 영향을 미칠 조치였다. 전쟁이 일어난 뒤 처음으로 평화의 전망이 보이는 것이었다. 이번 조치의 뜻을 아는 사람들이 안도의 한숨을 쉴 만도 했다. 그러나 상황을 잘 아는 사람일수록 새로운 걱정들로 마음이 무거웠다.

첫 걱정은 군부가 내각의 결정에 불복하고서 전쟁을 계속할 가능성이었다. 군부는 그동안 여러 차례 정부의 결정에 불복하고서 자기들 뜻대로 행동했으며 그때마다 정부가 자신들의 자의적 행동을 추인하도록 강요했다. 이번에도 그렇게 행동할 가능성이 무척 높았다. 연합국에 항복한다는 것은 군부로선 받아들이기 어려운 수치였다.

두 번째 걱정은 훨씬 더 음산해서 사람들의 마음에 무거운 돌덩이처럼 얹혔다. 일본 군국주의자들의 정치 이론에서 천황은 절대적 권위를 지녔고 잘못을 저지를 수 없는 신성한 존재였다. 따라서 천황이 결정한 정책에서 무슨 나쁜 결과가 나오면, 그것은 천황 자신의 잘못이 아니라 그를 보좌한 신하들의 잘못이라는 결론으로 이어졌다. 그처럼 천황을 잘못 보좌한 신하들은 당연히 역적들이고 응당한 벌을 받아야 했다. 그리고 그런 응징은 시간만 걸리고 역적을 제대로 처단하지 못하는 법적 절차 대신 자객들이 직접 집행해야 한다는 생각이 널리 퍼졌다. 이런 '암살에 의한 통치(government by assassination)'는 1932년 해군 장교들이 이누가이 다케시(犬養毅) 수상을 암살하면서 그 끔찍한 모습을 드러냈다. 연합국에 항복하기로 천황이 결정했다는 것이 알려지면, 거의 틀림없이 천황을 보좌한 사람들은 암살의 위협에 노출될 터였다.

사정이 그러했으므로, 기도를 비롯한 천황의 측근들은 갑작스러운 패전 소식이 불러올 충격과 혼란을 걱정했다. 긴 논의 끝에 그들은 천황이 직접 라디오 방송으로 패전 소식을 알리는 파격적 방안을 생각해냈다. 이것은 이전에는 상상하기 어려운 방안이었다. 이제까지 천황은 국민들 앞에 나서서 연설한 적이 없었다.

일본의 8월 10일 자 포츠담선언 수락 전문은 미국 지도자들을 놀라게 했다. 해리 트루먼(Harry Truman) 대통령 이하 모든 장관들과 장군들은, 원자폭탄의 투하에도 불구하고, 일본이 적어도 몇 달은 더 버티리라고 예상했었다. 막상 일본의 제안을 받고 보니, 미국으로선 대응이 쉽지 않았다.

일본의 제안에 대한 대응 방안을 논의하기 위해, 트루먼은 관계자들의 긴급회의를 소집했다. 먼저 전쟁장관 헨리 스팀슨(Henry Stimson)이 일본 천황의 지위를 유지시키는 것이 합리적이라는 주장을 폈다. 천황의 절대적 권위를 이용해야 전쟁을 쉽게 마무리하고 전후의 일본을 안정적으로 통치할 수 있다는 얘기였다.

그러자 국무장관 제임스 번즈(James Byrnes)가 제동을 걸었다. 일본과 독일에 대한 반감이 깊었던 그는 미국의 무조건 항복 요구는 원자탄의 투하나 러시아의 참전 이전에 미국이 제시한 조건이었으므로, 이제 와서 조건을 완화할 필요가 없다는 주장을 폈다.

그러자 현실 감각이 뛰어난 해군장관 제임스 포레스탈(James

Forrestal)이 타협안을 내놓았다: '일본의 제안을 받아들이고 그것이 포츠담선언의 요구를 충족시킨다고 선언한다, 천황과 일본 정부는 연합군 최고사령관의 지휘 아래 일본을 통치한다고 설명한다.' 천황을 인정하면서도 미국 시민들이 일본 천황에 대해 품은 큰 반감을 줄일 수 있었으므로, 트루먼은 포레스탈의 제안을 채택했다.

8월 12일 미국 방송을 통해서 공표된 미국의 성명서에 천황제에 관한 명확한 보장이 없다는 것이 알려지자, 예상대로 일본에선 거센 논란이 일었다. 도고와 스즈키의 참모들은 미국의 조건을 그대로 받아들이는 것이 옳다고 건의했다. 그러나 군부는 평화 교섭을 중단하고 전쟁을 계속해야 한다고 거세게 주장했다.

이어 열린 내각 긴급회의에서 내각서기관장 사코미즈 히사쓰네(迫水久常)는 스즈키에게 미국의 반응에 대해 조심스럽게 대응할 것을 건의했다. 그러나 스즈키는 그런 조언을 물리치고서 선언했다, "만일 연합국들이 강경한 태도에서 물러서지 않으면, 우리는 전쟁을 계속해야 합니다." 스즈키의 강경한 태도에 기세가 오른 아나미는 동료 대신들에게 강인한 태도가 필요하다고 역설했다, "일본은 천황 제도의 존속만이 아니라 나머지 세 가지 조건들도 관철해야 합니다." 분위기가 아나미의 강경론 쪽으로 기울자, 도고는 연합국들의 공식 문서가 도착할 때까지 결정을 미루자고 제안해서 상황의 악화를 가까스로 막았다.

그러나 군부에선 온건파 지도자들의 암살에 이은 무력 정변의 기운이 거세어졌다. 실제로 이날 오후 늦게 도쿄 거리엔 포스터들이 나붙었다: "내대신 기도를 죽여라!" 기도는 그날 밤에 궁내부의 자기

방으로 거처를 옮겼다.

요나이는 천황제가 연합국들의 강제적 조치가 아니라 일본 군부의 반란으로 무너질 가능성을 걱정했다. 이날 그는 전쟁을 끝낼 기회가 왔음을 천황에게 밝혔다, "폐하, 저는 용어가 적절치 못하다고 생각합니다만, 원자탄들과 소비에트의 참전은, 어떤 뜻에선, 신의 도움입니다. 이제 우리는 국민들에게 국내 사정으로 전쟁을 끝냈다고 얘기하지 않아도 됩니다."

히로히토가 무겁게 고개를 끄덕였다. 요나이도 천황도 잘 알고 있었다, 국민들이 고통을 겪고 전력이 다해서 전쟁을 끝내겠다고 선언하는 순간, 천황도 위험해진다는 것을. 원자탄의 투하와 러시아군의 침공이라는 거대한 충격파에 군부가 흔들리는 상황을 이용하지 않으면, 천황제 자체가, 연합국들의 강제적 조치에 의해서든 일본 군부의 반란을 통해서든, 사라질 수 있다는 것을. 이제 히로히토를 중심으로 한 황실과 고도를 중심으로 한 외무성과 요나이를 중심으로 한 온건파 지도자들은 자신들이 물러설 여지가 사라졌다는 사실을 무거운 마음으로 받아들였다.

이 사이에 미군 지휘부에선 일본의 빠른 항복에 대한 회의론이 점점 커졌다. 감청으로 얻은 정보들은 한결같이 강경파가 여전히 우세하다는 것을 가리켰다. 일본의 항복을 유도하기 위해 미군 지휘부는 폭격을 재개하기로 했다. 그래서 8월 14일에 10일 이후 처음으로 3개 군사 목표에 대한 정밀 타격과 2개 도시에 대한 폭격이 수행되었다.

폭격 재개와 함께, 일본 국민들을 대상으로 한 심리전도 강화되었다. 심리전 전문가들은 일본 국민들에게 지난 며칠 사이에 일어난 외교적 노력을 직접 알리는 것이 좋다고 판단했다. 그래서 8월 13일에 B-29 폭격기들이 일본의 조건부 항복 제안의 전문과 번즈 국무장관의 답변을 함께 실은 소책자를 도시들에 뿌렸다.

8월 14일 아침 궁내부 직원이 밖에서 주워온 미군 전단을 조심스럽게 기도에게 바쳤다. 무심코 전단을 받아서 읽은 기도의 얼굴이 잿빛이 되었다. 천황을 비롯한 일본 지도자들은 일본의 항복 소식을 병사들과 시민들에게 서서히 알려서 단 몇 달 전만 하더라도 일본이 궁극적으로 이기리라고 믿은 국민들이 겪을 심리적 충격을 줄일 방안을 마련하고 있었다. 그 전단은 그런 방안을 단번에 깨뜨려버린 것이었다. 이제 국민들이 아무런 마음의 준비 없이 충격적 진실과 만나게 된 것이었다.

기도는 과감하고 신속한 행동이 필요하다고 판단했다. 그는 스즈키에게 연락하고 천황에게 상황을 보고했다. 스즈키가 도착하자, 천황은 즉시 어전회의를 소집해서 번즈의 전문을 수정 없이 수락하고 그런 결정을 공식화하는 칙령을 내리겠다고 말했다. 스즈키가 오후 1시에 열자는 의견을 내놓자, 천황은 그런 시간표는 장교들이 반란을 조직할 시간을 준다고 단호히 거절했다. 그리고 오전 11시에 소집하라고 지시했다.

그렇게 소집된 어전회의에서 아나미, 도요다 그리고 우메즈는 전쟁을 계속해야 한다고 천황에게 호소했다. 그들의 얘기를 다 듣고 난 뒤, 천황은 전쟁을 끝내야 한다는 자신의 생각을 바꿀 이유를 발견하지 못했다고 말했다. 그는 항복에 따르는 어떤 수모와 고통도 전쟁의 지속으로 일본 국민들이 입을 피해보다는 훨씬 작은 문제라고 말했다. 그리고 자신이 내린 결정을 적극적으로 이행해달라는 당부를 결론으로 삼았다.

 천황이 이처럼 비장한 얘기를 하고 눈물을 보이자, 모든 사람들이 눈물을 흘렸다. 곧바로 내각회의가 열렸고 천황이 바라는 조치는 만장일치로 통과되어 법적 효력을 지니게 되었다. 외무성 관리들은 스웨덴과 스위스를 통해서 연합국들에 일본 정부의 공식 반응을 보내기 시작했다.

 이런 상황에서도 아나미는 전쟁 지속에 대한 미련을 버리지 못했다. 회의가 끝나자, 그는 우메즈 육군 참모총장을 따로 만나 군부 정변의 가능성을 물었다. 우메즈는 고개를 저었다. 이미 천황이 결정한 터라서, 군부 정변이 성공할 가능성은 없고 군부의 분열만 부를 뿐이라는 얘기였다.

 육군대신 관저로 돌아온 아나미는 비서관 하야시 사부로(林三郎) 대좌에게 도쿄 외곽에 있다는 소문이 도는 미군 차량 행렬을 공격하는 방안에 대해 의견을 구했다. 하야시는 그런 방안은 천황의 뜻을 어기는 일임을 지적한 다음, 미군 차량 행렬도 없다고 말했다.

 이처럼 불안정한 상황을 안정시킨 것은 육군 참모차장 가와베 도라시로(河邊虎四郎)의 기민한 행동이었다. 그는 국제 정세에 밝고 합리적이었다. 육군성의 좌관급 장교들이 천황의 방침을 순순히 따른 아나미에게 힐문에 가까운 질문을 하는 것을 보자, 가와베는 육군의 최고 지휘관들이 천황을 지지해야 한다고 역설했다. 그리고 천황의 뜻을 끝까지 따른다는 서약서를 만들어 서명을 받았다. 아나미도 서명했다. 이 서약서가 군부 반란의 불길이 널리 퍼지는 것을 막는 방화벽이 되었다.

실제로, 군부 반란은 이미 시작된 터였다. 8월 11일부터 육군성 소속 좌관급 장교들은 반란을 모의하고 있었다. 그들의 목표는 천황 둘레의 온건파 보좌관들을 제거하고 새로운 정부를 구성하는 것이었다. 그들은 일본인 모두가 죽을 때까지 싸워야 한다고 믿었다. 일본 제국의 국체가 무너지면, 일본 국민들은 살 수도 없고 살아서도 안 된다고 믿었다. 그렇게 스스로 자신들을 불태운 일본 국민들은 역사에서 가장 영광된 자리를 차지하리라고 그들은 믿었다.

8월 12일 아나미는 이들 음모자들과 만나서 그들의 얘기를 들었다. 13일 오후 그는 다시 이들과 만나서 그들의 거사 계획을 들었다. 그리고 그들의 계획이 불충분하다는 것을 지적한 다음 자신도 음모에 가담할 수 있음을 넌지시 알렸다.

아나미의 이런 행태에 놀란 비서관 하야시는 군부 정변은 성공할 수 없다는 것을 지적했다: '이미 포츠담선언을 수락하기로 했다는 소식이 퍼져나가고 있어서, 국민들의 항전 의지가 허물어지고 있다, 따라서 군부가 전쟁을 지속하겠다고 나서도 따를 사람들이 드물 것이다, 당연히, 군부 정변은 성공할 가능성이 없다.'

아나미는 육군성으로 돌아가서 반란 주모자들과 만났다. 그리고 하야시의 반론을 전했다. 상황이 불리해지고 아나미가 흔들리자, 주모자들은 공황에 빠졌다. 마음이 급해진 그들은 거사 일정을 앞당겨 14일 밤에 움직였다.

밤 9시 30분경에 하타나카 겐지(畑中健二) 소좌와 시이자키 지로(椎崎二郎) 중좌는 황궁을 지키는 1근위사단 2연대장 하가 도요지로(芳賀豊次郎) 대좌를 찾아갔다. 그리고 자신들의 반란에 아나미, 우메즈 그리고 동부군과 근위사단의 지휘관들이 참가했다고 얘기했다. 하가는 그 말을 믿고 그들이 황궁을 장악하는 것을 도왔다.

하타나카는 자신이 이끄는 소수의 병력이 황궁을 장악하고 정변의 조짐을 보이면, 항복에 반대하는 육군이 일제히 일어나리라 믿었다. 그는 먼저 도쿄 일대를 방어하는 임무를 띤 동부군의 사령관 다나카 시주이치(田中靜壹) 대장의 집무실로 가서 정변에 참가해달라고 요청했다. 다나카는 하타나카의 요청을 거절하고 그에게 집으로 돌아가라고 명령했다.

하타나카는 그 명령에 따르지 않고 동료 장교들과 함께 1근위사단장 모리 다케시(森赳) 중장을 찾아갔다. 도쿄를 지키는 병력을 지휘하는 모리의 협력이 그들에겐 절실히 필요했다. 그들은 모리에게 정변에 참여할 것을 요청했다. 모리가 거절하자, 하타나카는 그를 죽였다. 그리고 모리의 인감으로 위조 명령서를 만들어 병력을 추가로 황궁 둘레에 배치하도록 했다.

하타나카가 이끄는 반도들은 황궁을 경비하는 경찰들을 무장해제시키고 모든 출입구를 봉쇄한 다음 전화선을 끊었다. 그렇게 황궁을 고립시킨 뒤, 그들은 궁내부대신 이시와타와 내대신 기도와 천황의 항복 방송이 녹음된 레코드판를 찾아서 황궁을 뒤졌다. 그러나 황궁이 워낙 복잡하고 전기가 끊어져서 어두웠으므로, 그들은 두 대신들도 레코드판도 찾아내지 못했다. 두 사람은 녹음 레코드판을 갖고 황궁의 아래에 있는 '은행 금고'라 불리는 방에 숨어 있었다.

15일 새벽 3시경에 동부군 사령관 다나카 대장은 반군이 황궁을 침입했다는 것을 알았다. 그는 동부군 부대들을 황궁으로 보내 반란을 분쇄하라고 지시하고 자신도 황궁으로 향했다. 그는 반군 장교들을 천황의 뜻을 어겼다고 질책하고 병영으로 돌아가도록 설득했다.

기대와 달리, 자신들의 봉기에 호응하는 사람들이 거의 없고 육군 지도자들이 무력으로 진압할 의사를 드러내자, 반란을 이끈 장교들도 실패를 인정했다. 그들은 NHK 방송을 통해서 자신들의 거사의 의도를 알릴 기회를 달라고 요청했다. 그런 요구가 거부되자, 하타나카를 비롯한 주모자들은 자결했다. 8시경에 다나카는 반란이 진압되었다고 황실에 보고했다.

천황의 육성 방송인 〈옥음(玉音) 방송〉은 8월 15일 정오에 행해지기로 계획되었다. 14일 밤과 15일 아침에 나온 두 차례의 예고 방송은 일본 본토, 조선, 대만, 만주국 및 남양 제도의 일본 국민들에게 15일 정오의 〈옥음 방송〉을 들으라고 알렸다.

15일 정오, 시간을 알리는 신호가 울리자, 아나운서가 알렸다, "지금부터 중대한 방송이 있을 터이니, 전국의 청취자들께서는 모두 기립해주시기 바랍니다."

동아시아 곳곳에서 라디오 앞에 모인 일본 제국 신민들은 모두 급히 일어섰다.

다른 사람이 말을 이었다, "천황 폐하께서 칙어를 손수 국민들에게 반포하시겠습니다. 저희는 뜻을 받들어 옥음을 전달하겠습니다."

이어 일본 국가 〈기미가요〉가 연주되었다. 국가 연주가 끝나자, 녹음된 천황의 연설이 재생되어 나왔다. "짐은 세계의 대세와 제국의 현상을 깊이 살피고 비상한 조치로 시국을 수습하려는 뜻을 품어 이에 충량한 그대 신민들에게 고하노라. 짐은 제국 정부가 미국, 영국, 지나[중국] 및 소련[러시아]의 네 나라에 대하여 그들의 공동선언을 수락한다는 뜻을 통고하라고 지시하였도다…"

공손한 자세로 서서 방송에 귀를 기울이던 사람들은 먼저 낯선 목소리에 놀랐다. 천황이 보통 국민들과 어울린 적이 없었으므로, 라디오를 듣는 사람들은 거의 다 천황의 목소리가 낯설었다. 레코드판에 녹음된 목소리를 재생한 터라서, 더욱 생경하게 들렸다. 연설문도 궁중에서 쓰는 극도의 문어체여서, 일반 일본인들에겐 아주 낯설었다. 무엇보다도, 연설의 내용을 극도의 완곡어법으로 설명한 까닭에, 국제 정세를 잘 아는 사람이라야 무슨 얘기인지 짐작할 수 있었다.

그래도 갑작스러운 천황의 방송 연설이 나왔다는 사정과 국민들과 군인들의 희생을 거듭 얘기하는 연설 내용으로 미루어 청취자들은 그것이 일본의 항복 선언임을 차츰 깨달았다. 특히 "감당할 수 없는 것을 감당하고 참을 수 없는 것을 참아야 한다"는 얘기는 일본이 적국의 지배를 받게 되었음을 알려주었다.

그렇게 해서, 1941년 12월 7일에 일본 제국 해군 연합함대의 기동부대가 펄하버를 기습함으로써 시작된 태평양전쟁은 끝났다. 동시에 인류 역사에서 가장 큰 재앙이었던 제2차 세계대전도 끝났다.

8월 15일 인천은 조용했다. 상인천역 대합실도 여느 때와 같았다. 이튿날도 같았다. 아무도 천황의 〈옥음 방송〉을 얘기하지 않았다. 모두 어려운 시절을 견디면서 살아가기 바빴다. 8월 17일 오후에야 서울에서 온 승객들이 일본이 전쟁에 졌다는 얘기를 하기 시작했다.

그 얘기를 처음 듣는 순간, 길례의 가슴에 작은 싹이 돋았다. '그러면 우리 현규도….' 그 싹을 감싸고 물을 주는 심정으로 그녀는 전쟁이 끝났다는 얘기가 나올 때마다 열심히 귀를 기울였다.

그 이튿날에 비로소 조선이 해방되었고 일본 사람들이 물러간다는 애기가 들렸다. 길례는 마음이 어찔했다. 그녀는 일본 사람들이 없는 세상을 본 적이 없었다. 그녀에게 일본 사람들이 위세를 부리는 것은 자연스러운 일이었다. 그런 세상이 바뀌는 것이 반가우면서도 다른 편으로는 두렵기도 했다. 이미 북쪽 함경도와 평안도엔 노서아 군대가 들어왔고 남쪽에도 미국 군대가 들어온다는 얘기가 퍼지고서야, 그녀는 세상이 바뀌었다는 것을 느낄 수 있었다. 그리고 먼 땅으로 끌려간 아들을 다시 볼 수 있다는 희망의 싹이 파릇하게 자라났다.

쉰여섯째 이야기

러시아군의 북한 진주

●

1945년 8월 8일 오후 5시에 러시아 주재 일본 대사 사토 나오타케(佐藤尙武)는 러시아 외상 몰로토프를 찾아갔다. 7월 중순에 도고 시게노리 외상은 사토에게 '소련을 통한 연합국 측과의 협상 채널을 열고자 하는 천황의 뜻'을 전달했다. 그래서 사토는 몰로토프에게 일본 정부의 의향을 얘기했고, 스탈린은 일본과 연합국 측 사이의 중재에 나서겠다고 선뜻 사토의 제의를 받아들였다. 오늘 오후 도고 외상은 상황이 절망적임을 알리면서 러시아에 중재를 다시 부탁하라는 전문을 사토에게 보내왔다. 그래서 그는 러시아가 중재를 보다 적극적으로 해달라고 몰로토프에게 부탁할 참이었다.

사토는 몰로토프의 서재로 안내되었다. 그가 몰로토프에게 포츠담 회담에서 무사히 돌아온 것을 축하하자, 몰로토프는 말을 끊고 말했다, "오늘 나는 소비에트 정부를 대표해서 일본 정부에 통보할 사항이 있습니다. 자리에 앉으시죠."

자리에 앉자, 몰로토프는 문서를 집어 읽기 시작했다, "히틀러의 독일이 패망한 뒤, 일본은 아직도 전쟁의 계속을 고집하는 유일한 국가가 되었다…."

사토는 이내 깨달았다, 지금 몰로토프가 손에 든 것은 러시아의 일본에 대한 선전포고임을. 무겁던 마음이 더욱 무거워졌지만, 그는 당황스럽지는 않았다. 그는 조만간 러시아가 일본에 적대적으로 나오리라고 예상한 터였다. 독일이 항복한 뒤, 러시아가 유럽의 군대를 동쪽으로 이동시키고 있다는 사실은 비밀도 아니었다.

표정 없는 얼굴로 몰로토프는 읽어내려갔다. "미국, 영국, 그리고 중국— 세 강대국의 일본의 무조건 항복에 관한 1945년 7월 26일의 요구는 일본에 의해 거부되었다. 소비에트 러시아가 극동의 전쟁에서 중재를 해달라는 일본의 제안은 그 사실에 의해 모든 근거를 잃었다…." ['1945년 7월 26일의 요구'는 일본의 무조건 항복을 요구한 포츠담선언을 가리켰다.]

"…위에서 얘기한 사정들을 고려해서, 소비에트 정부는 내일 자로, 즉 8월 9일 자로, 자신이 일본과 전쟁 상태에 있다고 생각할 것이다."

1941년 4월 13일에 러시아와 일본 사이에 맺어진 중립 조약(Neutrality Pact)은 5년 동안 효력을 지니고, 연장을 바라지 않는 당사국은 조약 만기 한 해 전에 폐기 선언을 하도록 되었다. 지난 4월 5일 러시아가 중립 조약의 폐기를 선언했을 때, 사토는 몰로토프에게 물었었다, "남은 한 해 동안 조약은 유효합니까?" 몰로토프는 그렇다고 확인했었다. 겨우 넉 달 만에 러시아가 배신한 것이었다.

"알겠습니다." 사토는 담담하게 고개를 끄덕였다. 그는 러시아의 배신에 놀라지 않았다. 도고 외상이 러시아에 중재를 요청하라는 전문을 보냈을 때도, 그는 러시아가 진지하게 중재할 가능성은 없다고 보고한 터였다.

사토가 놀라지 않고 항의나 유감의 표시도 하지 않자, 몰로토프는 좀 실망한 낯빛을 했다.

사토는 속으로 싸늘한 웃음을 지었다. 자신이 거둔 그 작은 승리에 의지해서 허물어지려는 마음을 다잡으면서, 그는 크렘린을 나왔다. 면담은 10분 남짓 걸렸다. 이제 서둘러 도쿄로 이 중대한 소식을 전해야 했다. 러시아가 기습적으로 공격하지 않은 것만도 다행이었다.

그러나 이번에도 러시아는 속임수를 썼다. 몰로토프가 내일부터, 즉 8월 9일부터, 전쟁 상태에 들어간다고 했을 때, 사토는 도쿄에 알릴 시간이 충분하다고 생각했다. 그러나 러시아군과 일본군이 충돌할 극동 지역은 모스크바보다 일곱 시간이나 빨랐다. 몰로토프가 선전포고를 읽었을 때, 극동의 러시아군은 일제히 만주에 주둔한 일본군을 향해 기동하고 있었다.

러시아가 일본에 선전포고를 했을 때, 알렉산드르 바실레프스키(Aleksandr Vasilevsky) 원수가 지휘하는 극동군은 병력 157만 명, 야포 및 다연장 로켓포 28만 문, 전차 및 자주포 5,500대를 보유했다. 부대들은 모두 독일군과의 긴 전쟁에서 단련된 정예들이었다.

이들 러시아군에 맞선 일본군은 야마다 오토조(山田乙三) 대장이 지휘하는 관동군(關東軍)이었다. 1904년의 러일전쟁에서 이긴 일본은 요동반도 남단의 러시아 조차지를 얻어 관동조차지라 불렀다. 관동(關東)은 만리장성의 동쪽 끝 관문인 산해관(山海關)의 동쪽을 뜻한다. 원래 관동조차지는 청일전쟁에서 이긴 일본이 청으로부터 조차한 것인데, 러시아가 '삼국간섭'을 통해서 일본이 포기하도록 한 뒤 자신이 차지했었다. 관동조차지와 남만주 철도를 보호하기 위해 관동도독부(關東都督府) 육군부가 창설되었고 1919년에 관동군으로 확대 개편되었다.

만주의 방대한 영토와 풍부한 자원을 독점했으므로, 관동군은 거대한 군대로 성장했다. 그러나 중일전쟁과 태평양전쟁으로 중국과 태평양의 전선에 정예부대들을 파견하면서, 관동군의 전력은 급속히 줄어들었다. 정예 병력이 빠진 자리를 메운 것은 징집 연령에서 벗어난 사람들이었고 훈련을 제대로 받지 못해서 전력은 아주 낮았다. 그들이 갖춘 무기들도 너무 낡아서 러시아군의 최신 무기들에 도저히 맞설 수 없었다. 그래서 병력은 70만 남짓했지만, 관동군의 전력은 아주 낮았다.

러시아 극동군은 세 부대로 이루어졌다. 트랜스바이칼 전선(Transbaikal Front)은 병력이 65만 명이 넘었고 6근위 기갑군을 포함해서 돌파력이 뛰어났다. 1극동전선(First Far East Front)은 59만 명 가까이 되었고, 포병 화력이 강했다. 2극동전선(Second Far East Front)은 34만 명 가까이 되었는데 주로 소총 사단들로 이루어졌다.

러시아군의 기본 작전 계획은 동서에서 남만주 중심부를 공격해 북쪽 국경 지역에 배치된 일본군을 포위하는 것이었다.

(1) 전력이 가장 큰 트랜스바이칼 전선은 서쪽 외몽골 지역에서 남만주의 중심부인 펑톈(奉天), 신징(新京)[만주국 수도 창춘(長春)], 지린(吉林)을 향해 동남쪽으로 진출한다.

(2) 1극동전선은 동쪽 연해주 남부에서 남만주의 중심부를 향해 서쪽으로 진출한다. 예하 25군은 일본군이 조선으로 물러나는 것을 막기 위해 북조선을 점령한다.

(3) 트랜스바이칼 전선과 1극동전선이 남만주 중심부에서 만나 양익

포위를 완성하는 것을 돕기 위해서, 2극동전선은 아무르강(흑룡강) 지역에서 서남쪽으로 진출해 북만주의 일본군을 압박한다.

러시아군과 일본군 사이의 전력 차이가 워낙 컸으므로, 러시아군은 일본군의 저항을 쉽게 깨뜨리고 빠르게 진격했다. 8월 15일 일본이 항복했을 때, 만주의 대부분은 러시아군이 장악했다. 그래도 일본군 부대들은 저항을 계속했다. 일본의 항복 소식이 제대로 전달되지 않은 부대들도 많았고 끝까지 싸우다가 죽겠다고 결심한 장병들도 많았다.

8월 16일 관동군은 도쿄의 대본영으로부터 전투를 중지하고 러시아군과 휴전을 협의하라는 지시를 받았다. 야마다와 그의 참모들은 8월 19일에 신징에서 러시아군에 항복했다. 이로써 40년 가까이 존속하면서 온 세계에 명성을 떨친 관동군은 사라졌다.

러시아군의 한반도 침공 작전은 만주 침공 작전의 일환이었다. 만주의 관동군과 한반도의 조선군을 분리시켜서, 만주 점령 작전을 수월하게 한다는 것이 한반도 침공 작전의 목표였다. 이 작전에 투입된 부대는 동쪽 연해주로부터 만주를 공격한 1극동전선 예하 25군의 일부 병력과 블라디보스토크 기지의 태평양함대였다.

25군은 5개 소총사단이 주력이었으므로, 전력이나 병력이 큰 것은 아니었다. 그리고 실제로 조선 점령에 동원된 병력은 훨씬 작았다. 태평양 함대의 주력함들은 순양함 2척과 구축함 10척이었으므로, 역시 전력이 크지 않았다.

그러나 정예부대들은 여러 전선들로 떠나고 전투 경험이 없는 병력과 낡은 무기들을 갖춘 조선의 일본군으로선 이들을 막아낼 수 없었다. 특히 공군의 지원이 없는 것이 결정적 약점이었다. 17방면군으로 개편된 조선군은 전력이 아주 저하된 2개 보병사단으로 이루어졌고, 그나마 관동군 사령부의 지휘를 받았다.

1945년 8월 9일 새벽 4시 일본군의 군사 기지인 함경북도 나진항(羅津港)에 대한 러시아군의 공습이 시작되었다. 나진항은 관동군의 후방 보급 기지였으므로, 러시아군의 가장 중요한 공격 목표였다. 이 폭격으로 관동군을 위한 보급품이 거의 다 불탔다. 기름이 유출되면서, 항구 전체가 불바다가 되었다.

일본군의 본격적 저항은 함경북도 도청 소재지이자 가장 중요한 군사 거점인 청진(清津)에서 나왔다. 청진에 대한 러시아군의 폭격은 8월 9일 오전에 시작되어 점점 강화되었다. 드디어 8월 13일 오전 11시부터 러시아군 함대가 청진항에 대한 공격준비사격을 시작했다. 이어 러시아군이 상륙했다.

청진 해안에 배치된 일본군은 급작스럽게 동원된 '특설경비대'가 주력인 터라, 병력과 화력에서 압도적 우위를 지닌 러시아군에 맞설 수 없었다. 그래도 일본군은 처절하게 저항해서, 청진 일대의 전투는 8월 18일에야 끝났다.

이후 러시아군의 북한 점령은 빠르게 진행되었다. 8월 21일엔 청진에 상륙했던 태평양함대 해병여단이 다시 원산에 상륙했고 393사단 선발대가 함흥에 이르렀다. 8월 24일엔 25군 사령관 이반 치스티아코프(Ivan Chistiakov) 상장이 사령부가 있는 만주 옌지(延吉)에서 항공기로 함흥에 왔다. 그는 곧바로 일본군 34군사령관과 만나 일본군의 무장해제에 관해 협의했다. 이어 기시 유이치(岸勇一) 함경남도 지사와 만나 행정권 이양에 관해 협의했다.

8월 25일 치스티아코프는 1극동전선 사령관 키릴 메레츠코프(Kirill Meretskov) 원수로부터 25군이 북한 점령군으로 선정되었다는 통보를 받았다. 25군 사령부는 함흥과 평양 가운데서 선택하라는 지시도 있었다. 치스티아코프는 사령부를 평양에 두기로 하고 이튿날 평양으로 갔다.

그는 일본군 평양사관구(平壤師管區) 사령관 다케시타 요시하루(竹下義晴) 중장에게 일본군의 무장해제에 관한 지시를 내렸다. 그리고 함경남도에서의 경험을 참고해서, 행정은 도 단위로 수행하며, 각 도의 행정 업무는 공산주의자들과 민족주의자들이 동수로 참여하는 '인민정치위원회'에 맡긴다고 선포했다. 가장 중요한 평안남도 인민정치위원회는 서북 지방의 두드러진 민족주의 지도자인 조만식(曺晩植)을 위원장으로 뽑았다.

과도기적 혼란에 대한 응급조치를 마치자, 치스티아코프는 북한의 영구적 점령을 위한 절차에 들어갔다. 이 일에선 25군 정치통제위원(political commissar) 니콜라이 레베데프(Nikolai Levedev) 소장이 주도적 역할을 했다. 레베데프는 1극동전선 정치통제위원 테렌티 시티코프(Terenty Shtykov) 상장의 지시에 따라 움직였다.

러시아는 처음부터 한반도 전체를 자신의 배타적 영향 아래 두려고 시도했다. 북위 38도선을 경계로 삼아 한반도를 미국과 나누어 점령하게 되면서, 그런 시도는 일단 좌절되었다. 그러자 러시아는 먼저 북한을 영구적으로 통치하면서 한반도 전체를 영유하는 공작의 거점으로 삼으려 했다. 그런 목적을 이루기 위해선, 무엇보다도 먼저 외부의 영향력을 차단하는 것이 긴요했다.

25군 사령부는 먼저 남한과의 철도 연결을 끊었다. 8월 24일엔 경원선의 운행을 중단시키고 25일엔 경의선의 운행을 끊었다. 이어 도로의 연결을 끊기 위해서, 38선의 교통 요지들인 황해도 금천(金川), 경기도 연천(漣川) 그리고 강원도 평강(平康)과 양양(襄陽)에 경비 부대를 배치해 남북한의 왕래를 통제했다. 그리고 물자가 남한으로 나가는 것을 철저히 막았다. 7세기 후반 이후 천 년 넘게 하나의 공동체를 이루었던 조선이 둘로 나뉘어 서로 다른 길을 가는 '남북 분단'이 시작된 것이었다.

쉰일곱째 이야기

미군의 남한 진주

•

　일본 정부가 연합국에 항복할 의사를 전달했다는 것을 조선총독부가 안 것은 8월 10일 오전이었다. 이미 러시아군이 함경북도를 공격하는 상황에서 조선총독부의 가장 중요한 임무는 조선에 있는 일본인들의 안전이었다. 당시 조선엔 77만가량 되는 일본인들이 있었다. 일본 정부가 항복하기로 결정하면, 감옥에 갇힌 조선인 정치범들과 경제범들을 석방하고 조선인 조직이 치안을 맡도록 하는 방안이 총독부가 생각해낸 대책이었다.

　그런 조선인 조직을 이끌 지도자로는 송진우와 여운형, 안재홍이 물망에 올랐다. 총독부는 송진우를 가장 적합한 인물로 여겨서 먼저 그와 접촉했다. 송진우는 동아일보 사장을 지낸 민족주의 세력의 지도자였다.

　총독부 정무총감 엔도 류사쿠(遠藤柳作)의 밀사들은 송진우에게 사정을 설명하고 권력을 충분히 위양받은 조선인 행정조직을 만들라고 권유했다. 그러나 두 차례의 권유에도 불구하고, 송진우는 밀사들의 제의를 거절했다. 그는 임시정부에 대한 기대가 커서, 임시정부 지도자들인 김구와 이승만이 돌아와 집권하는 것이 순리라고 여겼다.

　8월 14일이 되자, 조선총독부는 절박한 처지로 몰렸다. 청진이 러시아군에 점령되면서, 북한은 예상보다 훨씬 빨리 러시아군에 점령될 터였다. 총독부 경무국장 니시히로 다다오(西廣忠雄)로부터 송진우와의 교섭이 실패했다는 보고를 받자, 엔도 정무총감은 대안을 물었다. 니시히로는 여운형에게 권한을 넘기는 방안을 건의했다.

엔도는 곧바로 경성보호관찰소장 나가사키 유조(長崎祐三)에게 다음 날 아침 6시에 여운형과 함께 자기 관저로 오라고 지시했다. 당시 여운형은 사상범 전과자로서 보호관찰을 받고 있었다. 그는 공산주의자로서 상해 임시정부에 참여해서 외무차장을 지냈다. 그러나 1929년에 상해에서 체포되어 국내로 압송된 뒤 3년 징역형을 받아 복역했다. 이후 총독부의 정책에 협력했다.

급진적 사상을 지니고 언변이 뛰어난 여운형은 학생들 사이에서 인기가 높았다. 따라서 총독부는 그가 학생들을 잘 제어해서 과격한 행동을 막아줄 수 있으리라고 기대했다. 여운형의 약점은 지지 세력이 그리 크지 않다는 점이었다. 공산주의자 이력과 친일 행적이 그의 영향력을 제약하는 요인으로 작용했다.

여운형이 찾아오자, 엔도는 그에게 러시아군의 빠른 진출로 절박해진 상황을 설명했다. 그리고 많은 권한을 이양하겠으니, 조선인 조직을 만들어서 치안 유지에 나서달라고 부탁했다. 여운형이 총독부의 제안을 선뜻 받아들이자, 아베 노부유키(阿部信行) 총독은 그에게 2,000만 엔을 정치자금으로 주었다.

여운형은 8월 15일 저녁에 안재홍의 협력을 얻어 건국준비위원회(건준)를 결성했다. 안재홍은 언론인으로 정세 판단이 뛰어났다. 위원장은 여운형 자신이 맡고 부위원장은 안재홍이 맡았다. 총무부장엔 최근우(崔謹遇), 조직부장엔 정백(鄭栢), 선전부장엔 조동호(趙東祜), 선전부 차장엔 최용달(崔容達), 경무부장엔 권태석(權泰錫), 재정부장엔 이규갑(李奎甲)이 선임되었다.

정백, 조동호, 최용달, 권태석이 공산주의자들이었다는 사실이 가리키듯, 건준은 처음부터 좌익이 주도하는 조직이었다. 여운형은 치안 유지 조직을 만들려면 골수 공산주의자들의 협력이 필요하다고 판단했다. 러시아군이 한반도를 점령하면, 어차피 공산주의자들이 득세할 터이고, 별다른 지지 세력이 없는 자신의 처지에선 상당한 세력을 이룬 공산주의자들과 연합하는 것이 도움이 되리라는 생각이었다.

좌익의 우위는 8월 22일의 조직 개편으로 더욱 두드러지게 되었다. 공산주의 세력의 명망 높은 지도자인 허헌(許憲)이 부위원장으로 선임되었고, 이강국(李康國)을 포함한 7명의 공산주의자들이 부서장들로 들어왔다.

이어 박헌영(朴憲永)이 들어오면서, 건준은 공산주의자들에 의해 완전히 장악되었다. 그는 조선총독부의 박해 속에서도 전향하지 않았고 태평양전쟁 시기엔 광주의 벽돌 공장에서 숨어 지냈다. 그의 화려한 공산주의 운동 경력에 전향하지 않은 지도자로서의 도덕적 권위가 더해지면서, 그는 많은 공산주의자들의 열렬한 지지를 받았다.

아울러, 박헌영에겐 잘 알려지지 않은 후원자가 있었다. 1939년에 러시아가 서울에 총영사관을 설치하자, 러시아 정보기관 NKVD 요원인 아나톨리 샤브신(Anatoli Shabshin)이 부영사라는 직책으로 부임했다. 그는 조선인 공산주의자들을 첩자로 삼아서 정보를 수집했는데, 그가 가장 신임한 정보원이 바로 박헌영이었다. 지하로 숨었을 때도, 박한영은 샤브신과 연락했었다.

이런 공산주의로의 편향에도 불구하고, 과도기에 건준에 견줄 만한 조직이 없었으므로, 건준의 기여는 컸고 명성도 높았다. 그래서 전국적으로 하부 조직이 만들어져서, 치안 유지에 크게 기여했다.

건준의 설립과 활동은 민족주의 진영에 큰 자극을 주었다. 중경 임시정부의 귀국이 늦어지는 상황에선, 좌파가 장악한 건준에 맞설 만한 우파 통합 정당의 필요성을 모두 절감했다. 그동안 정당 결성에 소극적이었던 송진우가 나서면서, 창당 작업은 빠르게 진행되었다. 마침내 9월 6일 우파 민족주의 인사들이 종로에서 한국민주당(韓國民主黨: 한민당) 결성 발기인 대회를 열었다.

한민당의 정치적 지향을 잘 드러낸 것은 "중경의 대한임시정부를 광복벽두의 우리 정부로서 맞이하려 한다"는 선언이었다. 건준이 일관되게 중경의 대한민국 임시정부의 정통성을 인정하지 않은 것과 극명하게 대비되는 태도였다.

한민당 결성 발기인 대회보다 몇 시간 늦게, 건준의 지도자들은 조선인민공화국(朝鮮人民共和國) 선포를 위한 전국인민대표회의를 열었다. 이것은 건준을 장악한 박헌영이 여운형에게 강요한 모임이었다. 회의장인 안국동 경기고녀 강당엔 600명가량 되는 대표들이 모였다. 이들의 다수는 박헌영을 따르는 경인 지역 노동자들이었다. 자연히, 회의는 처음부터 박헌영의 뜻에 따라 진행되었다.

여운형이 개회사를 하고 허헌이 경과보고를 하자, 회의는 '인민의 정부'를 즉시 수립하기로 결의하고서 국호를 조선인민공화국(朝鮮人

民共和國)으로 정했다. 이어 중앙인민위원 55명이 선임되었다. 이 명단엔 아직 해외에 있는 인사들이 여럿 들어 있었다: 미국에 있는 이승만, 중국에 있는 김구, 김규식(金奎植), 이시영, 김원봉(金元鳳), 신익희(申翼熙), 무정(武亭) 그리고 러시아에 있는 김일성(金日成). 명단엔 우익 인사들도 더러 들어 있었으나, 대부분은 박헌영을 따르는 공산주의자들이었다.

건준의 느닷없는 조선인민공화국 선포는 실은 샤브신이 박헌영에게 급히 지시한 공작이었다. 샤브신만이 아니라 그의 아내 샤브시나(F. I. Shabshina)도 정보 요원이었으니, 그들은 조선 공산주의자들을 조종하는 관리자(handler)들이었다. 샤브신은 뒤에 박헌영이 자신의 '하수인(henchman)'이었다고 확인했다. 즉 샤브신은 박헌영에게 조선 공산주의자들을 총괄하는 임무를 맡긴 것이었다. 러시아 정보기관의 관리자와 첩자 사이의 관계는 일방적이다. 첩자는 관리자의 지시를 충실히 실행해야 한다. 지시를 따르지 않으면, 파멸할 수밖에 없다.

샤브신이 '공화국'의 선포를 박헌영에게 지시했을 때, 그는 박헌영이 모르는 정보를 갖고 있었다. 9월 6일 밤 안국동에서 전국인민대표회의가 열렸을 때, 소공동 조선호텔의 한 방에선 조선에 진주할 미군 선발대가 조선총독부와 조선군의 대표들과 권력 이양 절차를 협의하고 있었다. 이들은 9월 4일과 6일에 김포공항을 통해 서울에 들어왔다. 이들의 도착은 비밀이었지만, 샤브신은 미군의 움직임을 자세히 알고 있었다. 남한을 점령할 미군 부대인 24군단의 사령관 존 하지(John Hodge) 중장은 9월 8일에 도착할 터였다. 그래서 샤브신은 하지의 앞길에 허술하지만 치우기가 무척 어려운 장애물을 급히 설치한 것이었다.

조선인민공화국의 선포는 도덕적으로나 법적으로나 근거가 없고 현실적으로 성립될 수 없는 행위였다. 아직 조선 인민들이 선거를 통해 자신들의 뜻을 밝히지 않은 상황에서 겨우 몇백 명이 갑자기 모여 헌법을 만들고 나라를 세웠다고 선포하는 것은 무엇으로도 정당화될 수 없고 조선 민족의 앞날에 부정적 영향을 미칠 수밖에 없는 행위였다. 그것은 진정한 선거를 통해서 세워질 진정한 나라를 미리 부정하는 행위였다. 더구나 1919년부터 조선의 독립을 위해 활동한 망명정부인 대한민국 임시정부가 있었고 조선 인민의 다수가 임시정부를 지지했으므로, 그것은 더욱 해괴한 행태였다.

샤브신의 술수는 미군의 남한 군정에 여러모로 부정적 영향을 끼쳤다. 직접적 영향은 미군 군정 당국이 남한 사람들의 정치조직들에 대해 부정적 태도를 지니도록 만든 것이었다. 일본과 힘든 전쟁을 치르고서 끝내 항복을 받아내어 일본의 식민지였던 지역에 진입했을 때, 원주민들이 '공화국'을 선포했으니, 미군으로선 당혹스러울 수밖에 없었다. 만일 원주민들의 '공화국'을 인정한다면, 미군의 조선 진주는 불법적 행위가 될 터였다. 적어도 그들의 허락을 받아야 될 것이었다.

군정 책임자 하지 중장이 남한 인민들의 정치조직들을 모두 인정하지 않기로 하자, '조선인민공화국'을 선포한 세력만이 아니라 대한민국 임시정부까지 그동안 누려온 권위를 잃게 되었다. 그리고 임시정부의 권위의 약화는 남한 정국을 더욱 혼란스럽게 만들었다.

반어적으로, '공화국'의 선포는 박헌영 자신과 그를 따르는 공산주의자들을 파멸로 이끌었다. 한번 '공화국'을 선포하자, 그들은 전략적 유연성을 잃었고 모든 일에서 미국 군정 당국과 부딪치게 되었다.

그들은 암살과 폭동으로 남한 사회의 정치적 발전을 막으려 끊임없이 시도했고 불법 조직의 구성원들로 전락해서 북한으로 도피해야 했다. 그렇게 민중적 기반을 잃자, 그들은 북한 정권에서 빠르게 밀려났고 끝내 '미국의 첩자들'이라는 누명을 쓰고 처형되었다. 국제 공산당의 이상을 좇아 혹독한 식민지의 환경에서 혁명가들로 살았던 남로당 세력은 그렇게 소멸되었다.

공산주의자들이 '조선인민공화국'을 선포하자, 민족주의자들은 이내 반응했다. 9월 7일 오후에 열린 '국민대회 준비회의 결성대회'에 참석한 300여 명의 우익 인사들은 임시정부 지지를 선언했다. 9월 8일엔 한국민주당 발기인들이 선언했다, "우리 독립운동의 결정체요 현하 국제적으로 승인된 대한민국 임시정부 이외에 소위 정권을 참칭하는 일체의 단체 및 그 행동은 그 어떤 종류를 불문하고 이것을 단호히 배격함."

남한 점령군 사령관 하지 중장은 9월 8일에야 인천에 상륙했다. 기함인 상륙작전 지휘선 '캐톡틴호(USS catoctin)'를 비롯한 21척의 함선이 남한 점령 임무를 수행할 24군단 장병들을 수송했다.

인천 부두는 해방군을 환영하려는 사람들로 가득했다. 혼란스러울 수밖에 없는 상황에서, 환영하는 군중과 경비하는 일본군 사이에 충돌이 일어났고, 일본군의 발포로 조선인 두 사람이 즉사하고 10여 명이 부상했다. 이 불상사로 미군 진주를 열렬히 반기던 분위기가 얼어붙었다.

북한을 점령하고 능숙하게 통치를 시작한 러시아군과 달리, 남한에 진주한 미군은 남한을 통치할 준비가 되어 있지 않았다. 조선총독부의 항복과 조선 주둔 일본군의 무장해제가 이루어지면, 좋든 싫든, 미군 군정 당국이 남한의 국가 건설(nation building)을 맡게 된다는 사실을 심각하게 생각한 사람들이 미국엔 드물었다.

남한 인민들에겐 다행스럽게도, 하지는 인품과 능력이 뛰어났다. 그는 제1차 세계대전에 참전해서 유럽 전선에서 싸웠다. 태평양전쟁이 일어나자, 준장으로 진급해서 25보병사단 부사단장이 되었고 과달카날 싸움에 참가했다. 1943년 소장으로 진급하고서 43보병사단과 23 '아메리칼' 보병사단을 이끌고 북 솔로몬군도 싸움에 참가했다. 1944년엔 새로 편성된 24군단을 이끌고 레이테섬 작전에 참가했고 1945년엔 치열한 오키나와 싸움을 치렀다. 1945년 6월에 중장으로 진급했다.

야전 지휘관으로 치열한 전투들을 치르면서 살아온 이력이 말해주듯, 하지는 강인했고 실제적이었다. 무엇보다도, 그는 공산주의에 관한 환상을 품지 않았다. 그래서 실책들을 저질렀지만, 공산주의자들의 술책에 넘어가지 않았고, 공산주의자들이 암살과 폭동으로 미군정에 도전했을 때, 단호히 대처해서 군정을 성공적으로 마무리했다.

조선 주둔 일본군의 항복문서 조인식은 9월 9일 오후 3시 45분에 조선총독부에서 열렸다. 항복문서엔 일본을 대표한 17방면군 사령관 고즈키 요시오(上月良夫) 중장, 진해경비부 사령관 야마구치 기사부로(山口儀三郎) 해군 중장, 그리고 조선 총독 아베 노부유키가 서명했다. 이어 미국을 대표한 하지 중장과 7함대 사령관 토머스 킨케이드(Thomas Kinkaid) 해군 대장이 서명했다.

오후 4시 30분에 총독부 정문 앞에 걸린 일장기가 내려지고 성조기가 대신 올라갔다. 총독부 앞에 모인 많은 사람들이 일제히 박수를 쳤다. 안쪽에서 지켜보던 총독부의 일본인 직원들은 고개를 떨구고 눈물을 흘렸다.

쉰여덟째 이야기

임시정부의 귀국(1945년)

●

　일본이 항복했을 때, 대한민국 임시정부는 중화민국의 임시 수도 충칭(重慶)에 있었다. 충칭은 외진 데다가 거기 머문 임시정부 요인들과 가족들은 500명이 넘었으므로, 귀국을 위한 교통편을 얻는 일도 무척 어려웠다.

　게다가 임시정부는 중국 각지에 흩어진 동포들을 돌보아야 했다. 이들은 거의 다 일본군을 따라 들어온 사람들이었는데, 이들에 대한 중국인들의 인식은 일본인들에 대한 인식보다 훨씬 나빴다. 일본군의 위세를 빌려 행패를 부린 사람들도 있었고 일본군의 밀정 노릇을 한 사람들도 있었다. 그리고 많은 이들이 아편 밀매에 종사했다. 일본군이 항복하자, 중국인들이 이들을 박해했다.

　다행히, 장개석(蔣介石) 총통이 이끄는 중화민국 정부는 대한민국 임시정부와 김구 주석에 대해 호의적이어서, 귀국 교통편만이 아니라 상당한 정치자금까지 제공했다. 덕분에 임시정부 요원들과 가족들은 수월하게 상해로 나올 수 있었다.

　마침내 11월 23일 오후 1시에 임시정부 요인들은 하지 중장이 보낸 수송기를 타고 상해를 떠났다. 수송기에 탈 수 있는 인원이 15명뿐이어서, 요인들 가운데 김구, 부주석 김규식, 나이가 가장 많은 국무위원인 이시영, 문화부장 김상덕, 참모총장 유동열, 선정부장 엄항섭과 수행원 9명이 1진으로 귀국했다.

오후 4시 조금 지나서, 수송기는 김포공항에 닿았다. 환영 나온 사람은 없었다. 미군 당국은 임정 요인들의 귀국을 비밀로 했다.

두 시간 뒤, 하지 사령관은 중앙방송국의 라디오 방송에서 밝혔다, "오늘 오후에 김구 선생 일행 15명이 서울에 도착하였다. 오랫동안 망명하였던 애국자 김구 선생은 개인의 자격으로 서울에 돌아왔다."

이튿날 오후 김구는 군정청 출입 기자단과 만났다. 마지막 질문은 "선생 이하 요원이 개인 자격으로 입국했으니, 임시정부는 언제 환국하는가?"였다. 김구는 "우리나라에는 현재 군정이 실시되고 있는 관계로 대외적으로는 개인 자격이 될 것이나, 우리 한국 사람으로 보면, 내가 왔으므로 정부도 돌아온 것이다"라고 답변했다.

이 문답으로 대한민국 임시정부는 소멸되었다. 망명정부는 영토와 국민을 잃은 정부다. 따라서 망명정부가 귀국해서 영토와 국민들을 다시 얻어야, 비로소 완전한 정부가 된다. 그러나 대한민국 임시정부는 조선의 영토와 국민들을 자신의 영토와 국민들이라고 주장하지 못했다. 오히려 임시정부를 구성했던 요인들이 모두 임시정부와 아무런 관련이 없는 개인들임을 자인하고 점령군인 미군의 허락을 받아 들어왔다.

대한민국 임시정부는 1919년에서 1945년까지 26년 동안 존속했다. 망명정부가 그리 오래 존속하면서 독립운동을 활발히 한 경우는 세계 역사에서 드물다. 그리고 끝내 독립을 되찾는 데 결정적 기여를 했다. 만일 임시정부가 없었다면, 조선 사람들이 나라를 되찾을 가능성은 그리 크지 않았다.

임시정부의 긴 역사에서 중요한 역할을 한 지도자들은 이광수, 이승만, 안창호 그리고 김구였다. 이광수는 임시정부의 산파였다. 3·1독립운동을 일으킨 공헌에 이어, 그는 임시정부의 수립에서도 결정적 역할을 했다. 명성과 능력을 아울러 갖춘 이광수의 노력이 없었다면, 3·1독립운동도 상해 임시정부도 그 시기에 그 모습으로 나올 수 없었다.

이승만은 처음부터 임시정부의 구심점이었다. 초기에 여러 임시정부들이 세워졌을 때, 모든 임시정부들이 이승만을 지도자로 꼽았다. 그리고 상해 임시정부의 초대 대통령으로 망명정부의 기틀을 세웠다. 그의 가장 큰 공헌은 미국에서 임시정부의 외교 활동을 이끈 것이었다. 망명정부는 본질적으로 외교를 하는 조직이다. 영토와 국민을 다 잃었으니, 다른 나라들의 인정을 받는 것이 일차적 목표가 될 수밖에 없다. 강성한 일본의 위세와 회유에 맞서 그리 오랫동안 임시정부의 외교를 성공적으로 이끈 것은 이승만만이 할 수 있는 일이었다.

안창호는 개화가 빠르고 해외 진출이 활발했던 평안도에서 자라났다. 그는 대한인국민회와 흥사단을 조직해서 그런 인적 기반을 정치적 자산으로 만들었다. 상해 임시정부가 세워지자, 그는 자신의 정치적 자산을 활용해서 임시정부의 재정을 충실히 만들고 조직을 확장했다.

김구는 중국 대륙이 일본의 군사적 영향을 받기 시작할 때 임시정부를 맡았다. 그리고 방향을 잃고 흔들리던 임시정부를 안정시키고 투쟁적 조직으로 바꾸었다. 그가 계획한 윤봉길의 거사는 임시정부의 존재를 알리는 데 결정적 역할을 했고 무장투쟁의 기반을 다졌다.

임시정부가 활동한 20세기 전반은 아직 식민 제국이 흥성한 시대였다. 영국과 프랑스는 자신들의 거대한 식민 제국을 유지하려 애썼고, 독일, 이탈리아 및 일본은 새로운 식민 제국을 세우려고 침략 전쟁을 일으켰다. 공산주의 러시아는 국제공산당(코민테른)을 통해 새로운 방식으로 온 세계를 정복하러 나선 터였다. 게다가 당시는 인종 차별이 근본적 질서로 자리 잡아서, 모든 일들이 유럽 사람들을 중심으로 움직이는 세상이었다. 21세기 사람들은 상상하기 어려울 만큼 험난한 상황에서 대한민국 임시정부는 줄기차게 활동했고 조국의 부활에 결정적으로 기여했다.

쉰아홉째 이야기

신의주학생사건(1945년)

●

　대한민국 임시정부 요인들이 귀국한 1945년 11월 23일 북한에선 참극이 벌어졌다. 신의주에서 공산당의 압제에 반대해서 봉기한 중학생들을 러시아 군정 당국이 무력으로 진압한 '신의주학생사건'이 일어난 것이었다.

　이 학생 봉기의 발단은 신의주 서남쪽 용암포(龍巖浦)의 공산당 행정조직의 횡포였다. 용암포가 소속된 용천군(龍川郡)의 인민위원회 위원장 겸 조선공산당 지부 책임자인 이용흡(李龍洽)은 성격이 모질어서 주민들을 사납게 대했다. 점점 멀어지는 민심을 만회하고 러시아군의 신임을 확보하기 위해서, 그는 11월 18일 오후에 구세학교 운동장에서 시민대회를 열었다.

　이용흡은 용암포의 수산학교를 공산당 훈련소로 삼았다. 이 학교는 관서 지방의 유일한 수산학교여서, 용암포 사람들이 자랑으로 여기는 터였다. 울분에 찬 수산학교 학생들은 시민대회를 이용흡 일당의 횡포를 성토하는 자리로 삼기로 했다. 시민대회에서 학생 대표로 기념사를 하게 된 수산학교 4학년생 최병학(崔秉學)은 전날 밤에 기숙사에서 교사들의 도움을 받아 연설문을 작성했다.

　시민 대회장은 시민들과 학생들로 가득했다. 차례가 되어 등단하자, 최병학은 소련군의 횡포와 공산당의 압제적 통치를 비난하는 연설문을 낭독했다. 그리고 "공산당은 수산학교를 내놓아라! 소련군의 앞잡이 이용흡과 그 주구들은 물러가라!" 하고 외쳤다. 격발된 청중들은 그동안 쌓였던 울분을 토해내면서 호응했다. "공산당을 타도하자!"는 구호가 운동장을 덮었다.

당황한 공산당 간부들은 무장한 보안대원들을 동원해서 사람들을 해산시키려 했다. 그러나 흥분한 사람들은 흩어지지 않고 보안대원들에 맞서서 싸웠다. 난투극이 벌어지자, 보안대원들은 총기를 버린 채 도망쳤고 이용흡은 소련군 지역 사령부로 피신했다. 이 과정에서 시민들과 학생들 30여 명이 다쳤다. 학생들은 학교에서 회의를 갖고 수습책을 논의한 뒤 총기들을 돌려주었다. 그렇게 해서, 이 사건은 더 번지지 않고 조용히 끝나는 듯했다.

그러나 이튿날 새벽 이용흡은 자기 세력을 동원해서 보복에 나섰다. 동양경금속회사 노동조합 산하 적위대원들과 불이농장의 농맹원들이 트럭을 타고 용암포를 습격했다. 이들은 수산학교 기숙사에서 자던 학생들을 마구 구타하고 민가를 뒤져 젊은이들을 보는 대로 폭행했다.

이 소식은 빠르게 퍼졌다. 용암포와 신의주 사이의 양시(楊市)에서 신의주로 기차 통학을 하던 학생들을 통해 이 소식이 양시에 전해지자, 양시의 학생 자치대원 60여 명이 등교를 포기한 채 용암포로 달려갔다. 그러나 이들은 용암포 입구에서 적위대원들과 농맹원들로부터 몽둥이와 자전거 체인으로 마구 폭행을 당했다. 이를 말리던 교회 장로는 그 자리에서 살해되었다.

이처럼 비참한 용암포의 상황을 전해 듣자, 신의주 학생 대표들은

11월 21일 밤에 동중학교 강당에 모여 대응책을 논의했다. 신의주는 1905년에 경의선이 개통되고 압록강 건너 만주 안둥(安東)과 연결되면서 빠르게 발전한 국경도시다. 조선조에 중요한 국경도시였던 의주의 바로 아래쪽에 자리 잡았는데, 남쪽에 좋은 외항인 용암포가 있고 해안을 따라 비옥한 평야가 펼쳐지고 압록강안의 풍부한 임산자원을 이용한 제지업이 성했다. 그리고 기독교가 널리 신봉되고 교육열이 높아서, 학교가 많았다.

 학생 대표들은 먼저 진상을 조사하고 대응하기로 결정했다. 그래서 11월 22일에 5명으로 꾸려진 조사단이 용암포로 내려갔다. 그날 저녁에 학생 대표들은 용암포에서 돌아온 조사단의 보고를 들었다. 모두 용암포에서 공산당이 저지른 만행에 대해 분개했다. 자연스럽게, 그동안 신의주에서 일어난 일들에 대한 성토가 따랐다.

 신의주에 주둔한 러시아군의 약탈과 강간, 평안북도 인민정치위원회 보안부장 한웅(韓雄)의 횡포, 공산당의 학교에 대한 간섭, 귀환 중국 동포들에 대한 비인도적 처우와 같은 일들에 대한 울분이 쏟아졌다. 그리고 신의주의 3,500명 학생들이 단결해서 공산당의 압제에 맞섬으로써 '광주학생사건'의 정신을 이어받자고 결의했다. 큰 피해가 나올 터이므로, 여학생들은 봉기에 참여하지 않기로 결정했다.

 그러나 압제에 맞서는 방식에선 의견들이 엇갈렸다. 평화적 시위로 충분하다는 주장에서 무장봉기를 하자는 주장까지 다양한 의견들이 나왔는데, 중학생들의 경험과 식견에서 나온 얘기들이라, 어느 것이나 러시아군에 점령된 북한 사회에선 비현실적일 수밖에 없었다.

 긴 논의 끝에, 학생 대표들은 학생들이 일시에 평안북도 인민위원회, 보안서 및 공산당 본부를 기습해서 점령하고 공산당원들의 무장을 해제하고 무기를 확보하기로 결정했다. 이어 민족주의 청년단체와 협력해서 신의주의 치안을 맡기로 했다. 그 이후의 상황에 대해, 그들은 어린 학생들답게 낙관적으로 전망했다. 일단 신의주에서 봉기에 성공하면, 평안북도 전역으로 봉기가 확산될 터이고, 이어 북한 전체가 그들에 호응해 봉기해서 독립국가를 세울 수 있으리라고 보았다.

23일 오전 9시 학생 대표들은 제1공업고등학교 강당에 다시 모여 전날 밤에 결의한 사항들을 재확인했다. 여학생들도 봉기에 참여하겠다고 나섰다. 그들은 공격 목표들과 그것들을 점령할 학교들과 공격 시간 같은 구체적 계획을 마련했다. 별동대가 압록강 둑 아래 영림서(營林署) 옆의 목재소에 불을 질러 연기가 오르면, 학생들이 일제히 행동에 나서기로 했다.

그러나 학생들의 움직임은 거사 전날에 이미 밖으로 새어 나갔다. 그래서, 다른 것들은 그만두고라도, 학생들은 기습의 이점을 잃었고, 그들이 공격하려는 목표들은 대비를 마친 상태였다.

결국 학생 봉기는 항공기와 기관총까지 동원한 러시아군에 의해 20분 만에 진압되었다. 학생 23명과 시민단체 회원 1명이 죽었고, 350여 명이 다쳤다. 그리고 1,000명이 넘는 학생들이 구속되었다.

러시아 군정 당국의 사후 수습은 유연하고 정치적이었다. 군정의 실질적 지도자인 25군 군사위원 레베데프는 격렬한 소요가 '학생들의 지하조직'의 음모에서 나왔다고 설명하고 주동자 7명만 남기고 나머지 구속 학생들은 모두 석방했다. 반면에, 관련된 공산당 간부들은 무거운 징계를 받았으니, 평안북도 인민정치위원회의 간부들은 모두 파면되었다.

예순째 이야기

모스크바 삼상회의(1945년)

•

1945년 12월 16일 모스크바에서 미국 국무장관 제임스 번스(James Byrnes), 러시아 외상 몰로토프, 영국 외상 어니스트 베빈(Ernest Bevin)이 참석한 '모스크바 삼상회의'가 열렸다. 이 회의는 이미 냉전으로 들어선 상황에서 세 강대국이 협상을 통해 문제들을 풀어보려는 시도였다. 회담이 끝난 뒤 나온 공동성명에 포함된 의제들은 7개였는데, 한국에 관한 것도 들어 있었다. 한국에 관해 합의된 사항들은 넷이었다.

(1) 임시한국민주정부의 설립.
(2) 남한의 미군 사령부와 북한의 러시아군 사령부의 대표들로 이루어진 공동위원회의 설치.
(3) 5년 기한 4대 강국의 한국 신탁통치.
(4) 긴급 현안들을 토의할 미군 사령부와 러시아군 사령부의 회의를 2주 안에 열 것.

모스크바 회의의 한국에 관한 결정 사항들이 알려지자, 남한 주민들 모두가 신탁통치 반대에 나섰다. 12월 28일 밤부터 시민들의 시위가 시작되었고 사람들이 모인 곳마다 가두연설이 나왔다. 반반한 곳마다 포스터와 혈서가 붙었다.

신탁통치반대운동은 자연스럽게 중국에서 귀국한 대한민국 임시정부가 이끌었다. 임시정부는 이 운동을 주도할 전국적 조직으로 '신탁통치반대 국민총동원위원회'를 결성했다.

신탁통치반대운동의 물살은 이내 전국을 덮었다. 그 물살은 서울에서 특히 거셌다. 거리는 시위 행렬로 가득했고, 상가는 철시했고, 극장들과 유흥업소들은 휴업에 들어갔다. 29일 정오에는 군정청의 한국인 직원 3,000여 명이 시위 대열에 합류했다. 오후 2시엔 전국 검찰, 법원 및 재야법조인들이 총파업에 들어가기로 결의하고 "우리는 대한민국 임시정부의 명령에 절대 복종함"이라고 천명했다.

이처럼 시민들의 자발적 신탁통치 반대 움직임이 일고 임시정부 주도로 국민총동원위원회가 조직될 때, 좌익 단체들은 어정쩡한 태도를 보였다. 조선인민공화국은 '신탁통치반대 투쟁위원회'를 구성했는데, 주류인 박헌영 계열의 조선공산당은 참여하지 않았고, 여운형의 직계 조직인 조선인민당만 참여했다.

조선공산당의 침묵은 최고 지도자 박헌영이 노선에 관한 지도를 받기 위해 12월 28일 밤에 북한으로 올라갔기 때문이었다. 평양에 머물면서, 박헌영은 북한의 공산당 지도자들과 협의했다. 이어 모스크바에서 돌아온 민정 담당 부사령관 로마넨코 소장과 서울 주재 영사 알렉산드르 폴리안스키(Aleksandr Polyansky)가 참석한 회의에서 모스크바 삼상회의 결정 사항들에 대한 지시를 들었다. 그리고 1946년 1월 1일에 서울로 돌아왔다.

이튿날 조선공산당은 모스크바 회담을 적극적으로 지지하는 성명을 발표했다. 특히 신탁통치가 합리적 조치라고 주장했다. 이 성명이 나온 다음 날 서울운동장에선 서울시 인민위원회를 비롯한 좌익 단체들이 주최한 '신탁통치반대 서울시민대회'가 예정대로 열렸다. 그러나 대회는 하룻밤 사이에 신탁통치 반대에서 찬성으로 바뀌었다. 이름부터 '민족통일자주독립촉성 시민대회'로 바뀌었다. 미처 연락을 받지 못한 단체들이 "신탁통치 절대 반대"라고 쓰인 플래카드를 들고 나왔다가 주최 측과 실랑이를 벌이는 광경도 나왔다. 신탁통치 반대 집회로 알고 나온 사람들은 욕설을 퍼부으며 흩어졌다.

주최 측이 30만 명이 모였다고 추산한 이 대회는 〈애국가〉 대신 〈적기가(赤旗歌)〉를 제창하는 것으로 시작되었다.

민중의 기 붉은기는
전사의 시체를 싼다
시체가 식어 굳기 전에
혈조(血潮)는 기발을 물들인다

높이 들어라 붉은 기발을
그 밑에서 굳게 맹세해
비겁한 자야 갈려면 가라
우리들은 붉은기를 지키리라

〈적기가〉는 원래 19세기 말엽 영국에서 사회주의가 세력을 얻기 시작했을 때 애창된 〈붉은 깃발(The Red Flag)〉에서 유래했다. 지금도

이 노래는 영국 노동당의 공식 행사에서 불린다. 이 노래를 일본의 사회주의자들이 번안한 것을 조선의 사회주의자들이 번역해서 불렀다. 예정된 행사들이 끝나자, 참가자들은 "외상회의 절대 지지"와 "김구 이승만 타도"와 같은 구호들을 외치면서 시가를 행진했다.

신탁통치반대운동이 큰 운동량을 얻자, 김구는 남한의 권력을 장악할 기회가 왔다고 판단했다. 현실적으로, 임시정부 세력을 옥죄는 가장 큰 제약은 미군 군정 체제였다. 미국이 남한을 점령하고 통치하는 한, 임시정부의 권위와 정당성은 법적 근거가 없었다. 게다가 임시정부 요원들은 조직적인 정치 활동을 하지 않겠다고 중국을 관할하는 미군 사령관 찰스 웨드마이어(Charles Wedemeyer) 중장에게 서약하고서 입국 허가를 받은 터였다. 남한 주민들의 추앙을 받고 정치적 영향력이 크다 하더라도, 임시정부는 법적으로는 존재하지 않는 단체였고 임시정부 요인들은 자유롭게 정치 활동을 하기 어려웠다.

남한 전역에서 신탁통치반대운동이 거세게 일자, 김구는 자신과 임시정부를 가로막는 장애들을 단숨에 제거하고 자신이 집권할 길을 보았다. 바로 '신탁통치 반대'와 '임시정부 집권'을 연결시키는 것이었다.

더할 나위 없이 매혹적이었지만, 그런 전략은 논리적 문제를 안고 있었다. '신탁통치 반대'에서 '중경 임시정부의 즉각적 주권 행사'가 도출되는 것은 아니었다. 모스크바 회의는 '임시한국민주정부'의 설립이 핵심이었다. 이 임시정부가 정식 정부로 발전하는 과정을 효과적으로 밟도록 신탁통치가 시행된다는 얘기였다. 모스크바삼상회의가 규정한 '임시한국민주정부'와 '대한민국 임시정부'는 별개의 존재였고 둘 사이의 역사적 연관성도 거의 없었다.

김구의 구상은 또 하나의 논리적 문제를 안았다. 대한민국 임시정부는 한반도 전체를 대표했다. 따라서 '임시정부의 주권 행사'는 북한에 대해서도 적용되어야 했다. 그러나 김구를 비롯한 임시정부 요인들은 북한에서 집회를 열 생각도 없었고 능력은 물론 없었다. 그저 미군 군정청만을 무력하게 만들고 자신들이 남한의 권력을 장악하겠다는 생각이었다.

12월 31일 오후 2시에 종로 네거리에서 시위행진이 시작되었다. 거리를 가득 채운 군중은 태극기와 '신탁통치 절대 반대'와 같은 구호들이 써진 플래카드를 들고 만세를 부르면서 행진했다. 열기가 높았지만 질서 있는 시위 대열은 안국동과 군정청 앞을 돌아 광화문, 서대문, 서울역, 종로를 거쳐 오후 4시 30분경에 서울운동장에 집결했다. 그리고 대한민국 임시정부에 충성하는 선언문과 미소 양군의 즉시 철수를 요구하는 결의문을 채택했다.

이 사이에 임시정부 내무부장 신익희(申翼熙) 명의로 된 포고문 둘이 발표되었다. 국자(國字) 제1호는 5개 항목으로 되었는데, '현재 전국 행정청 소속의 경찰 기구 및 한인 직원은 전부 본 임시정부 지휘하에 예속하게 함'이라 규정한 1항이 핵심이었다. 이것은 미군 군정청으로부터 권력을 탈취하겠다는 선언이었다. 국자 제2호는 신탁통치반대운동을 지속하겠다는 뜻을 밝혔다.

국자 제1호에 호응해서, 서울 시내 8개 구 경찰서장들이 총사직 의사를 밝혔다. 그들은 경교장(京橋莊)을 찾아 김구에게 임시정부의 지시를 따르겠다고 서약했다. 이어 군정청 소속 관리들 가운데 다수가 이탈했다.

군정사령관 하지 중장은 이런 상황에 크게 분개했다. 그는 김구를 비롯한 임시정부 요인들이 귀국할 때 한 서약을 어기고 '쿠데타'를 시도한다고 판단했다. 그의 대응은 김구를 비롯한 임시정부 요인들을 모두 인천의 일본 포로수용소 건물에 수용했다가 중국으로 추방하는 것이었다.

1946년 1월 1일 오후 하지는 자기 집무실로 김구를 호출했다. 그는 김구의 행태를 격렬하게 비난하면서 과격한 행동을 즉시 중단하라고 요구했다. 김구로선 대응할 길이 없었다. 면담을 끝내면서, 그는 분노와 경멸이 가득한 어조로 김구에게 내뱉았다, "만약 당신이 나를 끝내 속이면, 당신을 죽여버리겠다."

하지의 강경한 태도와 위협에 부딪히자, 비로소 김구는 자신의 계산이 몽상이었음을 깨달았다. 군중을 선동해서 시위를 하고 구호를 외치는 것만으로는 미군 군정 체제를 흔들 수 없다는 냉엄한 현실과 마주친 것이었다.

이날 밤 중앙방송국 라디오를 통해서 김구를 충실히 보좌해온 엄항섭이 김구의 성명을 대독했다:

우리의 모든 행동은 그 목적이 신탁통치를 반대하는 데 있고 결단코 연합국의 군정을 반대하거나 우리 동포들의 일상생활을 곤란케 하자는 것이 아니다. 오늘 워싱턴에서 온 보도에 의하면 미국 국무장관 번스 씨는 우리나라에 신탁통치를 실행치 않을 가능성이 있다고 말하였는데, 나도 그렇게 되기를 믿는다. 그러나 만일 불행히 신탁통치가 결정될 때에는 또다시 반대 운동을 할 것은 물론이다. 지금부터 작업을 계속해서 평화적 수단으로 신탁통치를 배격하는 것이 적당하다고 믿는다.

그런고로 우리 동포는 곧 직장으로 돌아가서 작업을 계속할 것이며, 특별히 군정청에 근무하는 직원들은 일제히 복업(復業)하고, 또 지방에서도 파업을 중지하고 복업하기를 바란다.

이렇게 해서, 신탁통치반대운동을 통해 미군 군정 체제를 무너뜨린 뒤 자신이 집권하겠다는 김구의 야심은 좌절되었다. 물론 미군 군정청은 사령관 하지 이하 모든 요원들이 김구와 임시정부 세력을 불신하게 되었다. 이런 결말은 김구와 임시정부 세력의 정치적 입지를 크게 줄였다. 그들이 우익의 중심이었으므로, 그들의 좌절은 우익의 구심력을 줄였고 좌익이 활동할 공간을 넓혀주었다.

예순한째 이야기

월남민들

●

떡 광주리를 이고 물 주전자를 들고서, 길례는 역 광장으로 들어섰다. 저만큼 광장 한쪽에서 햇살을 쬐는 사람들이 눈에 들어오면서, 그녀 가슴에 그늘 한 자락이 바람처럼 스쳤다.

네댓 살 되어 보이는 계집애를 앞세우고 젖먹이를 등엔 업은 젊은 아낙이었다. 월남한 가족 같았다. 요즘 역 대합실에서 월남한 사람들이 밤을 지낸다고 했다. 4월이지만, 아직 밤엔 추울 터였다. 끈으로 묶은 이불과 옷 보퉁이가 옆에 놓여 있었다.

대합실 입구 가까이 갔을 때, 그 계집애와 눈길이 마주쳤다. 무슨 힘에 끌린 듯, 길례의 발걸음이 그 아이에게로 향했다.

가까이서 보니, 그들의 행색이 더욱 초라했다. 그녀가 다가오자, 영문을 모르는 그들은 의아한 낯빛이 되었다.

길례는 그들 앞에 주전자와 광주리를 내려놓았다. 그리고 보자기를 젖히고서 쑥개떡 하나를 집어 아이에게 내밀었다. "아가, 이거 하나 들어라."

아이가 손을 내밀다가 제 어미를 흘긋 올려다보았다.

"쑥떡이다. 하나 먹어봐라."

그러자 녀석이 받아들었다. "고맙습니다."

"인사도 잘하는구나." 그녀는 주전자를 들어 잔에 물을 따랐다. "물도 마시면서 들어라."

"감사합니다." 당황한 낯빛으로 아낙이 인사를 차렸다.

"댁도 하나 들어봐요." 그녀는 떡 하나를 집어 내밀었다.

"저는 괜찮습니다."

아낙에게 떡을 건네고서, 그녀는 아이에게 물었다, "이름이 므어냐?"

"봉션이." 녀석이 대답하고서 희미한 웃음을 얼굴에 올렸다.

"봉션이. 이름이 곱고나." 옛적에 제물포 떡집 앞에서 월례 할마니를 만난 기억이 떠오르면서 그녀 가슴에 시린 그리움이 일었다.

그녀의 짐작대로, 아낙은 월남한 터였다. 황해도에서 왔는데, 해주에서 밤에 몰래 배를 탔다고 했다. 남편은 일자리를 알아보려고 인천 부두로 나갔다고 했다. 서울에서 만난 남편 친구가 인천 부두에 있는 미군 창고를 소개했다는 얘기였다.

북한 사람들이 러시아군이 가로막은 38선을 넘어서 남한으로 오는 까닭은 물론 북한에서 살기 힘들기 때문이었다. 적군(Red Army)이라 불린 소비에트 러시아군은 외국으로 들어가면, 으레 집단적 약탈과 강간에 나섰다. 북한도 예외가 아니어서, 러시아 장병들의 지속적 약탈과 강간은 북한 주민들의 삶을 파괴했다. 북한 정권이 들어서면서, 성분이 나쁜 주민들에 대한 박해가 시작되었고 반동으로 몰린 사람들이 남쪽으로 탈출했다.

많은 주민들의 월남을 필연적으로 만든 것은 식량 부족이었다. 북한에 들어온 러시아군은 4만 명가량 되었다. 이들은 러시아로부터 식량을 보급받은 것이 아니라 현지에서 조달했다. 그래서 곡물 수매에 관한 러시아군 사령부의 행정 조치는 북한 주민들 전부를 기아로 몰아넣었다. 곡물과 육류의 수매 목표가 생산 능력을 제대로 살피지 않은 채 책정되어서, 전반적으로 목표가 너무 높은 데다가, 해당 지역의 생산량보다 많은 양이 수매 목표로 정해진 경우들이 드물지 않았다. 특히 소들이 농사에 절대적으로 필요하다는 사실을 모른 채 10% 이상을 도축하라는 지시가 내려온 경우가 많았다. 러시아군의 식량 착취는 많은 북한 주민들에게 아사와 월남 가운데 하나를 고르도록 만들었다.

이런 사정은 남한에서 군정을 편 미군에게 큰 짐이 되었다. 해방 뒤 외국에서 돌아온 남한 주민들이 많은데, 북한 주민들까지 내려오니, 갑자기 먹여 살려야 할 인구가 몇백만이 늘어났다. 그래서 남한에선 늘 식량이 부족해 불평과 소요가 일어났다. 이런 상황에서 아사자들이 나오지 않도록 조치한 것은 미군정의 큰 치적이었다.

예순두째 이야기

미소공동위원회(1946년)

•

1946년 3월 20일 모스크바 회의의 결정에 따른 미소공동위원회의 첫 회의가 서울 덕수궁 석조전에서 열렸다. 미국 대표단장은 남한 군정장관 아치볼드 아놀드(Archibald Arnold) 소장이었고 러시아 대표단장은 시티코프 상장이었다.

이 회의에 미군 측은 기대를 걸지 않았다. 2월 초순에 이미 하지는 맥아더에게 전망이 어둡다고 보고했다, "나의 추측으로는 한국 전체가 확실히 공산화될 것이라고 러시아 사람들이 확신할 때까지는 남북한이 실제로 통합되기는 불가능할 것입니다."

하지의 회의적 전망은 일차적으로는 1월 16일부터 2월 5일까지 열린 예비회담에서 실질적 합의를 이루지 못했다는 사실에 바탕을 두었다. 견해 차이가 너무 커서, 양측은 뜻있는 합의에 이를 수 없었다.

근본적 차이는 미소공동위원회의 임무에 관한 견해에서 나왔다. 미국은 두 나라 대표들이 임시한국민주정부를 수립하는 방식과 절차에 관해 논의하고 실제로 정부를 구성하는 일은 한국 주민들이 선거를 통해서 스스로 결정해야 한다고 생각했다. 러시아는 미국과 러시아가 정부를 직접 구성해야 한다고 생각했다. 그렇게 자유주의 세계관과 전체주의 세계관이 부딪쳤으니, 합의에 이르기는 어려웠다.

본 회의의 구성과 일정에 대해 합의한 것이 그나마 다행이었다.

본 회의가 가까워지자, 전망은 더욱 어두워졌다. 러시아가 만주에서 약속대로 철군하지 않고 중국공산당 반란군을 노획한 일본군 무기로 무장시키면서 훈련하고 있다는 의구심이 점점 깊어졌다. 러시아군의 이런 행태는 당연히 북한을 점령한 러시아군의 의도에 대한 의구심을 불렀다. 모든 정보들은 러시아군이 북한에서 철수할 뜻이 없음을 가리켰다.

하지의 우려는 현실이 되었다. 미소공동위원회의 개회 연설에서 시티코프는 "장래의 임시한국민주정부는 모스크바 외상회의 결정을 지지하는 모든 민주 정당과 사회단체의 광범한 통일의 기초 위에 수립되어야 한다"고 말했다. 남한 주민들의 다수가 신탁통치에 반대하고 오직 공산당만이 찬성한다는 사실을 이용해서 세워질 정부를 러시아에 유리하게 구성하겠다는 뜻을 드러낸 것이었다.

이런 전략은 실은 모스크바에서 결정된 것이었다. 3월 16일 러시아 외상 몰로토프는 미소공동위원회에 참석하는 러시아 대표단에 내린 훈령에서 '임시정부의 내각 구성은 남북에 균등하게 배분하되, 남한 몫의 절반은 좌익이 차지하도록 하라'는 지침을 주었다. 인구에서 북한이 남한의 절반가량 되었으므로 남한과 북한이 대등하게 나누는 것도 문제인데, 남한 몫의 절반을 좌익이 차지해서 공산주의 세력이 자유주의 세력의 3배가 되도록 하라는 얘기였다.

러시아의 주장을 미국이 받아들이지 않자, 협상은 나아가지 못했다. 결국 러시아 대표단은 협상을 일방적으로 중단했다. 러시아 대표단의 행태는 어느 모로 보나 지나쳤다. 그러나 그들로선 그렇게 할 수밖에 없었다. 몰로토프가 명시적 지침을 내린 이상, 다른 결과를 수락하는 것은 대표단으로선 파멸을 뜻했다.

  한국 문제의 처리가 늦어지자, 다시 미소공동위원회를 열어 미국과 러시아가 협상하라는 국제 여론이 일었다. 그래서 1947년 5월에 제2차 미소공동위원회가 열렸다. 이번에도 신탁통치에 반대하는 남한 단체들을 제외해야 한다는 러시아의 주장이 협상을 좌초시켰다.

  1947년 7월에 미소공동위원회가 아무런 성과 없이 결렬되자, 한국 문제에 관해 러시아와 합의할 가망이 없다는 것을 모두 인정하게 되었다. 그래서 한국 문제를 국제연합(UN)에서 다루는 방안이 너른 지지를 받았다. 러시아는 이 방안에 거세게 반대했지만, 미국은 더 늦추는 것은 한반도를 모두 차지하려는 러시아의 의도에 말려드는 일이라고 판단했다.

  마침내 9월 14일 조지 마셜(George Marshall) 미국 국무장관은 한국 문제를 의제로 삼자고 국제연합 총회에 제안했다. 9월 23일 총회는 한국 문제를 의제로 채택했다. 이어 11월 14일엔 국제연합 위원단의 감시 아래 독립 정부를 수립하기 위해 한국에서 자유선거를 실시하는 방안을 43 대 0으로 가결했다.

예순셋째 이야기

국제연합의 선거 결의 (1947년)

●

"어마님, 다녀오겠습니다." 정희는 시어머니에게 인사하고 떡 광주리를 머리에 얹었다.

"오냐. 잘 다녀오너라." 길례는 측은함과 대견스러움이 담긴 눈길로 며느리를 살폈다. "날이 좀 꾸무레하다."

"네에. 비가 뿌릴 것 같지는 않은데요." 정희는 영치를 돌아보았다. "영치야, 할마님 말씀 잘 들어야 한다."

"네에에." 녀석이 웃음을 지으면서 길게 대꾸했다. 그럴 때는 꼭 제 아비를 닮아서, 그녀 가슴에 시린 물살이 일었다.

해방된 뒤부터 시어머니가 기력이 부치신 기색이 역력했다. 그래서 영치가 젖을 떼자, 바로 그녀가 역에 나가서 떡을 파는 일을 물려받았다. 영자는 막 국민학교에 들어간 터였다.

역 광장엔 벽보판 앞에 사람들이 많이 몰려 있었다. 국회의원 선거 벽보들이었다. 왼쪽 벽보판엔 인천부 갑구(甲區)에서 출마한 후보들의 벽보가 붙어 있었고, 오른쪽 새로 세워진 벽보판엔 을구(乙區)에서 출마한 후보들의 벽보가 붙어 있었다. 선거구는 대략 경인선을 경계로 해서 남쪽이 갑구고 북쪽이 을구였다. 그래서 이곳 상인천역엔 두 선거구 벽보들이 함께 붙어 있었다.

떡 광주리를 이고 사람들이 많이 모이는 데를 찾아다니는 터라, 그녀는 후보들의 연설을 많이 들었고 선거 판세에 대한 귀동냥도 많이 했다. 갑구에선 원래 한국민주당(韓國民主黨)에 속했던 후보 둘이 우세하다고 했다. 둘 사이의 경쟁이 치열해서 "뚜껑을 열어봐야 안다"는 소리가 자주 들렸다.

을구에선 조봉암(曺奉巖)이 단연 우세했다. 강화도 사람이라는데, 인물도 뛰어나고 상해 임시정부에서 독립운동을 했다고 했다. 무엇보다도, 그는 이승만 박사를 지지하는 대한독립촉성국민회(大韓獨立促成國民會) 소속이어서, 인기가 높았다. 그녀의 친정 오빠는 열렬한 이승만 지지자였고 '독촉(獨促)'의 회원이었다. 그녀도 자연스럽게 이승만을 지지했다. 그래서 그녀는 일찌감치 조봉암을 찍기로 마음먹은 터였다.

1948년 1월 마침내 한국에서 자유선거를 실시하는 일을 주관할 '국제연합 한국임시위원단(United Nations Temporary Commission on Korea)'이 한국에 들어와서 활동하기 시작했다. 한국임시위원단은 시리아, 프랑스, 중국, 인도, 엘살바도르, 오스트레일리아, 캐나다, 필리핀 및 우크라이나였다.

그러나 우크라이나는 자신을 위원단의 구성국으로 임명한 국제연합 총회의 결정에 전혀 반응하지 않았다. 우크라이나는 엄연히 러시아의 일부였는데, 1945년의 '얄타회담'에서 러시아의 억지스러운 주장을 미국이 받아들여 우크라이나가 국제연합의 일원이 된 터였다.

러시아는 그동안 한반도 전체를 차지하려는 공작을 성공적으로 추진해왔다. 북한에 공산주의 체제를 확고하게 세우고 38선을 국경보다 더 엄격하게 폐쇄해서, 남한의 공산화를 위한 기지가 완성되었다. 미군이 남한에서 철수하면, 남한마저 장악할 여건이 완벽하게 마련되는 것이었다. 이제 국제연합이 주관해서 선거를 치르고 정부를 수립하면, 이런 성과가 단숨에 무너질 터였다. 그래서 러시아는 처음부터 국제연합의 개입을 거세게 비난했고 모든 역량을 동원해서 국제연합의 개입을 막으려 애썼다.

러시아는 자유선거를 통해 한국에 정부를 세우기로 한 국제연합의 결의에 3단계로 대응한다는 전략을 세웠다. 1단계는 국제연합 대표단의 북한 방문을 거부하는 것이었다. 2단계는 남한에서의 총선거를 적극적으로 방해하는 것이었다. 3단계는 남한에서 '지하 선거'를 통해 대표자들을 뽑아 북한 정권의 선거에 참여시키는 것이었으니, 이런 조치로 남한에 세워질 정권의 정통성을 약화시키고 북한 정권의 정통성을 확보한다는 계산이었다.

1947년 1월 12일에 덕수궁 석조전에서 임시한국위원단의 첫 회의가 열렸다. 두 차례의 미소공동위원회 회담이 열렸던 바로 그 장소였다. 인도 대표 키즈하케 메논(Kizhake Menon)이 위원단 의장에 선출되었다. 위원단 사무총장엔 국제연합 사무차장인 중국 외교관 후스쩌(胡世澤)가 이미 임명된 터였다.

1월 16일 메논은 하지 주한 미군 사령관과 게나디이 코로트코프(Gennady Korotkov) 러시아군 25군 사령관에게 방문하겠다는 편지를 보냈다. 하지는 흔쾌히 수락했으나, 코로트코프는 답신하지 않고 대신 국제연합 러시아 대표 안드레이 그로미코(Andrei Gromyko)가 거부 의사를 밝혔다. 러시아의 1단계 대응이 나온 것이었다.

러시아의 거부로 북한 지역에서 활동할 수 없게 되자, 한국임시위원단은 메논으로 하여금 국제연합 본부의 지침을 받아오도록 했다. 2월 19일의 국제연합 소총회에서 메논은 남한의 정세를 설명하고 네 가지 대안을 제시했다. 2월 26일 소총회는 그 대안들 가운데 첫째로 제시된 "국제연합 한국임시위원단이 접근 가능한 한국 지역에서 선거를 실시한다"는 대안을 채택했다.

이 결의에 따라, 3월 1일 하지는 남한의 총선거를 5월 10일에 실시한다고 발표했다. 이어 3월 30일부터 선거인 등록과 입후보자 등록이 실시되었다. 선거권은 만 21세 이상의 남녀에게, 그리고 피선거권은 만 25세 이상의 남녀에게 있었다. 마감일인 4월 9일까지 유권자의 96.4%인 784만 871명이 등록했다. 좌익의 총선 반대 활동이 거세었음을 고려하면, 놀랄 만큼 높은 참여였다.

러시아의 전략 가운데 핵심인 2단계에선 두 가지 공작이 펼쳐졌다. 하나는 남한 전역에 걸쳐 폭동을 일으켜 선거를 방해하는 공작이었다. 다른 하나는 총선거에 참여하지 않는 남한의 일부 세력과 연합해서 남한의 총선거를 비난함으로써 남한 총선거의 정통성을 훼손하는 공작이었다.

전자는 남한의 남조선로동당(南朝鮮勞動黨)[남로당] 조직을 이용해야 했으므로, 박헌영이 주도했다. 후자는 남한만의 총선거에 반대하는 김구와 김규식 및 그들의 추종자들과의 연합이었는데, 그 두 사람과 중국에서 함께 독립운동을 한 김두봉(金枓奉)이 교섭 창구가 되었다. 이런 공작들은 김일성의 책임 아래 진행되었고 시티코프가 최종적으로 지휘했다.

폭동으로 남한의 총선거를 방해하려는 좌익의 움직임은 1948년 2월 초순에 시작되었다. 남로당과 그 외곽 조직인 민주주의민족전선(民主主義民族戰線)은 2월 7일에 전국적 폭동을 일으켰다. 이들이 '2·7 구국투쟁'이라 부른 이 무장폭동은 전국을 혼란에 빠뜨렸다. 노동자들의 총파업으로 교통이 마비되고 공장들이 멈췄다. 여러 곳에서 경찰서들이 습격을 받아, 경관들이 살해되었다.

좌익의 선거 방해가 가장 심각했던 지역은 전라남도의 제주도(濟州島)였다. 제주도에선 원래 좌익 세력이 뿌리를 깊이 내렸는데, 남로당 간부 김달삼(金達三)의 지휘에 따라 경관들과 우익 인사들을 학살한 폭동이 일어났다.

남로당 유격대가 만든 '제주도 인민유격대 투쟁 보고서'는 4월 3일의 봉기 이후 유격전 시기까지 반군이 거둔 전과를 상세히 기록했다.

지서 습격	31회
개 사망	56명
개 부상	23명
개 가족 사망	7명
반동 사망	223명
반동 부상	28명
반동 가족 사망	12명
반동 가족 부상	1명
반동 가옥 소각	119호
반동 가옥 파괴	7호
반동 포로	17명

반동 가족 포로	2명
전선 절단	940건
도로 파괴	170건

이런 전과는 폭동의 원동력이 우익에 대한 증오였음을 보여준다. 경관들을 '개'라 부르고 경관들과 '반동분자'들의 가족들을 많이 처형하고 '반동분자'들의 가옥을 거의 다 불 지르거나 파괴한 데서 이 점이 괴롭게 드러난다.

폭동을 일으킨 좌익이 이처럼 큰 세력을 이룰 수 있었던 요인들 가운데 하나는 그들이 충분한 무기들을 갖추었다는 사정이었다. 일본군은 태평양전쟁 말기에 제주도에서 결사 항전을 하기로 결정하고 무기를 비축해두었다. 좌익은 그 무기들로 무장하고서 봉기한 것이었다.

뒤에 '제주 4·3사건'이라 불리게 된 '제주도 폭동'은 같은 남로당에 의해 주도된 전국적 폭동인 1946년 10월의 '대구 폭동'이나 1948년의 '2·7 폭동'보다 규모가 훨씬 작았다. 그러나 인명과 재산 피해는 오히려 훨씬 컸다. 이런 사정에다 반군이 한라산에서 유격전을 폈다는 사정이 겹쳐서, 미군 군정청과 대한민국 정부의 무자비한 대응을 불렀다. 이 과정에서 많은 무고한 주민들이 참화를 입었다.

현임종(玄林鍾)은 당시 국민학교 6학년생이었다. 뒷날 그는 당시 상황을 담담하게 기술했다.

죽음을 무릅쓰고 38선을 넘어온 서북 청년들에게 좌익(공산당)은 철천지원수여서, 제주도에 오자마자 제주 사람들은 모조리 공산당원이라며

민폐를 끼치는 존재가 되고 말았다. 재산을 약탈하고 수많은 여자를 겁탈하자, 도내 유지들은 오히려 결혼추진위원회까지 만들어 처녀들의 겁탈을 막으려 했다.

우리 동네 빌렛학교(명신서당) 건물에도 철도경찰이 주둔하였고, 동네 이사장(지금의 통장)인 우리 아버지는 이들 시중을 드느라고 그들의 발에 차이기도 하며 쩔쩔매고 지냈다. 우리 동네는 본래 봉천수를 마시고 사는데, 그들은 봉천수를 마시지 않을 테니 도두리까지 내려가서 산물(해안가에서 솟아나는 용천수)을 떠오라 명령했고, 동네 봉천수 구릉에 가서 오줌을 싸는 만행을 저질렀다. 그래도 하는 수 없이 동네 사람들은 그 물을 마셔야만 했다. 동네 아주머니들은 도두리 오래물까지 머나먼 길을 걸어서 허벅으로 물을 떠다 바쳤는데, 그들은 이 물로 세수하고 발 씻고 하니 기가 찰 노릇이었다. 돼지를 잡아 음식을 만들어주면 "똥 먹은 돼지 고기"라며 집어 던지니, 할 수 없이 소를 잡고 닭을 잡아 부식을 공급해야만 했다.

이들이 잠시 타지역으로 출동한 틈을 타서 빌렛학교 건물을 부숴버렸으니, 아마도 숨어다니는 동네 청년들의 소행일 것이었다. 출동에서 돌아온 경찰은 건물 파괴의 주동자를 색출하겠다고 한동안 소란을 피웠다. 낮이면 서북청년과 철도경찰로부터 시련을 겪고, 밤이면 산에서 내려온 청년들에게 식량을 뺏기고 경찰에 협조했으니 죽인다는 협박을 받았다. 좌우익 사상이 무엇인지 알지도 못하고 먹고살기 위해 농사일에만 정신을 쏟고 있는 평범한 농민들만 밤낮으로 시달림을 받아야 했다.

1948년 11월 19일(음력 10월 19일) 성내 학교에서 돌아온 나는 보리 갈러 나간 부모님 손을 도와드리려고 밭에 나가 거름을 뿌리고 있었다. 어두워지기 시작하자, 집에 미리 가서 콩국을 끓이고 감저(고구마) 쪄서 저녁 준비하라는 어머니의 말씀에 따라 먼저 집에 와 저녁 준비를 끝냈다. 이어서 밭에서 돌아온 부모님은 손발을 씻고 있었다. 그때 사방에서 요란하게 총소리가 들렸다. 놀라서 마당에 나온 나는 군인들이 온 동네를 돌아다니며 집을 불태우고, 사람이 보이면, 무조건 쏘아 죽이는 것을 목격했다. 부모님은 단아들(외아들)인 나를 걱정하여 담(돌담)굽으로 숨으며 이호2동 큰누님 댁으로 도망가라고 이르셨다. 도망가며 돌아다보니, 부모님은 군인들의 눈을 피하며 이불과 쌀 등 생필품을 불타는 집 안에서 끄집어내느라 애쓰고 계셨다.

이렇게 불타는 우리 집을 뒤로하고 이호리 큰누님 집으로 도망갔으나, 얼마 안 되어 그곳도 역시 불태워져버렸다. 사람들이 갈 곳 없어 우왕좌왕하는데, 군인들이 우리 민간인들을 이호1동 항골 농산물 공판장 앞으로 모이라고 했다. 땅바닥에 웅크리고 앉았더니, 모두 눈을 감으라고 명령했다. 이때 밀고쟁이를 그 사이로 끌고 다니면서 입산자 가족을 색출하게 한 후, 20여 명을 우리 눈앞에서 "인민공화국으로 가는 사람들 잘 지켜보라"면서 총살했다. […]

겁에 질리고 갈 곳도 없어진 우리는 아버지를 따라 한라산 속으로 피난 가 한겨울을 추위와 배고픔과 공포에 시달리다, 뒤 해 봄에야 붙잡혀서 하산했다. […]

이후로는 반대로 산에서 내려와 해변 마을을 습격하여 불태우고 사람을 죽이고 식량을 강탈해가면서, 전 도는 마을마다 성을 쌓아 방어하기 시작했다.

―「내가 겪은 4·3」, 『본질과 현상』 2018년 여름호

'남한만의 단독 선거와 단독 정부 수립'을 거부하고 남북한 지도자

들이 협상을 통해서 문제를 해결하자는 주장은 실은 김구와 김규식이 먼저 북한에 제시한 터였다. 그래서 러시아 전략의 2단계를 이룬 또 하나의 공작인 '남북협상'은 빠르게 추진되었다.

4월 중순 김구는 "담판을 해보아서 안 되면, 차라리 38선을 베개 삼아 베고 자살이라도 함이 마땅하다고 생각한다"는 비장한 심경을 밝히고 북한으로 향했다. 이어 김규식이 뒤따라 평양으로 올라갔다. 이들의 추종자들인 56개 정당 및 사회단체 대표들 695명이 동행했다.

'남북협상'은 북한 당국의 계획대로 진행되어 4월 30일에 '남북조선 제정당 사회단체 공동성명서'가 발표되었다. 4개 항으로 된 이 성명서는 북한 당국의 의도를 충실히 반영했다. 핵심은 제4항이었다.

1,000만여 명 이상을 망라한 남조선 제정당 사회단체들이 남조선 단독 선거를 반대하느니만큼 유권자 수의 절대다수가 반대하는 남조선 단독 선거는 설사 실시된다 하여도 절대로 우리 민족의 의사를 표현하지 못할 것이며 다만 기만에 불과한 선거가 될 뿐이다.

러시아의 3단계 공작도 성공적이었다. 1948년 7월에 38선을 넘어온 남로당 요원들의 주관 아래 남한에서 군 단위로 '지하 선거'가 실시되어 대표자들이 뽑혔다. 이들이 38선을 넘어 해주에 모여 해주인민대표자대회를 열었다. 여기서 남한에 배정된 360명의 대의원들이 뽑혔다.

'4·3사건'을 주도한 김달삼도 제주도 대표자들을 데리고 참석했다. 제주도에서 세운 혁혁한 전과 덕분에, 그는 박헌영이 주재한 그 대회에서 열렬한 환영을 받았다. 그는 '제주도 투쟁'에 대해 아래와 같이 보고했다.

대표자 여러분!

저는 박헌영 선생이 하신 선거에 대한 보고를 듣고 감격하였으며 특히 제주도 투쟁에 언급하실 때 지금까지 적과 가렬한 피투성이 투쟁을 하든 저로서는 생생한 기억이 머리 위에 떠오르는 것을 금치 못했습니다. […]

이상과 같이 전 제주도 인민들의 적극적 지지 참가로써 전개된 제주도 투쟁은 드디어 5월 10일 남조선 단독 선거를 완전히 실패케 하는 가장 중요한 역할을 하였습니다. 북제주에서는 소위 선거가 완전히 실시되지 못하고 남제주에서도 유권자의 불과 몇 퍼센트만이 강제로 참가하고 절대다수가 보이코드를 행하였든 것입니다. […]

그러면 무엇이 우리들로 하여금 이러한 승리를 가져오게 한 것이겠습니까? 그것은 첫째로는, 이미 위에서도 말씀드린 바와 같이 30만 제주도 전체 인민들이 불타는 조국애로써 강철같이 단결하여, 미 제국주의와 그 주구 매국노 리승만 김성수 리범석 도배들의 남조선 분할 식민지 침략 정책을 단호히 반대하고, 조국의 통일과 독립을 쟁취하기 위하여 죽음을 두려워하지 않고 용감히 싸우는 까닭입니다.

특히 인민군, 즉 산사람들이 일반 인민 대중의 적극적 지지에 의하야 고무되고 격려되고 있는 까닭입니다. 만약 부모 형제들이 적의 포위를 뚫고 정보 식량 등을 적극적으로 공급치 아니 하였다면, 만약 적수공권으로 무장한 반동 경찰을 격퇴하는 인민들의 자위적 원조가 없었다면, 산사람들의 투쟁이 오늘같이 발전치 못하였을 것입니다. 인민과의 연계! 인민의 지지! 이것이야말로 우리들의 승리에 가장 중요한 요인입니다.

결과적으로, 국제연합이 주관한 남한의 총선거를 적극적으로 방해하려는 러시아의 전략은 상당한 성과를 거두었다. 남한 전역에서 폭동이 일어났고, 특히 제주도에선 내란에 가까운 봉기가 일어나서 2개 선거구에서 선거가 이루어지지 못했다. 김구와 김규식이 참가한 '남북협상'은 남한의 총선거의 정통성을 적잖이 훼손했다. 그리고 '지하 선거'를 통해서 뽑힌 대표자들이 북한의 선거에 참여함으로써, 적어도 외형적으로는, 북한 지역 대표들을 뽑지 못한 남한의 총선거보다 튼실한 명분을 갖추었다.

예순넷째 이야기

5·10 총선거 (1948년)

●

　투표소는 축현동 사무소였다. 사무소 앞에는 벌써 긴 줄이 늘어서 있었다. 정희는 사무소 앞마당 한쪽 정자나무 아래로 향했다. 나무 그늘 아래 떡 광주리를 내려놓고, 그녀는 한숨을 내쉬었다. 영자가 들고 온 물 주전자를 옆에 내려놓았다. 할머니 손을 잡은 영치는 신기한 듯 연신 투표소 풍경을 살폈다. 투표를 하면서 떡을 팔 생각으로 온 식구가 함께 나온 것이었다.
　투표소 분위기가 차분해서, 그녀는 마음이 푸근해졌다. 곳곳에서 좌익이 투표를 방해한다고 했다. 이곳 인천에서도 좌익이 곳곳에 "미제가 꼭두각시 유엔을 통해서 획책하는 제국주의 선거에 참여하는 매국노들을 처단하자!"는 벽보를 붙였다고 했다.
　"어마님, 제가 먼저 줄을 서서 투표할게유," 줄의 길이를 가늠하면서, 그녀가 시어머니에게 말했다.
　"그리 해라." 길례가 고개를 끄덕였다. 투표라는 것을 생전 처음 해보는 터라서, 그녀는 어떻게 하는지 잘 몰랐다. 이런 일에선 젊은 사람이 나은 법이었다.
　"영자는 할머니 도와드려라. 그리구 너 영치, 너무 까불지 말고 얌전히 있거라."

"녜에에," 녀석이 배시시 웃으면서 대꾸했다.

정희는 정문까지 이어진 줄의 맨 뒤로 가서 섰다. 모두 엄숙한 얼굴이었다. 처음 해보는 투표니, 긴장이 되는 모양이었다. 하긴 그녀도 좀 긴장이 되었다. 엉뚱한 실수를 해서, 사람들의 웃음거리가 될 수도 있었다.

젊은 아낙이 영치 나이 사내아이를 데리고 정자나무 쪽으로 갔다. 그리고 쑥개떡을 사서 아이에게 주었다.

'마수걸이구나.' 정희는 좀 밝아진 마음으로 고개를 끄덕였다. 그리고 아이들을 데리고 온 사람들이 몇이나 되나 훑어보았다. 이고 온 떡은 집으로 돌아가기 전에 다 팔릴 것 같았다.

줄은 천천히 앞으로 나아갔다. 마침내 그녀도 동사무소 안으로 들어가서 신분 확인 절차를 밟았다.

"거기… 보세요. 함께 들어가면, 안 됩니다. 따로 들어가세요." 앞쪽에서 다급한 사내 목소리가 났다.

살펴보니, 어떤 아낙이 남편을 따라 기표소로 들어가다가 제지를 당한 것이었다. 매사에 남편을 따라 하던 터라, 투표도 당연히 남편을 따라 하려는 생각이었을 터였다.

뒤쪽에서 그 아낙이 딱하다고 쯧쯧 혀를 차는 소리가 났다.

그러나 정희는 가슴이 시려오면서 그 아낙이 부러웠다. 해방이 되고 세 해가 지났는데도, 가라후토로 끌려간 남편에게선 소식이 없었다. 노서아 군대가 가라후토를 점령하고서 거기 있던 사람들을 그대로 붙잡고 있다고 했다. 이제 투표가 끝나고 나라가 서면, 노서아와 교섭해서 남편이 풀려날 수 있으리라는 가냘픈 희망을 안고 투표소에 나온 터였다. 그 희망을 담아 그녀는 조봉암 후보의 칸에 도장을 힘주어 눌렀다.

위에서 살핀 것처럼, 러시아는 국제연합이 주재하는 한반도의 선거를 거부했다. 그리고 방해 공작을 펼쳤다. 2월 7일 시작된 노동자들의 총파업으로 교통이 마비되고 통신이 끊기고 공장들이 멈췄다. 곳곳에서 경찰서들이 폭도들의 습격을 받았고, 많은 경관들이 살해되었다. 공산주의자들은 공공연히 투표 방해에 나서서, 선거에 참여하는 사람들을 처단하겠다고 선언했다.

러시아의 이런 책동에 맞서, 독립운동 지도자 이승만을 중심으로 한 우익은 선거가 제대로 치러지도록 분투했다. 이승만은 공산주의자들의 궁극적 충성심은 러시아로 향할 수밖에 없다는 점을 강조했다. 그리고 이번 선거의 본질은 자유주의를 따르는 민족주의자들과 공산주의를 따르는 반민족주의자들 사이의 대결임을 일깨웠다.

좌익이 전국에서 일제히 폭동을 일으킨 터라, 경찰력만으로는 치안을 유지하기 어려웠다. 이승만을 따르는 독촉국민회 청년단, 대한노동총연맹, 서북청년회 같은 청년단체들은 치안 유지에 적극적으로 나서서 좌익의 선거 방해에 맞섰다.

선거일이 가까워지자, 전국 각지에서 봉화 시위, 관공서 습격, 입후보자와 선거 관계자들에 대한 테러, 교량과 철도의 파괴, 전화선 끊기와 전신주 뽑기를 통한 통신 방해, 각종 시설들에 대한 방화와 같은 폭력 사건들이 일어났다. 그래서 많은 사람들이 죽고 다쳤다. 특히 선거공무원은 15명이나 죽고 61명이 부상했다. 혹독한 환경 속에서 가까스로 태어나려는 대한민국이 '피의 세례'를 받은 것이었다.

공산주의자들의 폭력적 방해에도 불구하고, 거의 모든 선거구에서 투표가 비교적 질서 있게 이루어졌다. 유권자 813만 2,517명의 96.4%인 784만 871명이 등록했고 등록 유권자의 95.5%인 748만 7,649명이 투표했다. 그리고 '제주 4·3사건'으로 끝내 투표를 실시하지 못한 북제주군의 2개 선거구를 빼놓은 198개 선거구에서 당선자들이 나왔다.

'5·10 총선거'는 선거를 통해 지도자를 뽑아본 적이 없는 한국인들에겐 새로운 경험이었고 한국 역사에서 가장 혁명적인 사건들 가운데 하나였다. 한국임시위원단은 남한의 선거가 "발언, 언론 및 집회의 자유라는 민주적 권리들이 발휘된 합당한 정도의 자유로운 분위기 속에서" 치러졌으며 "위원단이 접근할 수 있었고 한국인들의 대략 3분의 2를 이루는 주민들이 사는 한국의 지역에서 유권자들의 자유 의지의 유효한 표현을 이루었다"고 발표했다.

하지 사령관은 이번 선거가 "만일 전 조선 역사상에 있어서가 아니라면 근대 조선사상에 가장 중대한 진전"이라 평했다. 이승만도 "금번 총선거에 90% 이상의 호성적(好成績)을 얻은 것은 우리 민족의 애국심을 세계에 다시 한번 표명한 것"이라고 평가했다.

예순다섯째 이야기

대한민국 수립 (1948년)

●

 1948년 5월 31일 오전 10시에 중앙청 국회의사당에서 제헌국회가 개원되었다. 국회의원 당선자들 가운데 나이가 가장 많은 이승만이 임시의장을 맡아 회의를 진행했다. 의장단 선거에선 이승만이 188표를 얻어 의장으로 뽑혔다. 부의장엔 신익희와 김동원(金東元)이 뽑혔다.
 6월엔 헌법기초위원회가 구성되어 헌법 초안을 만들기 시작했다. 의원들의 생각이 서로 많이 다르고 정파의 이해가 얽혀서, 일관성을 지닌 초안을 만들기는 어려웠다. 우여곡절 끝에 내각책임제와 대통령제가 절충된 형태로 정부 구조가 결정되었다.
 7월 17일 오전 10시에 국회의사당에서 헌법 공포식이 열렸다. 이승만은 단 위에 놓인 헌법 정본 두 부에 붓으로 서명했다. 한 부는 국한문본이었고 다른 한 부는 한글본이었다. 이어 그는 헌법공포사를 낭독했다. "삼천만 국민을 대표한 대한민국 국회에서 헌법을 제정하여 3독 토의로 정식 통과하여 오늘 이 자리에서 나 이승만은 국회의장의 자격으로 이 간단한 예식으로 서명하고 이 헌법이 우리 국민의 완전한 국법임을 세계에 선포합니다…."

헌법을 제정해서 공포하자, 국회는 곧바로 정부통령 선출에 들어갔다. 1948년 7월 20일의 회의엔 재적 의원 198명 가운데 196명이 출석했다. 이어 시작된 투표에서 이승만은 180표를 얻어 대통령에 당선되었다. 부통령엔 이시영(李始榮)이 당선되었다.

정부통령 취임식은 7월 24일 오전 10시가 좀 넘어서 부슬비 내리는 중앙청 광장에서 거행되었다. 국제연합 한국임시위원단 위원들, 하지 중장을 비롯한 미군 군정청 요원들, 국회의원들, 국방경비대 및 해양경비대 대원들, 정당 및 사회단체 대표들이 참석했다.

국민의례에 이어 신익희 국회부의장이 개회를 선언하자, 이승만과 이시영이 취임 선서를 했다. 이어 이승만이 취임사를 낭독했다.

여러 번 죽었던 이 몸이 하나님의 은혜와 동포의 애호로 지금까지 살아 있다가 오늘에 이와 같이 영광스러운 추대를 받는 나로서는 일변 감격한 마음과 일변 감당키 어려운 책임을 지고 두려운 생각을 금하기 어렵습니다. 기쁨이 극하면 웃음이 변하여 눈물이 된다는 것을 글에서 보고 말하였던 것입니다.

요사이 나에게 치하하러 오는 남녀 동포가 모두 눈물을 씻으며 고개를 돌립니다. 각처에서 축전 오는 것을 보면 모두 눈물을 금하기 어렵다 합니다. 나는 본래 나의 감상으로 남에게 촉감될 말을 하지 않기로 매양 힘쓰는 사람입니다. 그러나 목석간장이 아닌 만치 나도 뼈에 맺히는 눈물을 금하기 어렵습니다.

이것은 다름 아니라 40년 전에 잃었던 나라를 다시 찾는 것이요 죽었던 민족이 다시 사는 것이 오늘 이에서 표명되는 까닭입니다.

이승만 대통령은 국무총리에 이윤영(李允榮)을 지명했다. 이윤영은 북한에서 오랫동안 조만식을 보좌한 사람이었다. 자신이 북한 정권에 의해 억류되어 활동할 수 없게 되자, 조만식은 이윤영을 남한으로 보내 자신을 대리해서 활동하도록 했다. 초대 총선거에선 종로 갑구에서 당선되었다. 뜻밖의 인물인 이윤영을 지명한 가장 중요한 이유로 이승만은 이윤영이 이북을 대표하는 인물이어서 남북통일에 기여할 수 있다는 사정을 꼽았다. 아울러, 이윤영이 평양의 감리교 목사로 서북 지방의 기독교계를 이끌었으므로, 이윤영이 대한민국의 국무총리가 되는 것은 북한 정권의 탄압을 받는 기독교 신도들에게 위안과 희망을 주는 일이었다.

이윤영을 국무총리로 삼는 방안은 미국에서 오랫동안 임시정부의 외교를 총괄하면서 외교적 안목과 경험을 쌓은 이승만만이 생각해 낼 수 있는 멋진 구상이었다. 아쉽게도, 그 방안이 미칠 좋은 영향들을 인식한 의원들은 드물었고, 실권이 있는 국무총리 자리에 대한 욕심을 지닌 지도자들은 너무 많았다. 결국 이윤영 임명안은 찬성 59명, 반대 132명, 기권 2명으로 부결되었다.

8월 2일 이승만은 다시 국회에 나가서 이범석(李範奭)을 국무총리로 임명하고 싶다고 밝혔다. 이범석은 독립군 지도자로서 명성이 높았고 이미 이범석과 제1야당인 한국민주당 지도자 김성수(金性洙) 사이에 교섭이 있었던 터여서, 그의 임명안은 무난히 국회를 통과했다.

이승만과 이범석은 즉시 내각의 구성에 착수했다. 정치적 안배를 앞세운 까닭에 초대 내각은 거국 내각의 풍모를 지니게 되었다.

국무총리   이범석

내무부장관	윤치영
외무부장관	장택상
재무부장관	김도연
법무부장관	이인
국방부장관	이범석
문교부장관	안호상
농림부장관	조봉암
상공부장관	임영신
교통부장관	민희식
체신부장관	윤석구
사회부장관	전진한
무임소장관	이청천
무임소장관	이윤영
총무처장	김병연
공보처장	김동성
법제처장	유진오
기획처장	이순탁

 이 사이에 국회는 신익희를 이승만의 후임 의장으로 뽑았다. 그리고 신익희의 후임 부의장엔 김약수(金若水)를 뽑았다. 이어 김병로(金炳魯)의 대법원장 인준안을 가결했다. 드디어 대한민국 정부가 제 모습을 갖춘 것이었다.

 1948년 8월 15일 오전 11시 30분 중앙청 광장에서 대한민국 정부 수립 선포 및 광복 3주년 기념식이 거행되었다. 이 역사적 행사에 참여한 시민들이 세종로와 태평로를 가득 메웠다.

대회장 오세창(吳世昌)의 개회사가 대독되자, 이승만 대통령이 기념사를 낭독했다, "8월 15일 오늘에 거행하는 이 식은 우리의 해방을 기념하는 동시에 우리 국민이 새로 탄생한 것을 겸하는 것입니다. 이 날에 동양의 한 고대국인 대한민국 정부가 회복되어서 40여 년을 두고 바라며 꿈꾸며 투쟁하여온 사실이 실현된 것입니다…."

회색 모시 두루마기를 입은 이 대통령은 이어 '건국 기초의 요소가 될 만한 몇 조건'을 들었다. 첫째, 민주주의에 대한 절대적 신뢰, 둘째, 민권과 자유의 보장, 셋째, 자유의 뜻의 숙지, 넷째, 정부 운영에서의 이해와 협의, 다섯째, 시민들의 생활수준의 향상, 그리고 여섯째, 외국의 경제원조의 필요성.

이 대통령은 국민들 모두가 분발해야 한다는 얘기로 긴 연설을 마감했다.

결론으로, 오늘에 지나간 역사는 마치고 새 역사가 시작되어 세계 모든 정부 중에 우리 새 정부가 다시 나서게 되므로, 우리는 남에게 배울 것도 많고 도움을 받을 것도 많습니다. 모든 자유 우방들의 후의와 도움이 아니면 우리의 문제는 해결키 어려울 것입니다.

이 우방들이 이미 표시한 바와 같이 앞으로 계속할 것을 우리는 길이 믿는 바이며, 동시에 가장 중요한 바는 일반 국민의 충성과 책임심과 굳센 결심입니다. 이것을 신뢰하는 우리로는 모든 어려운 일에 주저하지 않고 이 문제를 해결하며 장애를 극복하여, 이 정부가 대한민국에 처음으로 서서 끝까지 변함이 없이 민주주의의 모범적 정부임을 세계에 표명되도록 매진할 것을 우리는 이에 선언합니다.

이 역사적 기념식을 축하하러 일본에서 온 연합군 최고사령관 맥아더 원수는 미국의 지원을 약속했다. "미국 국민은 귀국민과 다년간 각별한 우호적 관계를 가졌습니다. 일찍이 1882년에 양국 국민 간에는 우호통상조약이 체결되어 양국 간에 영원한 평화와 우의를 선포하였습니다. 미국 국민은 이 서약에서 이탈한 적이 없으므로 여러분은 그 불가분(不可分) 불가리(不可離)의 우호 관계를 신뢰할 수 있을 것입니다…."

이어 그동안 남한을 통치해온 하지 중장이 축사를 했다. 그리고 덧붙였다, "재 조선 미 군정부는 오늘 밤 자정으로 폐지되고 한국 주둔 미군사령부 민사처가 생깁니다."

대한민국 정부 수립 기념식이 서울에서 열린다는 소식에 인천에서도 모두 마음이 달떴다. 축현역에 나온 사람들은 큰 소리로 새로 세워진 나라의 모습과 앞날에 대해 얘기했다. 상인천역은 지난 6월에 축현역으로 바뀌었다. 상인천역은 일본 사람들이 지은 이름이어서, 옛 이름으로 바꾸었다고 했다. 축현은 싸리재를 뜻한다고 했다. 오후에 서울의 기념식에 참석했던 사람들이 돌아오자, 역의 분위기는 더욱 달아올랐다.

집에 돌아오자, 정희는 시어머니에게 오늘 일어난 일들을 말씀드렸다.

길례는 모처럼 밝은 얼굴로 연신 고개를 끄덕였다. 그녀는 이제 몸이 많이 쇠약해져서 볼이 홀쭉했다.

"어마님, 이제 우리나라가 노서아하구 얘기해서 가라후토에 있는 조선 사람들을 데려올 거예유. 그러면 아범두 돌아올 수 있어유."

"그러냐?" 며느리의 얘기에 시어머니가 몸을 바로 하고 쳐다보았다.

"네에, 어마님. 그러하니 어마님 아범 올 때까장 사셔야 되어유."

"그래. 아범이 돌아올 때까장 내가 살아야지."

"진지 잘 드시구 건강하게 사셔야 해유."

"알았다. 아범 돌아올 때까장은 내가 이 악물구 살란다."

예순여섯째 이야기

조선민주주의인민공화국 수립(1948년)

•

남한에서 국제연합의 주재 아래 미군 군정청이 주관한 5·10 총선거가 성공적으로 치러지고 제헌국회가 대한민국 헌법을 마련하자, 북한의 러시아군 사령부도 북한에 공산주의 국가를 세우는 일을 서둘렀다. 북한엔 이미 공산당 정권이 들어서서 활동해온 터였다. 그래서 북한을 실질적으로 통치한 시티코프 중장은 북한에 공식적으로 세워질 국가가 남북한 인민들을 대표한다는 명분을 쌓는 일에 주력했다.

이런 목적을 위해 남북한 인민들이 선출한 대의원들로 이루어진 '조선최고인민회의'를 설치하기로 되었다. 인구 비례에 따라, 남한 지역의 대의원들은 360명으로 하고 북한 지역의 대의원들은 212명으로 했다.

남한 지역에선 공식적으로 대의원 선거를 치를 수 없었으므로, 먼저 군 단위 선거구에서 '남조선인민대표자대회'에 참석할 대표자들을 뽑고 이들이 해주에 모여 최고인민회의 대의원들을 뽑기로 되었다. 대표자들을 뽑는 1차 선거를 위해서, 7월 중순에 선거를 주관할 요원들이 38선을 넘어 남한으로 침투했다. 이들 요원들의 주관 아래 각지에서 '지하 선거'가 치러졌다. 이렇게 선출된 대표자들은 8월 중순경에 월북했다.

　드디어 8월 21일에 해주에서 남조선인민대표자회의가 열렸다. 이어 8월 25일에 남한 지역 대의원 360명을 선출했다. 이날 북한 지역 대의원 선거도 치러졌다. 그렇게 해서 572명의 대의원들로 이루어진 조선최고인민회의가 출범했다. 이 입법부는 빠르게 헌법을 제정했다. 그리고 북조선인민위원회 위원장 김일성을 인민공화국 정부의 수상으로 선임하고 그에게 내각의 조직을 위임했다. 김일성은 9월 9일에 내각 명단을 발표했다. 북한은 이날을 건국기념일로 삼아 '9·9절'이라 부른다.

　북한에 나라가 들어섰다는 얘기를 처음 들었을 때, 정희는 그 뜻이 이내 마음에 들어오지 않았다. '지난달에 새 나라가 들어섰는데, 어떻게 다른 나라가 또 들어서나?' 하는 생각이 들었다. 여러 사람들이 하는 얘기를 귀동냥으로 듣고 나서야, 비로소 38선 이북에 공산당 나라가 섰다는 것을 깨달았다. 선거 때 사람들이 얘기하는 것을 듣고서, 그녀는 '때가 오면, 북한에서도 선거가 치러져서, 국회의원들이 뽑히겠지'라고 여기고 더 생각하지 않았었다.

　그제야 38선을 경계로 조선 땅이 둘로 갈라졌다는 것이 실감이 났다. 점점 38선을 넘기 어려워진다는 얘기를 들었지만, 그녀는 그것에 그리 마음을 쓰지 않았었다. 당장 먹고사는 일이 힘든 처지였다.

　그러다 북한에 들어선 그 공산당 나라를 노서아가 세웠다는 얘기를 듣자, 문득 가라후토가 노서아 땅이 되었다는 것이 떠올랐다. 이어 노서아가 가라후토의 조선 사람들을 조선으로 돌려보내면, 이제는 북한의 공산당 나라로 보낼지도 모른다는 생각이 들었다. 문득 마음이 오그라들면서, 세상이 어둑해졌다. 벌써 해방된 지 만 세 해가 넘었는데, 가라후토로 징용 간 조선 사람들 얘기는 나온 적이 없었다.

 알 만한 사람에게 물어보고 싶었지만, 물어볼 사람도 없었다. 그녀의 큰오빠는 지난해에 폐병이 도져서 죽었다. 서울 사는 시아주버니는 사정을 좀 알 법했지만, 그녀로선 너무 어려웠다.

 한숨을 쉬면서, 그녀는 곰곰 생각했다. 혼자서는 풀 수 없는 문제여서, 가슴만 답답해졌다. 한 가지는 분명했다. 시어머니에게 말할 일은 아니었다. 이 악물고 오래 살아서 기어이 아들 얼굴을 보고 나서 죽겠다고 결심한 시어머니의 의지를 약하게 할 얘기는 하지 않는 것이 옳았다.

 "그것만은 확실허지." 그녀는 신음처럼 다짐했다.

예순일곱째 이야기

농지개혁(1949년)

●

"야아, 참 대단하네. 농림부 장관이라니." 흰 모자를 쓴 노인이 감탄했다.

"그러게 말이야. 국회의원 된 것두 대단헌데, 장관이라." 시원해 보이는 모시옷을 입은 노인이 말을 받았다.

"인천에서 인물 났어. 조봉암이가 독촉(獨促)에 가입할 때, 사람이 바뀌었나 했는데, 이번에 보니, 이승만 대통령의 신임이 단단한 모양이네그려."

"농지개혁을 제대로 헐 수 있는 인물이라는 얘기가 돌더구먼. 원래 공산당이었으니, 잘 허겠지."

"암만. 농지개혁을 제대루 허면, 장관보다 더한 것두 헐 수 있지."

서울행 열차를 기다리는 사람들의 얘기를 들으면서, 정희는 마음이 흐뭇했다. 새 정부의 각료 명단이 밝혀지자, 인천 사람들의 화제는 을구 국회의원 조봉암이 농림부 장관이 된 일이었다. 장관으로 뽑힌 것도 대단한데, 나라 살림의 바탕인 농사를 맡은 농림부의 장관이 되었으니, 사람들이 흥분한 것은 자연스러웠다.

정희도 자신이 찍은 사람이 국회의원에 이어 농림부 장관이 된 것이 신기했다. '살다 보니, 이런 일도 나한테 생기네' 하는 생각이 들었다. 그래서 떡을 산 사람들과 스스럼없이 그 일을 얘기했다. 모두 '이제야 인천에서 인물이 나왔네' 하고 흐뭇해했다.

서울에서도 조봉암의 기용은 뜨거운 화제였다. 조봉암은 명망이 높은 사람이 아니었다. 이 대통령과 가까운 사이도 아니었다. 무엇보다도, 그는 공산주의자였다. 그런 사람을 중요한 농림부 장관에 임명했으니, 논란이 일 수밖에 없었다.

조봉암은 1898년에 강화도에서 태어났다. 상해 임시정부에 잠시 참여했다가 돌아와서 일본 주오대학(中央大學)을 다니다 퇴학했다. 이 과정에서 그는 공산주의자가 되어 국제공산당의 지시에 따라 움직였다. 공산주의자들의 회합에 조선 대표로 참석하고 모스크바에 유학하기도 했다. 1924년엔 조선공산당의 결성에 참여했다.

그러다가 1932년에 그는 일본 경찰에 체포되어 국내로 압송되었고 7년 형을 선고받아 복역했다. 그 뒤로는 조선총독부에 적극적으로 협력했으며, 전향한 공산주의자들의 단체인 시국대응전선사상보국연맹(時局對應全鮮思想報國聯盟)의 간부로 활동했다. 해방 뒤 건준에 참여했지만, 박헌영과의 반목 때문에 조선공산당에선 뿌리를 내리지 못했다. 1946년 2월에 좌익 정파들이 민주주의민족전선(민전)을 결성하자, 조봉암은 민전 인천지부 의장이 되었다. 그러나 그는 박헌영의 지도력에 회의를 느껴 곧 민전에서 탈퇴했다.

이처럼 민족주의 진영으로부터 의심을 받고 공산주의 진영으로부터는 배척을 받은 인물을 이 대통령이 굳이 농림부 장관이라는 중요한 직책에 기용한 이유는 그가 농지개혁의 적임자라는 판단 때문이었다. 이 대통령은 전향한 공산주의자가 농지개혁이라는 혁명적 과업을 열정적으로 추진하리라고 생각했다.

조봉암에게 농지개혁을 맡긴 결정의 적부를 떠나서, 이 대통령이 농지개혁을 그렇게 중요하게 여긴 것은 옳은 판단이었다. 국민의 절대다수가 농업에 종사하는데, 소수가 토지를 소유하고 다수가 소작농인 상황은 사회를 경제적으로나 정치적으로나 불안하고 허약하게 만들었다. 그래서 거의 모든 사람들이 농지개혁이 필요하다고 여겼다.

농지개혁은 실은 하지 군정사령관이 먼저 시작했다. 그는 전반적 농지개혁을 구상했는데, 거센 반대에 부딪혔다. 좌익만이 아니라 우익도 반대했다. 그래서 군정청이 단독으로 처리할 수 있는 귀속(歸屬)농지(農地)의 분배를 추진했다.

군정청은 일본 정부와 일본인들이 조선에 남기고 간 재산들을 모두 자신의 소유로 만들었다. 이런 재산을 군정청은 귀속재산(vested property)이라 불렀다. 이 귀속재산은 엄청나서 당시 조선의 국부(國富)의 80 내지 85%가 되는 것으로 추산되었다. 이런 귀속재산 가운데 농지는 귀속농지라 불렀다.

귀속농지는 아래와 같은 원칙에 따라 분배되었다.

(1) 경자유전(耕者有田)을 원칙으로 삼아 자작농(自作農)의 창출을 목표로 삼는다.

(2) 분배 대상은 순수한 논과 밭으로 한정한다(집터, 과수원, 염전, 목장은 일단 제외한다).

(3) 분배 대상자는 현재의 경작자를 우선순위로 삼고 월남 동포 및 해외에서 돌아온 동포들을 다음으로 삼고 농업노동자(머슴)들을 셋째로 삼는다.

(4) 분배 농지의 상한은 2정보로 한다.

(5) 대금은 연평균 생산량의 300%에 상당하는 현물(쌀 및 보리)로 하되, 20%씩 15년 동안 균등 상환한다.

조건이 워낙 좋았으므로, 소작농들은 군정청의 귀속농지 분배 정책에 환호했다. 그래서 민주주의민족전선과 전국농민조합총연맹 같은 좌익 단체들의 거센 방해에도 불구하고, 4월 8일에 시작된 농지 분배는 빠르게 진행되었다. 해당 소작농가는 58만 7,944호였는데, 5월 5일까지 37%가 계약을 체결했고 6월 19일까지 81%가 계약을 체결했다. 이처럼 극빈층인 소작농들이 군정청의 정책을 지지하게 된 것은 5·10 총선거의 성공에 크게 기여했다.

군정청의 귀속농지 배분은 이승만 정권이 승계해서 성공적으로 완료했다. 이처럼 농지개혁이 운동량을 얻자, 이승만은 군정청이 포기한 '개인 소유 농지의 분배'에 도전했다. 1948년 12월 4일의 라디오 방송에서 그는 농지개혁에 관한 자신의 견해를 밝히면서 북한의 토지개혁의 문제점을 날카롭게 지적했다. "그 실상을 말하자면, 공산제도가 토지를 인민에게 분배하는 것이 아니라 정부에서 빼앗아서 정부가 대주주가 되고 농민들은 다 소작인으로 경작해 정부에 바치기만 할 뿐이니… 전에는 부호의 노예 되던 것이 지금은 정부의 노예가 된다면, 경제상 이해에 무슨 차별이 있으며 농민 생활에 아무 도움도 없을 것입니다."

이승만이 제시한 농지개혁의 기본 개념은 '지주들의 자경지를 넘는 농지를 정부가 구매해서 국유지로 만든 다음 소작농들에게 유상 분배한다'는 것이었다. 조봉암이 마련한 농림부 안은 '지가 상환율은 평년작 생산고의 120%로 하고 매년 20%씩 6년에 걸쳐 상환하도록 한다'는 것이었다. 국회에서의 심의는 오래 걸렸다. 마침내 1949년 4월 25일 지주들에 대한 보상을 150%로 하는 안이 국회에서 통과되었다.

 이승만 정권의 농지개혁은 어떤 기준으로도 성공적인 개혁이었다. 모든 신생 국가들은 농지개혁을 중요한 과제로 삼지만, 그것은 강대한 기득권 세력의 반대를 만나게 마련이다. 이승만의 열정과 지도력 덕분에, 미군 군정청이 시도했다 포기한 개인 소유 농지개혁은 놀랄 만큼 빠르게 마무리되었고 대한민국 사회의 안정과 발전의 바탕이 되었다.
 이 농지개혁은 한국전쟁 직전에 실질적으로 마무리되었다. 한국전쟁을 실제로 겪은 사람들은 "농지개혁이 대한민국을 살렸다"고 얘기했다. 이승만 정권의 합리적 농지개혁은 지주들과 소작농들의 지지를 받았고, 농지개혁 이후 농촌에서는 모두 "이 박사 덕분에 쌀밥을 먹게 되었다"고 고마워했다. 그래서 북한군에 점령된 남한 지역에선 북한에 의한 농지개혁이 시행될 여지가 없었다.
 이런 사정은 중국의 공산화 과정과 크게 달랐다. 국공내전(國共內戰) 기간에 공산군은 지주들을 처형하고 그들의 농지를 소작농들에게 나누어주었다. 그래서 농촌 지역은 빠르게 중공군의 기반이 되었다. 공산당 정권의 이런 전략에 법치와 재산권을 존중해야 하는 국민당 정부는 대응할 길이 없었고 농촌 지역은 공산군의 확고한 기반이 되었다.

예순여덟째 이야기

중국의 국공내전(1920~1949년)

•

 한반도가 러시아와 미국에 의해 분할 점령되어 끝내 남한의 대한민국과 북한의 조선민주주의인민공화국으로 나뉘게 된 사이, 중국 대륙에선 국민당 정부군과 공산당 반군 사이의 국공내전(國共內戰)이 치열했다. 이 내전은 원래 1920년대에 일어났는데, 1930년대 중엽에 공산당 반군이 패퇴해서 중국 북부 산악 지역으로 밀려났다.
 1930년대에 일본군이 만주를 점령하고 중국 본토를 위협하자, 정부군과 반군이 힘을 합쳐 일본과 싸우라는 여론이 거세게 일었다. 그래서 두 진영이 연합해서 일본군에 대항하는 국공합작(國共合作)이 나왔다. 태평양전쟁이 끝나자, 일본군이라는 공동의 적이 갑자기 사라졌다. 자연히, 양측은 드러내놓고 서로 공격하게 되었다.
 1945년 8월에 일본이 연합국에 항복했을 때, 중국은 유례가 없을 만큼 사정이 복잡했다. 비록 항복했지만, 8년 동안 이어진 중일전쟁에서 내내 공세를 취한 일본군은 아직 중국의 태반을 점령하고 있었다. 일본군이 무력해진 곳은 러시아군이 장악한 만주뿐이었다.
 따라서 중국 정부군은 아직 강대한 일본군의 항복을 받아야 했다. 이것은 중국 동남부 오지로 밀려났던 중국 정부군엔 벅찬 과제였다. 무엇보다도, 수송 수단이 부족했다. 미군이 도우려 나섰지만, 육군 병력의 대부분을 유럽 전선에 투입했고 태평양전쟁에선 주로 바다에서 일본 해군과 싸웠던 터라, 극동 지역에서 점령 업무를 수행할 미군은 병력과 수송 수단이 넉넉지 못했다.

상황을 더욱 심각하게 만든 것은 공산군도 자신의 영역을 넓히려 나섰다는 점이었다. 1937년에 중일전쟁이 시작되었을 때, 중국 공산군은 병력이 10만이 채 못 되었고 차지한 지역은 북부 산악 지역뿐이었다. 전쟁 중에 일본군 후방에서 세력을 키운 덕분에, 전쟁이 끝났을 때, 공산군은 100만 병력과 국토의 4분의 1가량 되는 지역을 장악했다. 게다가 러시아군이 항복한 일본군의 무기들을 공산군에 제공한 덕분에, 공산군의 전력은 빠르게 늘어났다.

중국의 상황이 워낙 급박했으므로, 트루먼 대통령은 막 육군 참모총장에서 물러난 조지 마셜 원수를 중국 주재 특별 사절(special envoy)로 임명했다. 특별 사절에게 주어진 임무는 '장개석(蔣介石)이 이끄는 중국 국민당 정부와 모택동(毛澤東)이 이끄는 공산당 사이의 휴전과 통합'이었다. 양측이 먼저 휴전한 다음, 장개석은 정부를 개혁하고 모택동은 독립된 군대를 포기해서, 둘로 나뉘어 싸워온 중국이 통일된다는 각본이었다.

이런 임무의 설정은 국무부 극동국장인 존 빈센트(John Vincent)가 주도했다. 뒷날 러시아 첩자임이 확인된 빈센트는 줄곧 장개석과 국민당 정부를 비난하고 모택동과 공산당을 찬양해왔다. 그는 국민당 정권이 미국의 정책을 따르도록 만들기 위해 미국의 원조를 지렛대로 삼는 방안도 제시했다.

빈센트가 설정한 특별 사절의 임무는 근본적으로 잘못되었다. 먼저, 미국이 중국에서 통합 정부를 추진하는 것은 국민당 정부의 정당성과 대표성을 부정하는 일이었다. 미국은 중화민국을, 즉 국민당 정부를, 정당성과 대표성을 아울러 지닌 중국 정부로 줄곧 인정하고 연합해왔다. 카이로회담에서 공인된 것처럼, 중화민국은 미국, 영국, 러시아와 함께 연합국 측의 강대국으로 대접받았다. 국제연합에서도 안전보장이사회의 상임이사국으로 대우를 받았다. 그런 관점에서 살피면, 국민당 정부가 공산당과 싸우는 것은 중국 내부의 일이었다. 당연히, 국민당 정부에 휴전하고 통합하라고 강요하는 것은 정당화될 수 없는 내정간섭이었다.

다음엔, 통합이라는 목표가 현실성이 전혀 없었다. 1945년 후반엔 이미 공산주의자들의 정체와 행태가 드러난 터였다. 공산주의자들은 결코 타협하지 않고 세계를 지배하려 한다는 것이 널리 받아들여졌고, 공산주의자들과의 연합은 그들에게 자유주의 정부 안으로 침투할 기회를 주어 속에서 파먹도록 허용한다는 인식이 자리 잡았다. 게다가 두 세력은 이미 20년 넘게 결사적으로 싸워온 터였다. 어느 쪽도 상대와의 공존을 추구하지 않았고 공존이 가능하다고 믿지도 않았다.

셋째, 통합을 위해 먼저 휴전해야 한다는 방안은 일방적으로 국민당 정부에 불리하고 공산당에 유리했다. 얼핏 보면 휴전은 당연하고 중립적인 제안이었다. 찬찬히 들여다보면, 정부군과 공산군의 전력이 크게 차이가 나는 상황에선, 약한 공산군을 강한 정부군의 공격으로부터 막아주고 군비를 갖출 시간을 준다는 점에서 문제적이었다.

당시 정부군은 일본군과의 긴 전쟁을 치른 군대였고 공산군은 일본군과 제대로 싸운 적 없이 유격전을 펴온 군대였다. 두 군대가 맞

부딪치자, 공산군은 정부군에 일방적으로 밀렸다. 러시아군이 제공한 무기들도 훈련이 제대로 되지 않은 공산군의 전력을 크게 향상시키지 못했다. 그대로 조금 더 두었으면, 공산군이 패퇴할 가능성은 무척 컸다. 그런 상황에서 마셜이 양쪽에 강요한 휴전은 정부군엔 날벼락이었고 공산군엔 하늘의 도움이었다.

내전 상태의 중국에서 궁극적 힘은 군사력이었다. 그러나 중국 대륙에 주둔한 미군은 10만 명에 지나지 않았다. 국민당 정부군은 수백만 명이었고 공산군도 100만가량 되었다. 게다가 트루먼 정권은 해외 미군의 귀환을 서두르고 있었다. 마셜은 자신의 뜻을 중국 사람들에게 강요할 힘이 실질적으로 없었다.

이처럼 곤혹스러운 상황을 돌파하기 위해 마셜이 고른 전략은, 빈센트의 제안을 따라, 국민당 정부에 대한 미국의 원조를 통합 정부의 구성에 연계시키는 것이었다. 통합 정부가 구성되기 전까지 국민당 정부에 대한 원조를 중단시키면, 국민당 정부가 공산당에 충분히 양보해서 통합 정부를 이루리라는 계산이었다.

역설적으로, 공산당에 아주 유리하게 설정된 이 방안이 휴전을 어렵게 만들었다. 통합 정부가 구성되지 않아도, 공산당은 답답할 것이 없었다. 이미 휴전이 되었으니, 국민당 정부군의 공격을 걱정하지 않게 되었고 시간을 벌면서 전력을 강화할 수 있었다. 그래서 협상에 응하고서 국민당 정부에 무리한 요구를 해서 통합이 이루어지지 않도록 하는 전략을 골랐다. 그리고 그 책임을 국민당 정부에 떠넘겼다. 반면에, 국민당 정부는 미국의 원조를 받지 못하니, 전력이 고갈되어서 점점 어려운 처지로 몰렸다.

다급해진 마셜은 공산당은 달래고 국민당 정부는 점점 거세게 압박했다. 국민당 정부로선 마셜의 태도가 점점 더 공산당으로 기우는 것이 불만이어서 그에 대해 저항하게 되었고, 마셜과 국민당 정부 사이의 관계는 점점 악화되었다.

이런 상황 속에서 협상이 진행되었다. 마침내 1946년 1월 10일 휴전 합의가 조인되었다. 이 합의는 열광적 반응을 얻었다. 국민당 정부도 공산당도 이 합의를 환영했다. 미국의 한 방송 해설가는 "마셜 원수의 임무가 완수되었다"고 평가했다.

마셜의 노력은 높은 평가를 받았지만, 그의 전략에 가장 중요한 고려 사항이었어야 할 러시아의 영향력과 태도에 대한 고려가 없었다. 미국이 러시아의 영향력을 물리칠 방책으로 중국의 통합을 추구할 때, 이미 만주를 점령한 러시아가 방관하리라고 그는 가정한 것이었다. 이런 비현실적 가정이 그의 임무를 직접적으로 좌절시켰다.

얄타회담 1주년인 1946년 2월 11일에 '얄타협정'의 협정문이 공개되었다. 이승만이 1945년 4월에 처음 폭로한 대로, 얄타협정엔 아시아에 관한 비밀 협약이 있었다. 제정 러시아가 만주에서 차지했던 이권들을 소비에트러시아가 물려받기로 되었다는 것이 드러나자, 중국 전역에서 분노한 중국 사람들이 일어섰다. 충칭에선 학생들이 "만주에서의 중국 주권을 완전히 회복하라"고 외치면서 시위를 했다. 그들은 러시아 대사관 앞에서 '소련=독일+일본'과 '스탈린=히틀러+히로히토'와 같은 구호들이 쓰인 팻말들을 들고 "제국주의 타도"를 외쳤다.

실제로, 만주를 점령한 러시아군은 일본이 항복한 날부터 3개월 안에 철수한다는 합의를 무시하고 아직도 만주에 머물고 있었다. 러시아군이 만주의 주요 산업 시설들을 모두 뜯어서 러시아로 이송하고 있다는 보고가 잇달았다.

마침내 1946년 2월 25일 장개석은 만주에 대한 중국의 완전한 주권을 재천명하고 만주 주둔 정부군 사령관에게 그런 원칙에 바탕을 두고 러시아군과 협상하라는 지시를 내렸다고 밝혔다. 미국과 영국도 중국의 입장을 지지했다.

러시아의 탐욕적 행태가 중국 내외의 주목을 끌었지만, 훨씬 문제인 것은 만주를 점령한 러시아군이 국민당 정부군의 정당한 활동을 방해하고 공산군의 세력을 키우는 정책을 추구했다는 사실이었다. 러시아군은 정부군이 다롄(大連)항을 이용하는 것을 거부해서, 정부군은 만주로 진출해 임무를 수행하는 데 큰 어려움을 겪었다.

다른 편으로는, 러시아군은 공산군에 노획한 일본군 무기들을 제공하고 자신의 철수 일정을 미리 알려주어 쉽게 요충들을 점령하도록 했다. 필요하면, 공산군을 철도로 수송해서 정부군보다 먼저 요충들을 점령하도록 도왔다. 러시아군의 배려 덕분에 공산군은 만주의 요충들을 미리 점령했을 뿐 아니라 이미 정부군이 장악한 도시들을 빼앗으려 시도했다. 결국 공산군은 1946년 4월 19일엔 만주국의 수도였던 창춘(長春)을, 4월 21일엔 북만주의 중심 도시 하얼빈을, 그리고 4월 28일엔 교통의 요지 치치하얼을 장악했다. 공산군의 이런 도발로 만주에서 다시 싸움이 일어났다.

그러나 마셜은 전쟁 재발의 책임이 주로 국민당 정부에 있다고 판단했다. 먼저 도발한 것이 공산군인데도, 그는 공산군을 탓하지 않았다. 그리고 자신이 애써 마련한 중국에 대한 원조를 중단시켰다.

마셜의 노력에 감사하고 희망을 걸었던 장개석은 크게 실망했다.

그는 마셜이 만주에서 정부군이 러시아군의 방해와 공산군의 공격으로 어려운 처지로 몰린 사정을 외면하고 국민당 정부만을 압박하는 것에 분개했다. 그는 정부군에 만주에서 반격에 나서라고 지시했다. 5월 23일 정부군은 창춘에서 공산군을 몰아냈다. 이어 6월 5일엔 하얼빈을 점령했다.

정부군이 선전하자, 마셜은 장개석에게 즉시 휴전을 하라고 요구했다. 마셜의 압력을 견디지 못해, 장개석은 1946년 6월 6일에 15일간의 휴전 명령을 내렸다. 공산군도 휴전에 응해서, 마셜의 주도 아래 협상이 다시 시작되었고, 휴전은 무기한 연장되었다. 뒷날 거의 모든 전문가들이, 특히 당시 공산군을 지휘했던 임표(林彪)가, 국공내전에서 장개석이 저지른 '치명적 실수'라고 평한 휴전 명령은 이렇게 나왔다.

마셜의 기대와 달리, 공산당에 호의적인 그의 태도는 공산당의 호응을 얻지 못했다. 1946년 9월 주은래는 미국과 국민당 정부를 싸잡아 비난하는 비망록들을 마셜에게 보내고 국민당 정부가 환도한 난징을 떠나 상해로 가버렸다. 결국 마셜도 1947년 1월 8일에 난징을 떠났다. 그는 중국에 통합 정부를 수립한다는 임무에 실패했다. 실은 차선책(Plan B)의 수행에도 실패했다. 마셜을 중국에 파견할 때, 트루먼은 그에게 분명한 지침을 주었다: '중재 임무가 실패하더라도, 미국은 국민당 정부를 지원한다.' 마셜은 국민당 정부를 전혀 지원하지 않았다. 오히려 정부군이 공산군에 이길 때 장개석에게 일방적 휴전을 강요함으로써, 그는 정부군이 군사적으로 승리할 기회를 두 번이나 빼앗았다. 특히 두 번째 휴전이 정부군에겐 치명적이었다.

1947년 3월에 국민당 정부군은 공산당의 근거인 싼시성(陝西省) 옌안(延安)을 공격해서 점령했다. 그러나 공산군은 곧바로 반격해서 그들의 임시 수도를 되찾았다. 비록 작은 전투였지만, 이 '연안 싸움'은 국민당 정부군과 공산군 사이의 균형이 공산군 쪽으로 기울기 시작했음을 가리키는 징후였다. 실제로, 공산군은 러시아의 적극적 지원을 받아 전력이 크게 향상되었다. 러시아는 공산군에 최신 무기들을 제공했고 공산군 병력을 자국 경내에서 훈련시켜 중국으로 투입했다.

반면에, 정부군은 미국으로부터 무기와 탄약을 공급받지 못했다. 마셜이 대통령 특별 사절로 중국에 부임하기 전에, 이미 미국 공산주의자들의 잘 짜인 인맥은 국민당 정부군에 대한 무기와 탄약의 지원을 방해하고 있었다. 이 공작은 백악관의 지시를 따라 중국 정부군에 대한 무기 원조를 담당하는 경제전쟁처(Office of Economic Warfare)의 주도로 진행되었다.

1945년 여름에 육군 병기 장교 루시언 무디(Lucian Moody) 대령은 중국 정부군에 지원될 잉여 군수품을 조사했다. 이 군수품은 경제전쟁처 소관이었는데, 그 부서의 직원들은 갖가지 이유를 들어 그것이 중국에 인도되는 것을 방해했다. 예컨대, 국민당 정부군에 인도될 15만 3,000톤의 탄약 가운데, 2%가량만 실제로 인도되고, 나머지는 바다에 던져지거나 다른 방식으로 처분되었다고 무디는 뒤에 회고했다. "그들은 중국 주재 미국 대사관의 지시에 따라 움직이는 것 같았다"고 그는 말했다. [당시 경제전쟁처엔 러시아 간첩 프랭크 코(Frank Coe)가 처장 보좌관으로 일했었다.] 국민당 정부군에 인도될 독일군 소총들이 가까스로 선적되자, 백악관의 지시로 출항이 취소되었다.

마셜이 미국 방문에서 중국으로 돌아와 내린 미국 원조 중단 조치는 1946년 8월부터 1947년 7월까지 이어졌다. 이 조치로 국민당 정부군은 새로운 무기와 탄약을 지원받지 못했을 뿐 아니라 이미 구매한 무기와 탄약도 얻지 못했다. 무기 수출 금지를 완벽하게 만들려고, 마셜은 영국에도 국민당 정부군에 대한 무기 금수를 강요했다.

이런 미국의 배신으로 힘에 부친 정부군이 공세를 멈추자, 그동안 전력을 키운 공산군이 반격에 나섰다. 1947년 6월 공산군은 황허(黃河)를 건너 다볘산맥(大別山脈)으로 진출했다. 허난성(河南省), 안후이성(安徽省), 후베이성(湖北省)의 경계를 이루고 화이허(淮河)와 창장(長江)의 분수령인지라, 다볘산맥은 전략적 요충이었다. 그 기세를 몰아, 공산군은 화중(華中) 평원을 차지했다. 동시에 만주와 중국 북부에서도 공세에 나섰다.

이처럼 정부군이 불리하게 되었어도, 트루먼 정권은 무기 금수의 해제 말고는 별다른 조치를 취하지 않았다. 다급해진 의회는 1948년 4월에 국민당 정부에 대한 긴급 군사 지원 예산 1.25억 달러를 통과시켰다. 그러나 행정부는 예산 집행을 최대한으로 늦춰서, 원조 물자의 첫 선적이 상해에 도착한 것은 그해 12월이었다.

중국 주둔 미군의 해상 철수를 지휘했던 해군 극동사령관 오스카 배저(Oscar Badger) 중장은 1948년 당시 자신이 목격한 중국 북부 국민당 정부군의 상황을 1951년 6월의 의회 청문회에서 자세히 설명했다. 공산군과의 결정적 싸움을 앞두고 정부군은 미국이 지원한 무기들이 도착하기를 고대하고 있었다. 그들은 미국 의회가 중국 정부군을 위해 큰 예산을 마련한 것을 알고 있었다. 그러나 그들이 기다린

무기들은 11월까지도 도착하지 않았다. 연말에야 도착한 무기들을 살핀 그들은 망연자실했다. 도착한 무기들의 양은 기대치의 10%에 지나지 않았다. 그나마 대부분 전투에 쓸 수 없는 불량품들이었다. 기관총들은 총가(mount)가 없거나 장전 장치가 없었고 예비 부품들도 없었다. 미국이 일부러 불량 무기들을 보냈다는 것을 깨닫자, 정부군 장병들은 낙심했다. 배저 제독은 그런 불량 무기들이 "낙타의 등을 부러뜨린 지푸라기였다"고 증언했다. 그는 미국의 무기 금수가 국민당 정부군의 능력과 사기를 함께 해쳐서 그들을 패배로 이끌었다는 의견을 밝혔다.

국민당 정부를 괴롭힌 것은 공산당의 군사적 위협만이 아니었다. 강대한 일본군에 맞서 여러 해 동안 싸우느라, 국민당 정부는 엄청난 재정이 필요했다. 그러나 중국의 중심부는 일본군이 점령해서, 세수는 점점 줄어들었다. 중국 정부로선 화폐를 많이 발행할 수밖에 없었고, 이런 화폐 남발은 필연적으로 초인플레이션(hyperinflation)을 불렀다. 1935년부터 1949년 사이에 중국의 물가는 1,000배가 올랐다. 이런 상황에선 정상적 경제 활동이 불가능하고 사회는 극도의 불안에 시달리게 된다.

중국의 처지를 걱정한 루스벨트 대통령은 장개석에게 초인플레이션을 진정시킬 방안을 물었다. 재정부장 공상희(孔祥熙)와 상의한 뒤, 장개석은 구체적 방안을 제시했다: 중국은 미국으로부터 2억 달러어치의 금을 구입한다; 구입 대금은 1941년 4월의 '안정 협정(Stabilization Agreement)'에 따라 중국에 제공된 5억 달러의 차관 가운데 아직 집행되지 않은 부분으로 충당한다; 중국은 구매한 금을 점진적으로 중국으로 이송해서 국내 금융 시장에 팔아 발행된 지폐를 회수한다.

이 방안은 실제적이어서, 중국 통화에 대한 신뢰를 높일 수 있었다. 미국 재무장관 헨리 모겐소(Henry Morgethau)와 중국 재정부장 공상희는 곧바로 그 방안을 시행하기로 합의했다. 2억 달러의 금이 중국의 초인플레이션을 진정시키는 데 상당한 효과를 거두리라고 모두 기대했다.

그러자 미국 재무부에 진을 친 러시아 첩자들이 이 방안을 무력화시키려는 작업에 착수했다. 재무차관보 해리 화이트(Harry White)의 주도 아래 재무부의 충칭 파견 요원 솔로몬 애들러(Solomon Adler), 경제전쟁처 처장보좌관 프랭크 코, 화폐연구과장 해럴드 글래서(Harold Glasser) 등이 방해 작전에 직접 참여했고, 백악관의 로츨린 커리(Lauchlin Currie)에다 국무부의 앨저 히스(Alger Hiss)와 존 서비스(John Service)가 밖에서 도왔다.

중국 측에선 공상희의 비서인 기조정(冀朝鼎)이 협력했다. 그는 미국 대학들에서 경제학을 공부했고 국제공산당의 첩자가 되었다. 그는 미국에 머물면서 중국 공산당을 위한 선전 활동을 활발히 했는데, 해리 화이트의 추천으로 공상희의 비서가 되었다. 공상희의 부인 송애령(宋藹齡)은 '송씨 삼 자매'의 맏이로 둘째는 손문의 후처 송경령(宋慶齡)이었고 셋째는 장개석의 부인 송미령(宋美齡)이었다. 남동생은 중국의 외교를 총괄한 송자문(宋子文)이었다. 국민당 정부의 실력자로 경제를 총괄하는 공상희의 비서라는 요직에 있으면서, 기조정은 국민당 정부의 재정을 파탄으로 이끄는 데 큰 기여를 하게 된다.

그들은 모겐소와 공상희를 교묘하게 조종하면서 시일을 끌었다.

모겐소와 공상희가 만났을 때, 두 대표가 대동한 참모들이 미국 측은 화이트와 애들러였고 중국 측은 기조정이었다는 희비극이 그런 사정을 상징한다. 답답해진 공상희가 모겐소를 압박하면, 모겐소는 화이트에게 금이 중국에 인도되지 않는 까닭을 물었다. 그러면 화이트는 기술적 문제들, 해운의 지연, 갑자기 나타난 문제들과 같은 이유로 늦어진다고 차분히 설명했다. 그런 얘기가 통하지 않게 되자, 화이트는 자신이 일부러 지연시켰다는 것을 인정하고서 어차피 부패하고 무능한 국민당 정부에 금이 인도되면 낭비될 것이니 인도하지 않는 편이 낫다고 모겐소를 설득했다. 그리고 그런 지연은 정당화될 수 없는 것이어서, 루스벨트가 알게 되면, 일이 커진다는 것을 밝힘으로써, 모겐소에게 모른 척하라고 은근히 협박까지 했다. 결국 금은 너무 조금씩 너무 늦게 중국에 인도되어, 초인플레이션을 제때 진정하는 데 별 도움이 되지 않았다.

그사이에 중국의 물가 상승은 급격해져서, 1945년 6월엔 물가가 무려 300% 넘게 올랐다. 이런 초인플레이션은 경제를 마비시키므로, 어떤 정부도 오래 버틸 수 없다. 게다가 초인플레이션은 국민당 정부의 지지 기반인 도시 주민들의 삶을 특히 심각하게 위협했다. 시골에 사는 주민들은 삶에서 자급자족하는 부분이 크므로, 초인플레이션의 영향을 덜 받는다. 도시 주민들은 모든 것을 거래를 통해서 얻기 때문에, 초인플레이션의 영향을 특히 많이 받는다. 그래서 주로 상업과 공업에 종사해서 자본주의 국민당 정부를 지지했던 도시 주민들이 국민당 정부에 등을 돌렸다.

정부군이 이처럼 어려움을 겪는 사이, 공산군은 러시아의 적극적 지원으로 전력이 빠르게 증강되어서, 공산당의 근거인 만주에선 공산군이 정부군에 대해 우위를 누리게 되었다. 이런 전력을 바탕으로 공산군은 대대적 공세를 시작했다. 그들의 첫 목표는 만주국의 수도였던 창춘이었다.

1948년 3월 공산군은 창춘 남쪽 교통의 요지인 쓰핑(四平)을 점령해서 창춘으로 진출할 통로와 정부군 구원부대의 접근을 막을 거점을 확보했다. 5월에 공산군은 창춘을 포위하는 데 성공했고 창춘의 정부군은 만주의 우군 부대들과 단절되어 고립되었다. 그때는 북경과 상해를 연결하는 경호철도(京滬鐵道)가 공산군에 장악되어 정부군은 만주에 주둔한 부대들을 보급하는 데 큰 어려움을 겪고 있었다. 그래서 창춘의 정부군은 공수된 보급품에 의존하게 되었다. 그러나 보급품의 공수는 비효율적인 데다가 공산군의 대공포화 능력이 향상되어, 별다른 도움이 되지 못했다.

당시 창춘을 지킨 정부군은 60군과 신7군으로 10만가량 되었다. 초기에 포위에 동원된 공산군도 10만가량 되었다. 포위가 지속되면서, 정부군은 식량이 부족해졌다. 공산군은 식량 부족을 심화시키려고 창춘에서 탈출한 민간인들을 창춘으로 돌려보냈다. 식량이 부족한 정부군은 그들이 시내로 들어오는 것을 막았다. 이런 비정한 작전으로 창춘 싸움에선 민간인들이 군인들보다 훨씬 많이 죽었다.

신7군은 정부군에서 전력이 가장 강한 부대라는 평가를 받았고 실제로 전투 능력과 사기에서 뛰어났다. 60군 병력 사이에선 공수된 보급품이 신7군에 우선적으로 지급된다는 소문이 돌았다. 정부군에 침투한 공산군 첩자들의 공작이었다. 이런 소문은 60군의 반감을 키웠고 1만이 넘는 장병들이 공산군 진영으로 탈출했다. 마침내 10월

16일 60군은 공산군 편으로 전향하고서 곧바로 신7군을 공격했다. 결국 10월 23일엔 신7군도 공산군에 항복했다. 5개월의 포위를 견딘 창춘 수비군을 끝내 구원하지 못했다는 사실은 정부군이 만주를 장악할 힘이 없다는 것을 보여주었다.

10월 29일 공산군은 정부군이 장악한 만주의 마지막 거점인 선양(瀋陽)을 포위하기 시작했다. 선양은 8집단군이 지키고 있었는데, 사령관이 항공기로 혼자 탈출하자, 빠르게 무너졌다. 11월 2일 정부군 14만 명은 공산군에 항복했다.

공산군이 요심전역(遼瀋戰役)이라 부른 이 작전에서 정부군이 완패하면서, 공산군은 만주 전체를 차지했다. 만주의 군사적 및 정치적 중요성이 워낙 컸으므로, 만주의 실함으로 국민당 정부군은 큰 타격을 입었다. 게다가 만주에 파견된 부대는 정부군의 최정예 부대들이어서, 이들을 잃음으로써, 정부군은 전력과 사기가 추락했다. 무엇보다도, 미국이 국민당 정부를 도울 뜻이 없고 정부군에 대한 무기와 탄약의 지원이 실질적으로 끊겼다는 사실은 그들을 절망으로 몰아넣었다. 그래서 상황이 불리해지면, 그때까지 잘 싸워온 정부군 부대들도 싸움보다 항복을 택하는 경우들이 점점 늘어났다.

만주 점령 작전을 성공적으로 마무리하자, 공산군은 곧바로 남쪽으로 진출했다. 전력에서 우세한 공산군은 자신이 원하는 곳에서 원하는 시간에 원하는 방식으로 싸움을 열 수 있었다. 공산군은 상대적으로 약한 정부군 부대들을 공격했고 정부군의 구원군을 우세한 병력으로 막았다. 게다가 항복한 정부군 병력은 곧바로 공산군에 편입되어 어제의 전우들과 싸워서, 정부군과 공산군 사이의 전력은 전투가 이어질수록 점점 커졌다. 거듭 승리한 공산군은 드디어 양쯔강(揚子江) 북안에 이르러서, 남안의 국민당 정부 수도 난징을 위협했다.

정부군의 패배는 충격적이었지만, 차분히 살피면, 국민당 정부의 처지가 절망적인 것은 아니었다. 만일 미국 정부가 국민당 정부에 대한 확고한 지지를 선언하고 공산군이 양쯔강을 건너서 공격하는 것을 용인하지 않겠다고 경고했다면, 그런 선언만으로도 국민당 정부는 살아남을 수 있었다. 당시 미국은 자신의 경고를 실행할 능력이 있었으니, 일본과 필리핀에 큰 군대가 주둔했고, 양쯔강 방어를 위해 정부군이 필요로 하는 해군과 공군을 즉시 지원할 수 있었다. 스탈린도 모택동에게 양쯔강을 넘지 말라고 충고했다. 그러나 미국 정부는 끝내 그런 행동에 나서지 않았다.

군사적 패배는 필연적으로 장개석 총통의 권위를 크게 약화시켰다. 공산군과의 싸움은 그가 직접 지휘했으므로, 총통으로서 지는 정치적 책임만이 아니라 최고사령관으로서 져야 할 군사적 책임도 무거웠다. 현실적으로, 그는 자신에게 충성하는 군대를 대부분 잃었다. 그의 군사적 기반은 그가 교장으로 재직했던 황푸(黃埔)군관학교를 나온 장교들이었다. 그들이 이끈 정예 국민당 정부군이 거의 다 사라진 것이었다. 이제 양쯔강 남쪽에 남은 국민당 정부군 가운데 상대적으로 강력해진 군대는 이종인(李宗仁) 부총통에게 충성하는 광시성(廣西省)과 광둥성(廣東省) 출신 부대들이었다. 그런 사정들이 작용해서, 장개석은 1949년 1월 21일에 총통에서 물러나고 이종인이 총통 대리가 되었다.

이종인은 곧바로 공산당과 휴전 협상을 시작했다. 그러나 공산당이 내건 조건들은 실질적 항복을 뜻할 만큼 강경했다. 1949년 4월 20일 공산당 대표단은 정부 대표단에게 최후통첩을 제시했고, 정부 대표단은 그것을 거부했다. 그러자 공산군은 그날로 '양쯔강 도강 전역'을 개시했다.

이종인이 공산군과의 협상에 적극적으로 나선 이유 가운데 하나는 협상으로 시간을 벌어 미국의 지원을 이끌어내려는 계획이었다. 미국이 끝내 국민당 정부군의 지원에 나서지 않자, 국민당 정부는 절망과 공포에 휩싸였다. 이런 분위기는 양쯔강을 방어하는 정부군의 사기에 큰 영향을 미칠 수밖에 없었다. 그래서 정부군 해군의 일부와 양쯔강 남안의 육군 부대 일부가 공산군으로 전향했다. 이런 이탈에 힘입어, 공산군은 수월하게 너른 강을 건넜고, 제대로 싸우기도 전에 정부군의 방어선은 허물어졌다. 4월 23일엔 수도 난징(南京)이 공산군에게 점령되었고, 5월 27일엔 상해가 점령되었다.

국민당 정부는 1949년 10월 15일까지 광저우(廣州)에서 버티다가 충칭으로 옮겨갔다. 11월 25일엔 청두(成都)로 옮겨갔고 12월 10일엔 타이완(臺灣)으로 옮겨갔다. 200만가량 되는 국민당 정부군이 타이완으로 향했다. 이보다 앞서, 1949년 10월 1일 모택동은 중화인민공화국(中華人民共和國)의 수립을 선언하고 베이징(北京)을 수도로 삼았다.

예순아홉째 이야기

애치슨 선(1950년)

•

딘 애치슨(Dean Acheson)이 국무장관이 된 뒤, 미국 국무부에선 중국에 대한 정책을 새로 만들려는 움직임이 일었다. 결국 1949년 늦가을엔 태평양전쟁의 우방이었던 중화민국을 버리는 것이 합리적이라는 결론이 도출되었다.

(1) 중국 대륙이 공산주의 세력에 장악된 것은 공산주의의 필연적 승리 과정의 종결이 아니라 시작이다.
(2) 자연히, 아시아의 다른 지역들에서 공산주의 세력의 진출이 예상된다.
(3) 미국의 합리적 정책은 뒤로 물러나서 이런 일들이 벌어지는 것을 받아들이는 것이다.
(4) 특히 중국 공산당 정권이 타이완을 침공해서 점령하는 것을 미국은 용인해야 한다.
(5) 이어서 공산주의 세력의 침공이 예상되는 남한에서도 같은 정책을 견지해야 한다.

여기서 처음으로 미국의 대한민국 포기 정책이 모습을 드러냈다.

대한민국이 수립된 뒤, 주한미군이 서둘러 떠났지만, 대한민국에 대한 미국의 정책은 우호적이라고 인식된 터였다.

1949년 11월 애치슨은 트루먼에게 국무부 안에서 나온 이런 합의 사항들을 공식 정책으로 삼을 것을 건의했다. 특히 타이완으로 물러난 장개석의 국민당 정부와 관계를 끊고 베이징에 새로 들어선 모택동의 공산당 정권을 승인해야 한다고 강조했다. 트루먼은 그런 건의를 선뜻 받아들였다.

1950년 1월 12일 워싱턴의 내셔널 프레스 클럽(National Press Club)에서 애치슨은 미국의 동아시아 정책에 관해 연설했다. 그 연설에서 그는 상당히 공격적이고 이색적인 주장들을 폈다.

(1) 중국 국민당 정부의 몰락에 대해 미국은 책임이 전혀 없다. 그것은 중국 인민들의 선택이었다.
(2) 중국 정세의 급변을 불러온 근본적 원인 가운데 하나는 러시아의 영토적 야심이다. 러시아는 중국 북부 4개 성을 자기 영토로 삼으려 한다. 이런 행태는 중국 인민들의 분노와 증오를 부를 것이다. 따라서 미국은 중국의 일체성을 해치는 어떤 행동도 하지 말아야 한다. 특히 타이완의 국민당 정부를 지원하면, 러시아로 향하는 중국 인민들의 분노와 증오가 러시아에서 미국으로 옮겨올 수 있으니, 타이완을 돕는 것은 어리석다.
(3) 태평양 지역의 군사적 안보에서 가장 중요한 정책은 일본의 방어이며 그런 방어는 유지될 것이다.

이런 주장들을 편 다음, 애치슨은 동아시아에서 "미국의 방어선

(defensive perimeter)은 알류샨 열도를 따라 일본에 이르고 그 뒤엔 류큐 제도로 뻗는다… 방어선은 류큐 제도에서 필리핀으로 이어진다"고 밝혔다.

뒤에 애치슨 선(Acheson Line)이라 불리게 된 이 방어선은 타이완과 남한을 포함하지 않았다. 따라서 미국은 타이완의 중화민국과 남한의 대한민국을 공산주의 세력으로부터 지키지 않겠다고 선언한 셈이었다.

1948년에 조선민주주의인민공화국이 수립되자, 러시아는 북한이 남한을 무력으로 병합하는 정책을 추진했다. 이 정책에 따라, 러시아는 북한군을 더욱 적극적으로 육성했다. 먼저, 러시아는 군사 고문들을 파견해서 북한군의 훈련을 지도했다. 당시 북한군을 지도한 군사 고문들은 3,000명이었는데, 러시아군 대좌가 북한군 보병 사단장을 도왔다. 자연히, 북한군은 당시 세계에서 가장 강력한 군대인 러시아군의 교리를 충실히 따르고 러시아군의 풍부한 전투 경험을 흡수해서 전술적 능력을 크게 함양했다.

아울러, 러시아는 많은 신형 무기들을 북한군에 제공했다. 그런 무기들 가운데 가장 위력적인 것은 전차였다. 미군 정보부대가 한국 전쟁이 일어나고 2주일 뒤에야 비로소 정체를 파악한 이 전차는 러시아가 제2차 세계대전 말기에 표준형으로 채택한 T34 중형 전차(medium tank)였다. 85mm 포와 기관총 2정을 갖춘 이 전차는 무게가 32톤으로, 자세가 낮았고 두꺼운 장갑판들로 보호되었다. 그래서 당시 미군이 보유했던 대전차 무기인 2.36인치 로켓포로는 막을 수 없었다. 이런 전차를 북한군은 150대가량 보유했다.

중국 공산당 정권은 조선족 병사들을 북한에 제공해서 북한군의 빠른 증강을 가능하게 했다. 중국 공산군 출신 병사들은 북한군의 3분의 1가량 되었다. '국공내전'을 치른 터라, 이들은 전투력이 뛰어났다. 그들은 뿔뿔이 북한에 들어온 것이 아니라 조직적으로 북한군에 편입되었다. 북한군 5사단, 6사단 및 7사단은 아예 중국에서 편성되어 뒤에 이름만 북한군 편제를 따랐다.

러시아는 북한 공군의 육성에도 힘을 쏟았다. YAK 전투기 40대, YAK 훈련기 60대, 공격 폭격기 70대 및 정찰기 10대를 보유한 북한 공군은 연락기 12대와 훈련기 10대를 갖춘 한국 공군을 압도했다.

반면에, 미국은 한국군을 치안을 목적으로 삼은 군대로 만들었다. 이름도 군(army)이 아니라 경비대(constabulary)라 붙였다. 대한민국이 서면서, 명칭은 경비대에서 군으로 바뀌었지만, 한국군의 전력은 여전히 치안을 맡은 경비대의 수준에 머물렀다. 치명적 약점은 북한군의 전차 부대를 막을 방도가 없었다는 사정이었다. 전차는 일단 전차로 막아야 하는데, 한국군은 전차를 갖추지 못했다. 대전차무기도 전혀 없었고, 대전차지뢰조차 없어서, 전차의 진출을 막을 방어진지를 구축할 수도 없었다.

탄약과 부품의 부족은 변변치 못한 무기들의 활용을 어렵게 했다. 한국군이 보유한 탄약은 단 며칠 동안의 전투로 소진될 양이었다. 자동차 부품들은 이미 고갈되었다.

한국을 침공했을 때, 북한군은 육군 18만 2,680명, 해군 4,700명, 공군 2,000명의 병력을 보유했다. 한국군은 육군 9만 4,974명, 해군 7,713명, 공군 1,897명의 병력을 보유했다.

이처럼 전력에서 한국군은 북한군에 크게 뒤졌지만, 미군은 한국군에 대한 지원을 소홀히 한 채 서둘러 한국에서 철수했다. 전쟁이 끝났으니, 빨리 해외 병력을 줄이고 재정 부담을 줄이라는 민심이 트루먼 정권을 압박했다. 그리고 러시아는 한반도에서 점령군이 철수하도록 유도했으니, 1948년 12월 12일 국제연합 총회는 '되도록 빨리' 점령군들이 한반도에서 떠나는 방안을 추천했다. 12월 25일 러시아는 자국 군대가 북한에서 모두 철수했다고 발표했다. 1949년 3월 23일 트루먼은 한국에 주둔한 마지막 부대인 7사단의 1개 연대의 철수를 승인했다.

러시아와 중국 공산당 정권의 적극적 지원을 받아, 북한군이 빠르게 강성해지자, 이승만 대통령은 미국의 군사 원조를 받기 위해 필사적으로 노력했다. 당시 한국군은 북한군의 전력 증강과 침공 의도에 대해 상당히 정확한 정보를 갖고 있었다. 그러나 이미 타이완과 남한을 포기하기로 결정한 미국 정부의 정책을 바꿀 길은 없었다.

애치슨의 연설로 모든 것들은 정해진 듯 보였다. 이제 타이완의 중화민국과 남한의 대한민국은 공산주의 세력의 침공을 받아 멸망할 터였다. 세계의 어떤 힘도 이런 운명을 바꿀 수 없는 것처럼 보였다.

애치슨이 워싱턴에서 '방어선 연설'을 하고 4주가 지난 1950년 2월 9일, 웨스트버지니아의 작은 광산 도시 휠링(Wheeling)에서 '여성공화당 클럽'이 주최한 '링컨의 날' 연설회가 열렸다. 연사는 이름이 알려지지 않은 위스콘신주 출신 초선 공화당 상원의원 조지프 매카시(Joseph McCarthy)였다.

청중인 여성 공화당원들 가운데 매카시를 아는 이들은 많지 않았다. 그들은 그가 농업 문제나 주택 문제를 다루려니 생각했다. 이 궁벽한 산악 도시를 찾는 공화당 상원의원들은 대개 그 두 문제에 대해서 얘기했다.

예상과 달리, 매카시가 얘기한 것은 국제 정세였다. 작은 광산 도시의 여성 당원들이 흥미를 느낄 만한 주제는 아니었다. 그러나 그의 연설은 청중을 사로잡았다. 제2차 세계대전에서 미국이 이겼는데, 득세한 것은 공산주의 국가들이라는 이해하기 어려운 상황을 그는 명쾌하게 설명했던 것이었다.

(1) 매카시는 치열해진 냉전을 '공산주의적 무신론과 기독교 사이의 전면전'이라고 규정했다. 그는 공산주의의 목표는 단순한 세력 확장이 아니라 기독교의 파멸이라고 보았다. 그는 전쟁이 끝나고 두 해가 지났을 때 스탈린이 한 얘기를 상기시켰다. "공산주의 혁명이 기독교 민주주의(Christian democracy)의 틀 속에서 평화롭게 수행될 수 있다고 생각하는 것은 그가 정신이 나가서 모든 정상적 이해력을 잃었거나 공산주의 혁명을 통째로 그리고 공개적으로 부인한다는 것을 뜻한다."

(2) 매카시는 국제 정세의 악화를 숫자를 통해 인상적으로 알렸다. 6년 전 평화를 위한 첫 회의가 열렸을 때, 소비에트 러시아의 영향권엔 1억 8,000만가량 살았고 자유주의 국가들엔 16억 2,500만이 살았다. 지금은 8억 이상이 러시아의 절대적 지배를 받고, 자유로운 국가들엔 5억가량 산다.

(3) 이런 전세의 역전은 공산주의 국가들이 군사적으로 강성해서가 아니라 미국 내부의 적들에 의해 초래되었다고 매카시는 지적했다. 그런 내부의 적들은 미국에서 가장 큰 혜택을 누린 계층이니,

그들은 가장 좋은 집들에 살고 가장 좋은 대학들을 나왔고 가장 좋은 정부 직책들을 차지했다.

(4) 이처럼 미국에서 가장 큰 혜택을 누린 집단이 미국에 반역하는 현상은 국무부에서 특히 두드러진다고 매카시는 지적했다. 그런 공산주의자들은 조사를 받고 위험인물로 분류되어 국무부에서 쫓겨나도 국제기구들로 옮겨가서 여전히 미국을 배신한다.

(5) 매카시는 이들 국무부의 공산주의자들이 특히 위험한 이유를 조리 있게 설명했다. 그들은 돈을 받고 군사 기밀이나 기술을 파는 것이 아니라 외교 정책을 미국의 적들에게 유리하도록 세우고 조정하므로, 그들은 미국의 안보와 이익을 근본적 수준에서 지속적으로 해친다.

(6) 매카시는 이런 일들이 벌어진 것은 1억 4,000만 미국 시민들의 도덕심이 낮아졌기 때문이라고 말했다. 그리고 그런 도덕심의 저하는 긴 전쟁이 부른 극심한 혼란, 폭력, 불의, 고통에서 나왔다고 진단했다. 그러나 도덕심이 사라진 것은 아니므로, 시민들은 마비와 무기력에서 벗어나야 한다고 호소했다.

(7) 다행히, 미국 시민들의 도덕심을 다시 고양시킬 계기가 마련되었다고 매카시는 선언했다. 국무부에 침투한 공산주의자들의 수장인 애치슨 국무장관의 행태가, 즉 히스를 배신하지 않겠다고 선언하면서 '산상수훈'을 들먹인 것이, 뜻있는 시민들의 분노를 불렀다고 그는 지적했다.

매카시의 연설은 청중의 뜨거운 반응을 얻었다. 여러 해에 걸친 치열한 전쟁에서 분명히 미국이 이겼는데, 유럽과 아시아에선 공산주의 러시아가 나치 독일이나 군국주의 일본보다 훨씬 위협적인 적으로 등장한 것이었다. 그리고 미국의 충실한 우방 중화민국이 갑자기 일어난 공산주의 반군에 쫓겨서 타이완에서 생존을 위해 힘든 싸움을 하고 있었다. 그러나 미국 정부는 중화민국을 도울 뜻이 없다고 선언했다. 그처럼 이해하기 힘든 일들이 일어나게 된 이유를 매카시는 명료하게 설명해준 것이었다.

휠링의 집회에서 연설한 뒤, 매카시는 서부를 돌면서 자신의 주장을 폈다. 공산주의 세력의 갑작스러운 득세를 제대로 설명한 첫 이론이었으므로, 그의 주장은 큰 호응을 얻었다. 그래서 열흘 동안의 서부 순회를 마치고 워싱턴에 돌아왔을 때, 이름 없는 위스콘신주 출신 초선 상원의원은 전국적으로 주목받는 인물이 되어 있었다.

1950년 2월 20일, 예고된 대로 매카시가 상원의 연단에 올랐다. 그리고 여섯 시간이 넘는 연설에서 그는 80명가량 되는 전직, 현직 및 임명이 예고된 국무부 직원들의 전복적 활동들을 거론하고 국무부의 보안이 붕괴되었다고 진단했다.

그렇게 해서, 현대사에서 가장 극적이고 가장 뜻깊은 정치적 반전이 시작되었다. 애치슨의 국무부엔 의혹의 눈길이 쏠렸고, 트루먼 대통령과 민주당은 공산주의 러시아와 중국 공산당 정권의 득세를 초래했다는 비난을 받았다. 갑자기 궁지에 몰린 트루먼은 마셜과 애치슨이 세운 유화 정책을 그대로 따르기 어렵게 되었다. 그리고 파멸의 운명을 피할 길이 없어 보였던 중화민국과 대한민국의 앞엔 회생의 길이 트이기 시작했다.

일흔째 이야기

북한군의 남침 (1950년)

•

1950년 6월 25일 북한군이 38선 전역에서 한국을 침공했다. 북한이 소비에트 러시아와 공산주의 중국의 전폭적 지원을 받으면서 네 해 넘게 침략을 준비했으므로, 개전 당시 북한군이 누린 우위는 절대적이었다.

북한군의 기본 전략은 중동부 전선에서 돌파를 이루어 한강 바로 남쪽에 저지선을 마련함으로써, 한강 이북에서 남한군의 주력을 포위해 괴멸시킨다는 것이었다. 그들은 북한군의 진격 속도를 10km로 잡고, 50일 안에 부산을 점령한다는 계획을 세웠다. 해방 5주년이 되는 1950년 8월 15일에 남한 점령을 완결함으로써, '적화통일(赤化統一)'의 정치적 효과를 극대화하겠다는 계산까지 했다.

북한군의 계산처럼, 한국전쟁은 시작되기도 전에 이미 결판이 난 싸움이었다. 유일한 변수는 미국의 개입이었다. 1950년 1월의 '애치슨 선언'으로 타이완과 남한이 미국의 방위선 밖에 있다는 것이 드러났지만, 막상 한반도에서 전쟁이 일어나면, 미국이 개입할 가능성이 아주 없는 것은 아니었다.

그러나 북한 지도부는 미국의 개입을 걱정하지 않았다. 스탈린이 미국의 개입을 걱정하자, 김일성은 장담했다, "미군이 조선 반도에 상륙하기 전에 남조선을 다 점령할 수 있습니다." "혹시 미국이 개입할지 모르니, 만주 국경 지대에 중공군 3개 군을 배치하겠다"는 모택동의 제안도 김일성은 사양했다.

실제로, 초기 상황은 북한군 지도부의 계산대로 전개되었다. 한국군은 압도적으로 우세한 북한군의 침공에 대응할 전략도 전술도 찾지 못했다. 특히 전차들을 앞세운 공격에 대항할 방도가 없었다. 결사대를 모집해서 화염병과 수류탄으로 적군 전차들을 파괴하는 시도까지 나왔지만, 그렇게 용감한 대응은 부대의 중심적 인적 자원을 빨리 소모시켜서 오히려 부대의 붕괴를 재촉했다.

절망적 상황에서 북한군의 침공을 받았으므로, 남한으로선 초기 대응이 결정적으로 중요했다. 대한민국의 운명은 "과연 미국이 북한군의 침공에 군사적으로 대응하느냐?" 하는 물음과 "대응한다면, 얼마나 빨리 미군이 한반도에 도착하느냐?" 하는 물음에 대한 답에 달려 있었다.

이승만 대통령이 북한의 전면 침공 보고를 받은 것은 6월 25일 오전 10시경이었다. 이후 엇갈리는 보고들이 올라오는 상황에서 그는 두루 살피고 멀리 내다보면서 과감하게 대응했다.

먼저 그는 존 무초(John Muccio) 미국 대사와 상황에 대한 의견을 공유했다. 미국이 속히 군대를 보내 한국을 구원하도록 하려면, 상황 판단에서 무초와 그가 완전히 일치해야 했다. 무초는 11시 35분에 경무대(景武臺)로 들어왔다. 이 대통령은 당장 필요한 무기들과 탄약들을 요청했다. 절실한 무기들은 105㎜ 곡사포 90문, 박격포 700문 그리고 소총 4만 정이었다. 경무대에서 나오자, 무초는 곧바로 일본에 있는 맥아더 원수에게 필요한 무기들과 탄약들을 보내달라고 요청했다.

무초와의 협의가 끝나자, 이 대통령은 국무회의를 소집했다. 그 사이에 그는 주미대사관에 전화해서 활동 지침을 주었다. 장면 주미대사는 곧바로 국무부를 찾아 지원을 요청했다.

당장 필요한 무기가 전투기라는 것을 깨닫자, 이 대통령은 전투기 확보에 나섰다. 북한군의 침공은 육군, 해군 및 공군을 모두 동원한 입체적 작전이었다. 러시아군의 최신형 전차를 앞세운 육군의 공격은 대전차 무기가 전혀 없던 아군을 압도했지만, 진출에 시간이 걸렸다. 해군의 상륙작전은 아군의 분전으로 실패했다. 그러나 공군의 공습엔 아군이 대항할 길이 없었다. 그래서 후방인 서울 일대가, 심지어 대통령 관저인 경무대까지도, 북한의 공습에 노출되었다. 북한군의 공습은 미군의 파병을 막기 위해서 김포 비행장의 파괴에 집중되었다. 이런 상황에서 가장 절실한 무기는 전투기였다. 아울러, 당시 상황에서 북한군의 전차 부대에 대응하는 데는 전투기가 가장 나은 무기였다.

25일 저녁까지도 국방부를 통해서 올라온 보고는 상황이 심각하지 않다고 판단했다. 그러나 경찰청을 통해서 올라온 보고는 전선이 걷잡을 수 없이 무너지고 있다고 판단했다. 번민으로 밤을 새운 이 대통령은 26일 새벽 일찍 자신이 직접 맥아더에게 전투기 지원을 요청하기로 결심했다.

그가 도쿄의 맥아더 원수에게 전화를 걸자, 부관은 원수가 자고 있어서 깨울 수가 없다고 대답했다. 새벽 3시에 전화가 걸려왔으니, 그로선 당연한 반응이었다. 그러나 상황이 워낙 다급하고 남한의 방위에 관심이 없었던 미국 정부에 대한 분노가 가득했던 터라, 이 대통령은 그 대답에 폭발했다. "좋소. 한국에 있는 미국 시민들이 하나씩 죽어갈 터이니, 원수가 잘 주무시도록 하시오."

이 대통령의 이 말은 '미국 시민들을 하나씩 처형하겠다'는 뜻으로 읽힌다. 영부인 프란체스카 여사가 일기에서 "나는 너무나 놀라 수화기를 가로막았다"고 쓴 것을 보면, 그녀도 그렇게 들은 듯하다.

그의 노성(怒聲)에 놀란 부관이 바로 맥아더를 깨우겠다고 답변했다. 이 대통령은 맥아더에게 상황을 설명하고 당장 절실한 전투기 지원을 요청했다.

맥아더는 곧 전투기들을 보내겠다고 약속했다. 실은 맥아더는 이 대통령에게 빚이 있었다. 1945년 8월 15일 대한민국 정부 수립 선포식에 맥아더 부부가 참석해준 데 대한 답례로, 10월 19일에 이 대통령 부부는 도쿄를 방문했다. 하루를 묵고 돌아올 때, 이 대통령 부부를 배웅하러 공항에 나온 맥아더가 이 대통령을 얼싸안고 가볍게 등을 두드리면서 다짐했었다, "어김없이 나는 우리나라 캘리포니아를 지키는 것처럼 한국을 지킬 것입니다." 맥아더는 그 약속을 지킨 것이었다.

그날 오전 미군 극동군 사령부의 참모가 수원 기지를 찾아 상황을 점검했다. 그는 김정렬(金貞烈) 공군 참모총장에게 물었다, "한국군 조종사들 가운데 F-51 머스탱 전투기를 별다른 훈련 없이 조종할 수 있는 사람이 몇이나 됩니까?"

잠시 생각한 뒤, 김 총장은 말했다, "10명은 됩니다."

그 참모는 고개를 끄덕였다. "그러면 10대를 지원할 터이니, 그 조종사들이 수원 기지에서 대기하도록 해주십시오. 내일 수송기를 보내겠습니다."

그렇게 해서, 이근석(李根晳) 대령을 비롯한 10명의 경험 많은 조종사들이 일본에 파견되어 훈련을 받았다. 여름 날씨로 훈련은 제대로 나아가지 못했지만, 나라가 위급한데 훈련만 받고 있을 수 없다는 생각에서 이들은 일찍 귀국하기를 바랐고, 7월 2일 이들이 조종하는 전투기 10대가 수원 기지에 도착했다. 이들은 곧바로 북한군과의 전투에 투입되었다.

6월 25일 밤과 26일 내내, 이 대통령은 깊은 고뇌 속에 당장 급한 일들을 처리했다. 다른 사람들에게 내비칠 수 없는 그의 고뇌는 북한군에 항복하는 것이 옳으냐 저항하는 것이 옳으냐 판단하기 어려운 데서 나왔다. 그가 개전 초기에 북한군에 항복하는 방안을 고려 대상에서 애초에 제외하지 않았음은, 그래서 깊은 고뇌의 시간을 가졌음은, 그의 전기에 생생하게 기술되었다.

서울의 무초 대사도 도쿄의 맥아더 장군도 이 대통령에게 미국의 지원에 관해 확언을 해줄 수 없었으니, 그런 결정은 24시간가량 지난 뒤에야 비로소 워싱턴에서 나왔다. 반면에, 이[대통령]는 체코슬로바키아와 중국이 항복했을 때 적어도 일시적으로는 관대한 대우를 받았음을 떠올릴 수 있었다. 남한에 진정한 군대가 없고 외국으로부터 실질적 도움을 받을 정당한 희망도 없었으므로, 침공해온 적군을 패배시킬 가능성은 너무 작아서 절망적이었다. 그래도 이 대통령은 항복이 아니라 저항을 명령했다.

— 로버트 올리버(Robert Oliver), 『이승만: 신화 뒤의 사람(Syngman Rhee: The Man Behind the Myth)』

이 대통령은 상황이 위급해질 때까지 서울에 머물면서 일을 처리했다. 자칫하면 경무대가 피습될 수 있다는 보좌진의 판단에 따라, 그는 27일 새벽 3시에 경무대를 나왔다. 북한군 전차 부대가 청량리까지 들어왔다고 경찰이 보고한 시각이었다. 차량과 기관사를 수배하느라 시간이 걸려서, 경무대 사람들이 탄 기차는 4시에야 서울역을 떠났다. 그리고 대전이 임시 수도가 되었다.

위에서 살핀 것처럼, 북한의 전면적 침공에 대한 이 대통령의 초기 대응은 더할 나위 없이 훌륭했다. 정보가 부족하고 그나마 엇갈리는 상황에서도, 그는 할 일을 하고 안 할 일은 안 했다. 군대를 지휘해본 적이 없는 그가 그처럼 뛰어난 위기관리 능력을 보인 것은 그의 큰 지도력을 알 수 있는 또 하나의 사례다.

그러나 전쟁 초기 그의 행적에 대한 일반적 평가는 높지 않다. 그가 라디오 방송으로 "서울은 안전하니 생업에 종사하라"고 시민들에게 당부하고서 혼자 서울을 탈출한 다음 한강 다리를 끊었다는 얘기가 널리 퍼졌다.

이 문제를 조사한 연구자들은 모두 이 얘기가 근거가 없다고 언명한다. 이 대통령은 그런 방송을 한 적이 없다. 한강교 폭파도 전적으로 군사적 판단에 의한 국군 지휘부의 결정이었고 그는 관여하지 않았다. 연구자들은 그가 대전에서 한 방송 연설과 국군의 선무 방송이 비슷한 시기에 나오면서, 두 방송의 내용이 사람들의 기억에서 뒤섞인 것으로 추론한다.

서울을 떠난 이 대통령은 대구까지 내려갔다. 사흘 동안 잠도 제대로 못 자면서 다급한 일들을 처리하느라 지친 터라서(그는 이제 75세였다), 그는 대구에 도착해서야 잠에서 깼다. 대구까지 내려온 것을 깨닫자, 그는 곧바로 기차를 돌려 대전으로 향했다. 그때 그는 미국 대사관으로부터 미국이 국제연합의 결의에 따라 참전하기로 결정했다는 소식을 들었다. 그 소식을 전한 드럼라이트(E. F. Drumright) 참사관은 그에게 "이것은 당신들의 전쟁이 아니라 우리의 전쟁입니다(This is not your war but ours)"라고 언명했다. 한껏 고무된 이 대통령은 이 기쁜 소식을 온 국민들과 방송을 통해 나누었다.

공교롭게도, 이 대통령의 방송 연설에 앞서 국방부가 "국방군이 현 전선[서울]을 고수할 것"이라는 내용의 선무 방송을 했다. 선무 방송은 으레 민심을 안정시키기 위해 상황을 낙관적으로 전망한다. 두 방송이 사람들의 기억에서 뒤섞이면서, 이 대통령의 행적에 대한 논란이 일게 되었다.

이런 거짓 소문들은 자연발생적이어서, 사람들이 쉽게 믿고 널리 퍼진다. 이제 이 대통령이 혼자 도망쳤다는 소문은 정설로 굳어져서, 그의 업적과 명성에 큰 흠집을 낸다.

이 거짓 소문을 반박하기는 쉽지 않다. '무엇을 했다'는 주장은 증거를 하나라도 내놓으면, 증명이 된다. 반면에, '무엇을 하지 않았다'는 주장을 증명하기는 무척 어렵고 흔히 불가능하다. '부재의 증거(evidence of absence)'라 불리는 이 문제는 철학적·법적 및 과학적으로 어려운 논점이다. 연구자들이 그 소문이 근거가 없다고 주장해도, 별다른 효과가 없는 것은 이런 사정에서 나온다.

사정이 그러하므로, 그 소문이 이 대통령의 평소 행태와 평생의 행적과 어긋난다는 점을 지적하는 편이 그래도 효과가 있다. 그런 지적은 그 소문의 논리적 근거가 아주 약하다는 점을 부각시킨다.

전쟁 닷새째인 6월 29일, 이 대통령과 무초 대사는 수원에서 맥아더 원수를 만나기 위해 경관측기 2대로 임시 수도가 된 대전을 떠났다. 그들이 가는 도중에, [북한군의] 야크(Yak) 전투기 1대가 그들을 공격하려 시도했고, 조종사들이 항공기들을 나무 높이로 골짜기들을 전후로 기동함으로써 겨우 피할 수 있었다.

『라이프(Life)』지의 사진기자 데이비드 던컨(David Duncun)은 항공기들이 착륙했을 때 수원에 있었는데, 그는 그들의 도착 광경을 감동적으로 전한다, "이 대통령은 나이 많은 사람치고는 상당히 정력적인 사람이라고 나는 속으로 생각했다. 그가 막 견디어낸 일을 알게 되자, 그의 삶에서 그렇게 노출된 순간에도 평정한 마음을 지닌 데 대해 깊은 감탄을 품을 수밖에 없었는데, 그보다 더하게, 우리가 비행장 옆 들판에 서 있을 때 우리의 군화 신은 발들을 그가 내려다본 모습을 나는 늘 기억하게 될 것이다. 연민의 낯빛으로 땅에서 올려다보면서, 그는 말했다, '그런데 저 콩 싹들. 우리 발길이 저 싹들을 으깨고 있어요.'"

— 한국에선 많은 것들이 으깨어지고 있었다; 그러나 많은 것들이 견디고 있었다. [올리버, 같은 책]

일흔한째 이야기

미국의 참전(1950년)

●

　북한군이 남한을 침공했다는 소식을 트루먼 대통령은 고향 미주리 주 인디펜던스의 집에서 들었다. 그는 6월 25일 오후 일찍 항공기를 타고 워싱턴으로 향했다. 북한군의 침공은 그에겐 무척 당혹스러운 사건이었다. 겨우 5개월 전에 대통령인 그와 국무장관인 딘 애치슨이 타이완과 남한은 미국의 방어선 밖에 있다고 선언한 터였다. 이제 북한은, 그리고 북한의 배후에 있는 러시아는, 그의 선언이 진정인가 시험하고 있었다. 그로선 전략적 가치가 없는 남한을 지키기 위해 군대를 보내는 것보다는 자신의 선언대로 남한을 공산주의 세력에 넘기는 편이 훨씬 나았다.

　얄궂게도, 그런 선택은 그의 처지에 부정적 영향을 미칠 터였다. 지난 2월 조지프 매카시가 웨스트버지니아의 탄광촌에서 한 연설은 미국 정치에 폭풍우를 불렀다. '누가 중국을 잃었나?(Who Lost China?)' 논쟁은 다른 정치적 논의들을 삼켜버렸고, 트루먼 자신의 외교정책은 거센 비난을 받았다. 특히 괴로운 것은 공산주의자들이 국무부 깊숙이 침투해서 미국의 외교정책을 러시아와 중국 공산당 정권에 유리하게 만들었다는 비난이었다.

　워싱턴 공항에 내렸을 때, 트루먼은 한반도 사태에 관해 마음을 정한 터였다. 그날 밤 그는 국무부와 국방부의 관리들을 백악관으로 불러 한국의 사태를 논의했다.

논의가 끝나자, 곧바로 합동참모본부는 도쿄의 맥아더에게 대통령의 결정들을 통보했다.

(1) 공중 및 해상 엄호를 통해 서울-김포 지역의 실함을 막기 위하여 탄약과 장비를 보낼 것.
(2) 미국인들의 한국 철수를 위한 선박들과 항공기들을 제공할 것.
(3) 상황을 파악하고 대한민국을 돕는 최선의 방안을 결정하기 위한 관찰단을 파견할 것.

이때 국제연합 사무총장 트뤼그베 리(Trygve Lie)도 뉴욕의 자택에서 북한군이 남한을 침공했다는 보고를 받았다. 격분한 그는 전화에 대고 외쳤다, "이것은 국제연합에 대한 전쟁이다." 그리고 다음 날 국제연합 안전보장이사회를 열었다. 안전보장이사회는 대한민국에 대한 북한군의 침공이 "평화의 침해에 해당된다(constitutes a breach of peace)"는 결의안을 채택했다. 그리고 (1) 적대행위들의 즉시 중단, (2) 북한 당국의 38도선 이북으로의 즉시 철군, (3) "모든 국제연합 회원국들은 본 결의안의 이행에서 국제연합을 전적으로 돕고 북한 당국에 대한 원조를 자제할 것"을 결의했다.

마침 러시아는 중국 공산당 정권이 국제연합에서 중국을 대표해야 한다고 주장하면서 1950년 1월부터 안전보장이사회의 참석을 거부하고 있었다. 러시아의 거부권 행사가 없었던 덕분에 이런 결의안이 통과될 수 있었다.

6월 27일 트루먼은 민주 국가인 대한민국이 공산주의 국가인 북한의 침공을 물리치는 것을 도우라는 명령을 미국 해군과 공군에 내렸다고 선언했다. 그는 적대행위들을 즉시 중지하라는 국제연합의 결의를 실천하고 아시아에서 공산주의가 확산되는 것을 막기 위해 주요 군사 작전에 들어갔다고 설명했다. 그리고 미군의 한국 파견에 더해서, 중국 공산당 정권의 침공으로부터 타이완을 보호하기 위해 7함대를 대만으로 보냈으며, 베트남에서 공산군 게릴라들과 싸우는 프랑스군에 대한 군사원조를 가속하겠다고 발표했다.

 미국의 정책에서 나온 이런 중대한 변화에 맞추어, 6월 27일 밤 안전보장이사회는 한국 사태에 관한 두 번째 결의안을 채택했다. 첫 번째 결의안에도 불구하고 북한군의 침공이 이어졌으므로, 국제연합은 대한민국이 북한군을 물리치고 당해 지역에서 국제 평화와 안전을 회복시킬 수 있도록 회원국들이 원조하기를 추천한다는 내용이었다. 이제 미국을 비롯한 참전국들은 국제연합의 깃발을 내걸고 북한군과 싸우게 되었다.

 미국의 참전과 국제연합의 참전 촉구로 다섯 달 전엔 파멸을 피할 수 없다고 여겨진 타이완의 중화민국과 남한의 대한민국은 '한번 해볼 만한 처지'가 되었다. 그것은 누구도 예상하지 못했던 극적 반전이었다. 그런 반전이 나오도록 한 사람은 이름 없는 초선 상원의원 조지프 매카시였다. '매카시가 남한과 타이완을 구했다'고 말하면, 그것은 물론 과장이다. 그러나 지나친 과장은 아니다. 매카시가 없었다면, 미국 사회에 아시아를 덮는 공산주의 세력의 물살에 맞설 정치적 의지가 형성될 수 없었을 것이다. 그는 혼자 힘으로 역사의 흐름을 바꾸었다.

매카시는 1908년에 위스콘신주의 작은 도시에서 태어났다. 그의 부모는 아일랜드계 이민 2세였는데, 독실한 천주교도들이었다. 당시 중서부로 이주한 사람들은 자기 땅을 가질 수 있다는 희망에서 변경 지역을 찾았고, 그들의 후예들은 작은 농장에서 열심히 일하면서 소박하게 살았다.

동네의 다른 아이들과 마찬가지로, 매카시는 어릴 적부터 일했다. 그는 식료품점에서 점원으로 일했다. 그러나 일에만 매달려 교육을 받지 못하면 장래가 밝지 못하다는 것을 깨닫자, 그는 20세에 중학교에 입학했다. 그리고 4년 과정을 9개월에 마치면서, 모든 과목에서 최우수 평점을 받았다. 오전 5시에 일어나 밤늦게까지 공부한 덕분이었다.

그는 밀워키의 대학에 진학했고, 주유소나 음식점에서 일하며 학비를 벌었다. 대학을 졸업하자, 고향 근처 작은 도시에서 변호사 개업을 했다. 그러나 대공황 시기에 중서부 소도시의 변호사로는 생계가 어려웠다. 1939년 그는 순회판사 선거에 나섰고, 선거운동을 열심히 한 덕분에, 위스콘신의 가장 젊은 판사가 되었다.

그는 법에 해박한 판사는 아니었지만, 무척 부지런했다. 그래서 그 동안 밀렸던 250건의 사건들을 빠르게 처리했고, 그 뒤로는 실시간으로 사건들을 심리할 수 있게 되었다. 이 일화에서 그의 성품의 한 자락이 다시 드러난다. 중서부 시골에서 자라난 이민의 후예로서, 그는 '미루어진 정의는 거부된 정의다(Justice delayed is justice denied)'라는 법언(法諺)을 체득한 것이었다.

태평양전쟁이 일어나자, 그는 해병대에 입대했다. 판사에다 나이가 33세여서, 징집 대상이 아니었지만, 그는 선뜻 지원했다. 그는 남태평양에서 정보장교로 복무하면서 일본군 지역으로 출격한 조종사들의 정보심문(debriefing)을 맡았다. 지상에서 근무했지만, 후미 사수(tail gunner) 겸 사진촬영수로 열 차례 넘게 출격했고 '후미 사수 조(Tailgunner Joe)'라는 별명을 얻었다. 그런 공을 인정받아, 체스터 니미츠(Chester Nimitz) 제독으로부터 훈장을 받았다.

1946년 매카시는 상원의원 선거에 나섰다. 공화당의 예비선거(primary)에서, 그는 로버트 라 폴레트(Robert M. La Follette Jr) 상원의원과 맞섰다. 라 폴레트는 위스콘신에서 명망이 높은 가문의 후예였고 현임 상원의원의 이점을 누렸으므로, 이름이 알려지지 않았고 후원 조직도 없는 매카시는 승산이 없다고 여겨졌다. 그러나 매카시는 열심히 선거운동을 해서 이겼다. 이어 본선거에서 수월하게 이겨, 최연소 상원의원이 되었다.

어릴 적부터 일해서 생계를 꾸리다가 뒤늦게 중학교에 들어가 용기와 노력으로 끝내 38세에 미국 정치계의 최고 지위에 오른 매카시의 경력은 전형적 입지전이었다. 그러나 그의 적들은 집요하게 이런 경력에 흠집을 내려 시도했다. 그들의 시도는 성공하지 못했고 오히려 그의 삶이 깨끗했음을 드러내곤 했다.

그의 납세 기록은 전형적이다. 일반적으로, 정치가들은 정치자금을 받으므로, 탈세나 절세를 시도하게 된다. 탈세 판정은 정치가에게 치명적이므로, 매카시의 적들은 그의 탈세 의혹을 거듭 퍼뜨리면서, 조사를 촉구했다. 1955년에 국세청은 철저한 조사 끝에 매카시가 세금을 너무 많이 냈다는 판정을 내리고 1,056달러를 돌려주었다.

안타깝게도, 매카시의 성격과 이력은 워싱턴 정가의 풍토에 맞지 않았다. 상원은 인간관계가 촘촘히 얽힌 사회였고 서로 돕고 타협하는 집단이었다. 그는 업무를 배정하고 중요한 결정을 내리고 입법의 흐름을 주도하는 '클럽'에 속하지 않았고 속하려 노력하지도 않았다. 그는 자신이 중요하다고 판단한 일들을 자신의 성격에 맞게 다루면서 자기 길을 걸었다. 그는 누구에게도, 어떤 집단에도, 얽매이지 않은 '진정한 무소속(maverick)'으로 워싱턴에 왔고 머물렀고 떠났다.

그처럼 어려운 처지에서도 매카시는 꾸준히 활동했다. 결국 그는 충성심에 문제가 있다는 의혹을 받는 110명의 명단을 조사위원회에 제출했다. 이들 가운데 62명이 당시 국무부에서 일했다. 조사위원회는 이들이 모두 충성심에서 문제가 없다고 판정했다. 그러나 1년 안에 국무부의 보안 심사 부서는 62명 가운데 49명에 대한 소추를 촉구했다. 그리고 1954년 말까지는 매카시의 명단에 오른 사람들 가운데 81명이 정부 일자리에서 사직하거나 해고되었다. 미국에서 공산주의자가 충성심에 의심을 받고 물러난 것은 그때가 처음이었다.

1951년 6월 14일에 상원에서 한 연설에서, 매카시는 공산주의 세력의 득세와 자유주의 세력의 약화엔 조지 마셜 원수의 책임이 크다고 주장했다. 제2차 세계대전 기간에 육군 참모총장을 지냈고, '국공내전'의 결정적 시기에 트루먼 대통령의 특별 사절로 중국 문제를 다루었으며, 이어 국무장관을 지낸 뒤 지금은 국방장관인 마셜이 중요한 고비마다 잘못되었을 뿐 아니라 러시아의 목표들을 적극적으로 돕는 정책들을 폈다는 얘기였다.

매카시가 지적한 사항들 가운데 특히 중요한 것은 넷이었다.

(1) 영국과 러시아가 대립했을 때면, 마셜은 으레 러시아 편을 들었다. 히틀러의 침공을 받은 스탈린이 서부 유럽에 '제2전선(second front)'을 요구했을 때, 처칠이 주장한 독일의 '연약한 아랫배'인 이탈리아와 발칸반도에 상륙하는 대신 프랑스 북부에 상륙하는 방안을 채택해서 러시아가 동유럽을 점령하는 데 결정적 도움을 준 것이 대표적이다.

(2) D-Day 이후 미군과 영국군이 독일로 진격할 때, 미군 지휘부가 이상하게도 진격을 늦춰서 베를린을 먼저 점령할 수 있는 기회를 포기했고 체코슬로바키아에선 일부러 물러났다. 덕분에 러시아는 베를린 지역을 차지했고 유럽 동부를 완전히 장악했다. 그처럼 설명하기 힘든 미군 지휘부의 결정 때문에 '베를린 위기'가 나와서, 미국과 러시아 사이에 전쟁이 일어날 위험을 키웠다.

(3) 얄타회담에서 미국이 러시아에 한 양보들은 문제적이었는데, 여기엔 마셜의 책임이 무척 컸다. 특히 러시아가 일본과 싸우도록 유도한다는 명분으로 동아시아에서 미국이 한 양보들은 정당화되기 어렵다. 제정러시아가 지녔다가 일본에 넘긴 만주의 이권에 관해서 미국이 중국의 주권을 무시하고 러시아에 한 양보는 특히 문제적이었다.

(4) 국공내전이 다시 벌어졌을 때, 마셜은 중국에서 트루먼 대통령의 특별사절로 미국의 정책을 세우고 집행했다. 그 과정에서 국민당 정부군이 이기는 것을 거듭 막았고, 결국 공산당이 중국 대륙을 차지했다.

이런 결과는 '거대한 음모'에서 나왔다고 볼 수밖에 없다면서, 그는 마셜이 의도적으로 미국의 이익을 해쳤다고 진단했다. "패배의 전략에 기여하는 이 결정들과 행동들의 끊어지지 않는 시리즈를 우리는 어떻게 생각해야 합니까? 그것들은 무능으로 돌릴 수 없습니다. 만일 마셜이 그저 어리석었다면, 확률의 법칙은 그의 결정 가운데 일부는 이 나라의 이익에 봉사하도록 만들었을 것입니다."

당시 마셜은 미국에서 가장 존경받는 사람들 가운데 하나였고 높은 국제적 명성을 누렸다. 그런 인물을 공격한 것은 앞만 바라보고 나아가는 매카시다운 행동이었지만, 그것은 필연적으로 거대한 반작용을 불렀다.

1952년 11월의 선거에서 공화당 대통령 후보 아이젠하워는 민주당 대통령 후보 애들레이 스티븐슨(Adlai Stevenson)에게 크게 이겼다. 국회의원 선거에서도 공화당은 의석을 늘려서 상원과 하원을 장악했다.

공화당의 압승에 가장 크게 기여한 것은 아이젠하워의 높은 인기였다. 보다 근본적 요인은 막바지에 이른 한국전쟁이었다. 미국 시민들은 공산주의자들과의 싸움에서 공화당이 민주당보다 나으리라고 판단한 것이었다. 자연히, 매카시는 전국적 주목을 받았고, 동료 공화당 후보들로부터 찬조 연설을 해달라는 요청을 받았다. 자신은 위스콘신에서 여유 있게 이겼다. 공화당의 압승에 매카시가 크게 기여했다는 것은 그를 공격하고 모함한 민주당 의원들이 모조리 낙선했다는 사실에서도 엿볼 수 있다. 당시 공화당에서 매카시는 아이젠하워 대통령 다음으로 주목과 존경을 받는 지도자였다.

1953년 1월 매카시는 상원 '정부운영위원회(Government Operations

Committee)'의 위원장과 산하 소위원회인 '조사상임소위원회(Permanent Subcommittee on Investigations)'의 위원장이 되었다. 이 두 직책은 정부의 활동들을 널리 살필 수 있는 자리였다.

매카시는 '조사상임소위원회'를 활발하게 운영했다. 그가 이 소위원회를 주재한 기간은 한 해 남짓했다. 이 짧은 기간에 소위원회는 엄청난 일들을 해냈다. 행정부 곳곳에 침투한 러시아 첩자들을 밝혀냈고 행정부와 군사기술 연구소들의 허술한 보안 상태를 지적해서 보안을 강화했다.

이처럼 1953년 초반에 매카시의 입지는 단단하고 앞날은 밝아 보였다. 그러나 그의 정치적 지평 위엔 먹구름이 빠르게 짙어지고 있었다. 가장 큰 위협은 아이젠하워 대통령이 그를 몹시 미워했다는 사실이었다. 비록 매카시는 아이젠하워에게 자기 정당 출신 대통령에 대한 배려와 예절을 소홀히 하지 않았지만, 두 사람의 출신과 인맥과 이념이 근본적으로 달라서, 그들이 우호적 관계를 맺기는 어려웠다.

두 사람이 충돌하게 된 직접적 계기는 매카시가 마셜을 비판한 상원 연설이었다. 아이젠하워가 마셜의 도움을 받아 유례가 없는 빠른 승진을 했고 마셜의 지시들을 충실히 따랐으므로, 마셜에 대한 비난은 아이젠하워 자신에 대한 공격이기도 했다. 특히 1944년 여름의 노르망디 상륙작전에서 D-Day 이후 미군이 베를린으로 직행하지 않고 머뭇거리도록 함으로써 러시아군이 베를린을 점령하도록 했다는 비판은 바로 아아젠하워 자신에 대한 공격이었다. 그 일에서 마셜이 큰 역할을 한 것은 사실이지만, 실제로 연합군을 지휘하고 스탈린과 긴밀하게 연락하면서 미군의 진격을 늦춘 것은 아이젠하워였다.

정치적 상황의 차원에서도, 아이젠하워는 매카시를 경계할 수밖에 없었다. 매카시의 명성과 인기가 빠르게 높아지는 터라서, 아이젠하워의 참모들은 1956년의 대통령 선거에서 매카시가 아이젠하워에 도전하는 상황을 심각하게 받아들였다. 1954년의 갤럽 조사에서 미국 시민들의 50%가 매카시를 좋게 평가했고 부정적으로 본 사람들은 35%에 지나지 않았다. 양당 구도가 자리 잡은 미국에서, 여당 정치가가 이런 명성과 지지도를 누린 것은 예외적이었다.

1954년 1월 매카시의 소위원회는 뉴저지주 킬머 기지(Camp Kilmer) 소속 군치의관 어빙 페레스(Irving Peress) 소령을 청문회로 소환했다. 페레스가 충성 심사에서 질문들에 답변하기를 거부한 바람에 그를 제대시키라는 명령이 내려왔다는 제보에 따른 조치였다. 페레스는 자기부죄(self-incrimination)에 대한 보호를 규정한 헌법 수정 제5조를 들어 질문들에 대한 답변을 거부했다. [해당 구절은 "누구도 어떤 형사소송에서든지 자신에게 적대적인 증인이 되도록 강요받지 않는다([No person] shall be compelled in any criminal case to be a witness against himself)"이다.] 그러자 매카시는 로버트 스티븐스(Robert T. Stevens) 육군장관에게 페레스를 군법회의에 회부하라고 요청했다. 같은 날 페레스는 그동안 집행되지 않았던 자신에 대한 제대 명령을 즉시 집행해달라고 요청했고, 킬머 기지사령관 랠프 주이커(Ralph W. Zwicker) 준장은 그의 명예제대를 허가했다.

매카시는 주이커를 청문회로 불렀다. 주이커는 변호인의 조언에 따라 매카시의 질문들에 대해 선별적으로 답변을 거부했다. "페레스에게 명예제대를 허가했을 때, 당신은 소위원회에서 페레스가 증언을 거부했었다는 사실을 알고 있었습니까?"라는 매카시의 질문에 주이커는 앞뒤가 맞지 않는 답변을 했다. 화가 난 매카시는 그의 지능이 "다섯 살 아이" 수준이라고 응수하면서 그는 "군복을 입을 자격이 없다"고 말했다.

주이커는 원래 매카시와 소위원회에 호의적이었다. 실은 페레스에 대한 부당한 특혜 정보를 소위원회에 제보한 사람이 바로 그였다. 그러나 다른 고급 장교들이 매카시의 소위원회에서 사실대로 증언했다가 큰 불이익을 받는 것을 본 뒤로는 몸을 사리게 되었고, 이전에 매카시에 한 얘기들과는 달리, 앞뒤가 맞지 않는 얘기들을 한 것이었다.

주이커는 D-Day에 29보병사단의 선두 부대를 이끌고 맨 먼저 '오마하 비치(Omaha Beach)'에 상륙해서 전방관측자 및 해안관리자로 활약했다. 그런 활약으로 동성훈장을 받았고 곧 대령으로 승진했다. 이후 프랑스에서 독일군을 몰아내는 작전들에서 활약했다.

놀랍지 않게도, 매카시는 훈장을 많이 받은 전쟁 영웅을 모욕했다는 비난을 받았다. 당시 연합원정군 최고사령관으로 노르망디 상륙작전을 지휘했던 아이젠하워는 격노했다. 그렇지 않아도 매카시에 대한 반감이 깊었던 터라, 그는 매카시를 제재하라고 공화당 의원들에게 요구했다.

대통령의 이런 요구에 응해서, 1954년 6월 버몬트주 출신 공화당 상원의원 랠프 플랜더스(Ralph Flanders)가 매카시에 대한 견책(censure)을 발의했다. 매카시는 46개 항목의 부적절한 행위들을 했다는 혐의를 받았고 그 혐의들을 조사하고 평가하기 위해 유타주 출신 공화당 상원의원 아서 왓킨스(Arthur Watkins)를 위원장으로 한 특별위원회가 꾸려졌다. 이것은 매카시에 대해서 5년 동안에 다섯 번째로 시도된 조사였다.

두 달 동안 조사와 토의를 거친 뒤, 왓킨스 위원회는 46개의 혐의 가운데 2개 항목에 대해서만 견책을 하도록 권고했다. 하나는 1952년에 그의 개인적 및 정치적 생활에 대해 조사하던 상원의 소위원회와 '협력하는 데 실패했다'는 것이었다. 다른 하나는 매카시가 정부 운영위원회의 청문회에서 주이커 장군을 '과도하게 비난했다'는 것이었다.

둘째 혐의는 상원 본회의에서 기각되었다. 매카시의 '과도한 비난'은 주이커의 불손한 태도로 촉발된 것이었고 군 당국은 소위원회에 대해 경멸적 태도를 보였으므로, 매카시의 행동은 정당화된다고 판단한 것이었다. 그러자 왓킨스 위원회는 "매카시가 왓킨스 위원회를 공산당의 '의도하지 않은 시녀'이며 '사형(私刑) 집단'이라고 비난해서 상원의 위신을 떨어뜨리고 헌법적 절차를 방해했다"는 혐의로 대체했다.

이런 싸움이 이어지는 사이, 매카시를 지지하는 동료 의원들은, 특히 인디애나주 출신 윌리엄 제너(William Jenner)와 아이다호주 출신 허먼 웰커(Herman Welker)는, 견책 발의를 거세게 비난했다. 일리노이주 출신 에버레트 덕슨(Everett Dirksen)과 애리조나주 출신 배리 골드워터(Barry Goldwater)를 중심으로 한 몇몇 의원들은 견책을 피할 타협안을 모색했다. 이 방안은 매카시의 사과 발언과 견책이 아닌 가벼운 징계를 포함했는데, 매카시는 그런 타협을 거부했다. 타협안에 서명하라는 동료들의 요청을 받자, 그는 건네진 펜을 멀리 집어던졌다.

1954년 12월 상원은 매카시 의원 견책동의안을 67 대 22로 가결했다. 민주당 의원들은 모두 찬성했고 공화당 의원들은 반반으로 갈렸다. 매카시 자신은 표결에 참여하지 않았다. 표결 전에 10여 명의 의원들이 매카시에게 자신은 찬성하고 싶지 않지만 아이젠하워 대통령의 압력이 너무 크다고 실토했다.

매카시에 대한 상원의 견책은 '미국 정부에 명백히 존재하는 보안과 충성심의 위험에 대해 가장 높은 목소리를 내는 상원의원을 침묵시키려는 어리석은 시도'라는 비판을 받았다. 어느 모로 보나 상원의 견책은 부당하고 편파적이었다. 그러나 같은 당 대통령의 뜻으로 추진되어 매카시를 옹호할 세력이 사라졌으므로, 견책의 부정적 효과는 치명적이었다. 매카시의 신뢰도는 상처를 입었고 그에 대한 지지는 줄어들었다. 게다가 1954년에 민주당이 의회의 다수당이 되어 정부 운영위원회의 위원장 자리에서 물러난 터라, 매카시가 상원에서 활동할 공간이 실질적으로 사라졌다.

그래도 그는 위축되지 않고 대중 연설을 통해 공산주의의 위협을 미국 시민들에게 알리려 애썼다. 그러다가 1957년 5월에 급성간염으로 사망했다. 다섯 해 동안 혼자서 거대한 세력에 맞서 싸우느라 심신이 지친 터에 부당한 견책까지 당하자, 몸과 마음이 아울러 튼튼했던 그도 무너진 것이었다. 그때 그의 나이는 48세였다.

매카시의 국장엔 70명의 상원의원들이 참석했다. 그는 17년 만에 처음으로 상원의사당에서 장례가 행해진 상원의원이었다. 3명의 상원의원들이 그의 관을 그의 고향으로 운반했고 끝까지 그의 곁을 지킨 보좌관 로버트 케네디가 장례식에 참석했다.

이제는 '악의 화신'으로 여겨지는 조지프 매카시— 그래도 대한민국과 중화민국의 시민들은 영원히 그에게 감사해야 한다. 그들이 누리는 자유와 풍요는 그의 통찰과 용기에서 연유했다. 그런 사정은 그에 대한 세평과 무관하다. 설령 그를 미워하고 혐오한 사람들이 그에게 뒤집어씌운 거짓들이 모두 진실이라 하더라도, 두 나라의 시민들은 그에게 평생 갚을 수 없는, 오직 그에 대한 경의와 감사만으로 조금이나마 갚을 수 있는, 빚을 졌다.

 이 얘기는 실은 모든 사람들에게, 매카시를 미워하고 혐오하는 사람들에게도, 해당되는 얘기다. 매카시는 타이완과 남한의 주민들 몇천만 명과 그들의 후손들이 억압적이고 비참한 공산주의 체제 속으로 끌려들어가는 것을 막아주었다. 그것은 인류 전체를 위한 공헌이었다. 그런 공헌은 매카시에게 퍼부어진 악평과는 관계가 없다. 그것은 객관적으로 존재하는 사실이다. 현대 역사에서 자신의 통찰과 용기만으로 그런 공헌을 한 사람을 또 찾는 일은 결코 쉽지 않다.

 당시엔 누구도, 매카시 자신까지도, 예견하지 못한 그의 공헌은 그의 활약 덕분에 기사회생한 두 작은 나라가 인류 역사에 미친 좋은 영향이다. 중국 대륙을 차지한 공산당 정권과 한반도 북부의 북한은 공산주의 이념과 명령경제 체제를 따랐다. 타이완의 중화민국과 남한의 대한민국은 자유주의 이념과 시장경제 체제를 따랐다. 따라서 두 집단은 이념과 경제 체제를 놓고 역사에서 나오기 힘든 대조실험을 하게 되었다.

 그런 대조실험의 결과는 뚜렷하다. 중국 대륙에선 압제적 통치와 명령경제의 강요로 수천만 명이 굶어 죽거나 반동으로 몰려 죽었다. 북한의 사정은 더욱 참혹했다. 반면에, 타이완과 남한은 차츰 경제 발전을 이루고 자유로운 사회로 진화했다. 이처럼 뚜렷이 갈린 결과에서 사람들은 경제 발전에 관해서 근본적 중요성을 지닌 교훈을 얻었다: 명령경제는 비효율적이어서 사회를 가난하게 만들고 자유로운 사회로의 진화를 막지만, 시장경제는 효율적이어서 사회를 풍요롭게 만들고 자유로운 사회가 나오도록 한다.

이런 교훈을 실천한 덕분에, 뒤진 사회들에서 사는 수십억 명이 가난에서 벗어나는 과정을 밟기 시작했다. 1970년대 말엽부터 중국 공산당 정권도 시장경제를 채택했고, 덕분에 역사적으로 가장 경이적인 경제 발전을 이루었다.

워낙 오랫동안 '악한'으로 치부된 터라, 지금 두껍게 덮인 거짓말들의 지층을 파헤쳐 매카시의 행적을 제대로 드러내기는 무척 어렵다. 그의 성품과 태도를 이해하기는 더욱 어렵다. 좌파로부터 함께 공격을 당했던 연방수사국(FBI) 국장 에드거 후버(Edgar Hoover)의 얘기는 그래서 음미할 만하다: "당신이 어떤 종류든지 나라를 전복하려는 사람들(subversives)을 공격하면, 당신은 나올 수 있는 가장 극단적으로 악랄한 비난의 희생자가 되게 마련이다." 후버는 매카시가 한 일들을 가장 잘 알았을 뿐 아니라 그가 그렇게 힘들고 위험한 일들을 하게 된 사정을 가장 잘 이해할 수 있는 처지에 있었다.

매카시는 역사상 가장 강력하고 무서운 전복자들과 혼자 싸웠다. 그리고 끝내 졌다. 그에게 퍼부어진 '나올 수 있는 가장 극단적으로 악랄한 비난'은 그 사실을 증언한다. 그러나 그 과정에서 그는 수많은 배신자들의 정체를 드러내서 그들의 사악한 경력을 끊었다. 그리고 믿어지지 않을 만큼 허술한 미국의 보안 체계를 튼튼하게 만들었다. 궁극적으로, 그는 조국 미국과 자유로운 나라들을 전체주의의 위협으로부터 지켰다.

일흔두째 이야기

한강 방어선 (1950년 6월)

•

 6월 25일 오후 내내 응급조치를 취하느라, 이승만 대통령은 쉴 틈이 없었다. 늦은 저녁을 들고 한숨을 돌리자, 그는 신성모(申性模) 국무총리 서리 겸 국방부 장관에게 "군사 지식을 갖춘 유능한 사람들 몇 명의 자문을 받아 적절한 조치를 취하라"는 지시를 내렸다. 이렇게 소집된 자문 회의에서 김홍일(金弘壹) 소장은 한강에 방어선을 칠 것을 제안했다. 그러나 이 제안은 채택되지 않았다.
 6월 28일 서울이 함락되자, 육군 본부는 수원으로 옮겼다. 그리고 시흥(始興)지구전투사령부를 설치하고 김홍일 소장을 사령관으로 임명했다. 이 부대의 임무는 전선에서 후퇴해온 장병들을 모아 한강 남쪽에서 적군을 막는 것이었다. 이렇게 수습된 국군 병력은 6개 대대 3,000명가량 되었다. 그러나 무기가 거의 없고 극도로 지친 터라, 이 부대의 전력은 약할 수밖에 없었다.
 이 부대에 배치된 미군 고문관은 한강 방어선의 중요성을 강조했다, "미군이 한강선까지 진출하려면, 적어도 3일간의 시일이 필요하다. 만일 3일 이내에 적군이 한강을 도하하여 추격해온다면, 전략상 부산에 상륙하는 미군도 일단 일본으로 철수할 수밖에 없다. 따라서 대한민국의 존망은 한강을 3일 이상 고수하느냐 못하느냐에 달렸다."

예상과 달리, 패잔병들이 지킨 한강 방어선은 1주일을 버텼다. 한강 남안에 교두보를 확보하려는 북한군의 집요한 시도들을 백병전까지 치르면서 좌절시켰다. 북한군 3사단이 한강철교를 복구하고 전차 부대를 투입한 뒤에야, 한강 방어선을 지키던 국군은 한강을 포기하고 남쪽으로 물러났다. 이렇게 번 며칠은 정말로 값진 시간이었다. 패퇴한 국군이 병력을 추스르고 일본에 주둔한 미군이 한국에 들어올 시간이었다.

이처럼 견실한 전과는 물론 한강 남안을 지킨 시흥지구전투사령부 예하 국군 부대들의 분전 덕분이었다. 또 하나 잘 드러나지 않은 요인은 춘천 지구에서 북한군의 남침을 효과적으로 막아낸 6사단의 분전이었다. 위에서 살핀 것처럼, 북한군의 기본 전략은 중동부 전선에서 돌파를 이루어 한강 바로 남쪽에 저지 진지(blocking position)를 마련함으로써, 한강 이북에서 남한군의 주력을 포위해 괴멸시킨다는 것이었다. 그러나 춘천 지구에서 돌파를 이루지 못함으로써, 북한군의 기본 전략은 처음부터 틀어졌고, 한강 방어선에 투입된 국군은 배후의 위협을 걱정하지 않고 북한군의 한강 도하를 막는 데 전념할 수 있었다.

춘천을 중심으로 한 중동부 전선의 방어를 맡은 6사단은 김종오(金鍾五) 대령이 지휘했다. 1944년 일본에서 대학에 다닐 때, 그는 학도병으로 일본군에 입대해서 간부후보생 교육을 받다가 해방을 맞았다. 전투 경험이 없었던 터라, 그는 주한미군 군사고문단(KMAG)이 파견한 고문 토마스 맥페일(Thomas MacPhail) 중령의 조언을 충실히 따랐다.

맥페일 중령은 뛰어난 장교였다. 그는 자신이 직접 뽑아 훈련시킨 첩보 부대를 38선 너머로 침투시켜서 북한군의 동향을 살피도록 했다. 덕분에 그와 사단장은 북한군의 동향을 잘 알아서 북한군의 남침을 예상한 터였다. 아울러, 그는 사단장에게 집약적 훈련 계획을 건의해서 실행하고 있었다. 그는 포병의 전력 향상이 중요함을 인식해서, 야포 진지를 강화하고 사격 훈련을 실시하고 주요 표적들에 화집점(火集点)을 설정해 신속한 포병 화력의 집중을 가능하게 했다.

당시 6사단은 7연대를 왼쪽에 배치하여 춘천 지역을 지키고, 2연대를 오른쪽에 배치하여 인제와 홍천 사이의 도로를 차단하고 있었다. 예비부대인 19연대는 사단 본부가 있는 원주에 머물렀다.

이 지역을 담당한 북한군은 2군단이었다. 이 부대의 작전 계획은 두 단계로 이루어졌다. 1단계에선 예하 2사단이 춘천을 공격하고 7사단이 인제와 홍천 사이의 도로로 진출해 춘천에서 물러나는 한국군의 퇴로를 막는 것이었다. 7사단은 모루가 되고 2사단이 망치가 된다는 얘기였다.

2단계에선 2군단은 거대한 포위망을 구성할 터였다. 7사단은 홍천을 거쳐 원주 방면으로 진출하여 한국군을 동서로 차단하기로 되었다. 2사단은 경기도 가평을 거쳐 서울 동남쪽으로 진출해서 그곳에 저지 진지를 만들기로 되었다. 그렇게 해서 서부 전선에서 내려온 북한군 주력과 함께 한강 이북의 한국군을 포위하고 남쪽에서 올라올 한국군 증원부대를 막아낸다는 계획이었다.

6월 25일 새벽 북한군 2사단은 한국군 6사단 7연대 정면인 춘천 지역을, 그리고 북한군 7사단은 한국군 6사단 2연대 정면인 인제 서남부를 기습적으로 공격했다. 전력에서 한국군은 북한군에 크게 뒤졌다. 다행히, 지형은 방어에 유리했으니, 높은 산줄기들이 가로로 달려서 북한군의 남하를 어렵게 했고 북한강의 좁은 계곡은 북한군의 접근로를 좁혀서 한국군 포병 화력의 효과를 높였다.

25일 내내 북한군은 공격했지만, 별다른 전과를 얻지 못했다. 하루 만에 춘천을 점령하기로 된 작전 계획이 어그러지자, 북한군 2사단은 26일엔 예비대인 17연대까지 투입해서 공격해왔다. 한국군도 맥페일 중령의 인솔로 원주에서 북상한 19연대가 7연대의 방어전에 가담했다. 한국군은 평지에서 노출된 채로 공격해온 북한군에 포병 화력으로 큰 손실을 입혔다. 그사이에 주력을 단계적으로 철수시켜, 소양강(昭陽江) 남안에 진지를 구축했다. 이날도 북한군은 큰 손실을 입은 채 소양강을 건너지 못했다.

사단 동쪽 지역을 지킨 2연대도 잘 싸워서 북한군 7사단의 진출을 저지했다. 그러나 전차 30여 대를 앞세운 북한군에 밀려, 6월 26일 오후에 새 방어선을 마련했다. 마침 북한군 지휘부가 부진한 춘천 지역의 전황을 타개하려고 7사단의 2개 연대를 춘천 방면으로 돌려서, 2연대는 위기에서 벗어났다.

27일 춘천 지역의 북한군은 2사단과 새로 투입된 7사단의 2개 연대로 공격해왔다. 한국군은 지리적 이점을 효과적으로 이용해서 포병 화력으로 북한군에 큰 손실을 강요했다. 이날도 북한군은 소양강을 건너지 못했다.

그러나 이때는 이미 전황이 극도로 나빠진 터였다. 서쪽에선 서울이 곧 북한군에게 함락될 상황이었고, 동쪽에선 8사단이 물러나고 있었다. 육군본부 참모부장 김백일(金白一) 대령은 단계적 철수를 지시했다. "서부 전선이 완전히 무너졌고 육군본부는 시흥으로 철수하므로, 6사단은 사단장의 판단에 따라 철수하면서 중앙선(中央線)을 중심으로 중부 전선에서 지연전을 전개하라."

6사단이 3일 동안 춘천을 지켜내면서, 북한군의 기본 작전 계획은 크게 뒤틀어졌다. 2사단이 예정된 시일에 서울 동남쪽에 저지 진지를 마련하지 못하면서, 한국군 주력을 한강 북쪽에서 포위하여 섬멸하려던 계획은 무산되었다. 덕분에 한국군은 와해된 부대들을 추슬러서 한강 방어선을 치고 북한군의 한강 도하를 지연시킬 수 있었다. 가장 중요한 목표인 미군이 구원하러 올 시간을 버는 데 성공한 것이었다.

이처럼 중대한 실패의 책임을 물어 북한군 지도부는 7월 10일 2군단장 김광협(金光俠) 소장을 2군단 참모장으로 강등하고 김무정(金武亭) 소장을 대신 2군단장에 임명했다. 원래 김광협은 김일성 수상의 깊은 신임을 받은 인물이었다. 김무정은 김일성의 정적이었다. 김일성이 신뢰하는 부하를 강등하고 정적을 대신 기용했어야 할 만큼, '춘천 싸움'은 북한군에겐 아픈 실패였다.

일흔셋째 이야기

낙동강 전선(1950년 7월)

•

트루먼 대통령의 참전 결정에 따라 한반도에 먼저 투입된 부대는 일본에 주둔한 8군이었다. 월튼 워커(Walton Walker) 중장이 지휘한 이 부대는 7사단, 24사단, 25사단 및 1기병사단의 4개 보병 사단으로 이루어졌다. [1기병사단은 기병대의 후신으로 기병이란 병과를 그대로 썼지만, 실제로는 보병 사단이었다.] 태평양전쟁이 끝난 뒤, 8군은 일본 점령군 임무를 수행했다. 그래서 충원이 제대로 되지 않았고 훈련다운 훈련도 받지 않았다. 자연히, 전력은 상당히 허약했다.

처음 한국에 도착해서 북한군과 싸운 미군 부대는 24사단 21연대의 선발대였다. 찰스 스미스(Charles Smith) 중령이 지휘하는 이 선발대는 406명의 보병과 1개 105mm 곡사포 포대로 이루어졌다. 이 '스미스 임무부대(Smith Task Force)'는 7월 5일에 오산(烏山) 북쪽 죽미령(竹美嶺)에 방어선을 쳤다. 이어 벌어진 싸움에서 미군은 용감히 싸웠지만, 이내 북한군에 밀렸다.

기본적으로, 병력과 화력에서 북한군은 미군을 압도했다. 게다가 중공군 출신 조선족 장병들이 근간이 된 북한군은 중국의 국공내전에서 단련된 강인한 군대였다. 특히 야간전투와 포위 작전에 능숙했다. 주력이 전차들을 앞세우고 공격하는 사이에, 좌우의 부대들이 우회해서 양익 포위를 시도하는 전술에 소수의 미군은 대응할 길이 없었다.

특히 미군을 당혹스럽게 만든 것은 북한군의 전차들을 막을 무기를 갖추지 못했다는 사정이었다. 제2차 세계대전에서 널리 쓰인 2.36인치 로켓 포탄을 맞고도 끄떡없이 다가오는 북한군 T34 전차에 미군은 경악했다. 결국 스미스 임무부대는 전사자 150명에 실종자 31명이라는 참혹한 손실을 입고 죽미령에서 물러났다.

죽미령 야트막한 고개에서 나온 이런 양상은 이어진 싸움들에서 거의 그대로 되풀이되었다. 7월 18일에서 20일까지 벌어진 '대전 싸움'에서도 적의 포위 공격에 사단 주력이 무너졌고, 길을 잘못 든 사단장 윌리엄 딘(William Dean) 소장은 북한군의 포로가 되었다.

북한군의 거센 공격에 밀려, 한국군과 미군은 7월 하순엔 경상도 일대로 밀려났다. 더 물러날 곳이 없어지자, 국제연합군을 지휘한 워커 장군은 '낙동강 방어선'을 설정했다. [한국군은 국제연합군에 배속되어, 국제연합군 사령관의 지휘를 받았다.] 공식적으로 '부산 해두보(Pusan Perimeter)'라 불린 이 방어선은 낙동강을 지형적 자산으로 삼아 동북부의 산악 지대와 서남부의 남강(南江)을 이용해서 이루어졌다.

낙동강 방어선은 여러 장점을 지녀서, 국제연합군으로선 필연적인 구상이었다. 낙동강을 주 전선으로 삼았으므로, 방어 전선이 선명하고 짧았으며 방어에 유리했다. 방어선 안쪽 지역은 교통망이 좋아서, 내선(內線)의 이점을 십분 활용할 수 있었고, 덕분에 적군에게 전선이 뚫려도 이내 증원군을 보내 전선을 회복할 수 있었다. 병력과 물자를 공급하는 후방 기지인 일본과 가깝기도 했다.

이 최후의 방어선은 왜관(倭館)을 기점으로 해서 북동쪽은 한국군이 맡고 남서쪽은 미군이 맡았다. 한국군은 왜관부터 1, 6, 8, 수도, 3사단이 배치되었고, 미군은 왜관부터 1기병, 24, 25사단이 자리 잡았다. 이 방어선은 초기 방어선인 'X선'과 최후 방어선인 'Y선'으로 이루어졌다.

워커 장군이 맞은 문제들 가운데 가장 심각한 것은 예비 병력의 부족이었다. 거의 모든 부대들이 전선을 지키는 데 투입되어, 위급한 상황에 투입할 여유 병력이 거의 없었다. 고심 끝에 그가 생각해낸 방안은 '소방대(fire brigade)'를 운용하는 것이었다. 위험해진 구역에 곧바로 투입되어 '불을 끄는' 임무를 특정 부대에 부여하는 것이었다. 이런 방안은 아군이 내선의 이점을 지녔고 교통망이 좋다는 사정과 미군의 기동력이 뛰어나다는 점에 바탕을 둔 멋진 전술이었다.

소방대 임무를 맡은 부대는 미군 25사단의 27연대였다. 존 마이클리스(John Michaelis) 중령이 이끄는 이 부대는 뛰어난 전력을 지녔다. 사령관의 기대에 부응해서, 27연대는 미군 24사단 지역으로 많이 진출한 북한군을 물리쳐서 소방대 임무를 잘 수행했다. 소방대 전술의 장점은 치열했던 낙동강 방어선의 싸움들 가운데서도 가장 맹렬했던 싸움인 '다부동(多富洞) 전투'에서 한껏 발휘되었다.

왜관 북동쪽의 다부동이 치열한 싸움터가 된 것은 그곳이 북서쪽 북한군 지역에서 동남쪽 대구로 가는 길목이기 때문이었다. 당시 북한군은 대구를 점령하는 것을 일차적 목표로 삼았다. 대구는 경상북도의 중심지이자 교통의 요지였으므로, 대구가 북한군에 함락되면, 국제연합군은 내선의 이점을 잃을 터였다. 게다가 대구는 당시 대한민국의 임시 수도이고 한국군과 미군의 사령부가 있었으므로, 대구의 실함은 정치적으로도 심대한 영향을 미칠 수밖에 없었다. 이 지역을 한국군이 지킨다는 점도 고려 사항이었을 것이다. 북한군은 화력이 뛰어난 미군보다는 화력이 약한 한국군을 집중적으로 공격해서 돌파를 시도했다.

이 작전을 맡은 북한군 2군단장 김무정 중장은 김천에서 대구에 이르는 축선을 주공으로 삼고 3, 13, 15사단을 다부동 지역에 투입했다. 이 지역을 지킨 한국군은 백선엽(白善燁) 준장이 이끄는 1사단이었다.

한국군 1사단은 넓은 전투 정면을 맡아서 큰 손실을 입으면서도 잘 싸웠다. 8월 12일 북한군의 공세가 거세어지자, 1사단은 'X선'에서 뒤쪽 'Y선'으로 물러났다. 백 사단장은 13연대를 왼쪽에 배치해서 낙동강을 굽어보는 328고지를 점령하게 하고 12연대를 중앙에 배치해서 수암산(519m)과 유학산(839m)를 점령하게 했다. 우익인 11연대는 전차 접근로인 천평동(다부동의 북쪽 계곡)의 좌우에 있는 산줄기에 배치할 계획이었다. 그러나 12연대가 수암산과 유학산에 이르자, 북한군이 밤사이에 샛길로 들어와서 미리 점령했음이 드러났다. 사단 지역의 중앙부에 적군이 미리 자리를 잡은 것이었다.

1사단은 난감한 처지가 되었다. 유리한 방어선에서 방어를 하려면, 먼저 불리한 상황에서 적군을 공격해서 방어선을 확보해야 했다. 전선이 그렇게 혼란스러웠으므로, 싸움도 혼란스럽고 치열할 수밖에 없었다. 싸움마다 근접전이었고, 흔히 소총을 쏠 수 없어서 수류탄전으로 치러졌다. 육박전도 드물지 않았다. 당연히 병력 손실이 컸다. 지리적 이점을 지니지 못한 채 우세한 적군과 싸우는 어려운 상황을 1사단은 잘 버텨냈다.

북한군 최고사령부가 대구 점령 시한으로 정한 8월 15일이 가까워지자, 싸움은 더욱 치열해졌다. 1사단 전투 정면의 모두 구간들에서 근접전이 벌어졌다. 이즈음 북한군 105전차사단은 21대의 전차를 새로 보급받아서 대구를 향해 공격하는 부대들에 배정했다. 화력이 약하고 전차를 보유하지 못한 1사단으로선 벅찬 고비를 맞았다.

 위기에 몰린 백 사단장이 거듭 지원을 요청하자, 8군 사령부는 '소방대'를 보냈고, 27연대는 8월 17일에 다부동에 이르렀다. 1개 전차중대와 2개 포대가 배속되어, '소방대'의 화력은 더욱 커진 터였다. 이튿날 한국군 1사단과 미군 17연대는 함께 공세를 폈다. 미군은 전차를 앞세우고 계곡을 따라 수월하게 전진했지만, 산줄기를 따라 공격에 나선 한국군은 많이 나아가지 못했다.

 그날 밤 북한군은 전차들과 자주포들을 앞세우고 반격해왔다. 미군은 막 보급받은 최신형 3.5인치 로켓포, 전차포 및 야포의 결합된 화력으로 북한군의 전차들과 자주포들을 격파했다. 미군의 강력한 화력에 괴멸된 북한군은 이내 물러났다. 북한군의 이런 야간공격은 모두 일곱 차례 있었는데, 모두 북한군의 참패로 끝났다. 실패한 공격 방식을 되풀이한 것은 독전대(督戰隊)를 동원해서 병사들을 몰아세우는 전체주의 군대의 한계를 드러낸 것이었다. 27연대가 다부동에서 파괴한 북한군 중무기는 전차 13대, 자주포 5문, 차량 23대였다. 8월 25일 '소방대' 임무를 훌륭히 수행한 27연대는 1사단에 다부동 지역을 인계하고 떠났다.

 치열했던 만큼 다부동 전투에선 많은 피아 병력이 죽었다. 한국군은 2,300명이 전사했고, 북한군은 5,690명이 전사했다. 북한군 전사자들의 상당수는 북한군이 남한에서 인민의용군(人民義勇軍)이란 이름으로 징집한 젊은이들이었다. 그들 가운데 적잖은 이들이 소년이었다.

인천에 북한군이 들어온 것은 7월 4일이었다. 6월 28일에 한강을 건너 김포 비행장을 점령한 뒤 인천으로 향한 6사단 병력이었다.

그날 이후로 정희네 식구는 집 안에서 꼼짝하지 않고 지냈다. 이웃에선 여러 집들이 피란을 갔지만, 그들은 움직이지 않았다. 피란 갈 만한 곳도 없었지만, 있었다 하더라도, 거동이 불편한 시어머니를 모시고 길을 떠날 수는 없었다. 길례는 며느리에게 아이들을 데리고 시흥에 산다는 언니 집으로 가라고 일렀지만, 정희로선 시어머니 홀로 남겨두고 떠난다는 것은 생각할 수도 없었다.

그래서 떡집 간판부터 내렸다. 사람들의 눈길을 끌뿐더러, 떡을 팔 형편이 못 되는데, 사람들이 떡을 팔라고 하면, 난처할 터였다. 그리고 매대의 창을 닫고 커튼을 쳤다.

'인민군'이 들어온 다음 날부터, 축현국민학교에선 날마다 사람들이 모여 궐기대회 같은 것들을 열었다. 그리고 낯선 사람들이 완장을 차고 설치면서, 사람들을 몰아세우기 시작했다. '민청'이란 단체에 속한 사내들이라고 했다. '여맹'이란 단체에 속한 여자들이 집집마다 다니면서 여자들도 불러내어 일을 시켰다.

그 사람들은 노래부터 가르쳤다. 노래는 어린애들이 먼저 배워서 부르고 다녔다. 영자는 노래에 소질이 있어서, 국민학교 들어가서부터 노래를 잘 불렀는데, 이번에도 배운 노래들을 잘 불렀다.

장백산 줄기줄기 피어린 자욱

압록강 굽이굽이 피어린 자욱
오늘도 자유 조선 꽃다발 우에
력력히 비쳐주는 거룩한 자욱
아~ 그 이름도 그리운 우리의 장군
아~ 그 이름도 빛나는 김일성 장군

〈김일성 장군〉이라는 이 노래는 경쾌하면서도 애잔한 느낌이 들었다. 어느 사이엔가 정희도 이 노래를 흥얼거리게 되었다. 영자가 이 노래를 부르면, 인민군이 들어온 뒤로 그녀 마음을 짓누르는 무겁고 음산한 분위기가 좀 가볍고 밝아지는 듯했다.

8월로 접어들면서, 정희는 인민공화국 세상이 좀 익숙해지는 느낌이 들었다. 전쟁이 빨리 끝나서, 떡장사를 다시 할 수 있다면, 그럭저럭 살아갈 만하다는 생각으로 자꾸 어두워지는 마음을 달랬다. 떡 광주리를 이고 축현역에 나가는 것이 그녀의 간절한 희망이었다.

그날 저녁을 먹고 아이들을 재운 뒤, 정희는 그 얘기를 시어머니에게 했다.

길례가 모처럼 밝은 웃음을 지으면서 고개를 끄덕였다. 평생 떡장사를 해온 고부만이 공감할 수 있는 얘기였다.

"어마님, 떡을 할까유?" 정희는 충동적으로 말했다.

"할 수 있겠니?" 길례도 반갑게 대꾸했다.

"백설기라면…."

길례도 고개를 끄덕였다. "백설기라면…."

인절미는 찹쌀이 없고, 기주떡은 막걸리가 없었다. 그러나 백설기야 쌀만 있으면 되었다.

이튿날 아침 정희는 조용히 쌀 한 말을 찧어 떡을 만들었다. 오랜만에 떡 맛을 본 아이들이 환성을 냈다. 정희는 아이들에게 떡을 갖고 밖으로 나가지 말라고 단단히 타일렀다.

이틀 뒤 밤이 이슥했을 때, 누가 마당에서 나직이 불렀다. "고모."

정희는 가슴이 철렁했다. 급히 옷을 걸치고, 조용히 문을 열고 마루로 나왔다.

"고모, 나예요."

"순호구나." 그녀는 반갑게 말했다. 어릴 적에 키운 장조카였다. 큰오빠가 죽은 뒤로는, 아직 중학생이었지만, 순호는 집안의 중심이었다. "어떻게 왔니?"

"갈 데가 없어서…." 순호가 변명 비슷하게 말했다.

그러고 보니, 녀석의 행색이 이상했다. 무슨 완장을 팔에 차고 있었다. 피곤한 기색이 어둠 속에서도 역력했다. "너 저녁은 먹었니?"

녀석이 고개를 저었다. "아직…."

그녀는 급히 신발을 신고 가게 문을 열었다. "이리 들어와라."

순호가 탁자에 앉자, 그녀는 남은 백설기를 내놓았다. "우선 이것 좀 들어라."

"네에." 녀석은 이내 떡을 먹기 시작했다. 정신없이 먹는 품이 종일 굶은 듯했다.

"물 마시면서, 천천히 들거라."

녀석이 물을 마시고서 씨익 웃었다. "종일 굶었어요."

떡을 먹으면서 녀석이 한 얘기들을 들어보니, 의용군으로 끌려갔다 도망쳐 온 것이었다. 그러고 보니, 팔에 찬 완장은 의용군 완장이었다.

"아이구, 고생했구나. 그래두 불행 중 다행이다. 꼼짝없이 끌려갈 처지에서…."

"네에." 여유가 좀 생긴 녀석이 씨익 웃으면서 고개를 끄덕였다. 그리고 그동안 일어난 일들을 띄엄띄엄 얘기했다.

7월 말일에 같은 중학교에 다니는 친구가 집으로 찾아왔다. 그리고 축현국민학교에서 무슨 행사가 열리니, 꼭 참석하라고 얘기했다. 순호는 중학교 3학년이었는데 인민군이 들어온 뒤로 학교는 휴교한 터였다. 그는 학교 행사가 열리는 줄 알고 축현국민학교로 나갔다.

학교 강당으로 사람들이 들어가는데, 입구에 따발총을 멘 인민군들이 서 있었다. 강당 안에는 인천 시내 중학교 학생들이 많이 모여 있었다. 얼마 지나지 않아서, 누가 강단에 올라가 연설을 시작했다. 연설의 요지는 '지금 해방군이 온 전선에 걸쳐 반동 세력과 싸우고 있는데, 우리가 어찌 가만히 앉아 있을 수 있겠는가? 우리도 나가서 싸우는 것이 옳지 않는가?' 하는 얘기였다. 군데군데서 "옳소!" 하는 소리가 나오고 손뼉을 쳤다. 듣던 학생들도 따라서 손뼉을 쳤다. 그러자 완장 찬 사람들이 나타나서 학생들을 조를 짜서 군대처럼 편성했다.

학생들은 조별로 강당에서 나와 인천역으로 걸어갔다. 학생들이 도망치지 못하게, 인솔자들은 학생들이 서로 팔짱을 끼도록 했다. 그리고 기차에 태워서 서울로 데려갔다. 서울에 닿자, 덕수궁 뒤쪽에 있는 덕수국민학교로 데려갔는데, 거기엔 서울 학생들이 많이 모여 있었다.

순호는 인천에서 올 때부터 친하게 된 학생들과 함께 지냈다. 남학생 셋에 여학생 둘이었는데, 남학생 하나가 어른스럽고 생각이 깊었다. 그 학생이 이대로 있다가는 전선으로 끌려가서 죽게 되니, 끌려가기 전에 도망쳐야 한다고 했다. 그래서 다섯이 함께 도망치기로 했다.

닷새째 되는 날, 그들은 화장실 창문을 뜯어내고 도망쳤다. 차례로 빠져나간 다음에 용산역에서 만나기로 했다. 마침 그들이 덕수국민학교에서 빠져나왔을 때, 미군 폭격기들이 남쪽 삼각지 근처를 폭격했다. 그래서 붙잡히지 않고 모두 용산역에 모일 수 있었다. 그들은 용산역 뒤쪽 빈집에 들어가서 밤이 될 때까지 숨어 있었다.

인천으로 돌아가려면, 먼저 한강을 건너야 했다. 그들은 일단 한강 나루로 나가보기로 했다. 그들은 의용군 완장을 차고서 사공에게 업무로 한강을 건너야 한다고 말했다. 사공은 의심하지 않고 그들을 건네주었다. 그들은 노량진부터 철길을 따라 걷기 시작했다. 도로를 이용하면, 붙잡힐 위험이 있다고 생각한 것이었다. 다행히, 철길 옆엔 토마토 밭이 많아서, 토마토로 해갈하고 속을 채웠다.

그렇게 해서 인천으로 돌아왔는데, 순호는 집으로 들어가는 것이 겁났다. 그에게 축현국민학교로 나가보라고 연락한 친구가 아무래도 수상했다. 지금 집으로 돌아가면, 그 친구나 친구 집안 사람에게 들킬 것 같았다. 그래서 고모네를 찾아온 것이었다.

"그래, 잘 왔다. 여기서 지내라. 집에는 내가 가서 얘기하마." 정희는 잠시 생각한 뒤 빈 이웃집에 조카를 재우기로 했다. 마침 그 집과는 얕은 담장 하나로 마당이 붙어 있었다. 그래서 먼저 순호에게 담을 넘어가라고 한 다음 요와 담요를 담장 너머로 건넸다.

물 주전자를 건네주고 방으로 들어오니, 비로소 안도의 한숨이 나왔다. 그제야 그녀는 몸이 땀으로 젖은 것을 깨달았다. 뒤늦게 몸과 마음이 으스스 떨렸다.

일흔넷째 이야기

팔미도 등대(1950년 9월)

•

1950년 6월 25일 아침 PC-701함(백두산함)은 해군본부로부터 북한 군의 총공격에 대응해서 즉시 동해로 출동하라는 명령을 받았다. 강원도 주문진(注文津)과 삼척(三陟)에 상륙하려는 북한군을 막으라는 임무였다. 초계정(patrol craft)을 뜻하는 PC라는 기호가 가리키듯, 이 배는 길이가 53m이고 배수량은 450톤인 작은 배였다. 그래도 이 초계정이 당시 한국 해군이 보유한 가장 큰 전함이었다.

최용남(崔龍男) 중령이 지휘하는 이 배는 소해정 2척과 함께 진해통제부를 떠나 동쪽으로 진출했다. 그리고 오후 8시 12분에 부산 앞바다에서 수상한 배를 발견했다. 그 배가 검문에 응하지 않자, 백두산함은 해군본부에 상황을 보고했다, "부산 동북방 약 50km 공해상에서 정체불명의 괴선박 발견."

그 배가 계속 검문에 응하지 않자, 백두산함은 다시 보고했다, "크기는 1,000톤급, 형태는 수송선, 정남향으로 시속 12노트로 항진 중. 계속되는 검문에 일절 응답 없음."

해군본부는 곧바로 신성모 국방장관에게 보고했다. 국방부로부터는 그저 그 선박의 정체를 확인하라는 지시만 내려왔다. 해군본부로서도 같은 지시를 내릴 수밖에 없었다. 공해상에서 검문하는 것은 자칫하면 국제 문제를 일으킬 위험이 있었다.

  백두산함에서 다시 보고가 올라왔다. 그 수상한 배에 접근해서 탐조등으로 확인해보니, 배 이름도 국기도 없고 뱃머리 쪽에 대포로 보이는 물체가 포장으로 가려져 있고 중갑판엔 양쪽으로 중기관총이 장착되었다는 얘기였다. 더욱 놀라운 것은 갑판 위에 많은 병력이 있다는 정보였다.

  상황은 아주 위험했다. 중무장한 선박에 접근해서 탐조등을 켠 채 살피는 것은 적함에게 자신을 드러내는 것이었다.

  해도를 살피던 참모총장 직무대리 김영철(金永哲) 대령이 명령을 내렸다, "괴선박을 격침하라. 성공을 빈다." 6월 26일 0시 10분이었다. 수상한 배를 발견한 지 꼭 네 시간 만이었다.

  백두산함은 주포가 3인치밖에 안 되었고 탄약도 부족했다. 북한군 수송선은 크고 견고해서, 격파하기가 쉽지 않았다.

  격침 명령이 내려가고 얼마 지나지 않아서, 보고가 올라왔다, "적선 좌현 3마일 거리에서 3인치 포 10발을 발사했음. 그중 5발 명중." 이어 "적선도 57㎜, 37㎜ 포와 중기관총으로 응사함. 피아 치열하게 교전 중"이라는 보고가 올라왔다.

  적군 포화에 백두산함 조타실이 큰 피해를 입었다. 나침반이 파괴되고, 승조원 3명이 중상을 입었다. 그들 가운데 2명은 끝내 사망했다. 그래도 백두산함은 적선 기관실에 포탄 5발을 명중시켰다. 마침내 26일 1시 38분에 "적선 마스트가 파괴되어 좌현 쪽으로 20도 정도 기울어 침몰 중"이라는 보고가 올라왔다.

  남북한 사이의 첫 해전인 이 싸움은 아주 작은 교전이었다. 그러나 부산항의 전략적 중요성을 고려하면, 북한군의 후방 침투를 막았다는 점에서 그것은 한국군으로선 뜻이 큰 승리였다. 대략 600명으로 추산된 북한군 특수부대가 부산항에 상륙해서 항구를 파괴하고 부산 일대를 장악했다면, 미군 병력의 한국 상륙은 큰 어려움을 겪었을 것이다. 물론 한국 사회에 준 심리적 충격도 컸을 터이다. 이런 사정을 인식해서, 미국 정부는 함장 최용남 중령에게 은성무공훈장(Silver Star)을 수여했다.

이때 해군 참모총장 손원일(孫元一) 소장은 초계정 3척을 구매하기 위해 미국에 머물고 있었다. 대금은 해군과 시민들이 모은 성금 1만 5,000달러와 이승만 대통령이 마련해준 4만 5,000달러로 치렀다. PC-702(금강산함), PC-703(삼각산함) 및 PC-704(지리산함)로 명명된 이 배들을 이끌고, 손 제독은 7월 15일에 진해에 도착했다. 그 사이에 미국이 참전하자, 7월 9일부터 마이클 루시(Michael Luosey) 해군 중령이 한국 해군을 참모총장 대행으로 지휘했다. 한국 해군의 창설을 성공적으로 수행한 손 제독은 상선 선장 출신이어서, 작전에선 경험 많은 루시 중령의 보좌가 긴요했다.

해군 전력이 크게 늘어나자, 손 제독과 루시 중령은 곧바로 서해로 진출해서 후방 교란작전에 나섰다. 서해지구 해상전투 사령관 겸 PC-702 함장으로 임명된 이희정 중령은 진해항 부두에서 대기하던 신병들을 싣고 그대로 서해로 향했다. 이 작전에 나선 함정은 모두 15척이었다.

당시 북한군에 점령되지 않은 섬들은 해안에서 비교적 멀리 떨어진 전라남도의 대흑산도(大黑山島)와 전라북도의 어청도(於靑島)였다. 이 중령은 대흑산도를 기지로 삼아 섬들을 차례로 수복하는 계획을 세웠다.

첫 작전은 경기만의 덕적도(德積島)의 수복이었는데, 캐나다 구축함 애서배스칸(Athabaskan)호가 화력을 지원했다. 각 함정에서 10명씩 병력을 차출해서 육전대를 편성한 다음, 8월 18일 새벽에 상륙했다. 섬에는 북한군은 없고 북한의 경찰인 내무서원(內務署員)들만 있었다. 그래서 이틀 만에 섬을 완전히 장악했다.

첫 작전에서 경험과 자신을 얻은 이 부대는 8월 23일에 영흥도(靈興島) 점령에 나섰다. 영흥도는 인천항의 수로를 내려다보는 요충이었다. 그래서 이 섬에 주둔한 북한군 병력도 꽤 많았고, 그들의 저항도 거셌다. 상륙군은 4명이 전사했고, 북한군은 40여 명이 죽었다.

맥아더 사령부는 이 작전의 중요성을 인식했다. 그래서 극동해군 사령관 터너 조이(Turner Joy) 중장은 덕적도와 영흥도의 수복 작전을 '리 작전(Operation Lee)'이라 명명하고 이 중령에겐 은성무공훈장을 수여했다.

한국 해군이 인천항 바로 아래 영흥도를 확보했다는 보고를 받자, 맥아더 사령부의 정보 부서는 중앙정보국(CIA)과 협의하여 인천 상륙작전에 필요한 정보들을 직접 수집하는 작전을 계획했다. 트루디 잭슨 작전(Operation Trudy Jackson)이라 명명된 이 작전의 목표는 인천항의 방조제들, 갯벌, 조수(潮水), 북한군의 방어진지들과 병력 같은 정보들을 요원들이 실제로 확인하면서 수집하는 것이었다.

트루디 잭슨 작전의 책임자로는 맥아더 사령부 정보참모부 지리계에서 근무하던 유진 클라크(Eugene Clark) 해군 대위가 선정되었다. 클라크는 해군 병사로 시작해서 태평양전쟁 중에 임관된 장교로 16년 동안 복무했다. 특히 상륙작전의 경험이 풍부했다.

8월 26일에 인천 인근 해역의 상황을 정찰하라는 임무를 부여받자, 그는 곧바로 도쿄를 떠나 주한미군 사령부가 있는 대구로 갔다. 그는 거기서 전에 함께 일한 적이 있는 한국 해군의 연정(延禎) 대위와 한국 육군 방첩부대장을 지낸 계인주(桂仁珠) 대령을 동료로 선발했다. 당시 연 대위는 30세였고, 계 대령은 42세였다. 클라크는 39세였다.

일본에선 신원이 알려지지 않은 미군 장교 둘과 병사 셋이 합류했다. [클라크는 신원이 알려지지 않은 미군 장교들의 정체에 대해 끝내 함구했다. 그러나 인천 상륙작전을 연구한 전문가들은 그들이 CIA 요원들이었다고 확신했다.]

8월 말에 그들은 일본 사세보(佐世保) 해군기지에서 한국으로 가는 영국 함정에 편승해 9월 1일에 덕적도 서남쪽에 도착했다. 거기서 그들은 그들의 작전을 도와줄 한국 해군 함정 PC-703호를 예정대로 만났다. 이 함정은 이성호(李成浩) 중령이 지휘했다.

영흥도에 활동 거점을 마련하자, 클라크는 필요한 정보의 수집에 나섰다. 마침 함명수(咸明洙) 소령이 손원일 참모총장의 지시를 받아 17명의 요원들을 지휘해서 인천항과 관련된 정보들을 수집하고 있었다. 이 정보는 클라크 대위에게 인계되었다.

함 소령으로부터 인수한 정보에 더해, 클라크 대위는 상륙작전에 필요한 정보들을 수집했다. 가장 중요한 정보인 조수 간만의 차이는 미군 정보보다 일본군 정보가 정확한 것으로 밝혀졌다.

현실적으로 유용한 정보는 등대들의 상황이었다. 큰 배들이 인천항으로 출입하는 비어 수로(Flying Fish Channel)의 항해등 셋은 모두 파괴되었다. 다행히, 팔미도의 등대는 파괴된 것이 아니었다. 조선에서 맨 먼저 세워진 그 등대는 석유를 때서 빛을 내는데, 석유통엔 석유가 반쯤 있었다. 그러나 불빛을 깜박이게 하거나 불빛의 방향을 바꾸는 장치는 건전지가 낡아서 쓸 수 없었다. 그래서 클라크는 불빛이 수로 쪽을 비추도록 해놓았다. 그리고 도쿄의 사령부에 "등대 사용 가능. 점등 시각 지시 요망"이라고 무선으로 보고했다.

9월 14일 마침내 사령부로부터 "15일 0030시에 팔미도 등대의 불을 밝힐 것"이라는 지시가 내려왔다. 영흥도에 머물던 클라크와 요원들은 밤이 되기를 기다려 팔미도로 향했다. 그러나 팔미도에 먼저 와 있던 요원들의 오인 사격을 받아서, 시간이 많이 지체되었다. 그들이 실제로 등댓불을 밝힌 것은 예정보다 20분이 늦은 15일 0050시였다.

1950년 9월 14일 밤, 하늘과 물을 분간하기 어려운 어둠 속에 비어수로의 서쪽에 연합군 함대가 집결했다. 수로가 워낙 좁았으므로, 18척의 주력함들이 한 줄로 늘어섰다.

선두는 할 앨런(Halle Allen) 대령이 이끄는 91구축함전대의 3척이었다. 맨 앞에 자리 잡은 기함 맨스필드(Mansfield)호는 필리핀 싸움과 오키나와 싸움에서 활약했었다.

그 뒤엔 노먼 시어즈(Norman Sears) 대령이 이끄는 선견전대의 수송선 4척이 섰다. 기함 매리온 요새(Fort Marion)호엔 맨 먼저 상륙할 미군 5해병연대 3대대 병력이 타고 있었다.

그 뒤에 클래런스 도스(Clarence) 중령이 지휘하는 11로켓전대의 LSMR(Landing Ship, Medium, Rocket) 3척이 섰다. 많은 로켓을 실은 이 배들은 상자 모양이어서, 파도에 쉴 새 없이 흔들리고 있었다.

다시 그 뒤에 구축함 전대의 나머지 3척이 자리 잡았다. 상륙 부대에 근거리 화력 지원을 할 부대였다.

바로 뒤에 인천 상륙작전의 공격군(Attack Force)인 90임무부대의 사령관 제임스 도일(James Doyle) 소장의 기함 마운트 매킨리(Mount McKinley)호가 자리 잡았다. 이 배는 처음부터 상륙작전의 지휘선으로 설계되어, 1944년 9월에 첫 임무인 '펠렐리우(Peleliu) 싸움'에 참가했다. 당시 1해병사단의 상륙작전에서 지휘선으로 활약했었는데, 이제 다시 1해병사단의 상륙작전을 지휘하게 된 것이었다. 이 지휘선엔 이번 상륙작전의 최고 지휘관인 맥아더 원수와 1해병사단장 올리버 스미스(Oliver Smith) 소장이 동승했다.

후미엔 사거리가 길어서 뒤에 처져 함포 사격을 할 순양함 2척이 웅장한 모습을 드러냈다. 앞쪽 톨레도(Toledo)호엔 함포지원단(Gunfire Support Group) 사령관 존 히긴스(John Higgins) 소장이 타고 있었다. 로체스터(Rochester)호엔 7함대 사령관으로 이번 상륙작전을 지휘하는 7합동임무부대(Joint Task Force-7) 사령관인 아서 스트러블(Arthur Struble) 중장이 타고 있었다.

맨 뒤엔 후미 전대인 영국군 경순양함 2척이 있었다. 이 경순양함들은 1930년대 말엽에 건조되어 여러 임무에 종사해온 노병들이었다.

이런 주력함들을 많은 보조함들이 에워싸고 있었다. 이번에 동원된 선박은 모두 230여 척이나 되었다. 한국 해군의 작은 초계정들도 참가했다.

집결지에 모여 대형을 갖춘 함대는 어둠 속에 천천히 인천항을 향해 기동하기 시작했다. 두 시간 동안 항해사들과 함장들은 레이다 스크린을 살피고 전망초(展望哨)들은 바다와 하늘을 구별하려 애썼다. 마침내 예정 시각보다 20분 늦게 앞쪽에 불빛이 보였다. 팔미도 등댓

불이었다.

여유가 생긴 도일 제독이 웃음 띤 얼굴로 맥아더 원수에게 말했다, "적이 항해등까지 켜놓았군요."

맥아더도 농담으로 받았다, "예의 한번 바르군."

클라크 대위가 이끈 비밀 공작대가 팔미도 등대를 다시 켰다는 것은 끝내 최고사령관들에게 보고되지 않았다. 맥아더는 그의 『회고록』에서 "우리는 적군을 기습하는 데 성공했다. 그들은 등댓불도 끄지 않았다. 나는 내 선실로 가서 취침했다"고 술회했다.

일흔다섯째 이야기

인천 상륙작전(1950년 9월 15일)

●

　1950년 9월 15일 05시 20분, 제임스 도일 해군 소장의 기함(旗艦) '마운트 매킨리호'의 돛 가름대 끝(yard arm)에 '상륙군 상륙(Land the Landing Force)'이라는 신호 깃발이 내걸렸다. 마침내 '크로마이트 작전(Operation Chromite)'이라 불린 인천 상륙작전이 개시된 것이었다.

　06시 33분, 작전 계획보다 3분 늦게 상륙정들이 월미도의 그린 비치(Green Beach)에 닿았고, 미군 5해병연대의 3대대 병력이 해변으로 올라가 적진을 향해 달려갔다. 07시 30분, 3대대장 로버트 태플렛(Robert Taplett) 중령은 기함의 사령부에 월미도를 반 넘게 점령했다고 보고했다. 북한군의 저항은 미미했고, 미군은 45명의 포로를 잡으면서 주봉인 라디오 고지(Radio Hill)도 대부분 장악했다.

　당시 상륙 지점으로 선정된 곳들은 셋이었다. 작전 계획에서 그린 비치라 불린 해변은 월미도의 북서쪽 해안 200야드 지역이었다. 레드 비치(Red Beach)는 만석동(萬石洞)의 인천항을 보호하는 220야드의 방조제(防潮堤)였다. 블루 비치(Blue Beach)는 인천항 남동쪽 송도 해수욕장 서부의 해변이었다.

　다음 밀물 때인 19시 30분에 레드 비치와 블루 비치에 대한 공격이 개시되었다. 레드 비치엔 미국 5해병연대의 1대대와 2대대, 그리고 한국 해병대 1해병연대가 상륙했다. 블루 비치엔 미국 1해병연대가 상륙했다.

이 두 지점의 북한군은 거세게 저항했다. 그러나 애초에 인천에 배치된 북한군 병력은 그리 많지 않았다. 상륙군은 작전 개시 5일 전부터 공습을 했고 2일 전부터는 함포 사격으로 상륙 지역의 북한군을 파괴했다. 그래서 북한군의 저항은 오래가지 못했다.

작전 첫날 도일 제독이 지휘한 상륙 부대는 1만 3,000명의 병력을 상륙시켰다. 첫 상륙 부대인 1해병사단을 지휘한 올리버 스미스 소장은 "D-Day는 대체로 계획대로 지나갔다"고 부대 일지에 기록했다.

한국전쟁에서 '필연적 작전'이 있었다면, 그것은 인천 상륙작전이었다. 그런 필연성이 그 작전의 효과를 극대화했고 전쟁의 흐름을 단숨에 바꾸어놓았다.

먼저, 당시의 전황은 한반도 중부로의 상륙작전에 좋은 조건들을 제공했다. 한반도 남동부의 낙동강 전선에 양측 주력이 몰려 있었으므로, 국제연합군의 중부 상륙작전은 바로 북한군 주력을 포위할 수 있었다. 남한의 교통망이 모두 서울을 거치므로, 서울을 장악하면, 북한군은 물자 보급이 실질적으로 단절될 터였다. 수도 서울의 수복이 지닐 엄청난 정치적 의미도 있었다. 그래서 1950년 여름 한반도 중부로의 상륙작전은 여건이 무르익었다.

다음엔, 미군은 무척 어려운 상륙작전을 차질 없이 수행할 능력을 갖추었다. 미군이 한반도의 제공권과 제해권을 장악했으므로, 북한군은 미군의 상륙작전을 미리 막을 힘이 없었다. 제2차 세계대전이 끝난 지 다섯 해였으므로, 미국 해군과 해병대엔 상륙작전의 경험을 지닌 부사관들, 장교들 그리고 지휘관들이 많았다. 이런 인적 자원은 대규모 상륙작전도 가능하게 만들었다. 그리고 비교적 가까운 필리핀에 7함대가 있어서, 상륙작전이 빠르게 수행될 수 있도록 했다.

마지막으로, 당시 미군엔 상륙작전에 매력을 느낀 사람들이 많았다. 국제연합군을 지휘한 맥아더 원수가 상륙작전을 열정적으로 지지한 것은 잘 알려졌다. 태평양전쟁에서 그는 잘 계획된 상륙작전들을 통해서 일본군의 저항을 효과적으로 무력화시켰고, 전쟁이 끝난 뒤에도 상륙작전에 대비해왔다.

상륙작전의 주역인지라, 해군과 해병대는 상륙작전을 반겼다. 해병대가 특히 열정적으로 인천 상륙작전에 참여했다. 당시 트루먼 정권은 육군을 중시하고 공군을 강화하는 정책을 추구하면서 해군을 경시하고 해병대는 아예 해체하려는 계획을 세웠다. 이런 움직임을 반영해서, 1949년 10월에 합참의장 오마 브래들리(Omar Bradley) 원수는 "나는 또한 대규모 상륙작전이 결코 다시 나오지 않으리라고 예언한다"고까지 말했다. 그래서 해병대는 성공적 상륙작전을 통해서 자신의 입장을 강화하려 했다.

이처럼 조건, 능력 그리고 의지가 모두 갖추어졌다는 사정은 인천 상륙작전을 아군의 논리적 선택으로 만들었고, 성공을 보장했으며, 효과를 극대화했다. 인천에 국제연합군이 상륙하자, 북한군은 걷잡을 수 없이 무너졌다.

반어적으로, 인천은 상륙작전에 전혀 맞지 않는 곳이었다. "우리는 모든 자연적 및 지리적 장애들의 목록을 만들었는데, 인천은 그것들을 모두 갖췄다"고 상륙 부대 참모진의 포술 장교였던 알리 캡스(Arlie

Capps) 해군 소령은 뒤에 술회했다.

 잘 알려진 것처럼, 인천 앞바다는 간만의 차이가 커서, 흔히 10m에 이른다. 다른 편으로는, 바다가 아주 얕아서, 썰물에는 긴 갯벌이 드러나므로, 만조에만 큰 배들이 해안에 접근할 수 있다. 미국 해군의 상륙함들은 수심이 7m는 되어야 했고, 전차를 실은 상륙함(LST: landing ships, tank)은 수심이 8.9m가 되어야 했다. 이런 수심을 제공하는 만조는 한 달에 한 번인데 사나흘 계속된다. 상륙작전의 창(window)이 아주 좁은 것이다.

 밀물에도 큰 배들은 단 하나의 수로를 통해서만 인천에 접근할 수 있다. 이 수로는 흔히 비어 수로라 불리는데, 동서로 뻗은 두 수로가 인천 서남쪽 팔미도 근처에서 하나로 합쳐진다. 간만의 차이가 워낙 크므로, 이 수로의 물살은 무척 빨라서, 최고치는 무려 7 내지 8노트에 이르는데, 이것은 상륙함의 속도와 비슷하다. 이렇게 험한 수로는 배들이 기동하거나 돌아설 공간이 거의 없는 막다른 골목이다.

 사정이 그러했으므로, 맥아더 원수의 참모들은 상륙작전의 후보지들로 인천과 함께 군산과 동해안의 주문진을 선정했다. 그러나 인천이 지닌 장점들이 워낙 압도적이어서, 맥아더 자신의 선택은 처음부터 인천이었다.

 인천의 지리적 문제를 걱정한 미군 수뇌부는 남쪽의 아산만(牙山灣)을 대안으로 제시했다. 경기도 평택군 포승면(浦升面)의 해안은 비교적 수심이 깊고 곧은 길로 평택읍과 연결되었다. [이곳은 원래 마한 원양국의 땅이었다. 바로 비류 왕자와 신화 공주가 앞날을 꿈꾸던 곳이었다. 지금은 평택항으로 개발되었다.] 그러나 맥아더는 끝내 자신의 생각을 바꾸지 않았다.

1950년 8월 12일에 맥아더는 '9월 15일에 인천에 상륙한다'는 작전 계획을 확정했다. 그날 만조의 수심은 9.6m로 예상되었는데, 그 기회를 놓치면, 10월 10일에나 충분한 수심을 얻을 수 있었다. '크로마이트 작전'이란 이름을 얻은 이 위험한 작전엔 1개 군단이 필요했고, 맥아더는 육군본부에 10군단 본부의 가동을 요청했다. 실제로 작전에 참여한 병력은 미국 해병대, 해군, 육군 및 한국 해병대와 육군의 7만 1,339명이었다. 이 병력을 수송하기 위해, 230척이 넘는 배들로 이루어진 함대가 동원되었다.

크로마이트 작전의 목표는, 크게 보아, 둘이었다. 첫 목표는 (1) 인천항을 점령해서 해두보를 확보하고 (2) 김포 비행장을 조속히 점령하고 (3) 한강을 도하해서 서울을 점령하고 (4) 서울의 북쪽과 동쪽에 저지 진지를 마련해서 적군의 반격에 대비하는 것이었다. 이 임무는 미군 1해병사단과 한국군 1해병연대가 맡았다.

둘째 목표는 낙동강 전선에서 북상한 아군과 함께 적군을 포위하여 섬멸하는 것이었다. 이 임무는 해병들의 진로의 남쪽 지역으로 진출할 미군 7사단과 한국군 17독립연대가 맡았다.

인천 상륙작전에 북한군은 거의 대비하지 않았다. 당시 서울엔 상당한 병력이 있었지만, 정작 인천엔 소수의 병력만이 상륙 지역을 방어하고 있었다. 큰 배들이 접근할 수 있는 수로가 하나뿐이고 바닷물이 흐려서, 인천항은 기뢰 부설에 좋았지만, 북한군은 제때 기뢰를 부설하지 않았다.

그런 실책은 북한군 지휘부가 국제연합군의 인천 상륙작전에 대해 몰랐기 때문은 아니었다. 몇만 명의 병력과 몇백 척의 함정들이 동원되는 상륙작전이 오래 비밀로 남을 수는 없었다. 상륙지가 인천이라는 것도 널리 알려져서, 도쿄의 신문기자협회는 '크로마이트 작전'을 '상식 작전(Operation Common Knowledge)'이라 불렀다. 게다가 간만의 차이가 워낙 커서 작전이 가능한 창(窓)도 정확하게 알 수 있었다.

실제로, 7월 초순에 중공군 정보부서는 맥아더 사령부가 상륙작전을 준비하고 있으며 상륙지는 인천이 될 것이라고 판단했다. 그런 판단에 따라, 모택동 주석까지 나서서 북한 지도부에 대비하라고 촉구했다.

북한군이 상륙작전에 대한 방비를 그렇게 소홀히 한 일차적 이유는 인천의 지리적 조건이 상륙작전에 너무 큰 장애를 제공했다는 점일 것이다. "적군 지휘관은 누구도 그런 작전을 시도할 만큼 경솔하지 않으리라고 추론할 것이다"라는 맥아더의 계산이 맞은 셈이다.

보다 근본적 이유는 북한군 지휘부가 낙동강 전선에서의 승리에 모든 것을 걸었고 거기에 모든 자원을 쏟았다는 사정이었다. 최고사령관 김일성 수상은 충청북도 수안보까지 내려와 독전하면서, 8월 15일까지 부산을 점령하려 애썼다. 그것이 비현실적 목표임이 드러나자, 8월 15일까지 대구를 점령하는 데 온 힘을 쏟았다. 하긴 그런 상황에선 모든 자원을 낙동강 전선에서의 돌파에 투입하는 것이 합리적이었을지도 모른다. 그리고 그런 전략은 인천 상륙작전에 대한 방비에서 소홀함을 낳았을 것이다.

상륙에 성공한 미군 1해병사단은 빠르게 동쪽으로 진출했다. 경인도로를 전투지경선으로 삼아, 북쪽은 그린 비치와 레드 비치에 상륙한 5해병여단이, 그리고 남쪽은 블루 비치에 상륙한 1해병여단이 맡았다. 9월 16일 오후까지 국제연합군은 인천을 완전히 장악하고 인천 동쪽에 저지 진지를 구축했다. 인천항을 점령해서 해두보를 확보한다는 첫 임무를 성공적으로 마무리한 것이었다.

그사이에 신현준(申鉉俊) 중령이 이끄는 한국군 1해병연대는 인천 시내에서 북한군을 소탕했다. 북한군 주력은 동쪽으로 도주했지만, 일부는 민간인으로 위장하고서 주택가에 숨어 있었다. 17일까지 인천 시내의 치안을 확보하자, 두 달 넘게 인민군 치하에서 두려움 속에 살던 시민들이 태극기를 들고 나와서 국군을 환영했다. 18일엔 스미스 1해병사단장이 표양문(表良文)을 임시 인천 시장으로 임명해서 행정 업무를 수행하도록 했다. 표양문은 전임 인천 시장이었는데, 제2대 국회의원 선거에 나오기 위해 사직한 터였다.

"순호야, 그동안 고생 많았지?" 정희가 몰골이 꾀죄죄한 친정 조카를 안쓰러운 눈길로 살폈다.

"고모," 순호가 울먹였다. "고모 나 때문에 고생을⋯."

"나 고생한 것 없다." 그녀가 밝은 낯빛을 지었다. "이제 다 끝났다."

"할머님, 그럼 저는 가보겠습니다. 할머님께서 보살펴주신 덕분에⋯."

조카가 제법 인사를 깍듯이 차리는 것이 흐뭇해서, 정희는 얼굴이 더 환해졌다.

"그래. 고생 많았지. 초년 고생은 금을 주고도 못 산다고 하던듸. 우리 순호가 씩씩해서 좋다."

그들은 마당에서 나와 큰 골목으로 들어섰다.

"엄마, 나 순호 형 따라가면 안 돼?" 영치가 제 엄마 치맛자락을 당겼다.

"거기가 어딘데, 네가 간다구 나서니?"

토라진 녀석을 순호가 달랬다, "다음에 형이 너 데릴러 올께. 그때 형하고 함께 가자."

마지막 인사를 하려고 돌아선 순호의 눈길이 매대 위에 머물렀다.
"간판이… 고모, 간판이 없어졌네요."

"그래. 떼어놨다. 인민군이 들어왔을 때."

"왜요?"

"간판이 있으면, 사람들이 우리 집을… 그 사람들 눈길을 끌어서 좋은 일이 있을 것 같지 않아서… 떡도 없는데, 떡을 내놓으라면, 어떻게 하냐?"

"다셔야죠, 다시?"

그녀가 고개를 끄덕였다.

"간판 어디 있어요? 제가 달아드릴게요."

가게에서 간판을 내오고 헛간에서 사다리를 가져오느라, 한동안 부산했다.

"됐나요, 고모?" 사다리 위에서 순호가 물었다. "바로 됐나요?"

"됐다."

영자가 손뼉을 쳤다. "우리 집 간판이 다시 붙었다."

영치가 따라서 손뼉을 쳤다. "우리 집 간판이 다시 붙었다."

"제물진 떡집." 영자가 큰 소리로 외쳤다.

문득 가슴에서 무엇이 솟구쳐, 정희는 두 손을 모으고 흘긋 시어머니를 살폈다.

길례는 손등으로 눈가를 훔치고 있었다.

터지는 울음을 가까스로 억누르면서, 그녀는 속으로 다짐했다, '어머님, 다시는 우리 떡집 간판을 내리지 않겠습니다.'

일흔여섯째 이야기

서울 수복(1950년 9월)

•

　1950년 9월 15일에 인천항에 상륙한 미국과 한국의 해병대 부대들은 9월 17일 새벽까지 해두보를 확보했다. 이어 18일 아침엔 미군 5해병연대가 김포 비행장을 확보했다. 길고 넓고 단단한 활주로를 가진 김포 비행장의 확보는 국제연합군의 전력을 크게 늘렸다. 이제 서울 수복 작전에 공군이 더욱 적극적으로 참여할 수 있게 되었다. 아울러, 한반도 전체에서 북한군의 보급을 보다 효과적으로 차단할 수 있게 되었다.

　인천 상륙작전에 제대로 대응하지 못한 북한군 지휘부는 급히 작은 부대들을 잇달아 보내서 상륙군을 막으려 했다. 이런 전술은 아주 비효율적이어서, 북한군은 큰 손실을 입으며 거듭 무너졌다. 9월 22일 상륙군은 영등포를 확보했다.

　그러나 도하 장비를 제대로 갖추지 못한 상륙군에게 한강은 험난한 장애였다. 북한군의 저항도 거셌다. 한강을 먼저 건넌 부대는 행주 지역에서 도하를 시도한 미군 5해병연대와 한국군 2해병대대였다. 9월 20일 아침 그들은 한강을 건너 행주산성과 수색(水色)을 점령했다. 이어 미군 7해병연대가 능곡(陵谷)을 점령해서 서울에 있는 북한군의 퇴로를 차단했다.

국제연합군의 한강 도하를 저지하는 데 실패하자, 북한군은 모을 수 있는 병력 모두를 서울 방어에 투입했다. 당시 서울지구 방위사령부에 소속된 북한군 부대들은 25여단, 9사단 87연대 그리고 18사단의 일부 병력이었다. 서울의 서쪽에서 진격해오는 국제연합군에 대항하는 북한군의 주저항선은 296m 고지인 안산(鞍山)과 그 줄기였다. 이 지역은 일본군과 한국군이 훈련장으로 사용한 곳이어서, 지형은 험하지 않았지만, 견고한 요새들이 구축된 터였다.

9월 22일부터 벌어진 치열한 싸움은 4일 뒤에야 끝났다. 가장 치열한 싸움은 뒤에 '연희고지(延禧高地)'라 불리게 된 66m 고지에서 이틀 동안 이어진 싸움이었다. 이 전투에서 북한군 전사자는 1,750명이었고, 한국군과 미군의 전사자는 각기 300명과 200명이었다.

연희고지 전투는 서울의 운명을 실질적으로 결정했다. 북한군은 시가전으로 저항했지만, 이미 주력은 의정부 방면으로 후퇴하고 있었다. 9월 28일 아군은 서울을 완전히 장악했다. 이른바 '9·28 수복'이었다.

9월 29일 12시, 미군 5해병연대 병력이 지키는 정부 청사에서 맥아더 원수는 이승만 대통령에게 서울을 이양했다. "국제연합군 사령부를 대표하여 나는 대통령 각하께 각하의 수도를 수복해드리고, 그곳에서 각하의 헌법적 책임을 보다 잘 수행하시도록 돕게 되어 기쁩니다."

이어 이 대통령이 감사 연설을 했다. 미군의 도움으로 되찾은 수도에 다시 서게 된 이 대통령은 북받치는 감정을 이기지 못하고 준비된 원고에서 벗어나 참석한 미군 지휘관들과 병사들에게 손을 내밀면서 말했다. "나 자신과 한국 사람들의 사라지지 않을 고마움을 내가 어떻게 여러분께 설명할 수 있겠습니까?"

미군과 한국군의 해병대가 서울을 바라고 전진하는 사이, 미군 7사단과 한국군 17독립연대는 해병대의 남쪽 측면을 보호하면서 동쪽으로 진격했다. 9월 21일 7사단 선두 부대가 안양 바로 남쪽에 이르러서 서울과 수원 사이의 도로를 장악했다. 이어 7사단 주력이 수원 비행장을 확보하기 위해 남쪽으로 진출했다.

이처럼 인천 상륙작전이 성공적으로 펼쳐지자, 크로마이트 작전의 둘째 목표인 포위망을 이루기 위한 국제연합군의 기동이 시작되었다. 이 임무에서 중심적 역할은 대구-김천-대전-수원의 경부축선(京釜軸線)을 맡은 미군 1군단이 수행했다. 선봉은 중앙에 자리 잡은 1기병사단이었다.

9월 23일 04시 30분, 1기병사단의 선두 린치 임무부대(Task Force Lynch)가 상주 낙동리 나루에서 낙동강을 건너기 시작했다. 1기병사단 7기병연대 3대대장 제임스 린치(James Lynch) 중령이 이끈 이 임부부대는 3대대를 중심으로 1개 전투공병 중대, 2개 전차 소대(전차 7대), 1개 야전 포병 대대, 1개 중박격포 소대, 1개 수색정찰 소대로 이루어진 혼성부대였다.

낙동강을 건넌 린치 임무부대는 7사단이 기다리는 오산을 향해 올라갔다. 진격 속도가 하도 빨라서, 이 부대는 천안에서 북쪽으로 퇴각하는 북한군을 따라잡았다. 로버트 베이커(Robert Baker) 중위가 이끈 전차 3대는 진격 속도를 늦추지 않고, 아직 적군 전차 부대들이 있는 지역을 지나 기적적으로 오산의 7사단 31연대 지역에 닿았다. 낙동강을 건넌 지 사흘 만인 9월 26일 22시 26분이었다. 린치 임무부대 본대는 이튿날 08시 26분에 닿아, 마침내 10군단과 8군이 연결되었다. 북한군을 가두는 포위망이 완성된 것이었다.

크로마이트 작전의 성공은 한국전쟁의 구도를 단숨에 바꾸어놓았다. 먼저, 낙동강 전선에 투입된 북한군 주력이 무너졌다. 국제연합군의 진격이 워낙 빨랐고 퇴로가 차단되었으므로, 당시 낙동강 전선에 있던 북한군 사단들 가운데 건제(建制)를 유지하면서 퇴각한 경우는 거의 없었다. 낙동강 전선에 있던 북한군 7만 명 가운데 38선을 넘어간 병력은 2만 5,000명이었다고 추산된다. 퇴로가 막혀 북한으로 올라가지 못한 병력은 지리산 일대로 들어가서 유격전을 펼치다가 소멸되었다.

수도이자 교통의 중심인 서울을 되찾음으로써, 국제연합군은 북한군의 병참 체계에 결정적 타격을 주었다. 아울러, 북한군의 사기를 크게 떨어뜨려 북한군의 패주가 시작되었다.

인천 상륙작전이 성공해서 패색이 짙어지자, 북한군은 포로들과 인질들을 학살하기 시작했다. 대전에서만 7,000명가량의 남한 인사들과 40명의 미군 포로들이 학살되었다. 1950년 10월 31일, 국제연합군 사령부는 공산주의자들에 의해 살해된 사람들이 2만 6,000명에 이른다고 발표했다.

일흔일곱째 이야기

38선 돌파 (1950년 9월)

●

 국제연합군이 서울을 수복하고 계속 북쪽으로 진격하자, 국제연합군의 38선 월경 문제가 대두되었다. 원래 미국을 비롯한 참전국들은 북한으로의 진출을 고려하지 않았다. 참전의 목적이 한국에 침입한 북한군을 격퇴하는 것이었으므로, 38선에서 멈춰야 한다는 의견이었다.

 그러나 이런 의견은 대규모 국제 전쟁인 한국전쟁을 국지적 분쟁으로 간주했다는 점에서 비논리적이고 비현실적이었다. 국제연합이 북한의 침공을 불법적이라고 결의했으므로, 불법을 저지른 북한에 대한 국제적 응징이 있어야 했다. 만일 '국경 아닌 국경'인 38선이 그렇게 '신성한 국경'이라면, 애초에 그것을 넘어 침공한 북한은 중대한 범죄를 저지른 셈이고, 당연히, 그런 범죄에 대한 징벌을 받아야 했다. 그리고 그런 징벌은 북한이 항복하고 잘못을 인정한 뒤에야 가능했다.

 싸움터의 논리도 북진을 필연적으로 만들고 있었다. 국제연합군의 진격엔 탄력이 붙었고, 북한군의 패주로 생긴 공백은 국제연합군을 빨아들였다.

9월 30일 오후, 이승만 대통령은 육군 수뇌부를 불렀다. 참모총장 정일권(丁一權) 소장이 인사국장 황헌친(黃憲親) 대령, 정보국장 장도영(張都暎) 대령, 작전국장 강문봉(姜文奉) 대령, 군수국장 양국진(楊國鎭) 대령 및 헌병사령관 최경록(崔慶祿) 대령과 함께 부산 경무대를 찾았다.

이 대통령은 밝은 얼굴로 38선에 먼저 닿은 부대들을 표창하라고 지시했다. 이어 정색하고 물었다. "그런데 정 총장, 정 총장은 어느 쪽인가? 미군 쪽인가?"

뜻밖의 물음에 정 소장은 이내 대답하지 못했다.

이 대통령은 참모들에게도 일일이 같은 물음을 던졌다.

모두 난처한 얼굴로 우물쭈물 대답했다.

그러자 이 대통령은 자신의 뜻을 밝혔다. "정 총장, 그리고 여러분들, 실례인 줄 알면서도 이러한 질문을 한 것은 여러분에게 묻고 싶은 것이 있어서입니다."

모두 긴장해서 다음 말을 기다렸다.

"여러분, 38선에 도달한 우리 국군에게 어찌해서 북진하라는 명령을 하지 않소? 38선 때문인가? 아니면, 다른 이유 때문인가?"

방 안을 가득 채운 침묵을 정 소장이 조심스럽게 헤쳤다. "38선 때문입니다."

"38선이 어찌 됐다는 건가?" 이 대통령의 목소리가 문득 높아졌다. "무슨 철조망이라도 쳐져 있다는 건가? 장벽이라도 쌓여 있다는 건가? 넘지 못할 골짜기라도 있단 말인가?"

노기 어린 대통령의 질책에 모두 얼어붙었다.

"정 총장, 어떻게 하겠소?"

"저희들은 대한민국 국군입니다. 유엔군과의 지휘권 문제가 있습니다만, 각하의 명령을 따라야 할 사명과 각오를 갖고 있습니다. 38선 돌파는 시간 문제입니다. 명령을 내리신다면, 제가 현지에 가서 책임지고 결정하겠습니다."

잠시 뜸을 들이고서, 이 대통령은 힘주어 말했다, "여러분의 의견은 나에게 용기를 주었습니다. 나는 맥아더 장군에게 우리 국군의 지휘권을 맡기기는 했으나 내가 자진해서 한 것입니다. 따라서 되찾아 올 때도 내 뜻대로 할 것입니다. 지휘권을 가지고 이러쿵저러쿵 따질 일이 없습니다. 그러하니 대한민국 국군인 여러분은 대한민국 대통령의 명령만 충실히 지켜주면 되는 것입니다."

이어 이 대통령은 책상으로 가서 문서를 집어 들었다. 그리고 정 소장에게 건넸다. "이것은 나의 결심이고 나의 명령이오."

"알겠습니다, 각하." 정 총장은 받아 든 종이를 살펴보았다. 내용은 간단했다: "명령. 대한민국 국군은 즉각 북진하라."

경무대에서 나오자, 정 소장은 곧바로 강릉의 제1군단 사령부로 향했다. 태백산맥으로 서부의 전선과 격리된 동해안 지역은 한국전쟁 내내 한국군이 맡았던 지역이었다. 그리고 1군단장 김백일 준장은 신망이 높았고 정 총장과는 만주군관학교 동기여서, 두 사람은 서로 마음을 터놓는 사이였다. 정 소장은 김 준장에게 이 대통령의 명령을 알렸다.

"총장 얘기가 무슨 뜻인지 알아듣겠소." 김 준장이 고개를 끄덕였다. "각하야 북진 통일밖에 모르는 분이시니까."

정 소장이 고개를 끄덕였다.

김 준장이 두 손을 마주 비비면서, 혼잣소리를 했다, "그럼 팬다 이거지. 좋지."

"김 장군, 우리가 38선에서 멈추면, 지형적으로 불리한 지역을 지켜야 할 경우도 있을 텐데… 그런 상황을 막기 위해 우리가 38선 이북에서 꼭 확보해야 할 지형지물이 무엇이오?"

참모총장의 말뜻을 알아들은 군단장이 싱긋 웃고서, 지도를 펴고 살폈다. "어디 보자. 여기 양양을 확보하려면, 여기 38선 바로 북쪽의 고지를 확보해야 하는데…."

참모총장이 군단장이 가리킨 지점을 살폈다. "우리가 꼭 확보해야 할 요충이구먼."

두 장군이 마주 보면서 뜻이 담긴 웃음을 지었다.

정일권 참모총장은 곧바로 국제연합군 사령관 워커 중장을 찾았다. "장군님, 진격하던 군대가 갑자기 38선에서 멈추니, 문제들이 많이 생깁니다."

워커가 고개를 끄덕였다. "그렇겠죠."

"동해안 지역은 산악지역이라 특히 문제가 심각합니다. 38선 바로 북쪽의 고지를 북한군이 점령하고 저항하는 바람에, 아군의 손실이 작지 않습니다."

"그러한가요? 어떻게 하면, 좋겠소?"

"그 고지를 점령하면, 전선이 정돈될 것 같습니다."

워커가 잠시 생각하더니, 고개를 끄덕였다. "그 고지를 점령해서 전선을 정돈하도록 하시오."

"알겠습니다."

싱긋 웃으면서, 워커가 가볍게 덧붙였다, "전쟁을 측량해가면서 하는 것은 아니잖소?"

정일권도 따라 웃음을 지었다. "그렇습니다, 장군님."

워커 사령관의 승인을 받자, 정 참모총장은 김백일 군단장과 함께 동해안의 3사단 23연대를 찾았다.

참모총장은 군단장에게 엄숙히 지시했다. "제1군단은 38선을 넘어 양양 지역의 요충들을 점령하고 북한군을 추격하시오."

군단장이 참모총장에게 경례했다. "총장님, 잘 알겠습니다." 그리고 23연대장 김종순(金淙舜) 대령을 돌아보았다. "제23연대장."

"네엣."

"본관이 제3사단장을 대신하여 귀 연대에 북진 명령을 내린다. 38선을 돌파하라."

동해안에서 23연대가 38선을 돌파해서 북진을 개시했다는 소식이 전해지자, 모든 한국군 부대들이 서둘러 38선을 넘어 진격하기 시작했다. 그 기세가 터진 제방으로 강물이 쏟아지는 것 같았다.

한국군이 빠르게 북쪽으로 진격하니, 미군들은 차를 놓친 처지가 되었다. 힘든 싸움의 주력은 미군이었는데, 공은 한국군이 독차지하게 된 상황이었다. 미군 지휘관들 사이에서 불만의 목소리가 나오기 시작했다. 다음 날 맥아더 원수가 국제연합군에게도 북진 명령을 내렸다. 그러자 미군들이 앞선 한국군을 따라잡으려고 바쁘게 기동했다.

이제 아군 부대들이 모두 선두 경쟁을 벌이게 되었다. 특히 북한의 수도인 평양에 먼저 입성하려고 노력했다.

이때 평양을 공격한 국제연합군 부대는 미군 1군단이었다. 이 대통령은 이미 국군 부대들에게 "온갖 어려움들이 있더라도, 평양만은 반드시 우리 손으로 찾아야 한다"는 명령을 내린 터였다. 실제로, 미군 1군단 예하 한국군 1사단이 평양에 맨 먼저 입성했다. 1사단장 백선엽 준장은 치열했던 다부동 전투에서 승리한 영웅이었고 뛰어난 지도력과 원만한 인품으로 미군들의 존경을 받은 지휘관이었다.

마침내 10월 21일 오전 이 대통령이 평양 능라도(綾羅島) 비행장에 내렸다. 국제연합이 북한을 대한민국의 영토로 인정하지 않아서, 그는 대통령이 아니라 개인 자격으로 평양을 찾은 것이었다. 이어 그는 공산주의 정권의 압제로부터 해방된 평양에서 열린 시민대회에 참석했다.

이 대통령이 연단에 오르자, 평양 시민들의 환호성이 하늘을 가득 채웠다. 시민들에게 손을 들어 답례한 다음, 그는 감격에 떨리는 목소리로 북한 동포들에게 자신의 소회를 밝혔다, "나의 사랑하는 동포 여러분! 만고풍상을 다 겪고 39년 만에 처음으로 대동강을 건너 평양성으로 들어와서 사모하는 동포 여러분을 만날 적에 나의 마음 속에 있는 감상을 목이 막혀서 말하기 어렵습니다. 40년 동안 왜정 밑에서 어떻게 지옥 생활을 했던가 생각하면 눈물이 가득합니다…"

감격한 시민들이 환호했다. "대한민국 만세!"와 "이승만 대통령 만세!"가 하늘로 솟구쳤다. 연설을 마치자, 이 대통령은 연단에서 내려와서 시민들의 손을 잡고 위로하고 격려했다.

이어 국제연합군 최고사령관 맥아더 원수가 평양에 닿았다. 그는 평양에 맨 먼저 입성한 미군 부대인 1기병사단 5기병연대 F중대를 사열했다. 1기병사단은 석 달 전 포항에 상륙해서 줄곧 북한군과 싸운 부대였다.

 길고 힘든 싸움으로 지친 장병들을 한참 살핀 맥아더가 침중한 목소리로 말했다, "이 부대는 96일 전 한반도의 동남단 포항에 상륙했다. 그때 상륙한 병사들은 앞으로 나오라."

 병사 다섯이 앞으로 나왔다. 셋은 붕대로 팔다리를 감싼 부상병들이었다.

 잠시 그 다섯 병사들을 살핀 최고사령관이 물었다, "중대장, 처음 상륙할 때 병력은 몇이었소?"

 중대장이 자신 없는 목소리로 대답했다, "한 200명 되었을 것입니다. 저는 뒤에 보충되었습니다."

 잠시 그 대답을 음미한 최고사령관이 말했다, "포항에 상륙한 200명 가운데 지금 이 자리에서 선 사람들은 다섯이다. 그 다섯 가운데 셋은 부상병이다. 그 숫자가 이 용감한 부대가 공산주의자들에 맞서 자유를 지키는 이 전쟁에서 한 일을 말해준다. 제1기병사단은 제2차 세계대전에서 일본군과 싸워 공을 세운 부대다. 나는 그때도 지금도 이 훌륭한 부대를 지휘하는 영광을 누렸다. 귀관들에게 감사한다. 해산."

일흔여덟째 이야기

장진호 전투(1950년 11~12월)

•

평양이 국제연합군에 점령되면서, 북한 정권은 실질적으로 무너졌다. 북한 정권은 평안북도 북쪽 강계(江界)로 물러났지만, 추격하는 국제연합군으로부터 자신을 지킬 힘이 없었다. 동부 전선에서도 한국군이 이미 원산과 함흥을 점령한 터였다. 이제 국제연합군에게 남은 일은 압록강과 두만강까지 진격해서 북한군 패잔병들을 소탕하는 작전이었고, 그 일은 그리 오래 걸리지 않으리라고 예상되었다.

이즈음에 국제연합군 지휘부가 고뇌한 것은 중공군이 북한을 돕기 위해 참전할 가능성이었다. 중공군의 개입 가능성은 컸다. 애초에 중공 정권은 조선족 병사들을 북한으로 보내서 북한군의 주력이 되도록 주선했었다. 그리고 10월 3일엔 주은래 외상이 선언했다, "만일 국제연합국 병력이 38선을 넘어 북한 영토로 진출하면, 중국은 개입하겠다." 10월 9일엔 중국 외교부 대변인이 개입 위협을 되풀이했다.

마침내 10월 15일에 이 문제를 논의하기 위해 태평양의 웨이크섬(Wake Island)에서 트루먼 대통령과 맥아더 원수가 만났다. 중공군의 개입을 걱정하는 트루먼에게 맥아더는 중공군이 개입하지 않으리라고 단언했다, "제정신인 군사 지휘관이라면, 겨울을 앞두고 대규모 작전을 시작하지 않을 것입니다."

여기서 주목할 점은 맥아더가 자신이 인천 상륙작전을 고집하면서 한 얘기를 뒤집었다는 사실이다. 인천 상륙작전이 워낙 어려우므로, 제정신인 군사 지휘관은 그것을 선택할 리 없고, 그래서 오히려 기습이 성공할 가능성이 크다고 그는 말했었다. 그는 자신이 거꾸로 기습당할 가능성을 인식하지 못한 것이었다.

중공군이 대대적으로 공격해서 한국군과 미군에 막대한 손실을 입힌 뒤에도, 맥아더 사령부는 판단을 바꾸지 않았다. 맥아더의 정보참모 찰스 윌러비(Charles Willoughby) 소장은 전선을 방문해서 중공군 포로들을 확인했다. 그런 증거에도 불구하고, 그는 북한에 들어온 중공군들이 지원병들(volunteers)에 지나지 않는다고 판단했다. 물론 중공군은 '중국인민지원군(People's Volunteer Army)'이란 명칭을 썼다. 그러나 그 군대는 지원병들로 이루어진 작은 군대가 아니었다.

이런 비합리적 판단에 바탕을 두고, 맥아더 원수는 11월 24일에 '종전을 위한 총공세(end-the-war offensive)'를 명령했다. 그래서 국제연합군은 30만 명이나 되는 중공군이 숨어 기다리는 산맥 속으로 진격했다. 이 무모한 작전은 당연히 국제연합군을 감당할 수 없는 위험으로 몰아넣었다. 그리고 모든 부대들이 괴멸적 손실을 입었다.

가장 어려운 처지로 몰린 부대는 함경남도 서부에서 기동한 미군 1해병사단이었다. 인천 상륙작전의 주역이었던 바로 그 부대였다. 황초령(黃草嶺)을 넘어 높은 산맥들 사이로 난 좁은 도로를 따라 북쪽으로 올라간 이 부대는, 중공군이 황초령을 점령하자, 퇴로를 잃고 완전히 고립되었다.

미군 1해병사단은 각기 3,200명가량 되는 병력을 지닌 3개 보병연대(1, 5, 7해병연대)와 1개 포병 연대(11해병연대)로 이루어졌는데, 총 병력은 1만 2,000명이 좀 넘었다. 1만 명가량 되는 지원 병력이 이들을 도왔는데, 가장 중요한 부대는 1해병항공단(Marine Aircraft Wing)이었다.

당시 55세였던 사단장 스미스 소장은 태평양전쟁에서 활약했다. 그는 뉴 브리튼 전역(New Britain Campaign)에서 5해병연대를 지휘했고, 펠렐리우 싸움(Battle of Peleliu)에선 1해병사단의 부사단장이었고, 오키나와 싸움(Battle of Okinawa)에선 10군의 부참모장이었다. 전쟁 경험이 많으면서도 신중한 이 노병은 미군 수뇌부의 낙관적 전망에 대해 처음부터 회의적이었다. 그는 전쟁이 쉽게 끝나지 않으리라고 예상했고 한반도에 들어온 중공군이 미군 수뇌부의 추산보다 훨씬 큰 병력이라고 판단했다.

스미스 소장은 해병대인 자기 부대가 내륙 깊숙이 들어가는 것을 본능적으로 싫어했다. 해병대는 본질적으로 연안에서 활동하는 부대였다. 해병대는 전통적으로 충격부대(shock troops)로 여겨져서 해두보를 확보한 뒤 바로 점령부대에게 넘겨주었다. 내륙으로 들어갈수록 해병대가 지닌 강점이 사라지고 약점이 드러날 터였다. 게다가 1해병사단의 작전 지역에선 보급로가 높은 산줄기들 사이로 난 좁은 길 하나였다.

그래서 스미스 소장은 사단 본부가 자리 잡은 장진호(長津湖) 남안의 하갈우리(下碣隅里)에 탄약과 필수 보급품들을 비축하기 시작했다. 이어 위태로운 지상 보급로를 보완하는 방안으로 공중 보급로를 구상해서, 하갈우리 남서쪽에 비행장을 건설하기 시작했다. 추위로 단단히 굳은 땅을 파고 비행장을 만드는 일은 힘들었지만, 그의 선견

지명은 뒤에 1해병사단이 살아남는 데 결정적 공헌을 했다.

1950년 11월 24일에 총공세 명령이 내려오자, 1해병사단은 장진호 서안의 유담리(柳潭里)에서 낭림산맥의 설한령(雪寒嶺)을 향해 서쪽으로 나아가기 시작했다. 1차 목표는 낭림산맥 서쪽 평안북도 강계군 무평리(武坪里)였다. 무평리는 만포선이 지나고 도로들이 합치는 교통의 요지여서, 그곳을 차지하면, 북한군의 보급로와 퇴로를 끊을 수 있었다.

당시 1해병사단은 황초령 남쪽 함주군 진흥리(眞興里)부터 장진군 유담리까지 길게 한 줄로 늘어서 있었다. 예비 부대인 1연대는 황초령 바로 북쪽의 고토리(古土里)에 본부를 두고 진흥리부터 하갈우리에 걸쳐 머물고 있었다. 좌익인 7연대는 장진호의 서안을 따라 유담리까지 진출했다. 우익인 5연대는 장진호 동안을 따라 16km가량 진출했다. 공격 목표가 무평리로 바뀌자, 스미스 소장은 덜 지친 5연대를 선봉으로 삼기로 했다. 그래서 5연대는 북쪽으로의 진출을 멈추고 서쪽 7연대 지역으로 이동했다.

11월 27일 아침 미군은 설한령으로 가는 길을 따라 서쪽으로 진출했다. 5연대의 주력이 아직 도착하지 않았으므로, 7연대장 호머 리첸버그(Homer Litzenberg) 대령이 7연대와 5연대 2대대를 이끌고 공격에 나섰다. 예상과 달리, 중공군은 처음부터 거세게 저항했다. 원래 계획은 유담리에서 16km 떨어진 고개를 점령하는 것이었지만, 치열한 싸움 끝에도 미군은 2km도 나아가지 못했다. 27일에 5연대의 나머지 병력이 유담리에 이르러서, 미군은 병력에서 상당한 여유를 지니게 되었다.

낭림산맥 동쪽 함경도 지역에 배치된 중공군 9병단은 20군, 26군, 27군으로 이루어졌는데, 각 군은 4개 사단으로 이루어졌다. 총병력은 24만 명으로 추산되었다. 송시륜(宋時輪) 9병단 사령관은 당시 42세로 1930년대의 '대장정'에 참여했고 유능한 지휘관으로 이름이 높았다.

그날 밤 중공군은 대규모 기습 작전에 나섰다. 27군은 북쪽에서 내려와 장진호 서안 유담리와 남안 하갈우리를 공격했다. 20군은 서쪽에서 공격했다. 압도적으로 우세한 병력을 이용한 전형적 양익 포위 작전이었다.

5배가량 우세한 적군의 야간 기습 공격을 받았지만, 유담리의 미군 해병들은 무너지지 않고 전선을 지켰다. 그러나 부대들은 서로 연결이 끊겨서, 유담리의 본진, 바로 남쪽의 보급로를 지키던 7연대 C중대, 그리고 전술적으로 중요한 덕동 고개를 지키던 7연대 F중대의 셋으로 고립되었다.

11월 28일 고립된 두 중대를 구출하기 위한 노력이 20km가 넘는 보급로의 양쪽에서 시도되었다. 남쪽에선 하갈우리로부터 전차 3대를 앞세운 1개 중대가 덕동 고개로 향했으나, 중간에 중공군의 공격을 받고 물러났다. 북쪽에선 유담리로부터 내려온 7연대 1대대가 C중대를 구출해서 유담리로 귀환했다.

뒤에 'F중대 고지(Fox Hill)'라는 이름을 얻은 고지에서 덕동 고개를 지키던 F중대에 구원군이 도착한 것은 12월 2일 낮이었다. 4,000명으로 추산되는 중공군의 거듭된 공격을 미군 해병 1개 중대가 물리친 것이었다. 이 'F중대 고지' 전투에서 중공군은 2,000명이 넘는 사상자를 냈다. F중대 237명의 병력 가운데 생존자는 86명이었다. F중대의 분전 덕분에 유담리의 본진은 완전 포위를 면했고 하갈우리로 통하는 보급로에서 전술적으로 가장 중요한 덕동 고개를 확보할 수 있었다.

장진호 동쪽의 상황은 더욱 심각했다. 원래 1해병사단 5해병연대의 작전 지역이었던 이곳을 인수한 부대는 미군 7사단의 31연대 3대대, 32연대 1대대 그리고 57포병대대였다. 중공군 80사단은 11월 27일 밤에 이 부대들을 공격했다. 미군은 가까스로 중공군의 공격을 막아냈으나, 상황은 점점 어려워졌다. 하갈우리에서 북상한 1해병사단의 구원병은 이미 보급로를 차단한 중공군의 저항에 막혀 큰 손실을 입고 되돌아갔다.

다른 부대들도 중공군의 공격을 막아내기 힘겨운 상황이었으므로, 이들 부대들을 구원할 만한 병력은 없다는 것이 드러났다. 결국 장진호 동쪽의 7사단 부대들은 31연대장 앨런 매클린(Allan MacLean) 대령의 지휘 아래 자력으로 적군의 포위를 뚫기로 했다. 그러나 좁고 험한 길을 따라 이미 요소들을 장악한 중공군의 공격을 뚫는 작전이었으므로, 상황은 급속히 나빠졌다. 결국 매클린 대령을 비롯한 주요 장교들이 죽거나 포로가 되었고 병사들은 뿔뿔이 흩어져 얼어붙은 장진호를 건너 하갈우리에 닿았다. 3개 대대 병력 가운데 1,000명 남짓한 병사들이 하갈우리를 찾았는데, 그들 가운데 활동이 가능한 병사들은 겨우 385명이었다.

이보다 앞서, 하갈우리의 사단 본부가 중공군에게 유린될 위협을 맞자, 스미스 소장은 남쪽 고토리에 머물던 부대들을 북쪽으로 불렀다. 1해병연대장 루이스 풀러(Lewis Puller) 대령은 영국군 41독립해병특공대, 미군 1해병연대 G중대, 미군 31보병연대 B중대 및 사단본부 요원들로 이루어진 차량화 임무부대(motorized task force)를 편성하고 41독립해병특공대장 더글러스 드라이스데일(Douglas Drysdale) 중령을 임무부대장에 임명했다. 이 부대의 병력은 1,000명가량 되었다.

11월 29일 아침 드라이스데일 임무부대(Task Force Drysdale)는 영국군 해병대를 선두로 해서 고토리를 떠났다. 그러나 보급로 동쪽에 진지를 마련한 중공군의 강력한 저항에 막혀, 행렬은 고토리 북쪽 $4km$ 지점에서 멈췄다. 풀러 대령은 해병전차 2개 소대를 증파했고, 13시에 임무부대는 전차들을 앞세우고 다시 북상했다. 그러나 중공군의 저항이 거세어서, 16시 15분에 임무부대는 겨우 $2km$ 남짓 나아간 뒤 멈췄다.

풀러는 다시 2개 전차 소대를 증파했다. 그러나 드라이스데일은 아직도 $11km$나 되는 하갈우리로 진군하는 것이 타당한지 확신하지 못했다. 부대원들의 손실이 이미 너무 컸고, 혼성부대인지라, 통제도 제대로 되지 않았다. 그는 무선으로 스미스 사단장에게 의사를 물었다. 당장 그날 밤 중공군에게 사단 본부가 유린될 상황인지라, 스미스 사단장은 바로 결정했다, "무슨 희생을 치르더라도, 계속 진군하시오(Press on at all costs)."

임무부대는 다시 움직이기 시작했다. 그러나 고토리와 하갈우리의 중간 지점에서 한 줄로 늘어선 행렬은 중공군의 맹렬한 공격을 받았다. 박격포탄이 행렬 중간의 트럭을 맞히자, 중공군은 그 트럭을 치우지 못하도록 트럭 둘레를 집중적으로 포격했다. 결국 행렬은 두 동강이 났다. 행렬 선두에 섰던 드라이스데일은 400명의 병력을 이끌고 하갈우리에 닿았다. 그러나 뒤에 처진 병력은 중공군의 공격에 큰 손실을 입었고 일부는 고토리로 귀환했다. 참혹한 손실을 입은 이 구간을 드라이스데일은 '지옥화 계곡(Hell Fire Valley)'이라 불렀다. 드라이스데일 임무부대의 손실은 300명이 넘었고 75대의 트럭이 사라졌다.

11월 28일 도쿄의 최고사령부에서 맥아더 원수는 8군 사령관 워커 중장과 10군단장 에드워드 알몬드(Edward Almond) 소장으로부터 전황을 보고받았다. 이 회의에서 국제연합군의 전면적 철수가 결정되었다. 10군단은 중공군과 접촉을 유지하면서 함흥과 흥남 지역으로 결집하기로 되었다.

이 결정에 따라, 12월 1일 유담리 일대의 5해병연대와 7해병연대는 하갈우리로 물러나기 시작했다. 좁은 보급로를 끊은 중공군의 공격은 거세고 집요했다. 그래도 근접 항공지원을 받았고 덕동 고개를 확보했으므로, 미군의 손실은 그리 크지 않았다. 12월 3일에 주력이 하갈우리 본진에 닿았고 4일 14시엔 후위가 도착했다.

그사이에 하갈우리의 비행장은 거의 다 만들어져서, 대형 수송기들도 이용할 수 있게 되었다. 수송기들은 해병 보충병들과 물자들을 부지런히 날랐다. 언론 특파원들도 함께 도착했다. 묘하게도, 그들은 고립되어 분투하는 해병들에 호의적이지 않았다.

어느 미국인 기자가 사단장에게 물었다, "장군님, 전망은 어떻습니까?"

"좋습니다." 스미스 소장이 대꾸했다, "사단이 한데 뭉쳐 있는 한, 이 세상 무엇도 막강한 공군과 포병의 지원을 받는 해병사단을 막을 수 없습니다. 그리고 지금 우리는 한데 뭉쳤습니다."

그러자 한 영국인 기자가 냉소적으로 물었다, "장군님, 그러나 당신들은 서쪽으로의 진군을 멈췄습니다. 따라서, 궁극적으로, 이번 흥남으로의 기동은 후퇴가 되는 것 아닙니까?"

스미스 소장이 대꾸했다, "후퇴라니, 말도 안 돼—우리는 다른 방향으로 진격하는 겁니다(Retreat, hell—we're attacking in another direction)."

고립되어 힘든 싸움을 앞둔 부대의 지휘관이 한 이 힘찬 대꾸는 곧 미국 신문들의 앞면에 크게 실렸고 장진호 전투를 상징하는 구호가 되었다.

12월 5일 미군 극동공군 전투화물사령부(Far East Air Forces' Combat Cargo Command) 사령관 윌리엄 터너(William Tunner) 소장이 하갈우리로 날아와서 스미스 소장에게 1해병사단 병력 전원을 수송기로 탈출시킬 수 있다고 보장했다. 다만 무기들과 장비들은 모두 버려야 한다는 조건이었다. 아마도 그 방안이 병력 손실을 최소화하는 길이라는 데엔 스미스 소장도 선뜻 동의했다. 그러나 중화기들과 1,000대가량 되는 트럭들을 포함한 막대한 장비들을 버릴 수 없다고 판단한 스미스는 그 제안을 거절했다. 대신 육로로 해안까지 철수하기로 했다.

철수 작전은 두 단계로 이루어졌다. 1단계는 하갈우리에 집결한 병력이 고토리까지 남하하는 것이었다. 2단계는 하갈우리 병력이 내처 황초령을 넘어 진흥리까지 남하하고 이어 고토리를 지키던 후위 부대가 철수하는 것이었다.

1단계에선 7해병연대와 7사단 생존자들 및 다른 육군 요원들로 이루어진 대대가 선봉에 서고 5해병연대와 1해병연대 3대대 및 영국군 41해병특공대가 후위 임무를 맡았다. 나머지 해병 병사들과 차량들은 둘로 나뉘어 선봉과 후위에 배속되었다. 포병 화력을 유지하기 위해서, 포병은 두 부대로 나뉘어 교차적으로 남하하기로 되었다. 낮에는 24대의 항공기들이 철수로를 엄호했고 다른 항공기들이 중공군의 진지들을 정찰하고 공격하기로 되었다.

12월 6일 아침 고토리로의 철수 작전이 개시되었다. 7해병연대를 주력으로 한 선봉이 하갈우리를 출발했다. 동시에 5해병연대를 주력으로 한 후위는 철수로를 굽어보는 동산(East Hill)에 포진한 중공군을 공격해서 점령했다. 중공군은 거세게 반격했으나 1,200명이 넘는 사망자를 내고 12월 7일 새벽에 물러났다.

하갈우리를 떠나자마자, 7해병연대는 중공군의 공격을 받았다. 특히 11월 29일 드라이스데일 임무부대가 큰 피해를 본 '지옥화 계곡'에서 거센 공격을 받았다. 그러나 항공 화력, 포병 화력, 전차 화력의 지원을 받은 지상군의 대응 공격이 주효해서, 행렬은 천천히 남쪽으로 나아갔다. 12월 7일 새벽에 7해병연대의 선두 대대가 고토리에 닿았고 오후엔 나머지 부대들이 모두 도착했다.

12월 7일 오전 5해병연대의 주력이 하갈우리를 떠났다. 후위 작전을 위해 뒤에 남은 5해병연대 2대대, 공병 및 전차 1개 소대는 남은 물자들을 불태우고 정오에 하갈우리를 떠났다. 중공군의 공격은 하갈우리와 '지옥화 계곡'에서 나왔는데, 소화기 사격 수준을 넘지 않았다. 덕분에 5해병연대는 12월 7일 자정 이전까지 모두 고토리에 닿았다.

고토리에서 진흥리로 남하하는 2단계 철수 작전은 12월 8일 아침에 개시되었다. 진흥리에 머물던 1해병연대 1대대는 황초령을 넘어 북상하면서 철수로 근처의 중공군을 공격해서 험난한 황초령을 확보하기 시작했다. 동시에 고토리에선 7해병연대와 5해병연대 1대대가 먼저 남쪽으로 출발했다. 후위 작전은 1해병연대 1대대가 수행했다. 그날은 눈 폭풍이 일어서 항공 지원이 불가능했고 중공군의 저항은 상당해서, 행렬은 느리게 나아갔다. 이튿날 아침엔 하늘이 개어서, 항공 지원이 재개되었다. 마침내 15시에 남쪽에서 올라온 1해병연대 1대대가 치열한 싸움 끝에 황초령을 굽어보는 1081고지를 확보했고 이어 7해병연대의 정찰대가 그 고지에 닿아서, 남북에서 출발한 두 부대가 연결되었다.

안타깝게도, 성공적 철수 작전은 작은 비극으로 막을 내렸다.

10일 오후 중반에 마지막 병력이 고토리를 떠났다. 그들을 다수의 피란민들이 따랐다. […] 그러나 전진은 느렸다. 11일 01시에도 행렬의 꼬리인 전차들과 해병사단 수색중대 1개 소대는 답도교 북쪽 1마일 넘는 지점에 있었다. 그 지점에서 얼어붙은 제동기 때문에 끝으로부터 9번째 전차가 멈췄고, 전차병들이 전차를 움직이게 하려 애쓰는 사이에, 피란민들 속에 섞여 있던 중공군 병력과 인근 고지에 있던 중공군이 사격했다. 이어진 혼전에서 마지막 전차 7대와 마지막 전차 2대의 승무원들과 수색 소대 요원 셋이 해를 입었다.

— 빌리 모스먼(Billy Mossman), 『썰물과 밀물(Ebb and Flow)』

한국전쟁 내내 이런 양상이 거듭되었다. 북한군과 중공군은 후퇴하는 한국군과 미군을 따라나선 피란민들 속에 섞여 있다가 한국군과 미군을 기습했다. 한국군과 미군은 피란민들을 행렬에서 떼어놓으려 애썼지만, 북한군과 중공군은 피란민들을 위협해서 총알받이로 앞세웠다. 당연히 민간인들의 피해는 컸다.

1950년 11월 27일부터 12월 10일까지 장진호 지역에서 벌어진 전투에서, 미군 1해병사단과 배속된 병력은 중공군 9병단 예하 20군, 26군, 27군 모두와 싸웠고 12개 사단들 가운데 8개 사단과 직접 부딪쳤다. 그 과정에서 전사자 393명, 전상자 2,152명, 실종자 76명의 손실을 입었다. 배속된 병력은, 전투 초기에 장진호 동쪽에서 큰 피해를 입은 7사단의 손실을 빼놓으면, 영국군 41독립해병특공대의 78명이었다.

압도적으로 우세한 병력으로 미군을 포위하고 좁은 보급로를 따라 길게 늘어선 미군 행렬을 일방적으로 공격하는 입장이었지만, 중공군은 오히려 훨씬 큰 피해를 입었다. 뒤에 노획한 문서들과 포로들의 심문에서 얻은 증거들을 바탕으로 미군은 "중공군의 높은 전투 및 비전투 손실은 9병단의 대부분을 군사적으로 무력하게 만들었다"고 결론을 내렸다. 9병단이 입은 손실은 전사자 2만 5,000명과 전상자 1만 2,500명으로 추산된다. 실제로 9병단은 재편성에 3개월이 걸렸고 1951년 봄에야 다시 싸움터에 모습을 드러냈다.

예상과 달리, 위기에 처한 미군 1해병사단이 포위한 중공군 9병단을 물리치고 큰 손실을 입힌 것은 전황에 큰 영향을 미쳤다. 만일 9병단이 승리했다면, 그들은 이내 서쪽으로 진출해서 미군 8군의 우익을 공격했을 터이고 아군의 상황은 실제보다 훨씬 위태로웠을 것이다. 9병단이 결정적으로 중요했던 3개월 동안 전선에 나오지 못하자, 아군은 재정비를 할 여유를 얻었다.

  심리적 영향도 무척 컸다. 중공군의 포위와 기습이 워낙 완벽했으므로, 중공군 수뇌부는 완벽한 승리를 자신하고 작전 종료 전에 미군 1해병사단은 몰살한 것이나 마찬가지라고 선언했다. 미국 시민들은 해병들이 끝내 포위를 뚫지 못할까 걱정했다. 보름에 걸친 전투가 '전쟁의 역사에서 가장 위대한 후퇴들 가운데 하나(one of the greatest retreats in the course of military history)'로 막을 내리자, 중공군에 대한 공포에 휩싸였던 국제연합군은 심리적 안정을 많이 되찾았다.

일흔아홉째 이야기

흥남 철수 작전 (1950년 12월)

●

 낭림산맥 동쪽에서 장진호 전투가 벌어지는 동안, 서쪽 평안도 지역에선 국제연합군의 전선이 걷잡을 수 없이 무너졌다. 전선의 동쪽 산악지역을 맡았던 한국군은 궤멸했고, 전선의 서부를 맡았던 미군도 압도적으로 우세한 중공군의 공세에 일방적으로 밀렸다. 12월 5일 미군은 평양을 포기하고 남쪽으로 후퇴했다.

 12월 8일 맥아더 원수는 10군단을 8군에 예속시켜 워커 장군이 한반도 작전을 총괄하도록 했다. 그리고 방어할 9개 전선을 제시했다. 이 방어선들 가운데 가장 남쪽에 있는 것은 전쟁 초기의 '낙동강 전선(Pusan Perimeter)'이었다. 당시 미군 수뇌부는 중공군에게 밀리면, 한반도에서 철수할 생각이어서, 낙동강 전선은 철수 작전을 위한 해두보의 성격을 지녔다.

 당시 워커 장군이 크게 걱정한 것은 허약한 한국군이 부여받은 전투 정면을 방어하지 못하고 무너지는 상황이었다. 적군은 제대로 훈련을 받지 못하고 화력도 약한 한국군을 집중적으로 공격해서 돌파하는 작전을 줄곧 써서 큰 성공을 거두었다. 그래서 워커 장군은 10군단을 집결지인 함경도 해안 지역에서 철수시켜 중부 전선에 투입할 생각이었다.

10군단의 철수는 흥남항에서 해로로 이루어지게 되었다. 육로로 철수하는 것은 지리적 여건 때문에 실제적이 되지 못했다. 12월 9일 알몬드 소장은 10군단 예하 부대들에 "흥남 지역에서 부산-포항 지역으로 지체 없이 해상 및 공중으로 철수하라"라고 지시했다. 흥남항 인근 연포(連浦) 비행장을 통한 공중 철수도 꾸준히 이루어지게 되었지만, 병력과 장비는 대부분 흥남항을 통해 바다로 철수할 터였다.

알몬드 소장은 힘든 전투들로 많이 지친 부대들을 먼저 철수시키기로 결정했다. 그래서 1해병사단이 먼저 철수하고, 이어 7사단이 철수하고, 3사단이 맨 뒤에 철수하기로 되었다. 한국군 1군단 예하 잔류 부대들도 미군과 함께 철수할 예정이었다.

해상 철수 작전은 본질적으로 공간을 시간과 맞바꾸는 작전이다. 따라서 부대들이 질서 있게 단계적으로 해두보로 철수하는 것이 긴요하다. 이 목적을 위해 알몬드 소장은 흥남 둘레에 3개의 군단 통제선(phaseline)을 설치했다. 1해병사단이 철수하면, 나머지 부대들은 방어 지역에서 물러나 첫 통제선(Line Charlie)으로 철수하고, 7사단이 물러나면, 3사단이 둘째 통제선(Line Peter)으로 물러나고, 셋째 통제선(Line Fox)은 3사단 자신이 철수하는 동안 지킬 방어선이었다.

철수가 진행되면서 지상 병력이 줄어들어 위험이 점점 커지므로, 충분한 전술 항공 지원과 함포 사격은 철수 작전의 성공에 결정적 요소였다. 전술 항공 지원은 부산 지역의 5공군과 연포 비행장과 항공모함의 1해병항공단, 그리고 해군이 제공하기로 되었다. 함포 사격은 전함 1척, 순양함 2척, 구축함 7척, 그리고 로켓선 3척이 제공하기로 되었다.

대규모 해상 철수 작전에 관한 교범이 없었고 경험도 없었으므로, 도일 제독은 상륙작전의 역순으로 철수 작전을 수행하기로 결정했다. 이른바 '후입선출(last in, first out)'이었다. 그래서 잉여 보급품과 지원 병력이 먼저 철수하고 뒤에 전투 병력이 철수하도록 승선 계획이 세워졌다.

첫 철수 부대인 미군 1해병사단은 12월 12일부터 승선을 시작했다. 철수가 이루어지면서, 중공군 27군은 서쪽과 북쪽의 미군 방어진지의 취약한 지점들을 찾으려고 공격했다. 13일과 14일에는 중공군의 공격이 더욱 거세어졌다. 동북쪽에선 북한군 3사단과 1사단이 내려오고 있었다.

12월 21일에 7사단이 승선을 시작해서 이튿날 오후에 승선을 완료했다. 이로써 흥남 지역엔 3사단만이 남았다.

12월 24일 3사단의 각 연대에서 1개 대대가 후위 작전을 수행하고 나머지 부대들과 포병 부대들은 승선했다. 3사단의 10전투공병대대와 해군의 수중폭파팀들은 항구 시설을 폭파하기 위한 준비를 시작했다. 13시 30분에 잔류한 3사단 병력 9,000명이 승선을 완료했고 14시 36분엔 항구를 폭파한 병력이 승선을 마쳤다.

드디어 12월 24일 14시 40분에 도쿄의 최고사령부는 흥남항의 '마운트 매킨리호'로부터 10군단 전 병력이 흥남 해두보로부터 성공적으로 철수했다는 보고를 받았다. 도일 제독이 이끄는 미군 90해군임무부대는 8만 7,400명의 병력을 해상으로 철수시킨 것이다.

해상 철수 작전은 상륙작전과 대칭적이다. 상륙작전에선 처음 해두보를 만들 때가 가장 위험하고 작전이 진행될수록 안정적으로 되어간다. 반면에, 해상 철수 작전은 작전이 진전될수록 해두보의 지역과 그곳을 지키는 지상군 병력이 줄어들어서, 작전의 마무리가 아주 어렵다.

그런 사정을 고려하면, 흥남 철수 작전은 대단한 성취였고, 제1차 세계대전의 갈리폴리(Gallipoli) 철수 작전과 제2차 세계대전의 던커크(Dunkirk) 철수 작전과 함께, 성공적 철수 작전으로 이름이 높다. 1940년의 던커크 철수 작전에서 영국군은 병력만 철수하고 무기들과 장비들을 버렸다. 흥남에서 미군은 무기들과 장비들을 온전히 철수시켰을 뿐 아니라 가외로 8만 6,000명의 한국인 피란민들을 태우고 나왔다. [이미 원산과 성진에서 철수시킨 민간인들까지 합하면, 9만 8,100명이나 되었다.]

적군의 공격을 받는 상황에서 철수 병력과 맞먹는 민간인들을 구출한 일은 작전의 차원이나 도덕의 차원에서 더할 나위 없이 높은 평가를 받아야 한다. 당시 민간인들을 실을 선복도 부족했지만, 민간인으로 위장한 적군의 침투 가능성이 사정을 어렵게 했다.

국제연합군이 철수한다는 것을 알게 되자, 인근 지역의 주민들은 그들을 따라나섰다. 남한으로 간다는 보장은 물론 없었다. 뒤에 국제연합 주재 대사로 냉전 시대의 외교전에서 활약했던 박근(朴槿)은 당시 함흥 지역에서 병사로 복무했다. 그는 영어 자서전 『무궁화(Hibiscus)』에서 당시의 상황을 기술했다.

[연포] 비행장으로 가는 길에서 나는 주로 여인들, 아이들 그리고 노인

들인 수십만 명의 북한 주민들이 등에 어린애들을 업고, 가져갈 수 있는 것들은 무엇이든 머리에 이고 얼어붙은 논을 걸어가는 것을 보았다. 길과 도로는 군사 전용이어서, 얼어붙은 길가의 논이 그들 피란민들의 주요 피란길이었다.

  해안과 남쪽을 향해 말없이 걸으면서, 모두 눈을 내려다보는 것 같았다. 그들의 본능은, 끝내 어디에 이를지도 모르는 채, 그들의 공산주의자 상전들로부터 떠나도록 몰아붙이는 것 같았다. 내 가슴은 말할 수 없는 감정들로 가득 찼다. 무슨 운명이 그들을 기다리는가? 몇이나 남한에 닿을까? 만일 붙잡힌다면, 그들에게 무슨 일이 일어날까? […]

  오늘날까지, 눈길이 닿는 데까지 늘어서서 말없이 걷는 사람들로 덮인 얼어붙은 하얀 논의 광경은 내 눈앞에 때때로 떠오른다. 나는 그때 울지 않았다. 그러나 요즈음 나는 눈물 없이는 그 이야기를 입 밖에 내지 못한다.

  슬프게도, 배들이 부족해서, 많은 피란민들이 흥남 부두에 그대로 남을 수밖에 없었다. 철수 작전의 보급을 지휘한 도일 제독의 술회처럼, 사람을 실을 공간이 충분했다면, 구출된 사람들만큼 더 구출할 수 있었다.

  장진호 전투에서 양측이 추위 때문에 큰 손실을 입었다는 사실이 가리키듯, 그해 겨울은 유난히 추워서, 길을 나선 피란민들을 극도로 괴롭혔다. 개마고원에서 불어오는 매서운 바람 속에서 여러 날을 견디고도 끝내 탈출하지 못한 사람들의 비극은 뒤에 강사랑이 작사하고 박시춘이 작곡해서 현인의 목소리로 널리 알려진 〈굳세어라 금순아〉에 담겼다.

눈보라가 휘날리는 바람 찬 흥남 부두에
목을 놓아 울어봤다 찾어를 봤다
금순아 어디로 가고 길을 잃고 헤매였드냐
피눈물을 흘리면서 1·4 이후 나 홀로 왔다

일가친척 없는 몸이 지금은 무엇을 하나
이 내 몸은 국제시장 장사치기다
금순아 보고 싶고나 고향 꿈도 그리워진다
영도 다리 난간 위에 초생달만 외로이 떴다

철의 장막 모진 설움 받고서 살아를 간들
천지 간에 너와 난데 변함 있으랴
금순아 굳세어 다오 북진통일 그날이 오면
손을 잡고 웃어나 보자 얼싸안고 춤도 춰보자

여든째 이야기

인천 학도의용대 (1950년 6월)

●

 영치 바지의 해진 무릎을 깁던 손길을 멈추고, 정희는 방 한쪽의 서가를 바라보았다. 남편의 서가였다. 주로 헌책 가게에서 산 낡은 책들이었다.
 '그저 농사지으면서 시나 쓰겠다던 사람인데….' 남편 생각을 하면, 어쩔 수 없이 한숨이 나왔다.
 그녀가 남편과 만나게 된 것은 그녀 언니와 현규 누나가 학교 동창이라는 인연 덕분이었다. 처음 만났을 때, 현규가 수줍어해서, 어색한 분위기를 깨려고, 그녀가 먼저 물었다, "희망이 무어세요?"
 "시인이 되고 싶습니다."
 뜻밖의 대답에 그녀는 잠시 말문이 막혔었다. 시인이 되겠다는 대답도 뜻밖이었지만, 그런 별난 희망을 가진 사람과 어떻게 얘기를 이어갈지 막막했었다.
 "엄마아," 마당에서 영치가 외쳤다. "엄마아, 순호 형 왔다."
 그녀는 바지를 내려놓고 일어서서 방문을 열었다.
 "고모, 나 왔어요," 영치 손을 잡은 순호가 환한 얼굴로 말했다. "여기 축현국민학교에 일이 있어서…."
 "그러냐? 어서 들어와라. 추운데…."

"곧 가야 해요."

"그래? 그래도 할머님께 인사는 하고 가야지."

"네에." 순호가 운동화를 벗고 마루로 올라왔다. 어둑한 방 안으로 조심스럽게 들어오더니, 아랫목에 앉은 길례를 보고서 절을 했다. "할머님, 그동안 안녕하셨습니까?"

"순호 왔구나." 길례는 무릎이 시원치 않아서 거동은 굼떴지만, 목소리는 카랑카랑했다. "잘 왔다."

"점심은 먹었니?"

"집에서 먹고 왔어요."

"무슨 일인데…?" 정희는 걱정스럽게 조카 얼굴을 살폈다. 인민군이 들어온 뒤로 그녀는 모임이 있다 하면 가슴이 철렁했다.

"중공군이 쳐들어오니, 우리도 나가서 싸우자고… 학도의용대(學徒義勇隊)에서 중학생들 모아서…."

'넌 아직 어리잖니?' 하고 말하려다가, 그녀는 되삼켰다. 순호가 인민군에게 붙잡혀서 인민의용군에 끌려갔다가 도망친 일이 생각난 것이었다. 중공군이 쳐들어와서 인천이 다시 공산당 세상이 되면, 순호 또래도 모두 싸움터로 끌려갈 터였다. 학도의용대 얘기는 그녀도 들은 터였다. 인천 상륙작전 뒤 학생들이 인천의 치안을 유지하기 위해 만든 단체라 했다. "그래서 오늘 떠나는 거냐?"

"네. 여기서 부산까지 가기로 했어요."

"부산까장? 그렇게 먼 길을 어떻게 가냐?"

"일단 걸어서 수원까지 간 다음에, 거기서 경부선 기차를 얻어 타고 간다는데, 가봐야 알겠죠." 순호가 씨익 웃었다. "지금 우리 학생들 위해서 기차 내줄 수가 있겠어요?"

"아이구우, 이 추위에… 부산까장….” 그녀는 고개를 저었다. 그리고 새삼스럽게 조카의 차림을 살폈다. “춥지 않겠니?”

"괜찮아요. 이 정도면….” 순호는 교복 위에 잠바를 입은 자신의 차림을 내려다보았다.

"그래도 밤에 잘 때는… 순호야, 너 담요 한 장 챙겨줄 테니, 등에 지고 가라.”

"아이, 괜찮아요.”

"순호야, 미군 담요다. 가볍고 뜨습다. 미군두 담요 갖구 다니면서 싸우는데, 왜 네가 담요 갖구서 군대 가는 게 이상하냐? 둘둘 말아서 멜빵을 메면 된다.”

그녀는 일어서서 벽장에서 제일 푹신한 담요 한 장을 꺼내왔다. “이렇게 말아서 지면, 되잖니? 추위 앞에 장사 없다. 올겨울이 유난히 춥다.”

"순호야, 고모 말 듣거라. 담요가 필요 없어지면, 불쌍한 사람에게 주면 되지 않니?” 길례가 거들었다.

"알겠습니다, 할마님.” ‘이씨 집안을 일으킨 할머니’라는 평판이 난 길례를 순호는 어려워했다.

정희는 담요를 등에 멘 조카를 골목 어귀까지 바래다주었다. “그리고 이거….” 정희는 작은 헝겊 손주머니를 내밀었다. “돈 점 넣었다. 필요한 거 있으면….”

"아녜요. 됐어요, 고모.”

"받아라. 먼 길 가는데, 돈두 없으면, 어떻게 하니? 안주머니에 넣어라.”

"고마워요, 고모.” 순호가 손주머니를 받아서 외투 안주머니에 넣었다.

"순호야,” 흐릿해진 눈길로 장조카의 얼굴을 쓰다듬으면서, 그녀는 간절히 일렀다, "너는 우리 김씨 집안의 기둥이다. 몸조심해라."

중공군의 기습으로 국제연합군의 전선은 걷잡을 수 없이 무너졌다. 평안북도 산악 지역으로 진출한 중공군에게 포위될 위험을 걱정한 국제연합군 지휘부는 빠르게 부대들을 후퇴시켰다. 우세한 병력에 바탕을 둔 중공군의 포위 작전에 효과적으로 대응할 방안을 찾지 못한 터라서, 중공군에 대한 두려움은 국제연합군을 사로잡았다.

이처럼 혼란스러운 상황에서 12월 23일 서부전선을 지휘하던 8군 사령관 워커 장군이 교통사고로 순직했다. 그는 제2차 세계대전에서 조지 패튼(George Patton) 장군의 3군 예하 20군단을 지휘했고 한국전쟁에선 현지 사령관으로 어려운 전황 속에서 낙동강 전선을 지켜냈다.

워커 중장의 후임은 매슈 리지웨이(Matthew Ridgway) 중장이었다. 1950년 12월 하순 한국에 부임했을 때, 그가 본 것은 목적을 잃은 군대였다. 국제연합군은 지휘관들로부터 병사들에 이르기까지 모두 정신적으로 위축된 상태였고 적과 싸워 이길 수 있다고 믿지 못했다.

길에서 만난 병사들은, 내가 말을 걸고 불평을 듣기 위해 불러 세운 병사들은, 이 군대가 자신들이나 자신들의 지휘관들을 믿지 못하고 자신들이 무엇을 하고 있는지 제대로 알지 못하고 그저 고국으로 돌아가는 수송선의 기적을 언제 듣게 될까 생각하는, 당황한 군대라는 확신을 내게 주었다. 이 군대가 싸우려는 마음을 다시 지니도록 하려면 많은 일들을 해야 한다는 것은 분명했다.

― 리지웨이, 『한국전쟁』

리지웨이는 그런 상황을 미군 병사들의 책임으로 돌리지 않았다. 미국은 지상전을 할 준비가 전혀 되지 않은 상태에서 아주 어려운 전쟁에 참가한 것이었다. "우리가 전쟁에 대비하지 못했던 적이 있었다면, 이번 경우였다." 그는 오히려 미군 병사들이 그렇게 어려운 여건 속에서 그렇게 용감하고 끈기 있게 싸운 것이 '기적'이라고 평했다.

미군 병사들은 자신들이 조국으로부터 멀고 낯선 땅에서 무엇을 위해 싸우는지 알지 못했다. 조국이 공격받은 태평양전쟁과 달리, 한국전쟁은 그들에겐 그저 비참한 전쟁에 지나지 않았다. 그들에게 목적의식을 불어넣기 위해서, 리지웨이는 바로 한국전쟁의 뜻을 설명하는 성명서 "왜 우리가 여기 있는가? 무엇을 위해서 우리는 싸우는가?(Why Are We Here? What Are We Fighting For?)"를 발표했다.

대신 그는 지휘관들을 호되게 꾸짖었다. 특히 고지들을 버리고 오직 길을 따라 기동하는 관행을 질타했다. 편안하게 싸우려는 태도 때문에 고지들을 버리고 길만 따라가는 것은 보병 선배들을 욕되게 하는 수치스러운 일임을 지적했다. 그리고 미군의 오래된 구호를 지휘관들에게 거듭 상기시켰다: "그들을 찾아내라! 그들을 묶어라! 그들과 싸워라! 그들을 끝내버려라!(Find them! Fix them! Fight them! Finish them!)"

아울러 리지웨이는 한국 정부와 군대를 서둘러 안심시켜야 할 필요를 느꼈다. 한국 사람들도 한국이 미국에 그리 중요하지 않다는 사실을 인식하고 있었기 때문이었다.

나는 우리의 한국 동맹자들에게 우리가 갑자기 철수해서 그들이 홀로 공산주의자들과 맞서도록 버려두지 않으리라고 안심시킬 길을 찾아야 했다. 나는 그런 사태가 대규모 학살을 뜻하며, 만일 자신이 공산당의 지배 아래 살아가도록 버려지리라고 믿을 어떤 까닭이 있다면, 어떤 한국 사람이 변절을 생각한다고 해도 나로선 그를 비난할 수 없다는 것을 알았다.

— 리지웨이, 같은 책

실제로 중국의 '국공내전'에서 많은 국민당 군대가 항복해서 공산군에 편입되었고 한국에 침입한 병력의 다수가 원래는 국민당 군대에 속했었다. 리지웨이로선 미국의 의지에 회의적인 한국군 부대들이 공산군에 투항하는 사태를 걱정하지 않을 수 없었다.

한국이 미국의 의지에 대해 의구심을 품을 근거는 충분했다. 중공군의 개입이라는 새로운 상황을 맞아, 맥아더는 합참에 작전 지침을 요청했다. 그가 받은 지침은 그의 기본적 임무가 '일본의 보호'임을 확인했고 아주 어려운 상황에선 일본으로 철수하라는 명령을 담았다. 미국은 일본을 지킬 마음이 굳었지만, 전략적 가치가 작다고 판단된 한국은 사태가 불리해지면 언제라도 버릴 생각이었다.

그래서 리지웨이는 이승만 대통령을 처음 만난 자리에서 "대통령 각하, 나는 당신을 만나 기쁘고 이 자리에 서게 되어 기쁘며 나는 여기 머물 생각입니다(I'm glad to see you, Mr. President, glad to be here, and I mean to stay)"라고 인사했다. 그제야 굳었던 이 대통령의 얼굴이 밝아졌다고 그는 회고했다. 이어 그는 한국군 참모총장 정일권 장군에게 보낸 편지에서 "우리 통합된 연합군에겐 오직 하나의 공통된 운명만이 있습니다"라고 밝혔다.

1950년 12월 18일 오후 축현국민학교 운동장은 인천 지역 중학생들로 가득했다. 인천 학도의용대가 소집한 모임이었다. 3,000명이나 되는 중학생들이 군대에 지원해서 싸우겠다는 뜻을 갖고 모인 것이었다.

인천 학도의용대는 1950년 6월 26일에 결성되었다. 북한군이 침입했다는 것이 알려진 바로 다음 날, 이계송(李啓松, 고려대학교 2학년)을 중심으로 이기관(인천상업중학교 6학년), 정연옥(인천중학교 5학년), 김영택(인천상업중학교 6학년), 염상건(인천상업중학교 6학년), 박경하(인천상업중학교 6학년), 박종근(인천공업중학교 5학년), 김학일(인천상업중학교 5학년), 하철호(인천공업중학교 5학년) 등이 학도의용대를 조직한 것이었다. 북한군에 점령된 서울을 탈출한 학생들이 6월 29일 국방부 정훈국의 지원을 받아 조직한 '비상학도대'보다 사흘 앞서 인천 학생들은 자력으로 학도의용대를 조직한 것이었다. 이들이 이처럼 빨리 학도의용대를 조직할 수 있었던 것은 그들이 이미 학도호국단(學徒護國團)을 통해서 함께 활동했던 덕분이었다. 실제로 이계송은 인천상업중학교의 학도호국단 연대장을 지냈다.

인천 학도의용대는 본부 사무실을 마련하고 〈의용대가〉를 만들어서 불렀다. 그리고 치안 유지에 적극적으로 나섰다. 순찰을 하고 교통정리를 하면서, 인천에서 경찰이 철수한 뒤 공개적으로 활동하기 시작한 토착 공산주의자들에 맞서서 치안을 유지했다.

인천의 경찰은 아직 북한군이 들어오지 않은 6월 29일에 인천에서 조용히 철수하고 소수의 보안과 요원들만 남아 있었다. 학생의용대 간부들은 경기도 경찰국을 찾아가서 인천의 치안 문제를 상의해보기로 했다. 그래서 29일 밤새 간부들이 수원까지 걸어가서 인천의 치안 현황을 보고하고 지원을 요청했다. 경찰국에선 옹진 방면에서 후퇴한 경찰관들과 인천에서 철수한 경찰관들로 '경찰 인천 지원대'를 편성했다. 100여 명으로 이루어진 이 경찰 병력은 6월 30일 오후에 인천에 도착해서, 인천의 공산주의자들의 활동을 저지하는 데 큰 역할을 했다.

당시 이런 움직임을 주도한 이기근은 이렇게 술회했다.

이때 한 경찰이 하는 말이 "지금 인천시청에서는 지방 적색분자들과 그 동조자들이 팔에는 빨간 완장을 차고 현수막을 치고 인공기를 달고는 자기네들이 인민해방군을 맞이해야 한다면서 환영 준비에 여념이 없다" 하는 것이었다.

이 말을 들은 수원에서 온 경찰 병력은 인천시청을 향해 접근하였다. 어느 정도 접근하였을 때, 이러한 낌새를 알아차렸는지 시청 쪽에서 먼저 발포가 있었으며 잠시 쌍방 간에 교전은 있었지만, 금세 시청은 경찰에 의해 평정되었다. 이때 시청이 진압되면서, 다수의 적색분자와 그 동조자들이 체포되었으며, 그들이 만들어놓은 전단 등 인쇄물을 압수 정리하던 중, 인천의 유지급 인사와 각 관공서 책임자들 명단이 적힌 인명부를 찾아내었는데, 이 명단은 인민군이 들어오면 처형하려는 명단이었다.

또 다른 명단에는 자기네들 편에 서서 동조했다는 명단이었는데, 그렇게 적힌 명사 중에는 이용 가치가 있어 적어놓기도 하였지만, 실제로 동조한 사람들도 있어, 경찰이나 우리들은 그 명단을 선별하여 많은 유지급 인사들을 구해주었으며 또 적색분자나 그에 동조한 많은 사람들은 처벌받았다.

7월 4일 북한군이 들어오자, 인천 학도의용대는 지하로 들어갔다. 두 달이 넘는 북한군 통치 아래서 온갖 어려움을 겪고, 인천 상륙작전 뒤 다시 활동을 시작했다. 전황이 다시 위급해지자, 학도의용대 간부들은 남쪽으로 내려가서 국군에 입대하기로 결정했다. 그들은 병무 행정을 담당하는 인천지구 병사구사령부의 승인을 얻었다.

간부들의 이런 결정은 모든 대원들의 호응을 얻었다. 위기를 맞은 나라를 위해 싸우겠다는 애국심에다 북한군에 징집되어 인민의용군으로 끌려갈 뻔했던 경험이 겹쳐서, 모두 호응한 것이었다. 중학교 3학년과 4학년 학생들이 많았고, 군대에 들어가기엔 너무 어린 중학교 1학년생들까지 나섰다. 여학생들도 적잖이 참여했다.

오후 3시에 학도의용대가 드디어 남쪽으로 향하는 멀고 힘든 여정에 올랐다. 정부로부터 아무런 지원을 받지 못한 채, 이 어린 학생들은 각자 약간의 양식과 노자를 지니고 나선 것이었다. 그들의 최종 목적지는 경상남도 통영(統營)의 제3국민방위군 수용소였다.

행렬의 맨 앞엔 인천상업중학교 밴드부가 중심이 된 학도의용대 군악대가 서서 행진곡들을 취주했다. 행렬은 시내를 지나 동남쪽으로 나아갔다. 행렬이 인천의 동쪽 지역 석바위에 이르자, 군악대는 길옆에 서서 행렬을 환송했다. 행렬이 구월동에 이르렀을 때, 날이 저물었다. 전날 내린 눈으로 길은 미끄럽고 날씨는 추웠지만, 행렬은 강행군해서 안양에 이르렀다. 안양에선 가정집들에 부탁해서 밤을 지냈다. 그리고 이튿날 수원에 닿았다.

한겨울에 별다른 준비 없이 안양을 거쳐 수원에 오는 여정은 정말로 힘들었다. 지친 학생들은 남하를 단념하고 인천으로 돌아갔다. 이렇게 되돌아선 학생들은 1,000명가량 되었다. 남은 2,000명가량 되는 학생들은 계속 남하하기로 했다. 기차마다 피란민들로 만원이었으므로, 기차 지붕에 올라타는 것이 고작이었다. 그나마 어린 학생들과 여학생들을 먼저 태우고, 나머지 학생들은 걸어서 남하하기로 했다. 걸어서 남하한 학생들은 추풍령을 거치거나 조령을 거쳐서 남하했다. 수원에서 남해안까지는 먼 길이었지만, 학도의용대 지도부가 끝까지 이들을 이끈 덕분에, 도중에서 낙오한 학생들은 없었다.

마침 마산에서 해병대가 신병을 모집하고 있었다. 이리저리 이동하는 데 지친 터라, 많은 학생들이 응모했다. 결국 700명가량이 합격해서 해병이 되었다.

나머지 학생들은 1951년 1월 초순에 통영에서 배를 타고 부산으로 이동했다. 부산의 육군 제2훈련소를 찾아 육군에 입대하려는 계획이었다. 그들이 배에서 내리자, 군악대가 귀에 익은 행진곡들을 취주하면서 그들을 환영했다. 뜻밖의 환영에 놀라서 살피니, 낯익은 얼굴들이었다. 국군 군복을 입은 군악대는 지난달에 인천 석바위에서 그들을 배웅한 학도의용대 군악대였다.

12월 18일 학도의용대 본대가 출발한 뒤, 남은 학생들이 모여서 추가적으로 남하했다. 12월 24일엔 본대를 환송한 인천상업중학교 밴드부 학생들 20여 명과 여학생 95명이 인천항에서 배를 타고 부산으로 향했다. 이 배는 인천 상륙작전에서 활약한 '윈저급 공격 수송선(Windsor-class attack transport)'이었다. 그 수송선은 이튿날 부산에 닿았고, 밴드부 학생들은 곧바로 육군종합학교 군악대가 되었다. 그래서 석바위에서 본대를 환송한 군악대가 부산항 부두에서 본대를 환영한 것이었다.

수송선을 타고 내려온 여학생들은 밴드부 남학생들보다 처지가 어려웠다. 다행히, 인천상업중학교에서 물상(物象) 과목을 가르치다가 육군사관학교에 들어간 신봉순이 대위가 되어 부산의 통신학교에 근무하고 있었다. 신 대위는 여학생들이 통신학교에서 보조 요원들로 업무를 돕도록 주선했다. 덕분에 여학생들은 5개월 동안 통신학교에 머물다가 인천으로 돌아왔다.

12월 25일엔 뒤늦게 소식을 듣고 찾아온 학생들 130여 명이 최재경의 인솔로 철도편으로 부산까지 남하했다. 이어 인천 학도의용대 강화 남지대 학생들이 수송선을 타고 부산으로 왔다.

인천 학도의용대의 경탄할 활약을 살피면, 먼저 눈에 들어오는 것은 여학생들의 활발한 참여다. 1950년의 한국 사회에선 여자 중학생들이 많지 않았고 그들이 학도의용대와 같은 조직에 많이 참여하는 일은 정말로 드물었다. 특히 여학생들이 군대에 지원하기 위해 먼 남쪽으로 이동하는 것은 다른 지역에선 나오기 어려운 현상이었다.

이런 사정은 인천 사회의 성격을 잘 보여준다. 첫 개항지로서 인천은 서양 문물이 조선에 맨 먼저 들어온 곳이었다. 자연히, 개방적이고 진취적인 사회로 진화했다. 게다가 제물포가 작고 한산한 포구였으므로, 인천은 본질적으로 새로 자라난 도시였다. 그래서 토착 세력이 없었고, 신분이나 재산에서 차이가 그리 크지 않아, 시민들이 평등했고 동질적이었다.

여학생들의 활발한 사회 참여는 인천의 이런 특질에서 나왔다. 조선의 첫 여성 교육 기관인 영화학당은 이런 사정을 상징한다. 20세기 중엽의 가장 뛰어난 여성 지도자로 여성의 사회적 지위를 높이는 데 진력한 김활란(金活蘭)이 인천 사람이라는 사실은 우연이 아니다. 그녀는 영화학당에서 배웠다.

인천 학생의용대 출신 학도병들은 평균 4년을 복무했다. 중공군의 개입 이후 전선 전역에 걸쳐 전투가 끊이지 않은 시기에 복무한 것이었다. 입대한 2,000여 명 가운데, 208명이 전사했다. 이들 가운데 둘은 입대했을 때 중학교 1학년생이었다. 한국전쟁에 참전한 학도의용군은 2만 7,700여 명으로 추산된다.

인천 학도의용대는 전선이 무너져서 온 사회가 극도로 혼란스러웠던 시기에 활동했다. 한국 정부도 한국군도 제대로 움직이지 못했던 시기인지라, 학생들의 자발적 조직에 관한 기록이 남아 있을 리 없었다. 세월이 흐르면서, 인천의 학생들이 자발적으로 단체를 만들어 치안을 유지하고 국가 방위에 나선 일은 잊혀갔다.

학도의용대의 일원으로 참전했던 이경종(李慶鍾)이 1996년부터 학생의용대의 역사를 수집하기 시작했다. 참전 당시 그는 열여섯 살로 인천상업중학교 3학년생이었다. 그의 노력 덕분에 인천 학도의용대의 역사가 세상에 널리 알려졌다. 인천 학도의용대의 활약이 워낙 컸으므로, 당연히, 학도의용군의 역사도 보다 충실하게 기술될 수 있었다.

여든한째 이야기

지평리 전투 (1951년 2월)

•

 한국 정부와 한국군을 안심시키자, 리지웨이 장군은 중공군에 대한 두려움으로 패배주의에 빠진 국제연합군을 다시 일으켜 세우는 일에 착수했다. 그의 기본 전략은 우세한 화력과 기동력으로 중공군이 지닌 병력에서의 우세를 꺾는 것이었다. 그래서 그는 보병, 포병, 기갑의 협동을 강조했고 해군과 공군의 지상 작전에 대한 지원을 보다 효율적으로 만들려 애썼다. 특히, 포병 부대의 증강에 힘을 쏟았다.

 중공군이 38선을 돌파하고 서울을 점령하자, 북경의 중국 지도부는 크게 고무되었다. 1951년 1월 5일 자 중국 『인민일보』는 "서울의 수복은 다시 한번 중국인민지원병들과 조선인민군의 불굴의 힘을 증명했다. 미국 공군, 해군, 전차 및 포병의 절대적 우위는 위대한 중국-조선 군인들에 대한 방어 및 공격 작전에서 쓸모가 없다는 것이 증명되었다"고 자랑했다.
 1951년 1월 28일 모택동은 팽덕회(彭德懷) 사령관에게 현재 위치에서 100km 남쪽인 36도선까지 진격하라고 명령했다. 이런 명령에 따라, 팽덕회는 작전 계획을 마련했으니, 서부전선에선 한강 남쪽의 교두보를 강화하여 국제연합군의 서울 탈환을 막으면서, 동부전선에선 공산군이 물러나도록 해서 한국군이 전진하게끔 유도한 뒤 포위해 섬멸한다는 계획이었다.

그러나 국제연합군의 반격은 예상보다 빨리, 그리고 거세게 나왔다. 특히, 한강 남안의 교두보를 지키는 중공군 38군과 50군에 대한 미군 1기병사단 및 24사단, 영국군 27여단, 그리스군 1개 대대 그리고 한국군 6사단의 공격이 거셌다. 그래서 중공군 지휘부는 중부전선에 대한 공세를 통해서, 한강 남안 교두보에 대한 국제연합군의 공세를 누그러뜨리려 했다.

1951년 2월 11일 오후 동부전선의 중공군을 지휘한 등화(鄧華) 중장은 횡성에 있던 한국군 8사단에 대한 공격을 명령했다. 중공군의 이른바 '4차 공세'의 시작이었다.

중공군의 '1차 공세'는 1950년 10월 25일 운산 동쪽 온정리에서 중공군 120사단이 한국군 1사단을 공격한 시점부터 11월 2일의 운산 전투에 이르기까지 중공군이 수행한 일련의 공격작전을 가리킨다.

'2차 공세'는 11월 25일 시작된 국제연합군의 총공세에 맞선 역공으로 서부전선의 청천강과 동부전선의 장진호를 중심으로 펼쳐진 중공군의 공격작전을 가리킨다.

'3차 공세'는 12월 31일에 중공군이 38선을 돌파한 공세였는데, 이 공세의 성공으로 서울이 중공군에 의해 함락되었다. 이른바 '1·4 후퇴'다.

'4차 공세'에 나선 중공군은 1951년 2월 12일 한국군 8사단 정면을 공격하면서 병력을 침투시켜 포위를 시도했다. 비록 포위 작전은 성공하지 못했지만, 중공군은 큰 성과를 얻었다. 한국군 8사단은 궤멸했고, 미군 2사단, 한국군 3사단 및 5사단은 상당한 손실을 입고 원주로 물러났다. 중공군은 7,800명이 넘는 포로를 획득했다.

횡성 전투에서 승리하자, 중공군은 바로 지평리(砥平里)에 주둔한 국제연합군에 대한 공격에 나섰다. 고립된 작은 부대에 대한 공격인지라, 등화는 쉬운 승리를 얻으리라고 기대했다.

지평리는 경기도 양평군(楊平郡) 동남부의 마을이다. 마을 자체는 작지만, 동서로 놓인 중앙선과 홍천에서 여주로 가는 도로가 교차해서, 당시엔 교통의 요지였다. 특히, 남한강 북쪽 지역이어서, 남한강 남쪽에 방어선을 친 국제연합군에겐 교두보 역할을 했다.

지평리는 2월 3일부터 미군 23연대전투단(Regimental Combat Team)이 지키고 있었다. 미군 2사단 23연대장 폴 프리먼(Paul Freeman) 대령이 지휘하는 이 부대는 23연대를 중심으로 해서 프랑스군 1개 대대, 1유격중대(Ranger Company), 37야전포병대대, 503야전포병대대 B포대, 82방공포병대대 B포대, 그리고 2전투공병대대 B중대로 이루어졌으며, 총병력은 5,400명가량 되었다.

23연대는 원래 1950년 겨울 청천강 군우리(郡隅里) 전투에서 2사단의 후위를 맡았었다. 프리먼 대령은 작전 계획에 나온 퇴로가 아닌 도로를 이용해서 자신의 부대를 무사히 철수시켰다. 덕분에, 군우리 전투에서 궤멸한 다른 2개 연대와는 달리, 23연대는 전력이 강했다. 1월 31일에서 2월 1일 사이에 지평리 동남쪽 중앙선의 터널 두 개를 놓고 벌어진 '쌍굴(Twin Tunnel) 싸움'에서도 그의 부대는 포위한 중공군을 격파한 터였다. 23연대의 2개 대대와 프랑스군 대대의 2,000명 남짓한 병력이 8,000명 이상으로 추정되는 중공군과 싸웠는데, 미군의 사상자는 225명이었고 중공군의 사상자는 3,600명으로 추산되었다.

프랑스군 대대를 이끈 랄프 몽클라르(Ralph Monclar) 중령은 이색적인 인물이었다. 몽클라르는 전명(non de guerre)이고 원래 이름은 마그렝-베르네리(Magrin-Vernery)였다. 그는 제1차 세계대전과 제2차 세계대전에서 공을 세웠고 한국전쟁이 일어났을 때는 3성 장군이었다. 프랑스 정부가 1개 대대 병력을 한국에 파견하기로 결정하자, 그는 자신이 지휘하겠다고 나섰다. 나이가 너무 많다는 지적을 받자, 그는 자신이 믿는 대의(大義)를 위한 전쟁에선 누구도 나이가 너무 많을 수 없다는 주장을 펴면서 상관들을 설득했다. 그리고 명령 계통을 어지럽히지 않도록, 스스로 중령으로 강등되었다.

이처럼 뛰어난 지휘관들이 이끈 터라, 비록 압도적으로 우세한 중공군의 압박을 받았어도, 미군 23연대와 프랑스군 대대는 사기가 높았다. 이미 '쌍굴 싸움'에서 함께 싸워 승리한 터라, 두 부대는 친근하고 믿는 사이였다.

프리먼은 지평리 둘레의 높은 산들 대신 가까운 야산들을 방어선으로 삼았다. 그가 고른 방어 지역은 길이가 3*km* 남짓하고 폭은 1.5*km* 남짓한 장방형 진지였다. 이런 선택은 합리적이었다. 무엇보다도, 아군 병력이 적어서, 방어 지역이 커지면, 방어선이 약해질 터였다. 중공군이 높은 산들을 점령하더라도, 중공군의 개인 화기들은 아군 진지에 미치지 못할 터였고 중공군의 장거리 야포들은 수효가 적어서 아군에게 큰 피해를 주기 어려웠다.

23연대전투단이 누린 또 하나의 이점은 시간적 여유였다. 지평리에 진주한 때부터 중공군이 공격해온 때까지 열흘의 여유가 있었고, 프리먼은 이 기간에 진지를 강화했다. 사계를 청소하고 적군의 접근로에 지뢰를 묻고 전면에 철조망을 치고 포병의 화집점들을 마련했다. 특히, 모든 병사들이 참호를 깊이 파도록 했다.

당시 전황은 국제연합군에 점점 불리해지고 있었다. 전선 동쪽을 맡은 한국군의 전열이 무너지면서, 미군 부대들의 오른쪽 측면이 위협을 받았다. 그래서 미군 부대들도 서둘러 물러날 수밖에 없었다. 전선이 남쪽으로 물러나자, 지평리 지역은 전선의 돌출부가 되었다. 게다가 이 지역으로 점점 많은 중공군이 모여들어서, 23연대전투단은 압도적인 중공군에게 포위될 상황이 되었다. 실제로, 그들을 구원하기 위해 파견된 부대들이 중공군에 막혀서 지평리에 이르지 못하고 있었다.

2월 12일부터 프리먼 대령은 2사단장 닉 러프너(Nick Ruffner) 소장에게 철수 허가를 요청했다. 그러나 리지웨이 사령관이 철수를 허락하지 않았다는 답변이 돌아왔다. 그는 13일까지 계속 철수 허가를 요청했지만, 늘 같은 답변을 들었다. 리지웨이는 "만일 23연대전투단이 지평리에 남아서 싸운다면, 꼭 구원군을 보내겠다. 필요하다면, 8군 모두를 동원하겠다"고 프리먼에게 약속했다.

리지웨이가 그렇게 지평리에 집착한 까닭은 둘이었다. 하나는 남한강 바로 북쪽에 있는 지평리가 한강 남안의 방어선을 유지하는 데 결정적으로 중요하다는 사실이었다. 맥아더 원수는 2월 11일 한강 남안의 방어선을 지킬 수 있으리라고 워싱턴에 보고했고, 리지웨이는 그렇게 하겠다고 맥아더에게 확약한 터였다.

다른 하나는 리지웨이가 지평리 고수 작전을 중공군의 우세한 병력에 미군의 우세한 화력으로 맞선다는 자신의 전략을 시험하는 마당으로 삼았다는 사실이었다. 우세한 중공군에 완전히 포위된 상태에서도 적군의 공격을 아군의 우세한 화력으로 막아낼 수 있다고 그는 자신했다.

리지웨이가 비교적 작은 부대로 하여금 지평리를 고수하라고 명령해서 중공군에게 포위되도록 한 것은, 비록 우세한 화력으로 적군의 공격을 막아낼 수 있다는 판단에 따른 결정이었지만, 무모하게 보일 만큼 과감한 실험이었다. 그런 결정을 이해하려면, 그의 경력을 살펴야 한다.

리지웨이는 1942년 8월 소장으로 진급해서 82공수사단을 지휘했다. 당시 미군은 5개 공수사단을 새로 만들기로 결정했고, 원래 보병사단이었던 82사단도 단숨에 공수사단으로 변신했다. 이런 변신은 선례가 없는 일이었지만, 리지웨이는 그 과업을 잘 수행해서 82공수사단을 전투에 임할 수 있는 부대로 만들었다.

1943년 7월 그는 시칠리아 공수 침공 계획의 입안에 참여했고 그 침공 작전에서 82공수사단을 이끌었다. 1944년 5월의 노르망디 상륙작전에서 그는 부대원들과 함께 낙하해서 싸웠다. 1944년 9월 그는 18공수군단장에 임명되어 벌지 전투(Battle of the Bulge)에 참여했다. 1945년 3월엔 독일로 진격했고 '바시티 작전(Operation Varsity)'을 수행하다가 수류탄 파편으로 어깨에 부상을 입었다.

제2차 세계대전에서 82공수사단과 18공수군단을 지휘했던 터라, 리지웨이는 적군의 포위를 그리 두려워하지 않았다. 탄약과 보급품이 충분히 공수될 수 있었으므로, 23연대전투단이 중공군의 공격을 막아낼 수 있으리라고 보았다. 적진에 공수되어 적군의 공격을 받으며 방어 진지를 구축하는 임무를 수행해온 그에게 미리 방어 진지를 마련하고 적군을 기다리는 것은 수월하고 여유로운 임무로 보였을 것이다.

예상대로 중공군은 2월 13일 밤에 공격해왔다. 이 공격에 투입된 중공군 부대들은 115사단의 344연대, 119사단의 356연대, 120사단의 359연대, 그리고 126사단의 376연대였다. 미군이 공격을 잘 막아내자, 중공군은 새벽에 둘레의 고지들로 물러났다. 13일 밤의 전투에서 23연대전투단은 100명가량의 사상자들을 냈다. 중공군의 손실은 훨씬 컸다.

14일 낮엔 일본에서 날아온 수송기들이 23연대전투단에 필요한 물자들을 투하했다. 고립된 이 부대를 구원하려는 노력도 시작되었다. 이 부대의 주 보급로인 여주에서 주암리를 거쳐 지평리에 이르는 24번 도로를 다시 열기 위해서 영국군 27여단이 북상했다. 그러나 그 도로를 막은 중공군의 완강한 저항에 부딪혀, 27여단은 지평리 남쪽 11km 지점에서 멈췄다. 영국군의 진격이 부진하다는 소식을 듣자, 미군 1기병사단 5기병연대가 여주에서 곡수리를 거쳐 지평리에 이르는 24A번 도로를 따라 북상하기 시작했다. 그러나 이 부대도 지평리 남쪽 13km 지점에서 끊어진 다리를 우회하기 위해 멈췄다. 그래서 23연대전투단은 14일 밤에도 원군 없이 중공군과 싸워야 했다.

14일 밤 중공군은 치열한 공격준비사격에 이어 사방에서 미군 진지를 압박했다. 주공은 방어 진지 남서쪽을 맡은 G중대 지역이었다. 엄청난 손실을 보면서도 계속 공격해오는 중공군에 맞서, G중대는 분전했다. 특히, 폴 맥기(Paul McGee) 중위가 이끈 3소대의 분전은 영웅적이었다. 뒤에 3소대 지역에서 발견된 중공군 시체는 800이 넘었다. 맥기 중위의 분전을 기려, 3소대 지역의 고지는 '맥기 고지(McGee Hill)'라는 이름을 얻었다. 그러나 중공군의 줄기찬 공격에 밀려 G중대는 결국 진지를 내주었다. 프리먼 대령이 미리 2차 방어선을 마련해둔 덕분에, 미군은 중공군이 더 안쪽으로 들어오는 것을 막을 수 있었지만, 여러 차례의 반격에도 원래의 진지를 되찾지는 못했다.

15일 낮에 포병과 전차의 화력을 집중하고 공중 지원을 받고서야, 미군은 16시 30분에 가까스로 중공군을 몰아낼 수 있었다. 그때 5기병연대의 구원군이 이르렀다. 두 부대는 협력해서 물러나는 중공군을 공격했다.

이 싸움에서 입은 중공군의 손실은 무척 커서, 미군의 추산으로는 4,946명이나 되었다. 23연대전투단의 손실은 전사자 52명, 전상자 259명, 실종자 42명이었다.

지평리 전투가 중공군의 참패로 끝나자, 중공군 사령관 등화는 패전의 책임이 자신에게 있다고 자아비판을 했다. 첫째, 지평리의 국제연합군에 대한 중공군의 정보가 부족해서, 중공군 지휘부는 국제연합군 병력을 상당히 낮춰 잡았다. 중공군은 4,000명 정도로 생각했으나, 실제 병력은 5,400명이었다. 그리 큰 차이는 아니었지만, 국제연합군을 실제보다 가볍게 본 것은 사실이었다.

둘째, 등화는 원주로 물러난 국제연합군이 계속 물러나고 지평리 부대의 병력을 강화할 리 없다고 믿었다. 그런 판단 아래 중공군은 구원 부대가 지평리에 이르지 못하도록 국제연합군 후방에 저지 진지를 미리 확보하는 일을 소홀히 했다. 그래서 구원군이 비교적 수월하게 지평리에 닿을 수 있었다.

셋째, 등화는 국제연합군이 이전처럼 황급히 후퇴하리라 예상하고서 지평리의 국제연합군 부대에 대한 공격을 서둘렀다. 그래서 중공군은 준비가 덜 된 상태에서 공격에 나섰다. 특히, 공격하는 연대들은 서로 다른 사단들에서 차출되었고 그 사단들은 서로 다른 군에 속했다. 그래서 공격 부대들은 서로 직접 교신할 수 없었고 작전의 조율이 어려웠다. 아울러, 공격 부대들은 포병 화력 지원을 거의 받지 못했다.

등화는 적군을 얕잡아보고 준비를 소홀히 한 책임을 순순히 졌지만, 팽덕회는 지평리 전투에서의 패전에는 보다 근본적 요인이 작용했다고 판단했다. 2월 17일 모택동에게 올린 보고에서, 그는 "적군의 이번 공세는 1차 및 2차 공세와 다릅니다. 적군은 보다 많은 병력을 배치했고 동부와 서부 부대 사이의 틈들을 메웠습니다. 적군은 서로 자주 연락하고 상당한 전투 종심을 유지하면서 함께 전진해옵니다"라고 설명했다. 반면에, 전선의 중공군 6개 군은 보충 병력과 물자의 부족으로 전투 능력이 제약되었다고 그는 지적했다.

지평리 전투는 그리 크지 않은 싸움이었다. 작전에 투입된 병력은 미군 2개 연대와 중공군 6개 연대였고, 사흘에 걸쳐 지평리에서 벌어진 싸움 자체엔 미군 1개 연대전투단과 중공군 4개 연대가 투입되었다. 그래도 그 싸움의 영향은 더할 나위 없이 컸다.

지평리 전투에서의 승리는 중공군에 줄곧 패배해서 두려움에 질린 국제연합군이 잃어버린 자신감을 되찾는 계기가 되었다. 적진 속에 고립된 작은 부대가 몇 배나 되는 중공군의 공격을 막아내면서 큰 전과를 올린 이 전투는 중공군이 맞설 수 없을 만큼 강한 군대가 아니라는 사실을 국제연합군 지휘관들과 병사들에게 알려주었다.

아울러, 지평리 전투는 리지웨이가 고안한 전략의 타당성을 증명해주었다. 그는 중공군의 우세한 병력은 아군의 우세한 화력으로 대응해야 한다고 주장했었는데, 지평리 전투는 그 전략이 중공군이 선택한 싸움터에서도 가능함을 보여주었다.

지평리 전투에서 참패함으로써, 중공군의 기세는 크게 꺾였고 전세는 반전되었다. '4차 공세'에서 중공군이 입은 손실은 5만 3,000명으로 추산된다. '4차 공세'의 실패로 중공군 지휘부는 단숨에 전쟁에서 이길 수 있다는 꿈을 버려야 했다.

여든두째 이야기

용문산 전투(1951년 5월)

●

1951년 4월의 중공군 '5차 공세 1단계'에서 한국군 6사단의 행적은 더할 나위 없이 수치스러웠다. 당시 국제연합군이 중부전선에서 고전하게 된 것은 거의 전적으로 미군 9군단의 좌일선 부대로서 화천 서쪽 지역을 맡았던 한국군 6사단의 무능 때문이었다.

4월 22일 중공군의 공세가 예상되자, 6사단장 장도영 준장은 19연대를 좌일선에, 2연대를 우일선에 배치하고 7연대를 예비로 삼아 바로 뒤에 배치했다. 그러나 일선의 두 연대는 방어 진지들을 제대로 마련하지 않았다. 22일 22시에 중공군 20군 예하 60사단은 6사단의 허술한 방어망을 쉽게 뚫었고, 6사단 일선 연대들은 이내 무너졌다. 겁에 질려 황급히 도망쳐온 병사들에 밀려서, 예비 부대인 7연대마저 흩어졌다. 좁은 퇴로를 도망치는 한국군 병사들과 장비들이 막는 바람에, 그들을 지원하던 미군 포병들도 중화기들을 모두 버리고 철수할 수밖에 없었다.

장도영 사단장과 사단 참모들의 노력 덕분에, 23일 낮에는 6사단의 흩어진 병사들의 상당수가 다시 모였다. 가까스로 부대 꼴을 다시 갖춘 6사단은 경기도 가평(加平) 지역의 방어 임무를 맡았다. 4월 23일 저녁 중공군 60사단과 118사단이 다시 6사단을 공격했다. 6사단은 싸우지도 않고 다시 무너졌다. 병사들은 가평천 지역을 방어하던 영연방군 27여단의 후방에서 멈췄다. 24일 아침 장도영 사단장은 4,000~5,000명의 병사들로 부대를 재편성하고 있다고 9군단장 윌리엄 호지(William Hoge) 소장에게 보고했다. 싸움 한번 해보지도 못하고 사단 병력의 반이 없어진 것이었다.

6사단 병사들을 추격해온 중공군은 23일 22시경에 가평읍 북쪽에서 방어하던 오스트레일리아 대대와 미군 72전차중대를 공격했다. 중공군의 공격은 이튿날 낮까지 이어졌지만, 오스트레일리아 대대와 미군 전차 중대는 방어선을 지키면서 중공군에게 손실을 강요했다. 가평천으로의 공세가 실패하자, 중공군은 24일 밤에 서쪽의 패트리샤 공주 캐나다 경보병 대대(Princess Patricia's Canadian Light Infantry Battalion)를 공격했다. 중공군의 병력이 워낙 많아서, 캐나다군 대대는 자신의 위치에 포격을 요청할 정도로 위기에 몰렸으나 잘 버텨냈다. 마침내 25일 낮에 중공군은 공격을 중단하고 북쪽으로 물러났.

이처럼 2개 보병대대와 1개 전차중대가 막아낸 중공군 부대에 한국군 6사단은 싸움 한번 못 하고 무너진 것이었다. 6사단이 입은 무기와 장비의 손실은 엄청나서, 소화기 2,363정, 기관총 및 자동소총 168정, 로켓발사기 66문, 대전차포 2문, 박격포 42문, 야포 13문 그리고 트럭 87대였다. 게다가 퇴로를 한국군 병사들과 버려진 장비들이 막는 바람에, 한국군을 지원하던 미군 포병 부대들도 중화기들과 장비를 포기해야 했다. 두 차례의 싸움에서 한국군 6사단은 아예 없느니만 못했다.

호지 9군단장은 장도영 6사단장을 질책하면서 사단의 행적은 "모든 면에서 수치스럽다"고 평했다. 그러나 호지 소장은 장 준장이 한국군 지휘관들 가운데 양호한 축에 든다고 평가했고 교체를 꾀하지 않았다. 실은 6사단도 모든 한국군 사단들의 전형이라고 평가했다. 그만큼 한국군 지휘관들의 자질이 부족했고 장교들과 병사들은 훈련되지 않았으며, 자연히, 싸우려는 의지도 낮았다는 얘기였다.

궤멸적 패주를 가까스로 수습한 6사단은 4월 27일 양평 용문산(龍門山) 일대에 주둔했다. 장 사단장은 장병들의 정신 무장과 사기 진작에 힘을 쏟았다. 다행히, 사단이 더할 나위 없이 치욕적인 패배를 했다는 사실이 오히려 명예를 되찾겠다는 장병들의 다짐을 굳게 했다.

중공군의 예상되는 공격에 대비해서, 1951년 5월 13일 장도영 사단장은 부대를 새로 배치했다. 19연대를 주 저항선인 용문산 서북쪽에 배치하고 7연대를 동북쪽에 배치해서 일선을 형성했다. 그리고 예비 부대인 2연대를 북한강의 지류인 홍천강(洪川江) 남안으로 진출시켜 전초부대로 삼았다.

이처럼 예비부대를 후방이 아닌 전방에 미리 투입하는 작전 계획은 아주 특수한 것으로 교리에 어긋났다. 그래도 그것은 그동안 중공군과 여러 번 싸워서 얻은 교훈에 바탕을 두었다. 중공군은 으레 우세한 병력을 이용해서 침투와 돌파로 아군 퇴로의 요소를 미리 차단했다. 그런 전술에 후퇴로 대응하는 것은 거의 필연적으로 패주를 불렀다. 장 사단장은 진지를 고수하고 우세한 화력으로 중공군의 피해를 강요하는 대응책이 오히려 낫다고 판단한 것이었다. 아울러, 주 저항선이 너무 뒤쪽으로 책정되어 홍천강이 제공하는 지형적 이점을 활용하려면 증강된 전초부대가 필요했다. 예상대로 중공군이 전초부대인 2연대를 포위하면, 주 저항선의 나머지 2개 연대가 중공군을 뒤에서 공격한다는 것이 작전의 핵심이었다.

이처럼 특수한 작전 계획의 성공에서 결정적 요소는 전초부대로서 중공군에게 포위된 채 진지를 고수해야 하는 2연대의 전투력이었다. 2연대가 전방으로 떠날 때, 장 사단장은 "본 전투의 성패 여하는 각 장병들의 보국일념에만 달려 있다. 끝까지 진지를 고수하고 돌입하는 적을 박멸하여 부조(父祖)의 기대에 부응하고 아손만대(我孫萬代)의 행복을 찾아 청성(青星)의 전통을 세우도록 하라"고 훈시했다. ['청성'은 6사단의 표지다.] 당시 2연대 1대대 1중대 2소대장이었던 전제현 중위는 뒷날 이렇게 술회했다, "우리 연대가 전진 진지로 출발하기에 앞서 사단장의 지엄한 훈시가 있었으며, 연대의 장병들도 또한 사창리(史倉里) 전투의 오욕을 씻기 전에는 살아서 돌아올 생각을 버리자고 다짐하면서 각자 철모에 '결사'라고 써 붙이고 일산(日産) 트럭 5대에 실탄과 식량을 만재하였으며 심지어는 소대장과 중대장까지도 뒤축 없는 양말에다 식량을 넣어서 목에 걸고 출동하였다."

5월 17일 오전 중공군 1개 중대가 가평 동쪽에서 북한강을 건너 남하했다. 2연대의 전초중대인 6중대는 가평 동남쪽 한덕산을 미리 점령했다가 아래쪽 방하리(芳荷里)에 집결한 이 중공군 부대를 기습해서 크게 이겼다. 중공군 163명을 사살하고 6명을 붙잡았으며, 따발총 28정, 각종 소총 54정 및 수류탄 2,230발을 얻었다. 이 첫 전투에서의 승리는 큰 뜻이 있었으니, 적 전위 부대의 공격을 저지해서 작전에 차질을 주었을 뿐 아니라 중공군에 대한 두려움이 큰 아군 장병들에게 자신감을 주었다.[이 승전의 중요성을 인식한 장 사단장은 용문산 전투가 끝난 뒤 6중대장 이좌균 대위에게 4등무공훈장을 수여하고 6중대를 단체표창했다.]

5월 18일 밤부터 중공군의 본격적 공격이 시작되었다. 이 작전에 동원된 부대들은 187사단과 188사단으로 이들은 홍천강을 건너 2연대를 공격하기 시작했다. 2연대 예하 부대들은 사주방어를 통해 진지를 고수하면서 화력 지원을 받아 잇따라 밀려오는 중공군을 물리쳤다. 6사단 27야전포병대대의 직접 지원과 미군 7사단과 24사단의 포병 화력에다 9군단 포병의 지원을 받으면서, 2연대는 중공군에 큰 손실을 강요했다.

  아군의 저항이 예상 밖으로 완강하자, 중공군은 2연대 지역이 아군의 주 저항선이라고 판단했다. 그래서 19일 새벽부터 187사단과 188사단의 주력을 투입해서 2연대를 공격했다. 낮에는 공군의 지원을 받을 수 있었으므로, 아군의 화력은 더욱 강해졌고 중공군의 손실은 더욱 커졌다. 그러나 중공군은 물러나지 않고 이날 밤에는 63군의 예비부대로 청평(淸平)에 머물던 189사단까지 투입해서 공격해왔다. 중공군의 강한 압박을 받은 2연대는 전방 대대들을 연대 본부 둘레로 집결시켜 사주방어진을 만들고 물러서지 않았다.

  2연대의 이런 작전은 아군의 우세한 화력으로 공격해오는 적에게 손실을 강요하는 미군의 전술을 모범적으로 따른 것이었고 큰 성공을 거두었다. 기세가 꺾인 중공군은 19일 자정에 공격을 멈추고 전선에서 물러났다.

  5월 20일 새벽 마침내 장 사단장은 공격 명령을 내렸다. 주 저항선을 지키던 7연대와 19연대는 이내 공격에 나섰고 기습을 당한 중공군은 조직적인 반격을 하지 못한 채 큰 손실을 입었다. 그래서 이 두 연대는 단숨에 2연대의 위치까지 진격했다. 19일 07시부터 20일 18시까지 6사단은 4,912명의 적군을 사살했고 9명의 포로를 얻었다. 아군의 공격을 막아내기 힘들어지자, 중공군은 5월 21일 03시에 북쪽으로 물러나기 시작했다. 6사단은 중공군을 추격하면서 후위 작전을 편 중공군 2개 연대를 깨뜨리고 홍천강 이남 지역을 완전히 장악했다.

5월 20일 리지웨이 중장의 후임 사령관 제임스 밴 플리트(James Van Fleet) 중장은 미군 1군단, 9군단 그리고 미군 10군단의 좌일선 부대인 미군 1해병사단에 전진 명령을 내렸다. 평소보다 다섯 곱절이나 되는 화력을 사용한 밴 플리트의 전술은 중공군에 결정적 타격을 가했다. 12군과 15군의 손실이 특히 컸다.

이런 상황에서 팽덕회가 고를 수 있는 방안들은 예비부대들을 투입해서 공세를 계속하는 것과 전선에서 물러나는 것이었다. 그는 후자를 골랐다. 중공군이 이미 힘이 빠졌는데 공세를 계속하는 것은 국제연합군 지역 깊숙이 진격한 중공군 부대들을 더욱 큰 위험에 빠뜨리는 일이었다. 그는 중공군에게 공세 이전의 전선인 화천 저수지 선까지 물러나라는 명령을 내렸고, 중공군은 최소한의 후위 작전 부대들만을 남기고 빠르게 전선에서 물러났다.

그러나 중공군이 무사히 북쪽으로 탈출한 것은 아니었다. 중공군의 퇴로를 화천 저수지가 가로막아서, 중공군 부대의 행렬은 저수지를 돌아가는 도로들에서 길어졌고, 이들은 추격에 나선 국제연합군의 좋은 표적이 되었다. 미군 9군단 구역에서 중공군이 입은 손실만도 6만 2,000명으로 추산되었다.

아군의 전반적 반격에 맞추어, 6사단도 패주하는 중공군을 쫓아 북상했다. 5월 24일 07시에 홍천강을 건넌 6사단은 중공군 부대들을 따라잡아 전과를 올렸다. 마침내 5월 28일 6사단은 최종 목표인 화천 저수지에 이르렀다. 용문산 전투와 이후 전투들에서 6사단이 거둔 전과는 대단했으니, 사살한 적군은 1만 7,177명이고 포로는 2,183명이었다. 아군의 손실은 전사 107명, 전상 494명 그리고 실종 33명이었다.

중공군의 '5차 공세 2단계' 작전으로 1951년 5월 후반에 벌어진 큰 싸움에서 용문산 전투의 몫은 그리 크지 않았다. 중공군의 주공이 한국군 3군단과 미군 10군단 예하 한국군 7사단과 5사단을 향했고, 한국군 부대들이 무참하게 무너진 뒤 방어 임무는 주로 미군 2사단과 서울 근처에서 기동해서 돌파된 한국군 구역에 투입된 미군 3사단에 지워졌다. 한국군 6사단의 주력인 7연대와 19연대가 2연대를 포위한 중공군을 공격해서 승리를 거둔 5월 20일, 중공군 부대들은 이미 전날에 후퇴 명령을 받아서 물러나기 시작했고 아군도 전반적 반격에 나선 터였다. 그래서 큰 전과에도 불구하고, 용문산 전투가 당시 전황에 직접 미친 영향은 작았다.

그러나 보다 높은 차원에서 살피면, 용문산 전투는 전쟁의 흐름에 큰 영향을 미쳤음이 드러난다. 무엇보다도, 이 전투에서 한국군은 처음으로 중공군에 크게 이겼다. 1950년 10월 중공군의 '1차 공세'에서 한국군이 걷잡을 수 없이 무너진 뒤, 한국군은 한 번도 중공군에 이긴 적이 없었다. 한국군 부대들은 중공군의 공격이 시작되면 뿔뿔이 흩어지는 것이 상례였다. 용문산 전투에서 한국군이 중공군을 크게 깨뜨렸다는 사실은, 그것도 1951년 4월 중공군의 '5차 공세 1단계'에서 제대로 싸우지도 못하고 거듭 무너져서 전황을 어렵게 만들었던 6사단이 그런 전과를 거두었다는 사실은, 한국군 장병들의 가슴에서 중공군에 대한 두려움을 말끔히 씻어내는 계기가 되었다.

　전투에서 이긴 과정도 자신감을 더해주었다. 장도영 사단장은 예비부대인 2연대를 전투 직전에 전초부대로 주 저항선 앞에 배치하는 작전을 폈다. 1개 연대를 스스로 적군의 포위 속에 놓는 작전이었다. 그리고 2연대는 이틀 동안 압도적인 중공군의 공격을 막아내면서 진지를 지켰다. 중공군이 병력을 모두 투입한 뒤에야 비로소 아군 주력으로 적군의 배후를 공격했다. 이런 작전은 진지를 고수하면서 월등한 화력으로 적의 손실을 강요한 밴 플리트 사령관의 전술에 기습의 요소를 더한 멋진 계획이었고 결국 크게 성공했다.

　용문산 전투는 한국군의 전력 향상에 심리적으로만이 아니라 실질적으로도 기여했다. 한국군의 전력이 유난히 약했던 요인들 가운데 하나는 중화기의 부족으로 인한 화력의 절대적 열세였다. 그러나 미군 지휘부는 한국군 포병의 증강을 허가하지 않았다. 한국군이 무너지면서 중공군에 중화기들을 넘겨주는 일이 너무 자주 일어났기 때문이다. 실제로 포로가 된 중공군 27군 사령부 정치요원은 중공군이 한국군을 집중적으로 공격한 이유 가운데 하나가 "한국군을 포위 공격하면, 한국군에게 지급된 우수한 무기들과 장비들을 얻을 수 있다"는 사실이었다고 진술했다. 그래서 한국군의 화력의 열세가 한국군의 전력의 열세를 부르고 그런 전력의 열세가 한국군 화력의 증강을 막는 악순환의 고리가 형성되었다.

　당시 한국군의 전력 증강은 시급했다. 이승만 대통령은 그 일을 미군 지휘부에게 요구했지만, 위에서 설명한 사정 때문에 부정적 반응만 얻었다.

한국군 6사단의 패주는 더 많은 사람들을 무장시키려는 이 대통령의 시도에 더할 나위 없이 나쁜 시기에 나왔다. 4월 18일 국제연합 주재 대한민국 대표 임병직(林炳稷) 대령은 [미국] 합동 참모본부에 추가될 10개 사단들을 위한 무기와 장비를 요청했고, 6사단의 첫 붕괴 바로 뒤이고 두 번째 붕괴 바로 몇 시간 전인 23일에, 이 대통령은 같은 사항에 대한 개인적 요구를 제출했다. […]

그러나 리지웨이 장군과 밴 플리트 장군은 한국군 사단들의 즉각적 증강에 대해 반대하는 주장을 성공적으로 폈다. […]

보다 많은 병력이 필요한 게 아니라, 유능한 지도력을 개발하는 것이 한국군의 주된 문제고 분명히 한국군 확장의 전제조건이었다. 한국군 6사단의 해체는 그 점을 보여주었다.

— 모스먼, 『썰물과 밀물』

치욕적 패배를 거듭한 6사단이 용문산 전투에서 크게 이기자, 한국군의 능력에 대한 미군 지휘부의 생각은 달라졌고 한국군의 증강을 시도한 이 대통령에게 힘을 실어주었다. 실제로 그 뒤로 한국군의 증강은 빠르게 진행되었다.

여든셋째 이야기

반공포로 석방(1953년 6월)

●

1951년 4월 11일 국제연합군 총사령관 맥아더 원수는 트루먼 대통령에 의해 갑작스럽게 해임되었다. 그의 해임은 그 자체로 중요했을 뿐 아니라 미국의 정치에도 큰 영향을 미친 사건이었다.

맥아더가 해임된 까닭은 그가 6·25 전쟁을 제한전(limited war)으로 치르려는 트루먼 정권의 정책에 드러내놓고 반대한 것이었다. 한국에 침입했던 북한군이 국제연합군에 의해 궤멸했을 때, 갑자기 중공군이 한반도로 침입해서, 국제연합군은 전반적으로 밀리고 있었다. 당시 미국은 중국보다 힘이 월등했다. 따라서 싸움을 전면전으로 확대하고 원자탄을 사용하면, 미국은 중국을 어렵지 않게 이길 수 있었다. 애초에 북한군이 남한을 불법적으로 침입했고, 중공군은 무단히 국경을 넘어와서 국제연합군을 공격했다. 그래서 중국은 이미 1951년 2월에 국제연합에 의해 '침략자(aggressor)'로 규정되었다.

자연히, 미국은 그런 확전을 정당화할 도덕적, 정치적, 군사적 명분도 있었다. 그러나 트루먼 대통령과 미군 합동참모본부는 그럴 생각이 없었다. 트루먼 정권은 두 가지 이유에서 중국에 대한 전면전을 꺼렸다.

먼저, 미국의 우방들이 확전과 원자탄 공격에 반대했다. 특히, 클레

멘트 애틀리(Clement Attlee)의 노동당 정권이 들어선 영국은 이념적 성향과 홍콩의 안보에 대한 고려 때문에 줄곧 중국에 대해 유화적 태도를 보였다.

다음엔, 트루먼 정권은 중국에 대한 원자탄 공격이 소비에트 러시아의 서유럽에 대한 보복을 부를까 걱정했다. 당시 미국은 러시아보다 17배나 많은 원자탄을 보유했지만, 트루먼 정권은 '제3차 세계대전'을 일으킬 위험이 있는 일들은 극력으로 피했다. 그런 위험을 무릅쓰기엔 한국은 너무 작고 미국의 이해에 그리 중요하지 않은 나라였다.

그러나 이런 태도는 본질적 모순을 안았다. 맥아더가 그의 회고록에서 지적한 대로, "소비에트 러시아나 중공의 개입은 한국에 개입한다는 애초의 [미국의] 결정에 내재한 위험이었다." 뒤늦게 그것을 걱정하는 것은 비논리적이었다.

차분히 따지면, 러시아가 한국에 개입할 가능성도 낮았다. 무엇보다도, 시베리아를 가로지르는 긴 철도 하나에 의지한 러시아의 보급로는 너무 부족하고 공격에 취약했다. 러시아가 다른 지역에서 개입할 가능성도 그리 높지 않았다. 그 점에선 맥아더의 판단이 트루먼 정권의 판단보다 훨씬 현실적이었다. 인천 상륙작전과 흥남 철수 작전을 지휘했고 휴전 회담에서 국제연합군을 대표했던 조이 제독도 중국에 대한 공격이 러시아의 개입을 부르리라고 생각한 미군 장군들은 한 사람도 없었다고 회고했다.

어쨌든, 맥아더는 트루먼 정권의 전략이 치명적 오류라고 판단했다. 그는 제한전이 "새로운 그리고 피를 더 흘리는 전쟁을 부를" 따름이라고 주장했다. 그는 제한전이 이미 국제연합군의 사기를 떨어뜨렸다고 지적했다.

그가 대안으로 내놓은 전략은 중국에 대한 전면전이었다. 만주의 비행장들을 공격하고, 중국 연안을 봉쇄하고, 대만의 국민당군을 동원해서 중국 본토에 전선을 형성한 다음, 50개가량의 원자탄을 중국 도시들에 투하하는 것이었다. 제한전을 적극적으로 옹호했던 리지웨이도 그의 회고록에서 중공군이 미군을 기습 공격했을 때는 원자탄의 사용을 포함한 전면전을 펴는 것이 정당화될 수 있었다고 인정했다.

이 과정에서 맥아더는 거듭 공개적으로 대통령의 지시를 어겼다. 치명적이었던 것은 그가 합동참모본부의 지지를 얻지 못했다는 사실이었다. 당시 합참의장이었던 오마 브래들리(Omar Bradley) 원수는 의회 청문회에서 중국에 대한 전면전은 서유럽을 소비에트 러시아의 위협에 내맡기는 일이라고 말했다. 중국과의 전면전은 "잘못된 곳에서 잘못된 시기에 잘못된 적과 치르는 잘못된 전쟁(the wrong war at the wrong place at the wrong time and with the wrong enemy)"이 되리라는 그의 주장에 맥아더는 적절히 대응하지 못했다. 의회 청문회가 끝나자, 맥아더에 대한 미국 사회의 지지는 사라져버렸다.

1951년 봄, 리지웨이 장군의 전략이 주효해서 전황이 안정되자, 미국은 휴전을 모색하기 시작했다. 중국의 인적 자원이 막대하다는 것이 드러나면서, 승리의 가능성은 사라진 터였고, 미국 시민들은 이미 전쟁에 염증을 느끼고 있었다.

그러나 중국은 미국의 그런 모색을 무시했다. 모택동은 인명 피해가 많은 싸움에선 미국이 오래 버티지 못한다고 믿었다. 그래서 그는 일방적으로 자신에게 유리한 조건들을 대안으로 제시했다. 국제연합군의 한반도에서의 철수, 타이완의 중국으로의 귀속, 중국의 국제연합에서의 지위 보장과 같은 조건들은 미국으로선 도저히 받아들일 수 없는 것들이었다.

1951년 5월 중공군의 마지막 공세가 실패하자, 국제연합은 중국이 휴전에 보다 호의적이리라고 판단했다. 6월 초 트리그브 리 국제연합 사무총장은 다시 평화 회담을 제안했다.

중국의 태도가 바뀌었으리라는 국제연합의 판단은 틀리지 않았다. 6월 23일 소비에트 러시아 외무부 부장관 겸 국제연합 주재 대사 야코프 말리크(Jacob Malik)는 리의 제안에 호응하면서 한반도에서 평화를 이룰 수 있다고 방송에서 말했다. 그는 "38도선에서 상호적 철군을 주선하는" 방안을 제시했다.

6월 30일 미국 정부의 지시를 받은 국제연합군 사령관 리지웨이 대장은 중공군 사령관에게 보내는 메시지를 방송했다. 그는 국제연합군이 휴전 협상을 위해 대표단을 파견할 의사가 있다고 밝혔다.

며칠 뒤 공산군 측이 개성에서 회담하자고 제의했다. 마침내 7월 8일 개성에서 양측 연락관들이 만났다. 그 회담에서의 합의에 따라, 7월 10일에 양측 휴전 협상 대표단이 개성에서 만나 공식적 휴전 협상에 들어갔다.

개성에서 휴전 협상이 시작되면서, 양측은 결정적 승리를 위한 기동을 자제했다. 그래서 전선은 큰 변동이 없었고, 전선을 지형에 맞게 '정리'하는 소규모 작전들이 나왔다. 반어적으로, 그런 작전들은 큰 인명 피해를 양측에 강요했다. 전술적으로 중요한 고지들을 놓고 다투니, 인명 피해가 클 수밖에 없었고, 휴전 협상에서의 열세를 걱정하는 판이라, 어느 쪽도 물러서려 하지 않았다. 피의 능선(Bloody Ridge), 단장의 능선(Heartbreak Ridge), 저격 능선(Sniper Ridge), 불모 고지(Old Baldy)와 같은 슬픈 이름들은 '전선을 정리'하는 소규모 전투들에서 생겨났다. 더할 나위 없이 치열했고 인명 손실도 컸지만, 그런 작전들은 전황에 큰 영향을 미치지 않았다. 보다 중요한 전투들은 개성과 판문점의 협상 테이블에서 나왔다.

첫 협상에 나선 국제연합군 대표단은 수석 대표인 조이 해군 중장과 8군 부참모장 헨리 호디스(Henry Hodes) 육군 소장, 극동 공군 부사령관 로렌스 크레이기(Laurence Craigie) 공군 소장, 극동 해군 부참모장 알리 버크(Arleigh Burke) 해군 소장, 그리고 한국군 1군단장 백선엽 소장이었다. 이들은 모두 야전에서 활약한 군인들로 정치적 경험은 전혀 없었다.

공산군 대표단은 북한군 총참모장 겸 부수상 남일(南日) 대장, 전임 상업성 부상으로 북한군 정찰국장인 이상조(李相朝) 소장, 북한군 1군단 참모장 장평산(張平山) 소장, 중공군 15병단 사령관 등화 중장, 중국군 동북군구 정치부장 해방(解方) 소장이었다. 이들은 야전 경험도 많았지만, 정치적 경험도 많았다.

국제연합군 사령부는 대표단에게 협상 의제를 군사적 사항들에 한정하라고 지시했다. 중국이 정치적 의제들을 포함시키려고 시도할 가능성이 높았기 때문이다.

국제연합군 사령부의 우려대로, 노련한 정치적 경험을 지닌 대표단을 보낸 공산군 측은 정치적 의제들까지 포함하려고 시도했다. 그래서 의제에 합의하는 과정이 예상보다 훨씬 험난했다. 협상이 시작된 날 밤에 문산리(汶山里)에 모인 국제연합군 측 언론 기자들은 휴전 협상에 걸릴 기간에 대해 내기를 걸었다. 가장 '비관적'인 기자들은 협상 타결까지 6주가 걸린다는 데 걸었다. 양측 대표단이 의제에 타협하는 데만 2주가 걸렸다.

놀랍지 않게도, 공산주의자들은 외교와 협상에서 자유주의자들과 판이한 행태를 보인다. 국제연합군 수석대표로 공산주의자들과의 휴전 협상을 이끈 조이 제독은 자유주의 진영에서 공산주의자들과 맨 처음, 가장 오래, 그리고 가장 치열하게 협상한 사람이다. 자유주의 진영이 공산주의자들에 대해 잘 몰랐던 당시, 그는 공산주의자들에 대한 무지가 협상을 결정적으로 불리하게 만들었으며 전투에서 이겨 얻은 성과들을 협상에서 많이 잃었다고 판단했다. 그는 그 경험을 회고록 『공산주의자들은 어떻게 협상하는가(How Communists Negotiate)』에서 밝혔다.

첫째, 공산주의자들은 본질적으로 세력의 확장을 노린다. 그들은 협상을 통한 세력 확장과 무력을 통한 세력 확장을 구별하지 않는다. 따라서 협상을 통한 문제의 해결은 기대할 수 없다. 공산주의자들에게 협상의 종료는 새로운 세력 확장 단계의 시작일 따름이다.

둘째, 공산주의자들은 협상의 모든 측면들과 과정들을 철저히 계획한다. 조이는 그런 행태를 "무대 설치"라 불렀는데, 그는 이것이 공산주의자들이 맨 먼저 하는 일이라고 했다. 이 점을 예시하기 위해, 조이는 국제연합군과 공산군 사이에 처음 휴전 협상이 벌어질 때의 모습을 소개했다. 양측이 휴전 협상에 동의하자, 공산군 측은 대뜸 "만일 당신들이 휴전을 원하면, 개성으로 오라, 그러면 우리는 대화하겠다"고 통보해왔다. 개성은 중공군이 장악한 지역이었다.

[1951년] 7월 8일, 미국 공군 앤드루 키니(Andrew Kinney) 대령과 몇몇 미국 장교들은 공산군 연락장교들과 만나 7월 10일의 대표 회담을 주선하기 위해 개성으로 향했다. 키니는 [회담 장소를] 개성 부근의 비무장 지역으로 하는 일에서 공산주의자들의 동의를 얻지 못했다. 공산주의자들은 개성 지역의 군사적 통제라는 그들의 우위를 포기하기를 거부했다. 이 첫 회합 내내 키니와 그의 일행은, 완전히 비무장이었는데도, 자동소총을 위협적으로 휘두르는 무장한 공산군 병력들에 둘러싸였다. 공산주의자 사진사들과 기자들은, 휴전을 갈구한 것은 공산주의자들이 아니라 국제연합이라는 그들의 이론에 맞게, 이런 상황을 한껏 이용하는 데 실패하지 않았다.

이어 대표 회담에 들어가자, 국제연합군 대표들은 공산군이 처음부터 '무대 설치'에 마음을 쓴 것을 깨달았다.

첫 대표 회담에서, 협상 탁자에 앉았을 때, 나는 거의 시야에서 사라질 만큼 가라앉았다. 공산주의자들은 표준 의자보다 상당히 낮은 의자를 내게 제공한 것이었다. 탁자 건너편 공산군 수석대표 남일 대장은 교묘하게 줄어든 내 키보다 족히 1피트 높이 솟았다. […] 내가 낮아진 의자를 정상적 의자로 바꾸면서 이런 상황은 바로잡혔지만, 그사이에 공산주의자 사진사들이 필름 여러 통을 찍었다.

이런 유치한 짓들은 효과가 결코 작지 않다고 조이는 경고한다.

공산주의자들의 그런 계략들은 하나씩 개별적으로 고려되면 유치하게 보일지 모른다. 그러나 이런 움직임들이 많이 모이면 전체적으로 효과적 크기의 선전이 될 수 있음을 생각해야 한다.

셋째, 공산주의자들은 협상에서 교리(dogma)를 노예적으로 따른다. 따라서 협상에 나선 개인들이 판단할 여지는 아주 적고, 그들의 성품이나 능력은 협상에서 그리 중요한 요소가 아니다.

휴전 협상의 공산군 대표들은 중공군 대표 둘과 북한군 대표 셋이었다. 그들에 관한 조이 제독의 평가는 지금도 음미하고 기억할 만하다.

소비에트 공산주의자들의 교리를 따르는 데서 북한 대표들이 중공 대표들보다 훨씬 노예적이었다는 것은 인식할 가치가 있다. 이 혼합된 공산주의 대표단에서 궁극적 권한은 중공 대표단에 있는 듯했다는 것은 거듭 지적할 가치가 있다.

넷째, 공산주의자들은 자신들의 기본적 목표에 유리한 결론들로 이루어진 일정을 추구한다. 이런 '편향된 일정'에 관한 조이의 얘기는 길게 인용할 만하다.

논리를 따르는 사람들 사이에선, 일정은 논의될 주제들의 목록일 따름이고, 그것들에 관한 합의된 결론들은 뒤에 요구된다. 예를 들면, 야구 경기를 주선하는 일을 논의하기 위해 모인 미국인들을 아래와 같은 일정을 채택할 것이다:

1. 경기가 열릴 장소.
2. 경기가 시작될 시간.
3. 심판들의 선정.

그러나 공산주의자들은 이런 일정을 제시할 것이다:

1. 경기가 상하이에서 열린다는 합의.
2. 경기가 밤에 열린다는 합의.
3. 심판들은 중국인 관리들이 되어야 한다는 합의.

이처럼 공산주의자들은 시작부터 그들의 협상 상대들을 방어적 입장으로 밀어 넣으려고 시도한다. 만일 그들의 조작된 일정이 부주의한 상대에 의해 받아들여지면, 공산주의자들은 남아 있는 문제들은 정확히 상하이의 어느 곳에서 경기를 하고, 정확히 밤 몇 시에 경기가 시작되고, 정확히 어떤 중국인이 심판 노릇을 하느냐는 것뿐이라고 주장할 수 있게 된다.

공산주의자들은 그렇게 편향된 일정을 통해서 직접적으로 목표를 이루거나 편향을 바로잡은 과정에서 이익을 본다.

다섯째, 공산주의자들은 늘 협상을 지연시키는 전술을 쓴다. 일단 협상이 시작되면, 그들은 이내 협상의 진전을 막는다. 그들은 그런 지연이 상대의 입장을 약화시킨다고 믿는다. 자유주의 국가들이 일반적으로 협상에서 성과를 얻으려 애쓰며 휴전과 같은 일에선 인도적 고려 때문에 특히 협상을 서두른다는 사실을 인명과 인권을 가볍게 여기는 공산주의자들은 철저히 이용한다.

여섯째, 공산주의자들은 의제에 관련이 없는 사항들을 협상에 도입해서 그것들을 협상에서의 패들로 쓴다.

일곱째, 공산주의자들은 늘 진실을 부정하거나 왜곡한다. 특히, 부분적 진실을 전체적 진실로 만드는 데 능하다. 아울러, 끊임없이 '사건'들을 만들어서, 상대의 입장을 약화시키려 애쓴다.

여덟째, 공산주의자들은 끊임없이 되풀이되는 주장과 선전으로 상대를 지치게 하는 전술을 어김없이 쓴다. 이런 전술은 장기적으로는 상당한 효과를 얻는다.

아홉째, 상대가 조그만 양보를 하면, 공산주의자들은 상호적으로 양보하는 것이 아니라 오히려 더 많은 양보를 요구한다. 공산주의자들은 양보했다는 사실 자체가 바로 상대의 약함을 뜻한다고 믿으며, 그래서 더욱 공격적이 된다.

열째, 공산주의자들은 자신들을 제약하는 합의사항을 되도록 지키지 않겠다는 생각으로 협상에 나온다. 그래서 합의사항의 범위를 되도록 줄이고 그런 합의사항의 이행에 대한 감시와 조사를 허술하게 만들려고 애쓴다. 실제로, 휴전 협상에서 공산주의자들은 무력 증강을 감시할 항공 정찰에 끝까지 반대했다.

열한째, 자신들을 제약하는 조건에 어쩔 수 없이 합의하게 되면, 공산주의자들은 뒤에 그것을 실질적으로 무력하게 만들 수 있는 조항을 넣는다. 예컨대, 이행을 감시하는 단체가 만장일치를 통해 의사를 결정하도록 해서, 자신을 지지하는 구성원의 방해로 감시단이 제대로 기능하지 못하도록 한다.

마지막으로, 그런 모든 전술이 실패해서 합의 사항을 이행해야 할 처지가 되면, 공산주의자들은 합의 사항을 재해석해서 이행을 피하려 한다. 그들이 실제로 이행하는 것은 상대방이 이행을 강요할 힘을 지녔을 때뿐이다.

트루먼 정권의 희망과 달리, 제한전은 공산군과의 신속한 휴전을 불러오지 못했다. 휴전 협상이 시작된 뒤, 전쟁은 두 해 동안 이어졌다. 협상에서 공식적으로 장애가 된 것은 중공군과 북한군 포로들의 강제 송환 여부였다. 그러나 실질적 장애는 제한전과 휴전 협상이 병행되는 상황에선 중국이 미국의 확전을 걱정하지 않게 된 것이었다. 인명 피해를 걱정하는 미국과 달리, 중국은 인명 피해가 많이 나는 전쟁을 선호했고, 미국의 막강한 전력이 모두 동원되지 않는 제한전은 중국의 그런 태도에 맞는 전쟁 형태였다. 그래서 휴전 협상은 제대로 나아가지 못했고 두 해를 끌었다.

이승만 대통령은 휴전회담을 처음부터 걱정 어린 눈길로 살폈다. 이길 수 있는 전쟁을 비기고 끝내려는 미국의 태도를 그는 공개적으로 비판했다. 휴전은 승리를 놓치는 것이고, 지금 승리하지 못하면, 자유세계는 두고두고 후회하리라고 역설했다.

게다가 미국은 한국의 안전보장에 관심을 보이지 않았다. 휴전이 되면, 중공군은 압록강을 건너가지만, 미군은 태평양을 건너가는 것이었다. 다음에 중공군이 압록강을 넘어와서 한국을 침입할 때, 미군이 다시 태평양을 건너온다는 보장은 없었다.

마침내 이 대통령은 파천황(破天荒)의 결단을 내렸다. 반공포로들을 석방하기로 결심한 것이었다. 반공포로는 북한으로 돌아가는 것을 거부하고 한국에 남겠다고 한 북한군 포로들이다. 이들을 북한으로 보내는 것은 인도에 어긋나는 일이어서, 이 대통령으로선 동의할 수 없었다. 그리고 휴전 협상에서 가장 어려운 문제가 바로 이들 반공포로의 처리였으므로, 그들을 한국 정부가 일방적으로 석방하면, 휴전 협상이 깨어질 수밖에 없었다. 전략적 판단에서 뛰어난 이 대통령은 바로 그 점을 노린 것이었다.

반공포로들을 가둔 포로수용소들은 미군들이 관장했고 한국군 병력이 그들을 도왔다. 그래서 미군 지휘관과 경비 병력을 따돌리고 국군이 단독으로 포로를 석방하는 일은 불법이었고 어렵고 위험했다.

반공포로들을 즉시 석방하라는 대통령의 명령을 받자, 헌병총사령관 원용덕(元容德) 중장은 치밀한 계획을 세웠다. 당시 반공포로들은 7개 수용소에 수용되어 있었는데, 미군의 방해를 받지 않으려고 거사 요원들은 동시에 작전을 폈다. 6월 18일 갑자기 국군 경비병들이 석방 작전을 벌이자, 미군들은 제대로 대응하지 못했고, 덕분에 많은 반공포로들이 풀려났다.

정보가 새어 나가서, 미군이 대비한 수용소에서도 기발한 작전으로 포로를 석방하는 데 성공했다. 경상북도 영천(永川)의 수용소에선 미군이 정문에 전차 2대까지 배치하고서 국군의 움직임을 감시했다. 국군 헌병들은 고춧가루를 구해서 포로들로 하여금 몸에 바르고 탈출하도록 했고 미군 눈에 고춧가루를 뿌리기까지 했다. 한국군의 '고춧가루 작전'에 속절없이 당했다는 보고를 받자, 국제연합군 총사령관 마크 클라크 대장은 놀라서 입에 물고 있던 파이프를 떨어뜨렸다고 뒤에 고백했다.

우리 국민들은 탈출한 포로들을 숨겨주고 거두어주었다. 결국 3만

5,000여 명의 반공포로 가운데 2만 6,000여 명이 풀려나서 고향으로 돌아갔다. 그들은 대부분 북한군에 징집되어 낙동강 전선에 투입되었던 남한 젊은이들이었다.

이 대통령은 그날 자신의 조치를 설명하는 성명을 발표했다.

'제네바협정'과 인권 정신에 의하여 반공한인포로(反共韓人捕虜)는 벌써 다 석방시켜야 할 터인데 'UN' 당국들과 또 이 포로들을 석방하는 것이 옳은 것으로 우리의 설명을 들을 분들은 동정상으로나 원칙상으로나 동감을 가진 것으로 내가 믿는 바이다. 그런 국제상 관련으로 해서 불공평하게도 그 사람들을 너무 오래 구속했던 것이다. 지금에 와서는 'UN'이 공산 측과 협의할 조건이 이 국제적 관련을 더욱 복잡하게 해서 필경은 우리 원수에게 만족을 주고 우리 민족에게 오해를 주는 흠상(欠傷)을 일으킬 염려가 있게 하였다. 그러므로 이 흠상한 결과를 피하기 위하여 내가 책임을 지고 반공한인포로를 오늘 6월 18일 자로 석방하라고 명령하였다.

이 대통령이 반공포로들을 석방하는 데 성공하자, 온 세계가 놀랐다. 모두 고집불통 영감쟁이가 평화를 찾기 위한 협상을 방해했다고 비난했다. 그러나 이 대통령 자신은 태연자약했다. 그는 자신의 생각과 결단이 옳다고 굳게 믿었다. 그는 휴전이 그리 머지않은 미래에 재앙을 불러오리라고 지적했다. 그 뒤에 펼쳐진 역사는 그가 옳았음을 명확하게 보여주었다.

여든넷째 이야기

한미상호방위조약(1953년 8월)

●

 이승만 대통령의 반공포로 석방은 국제연합군과 공산군 사이의 휴전 협상을 단박에 깨뜨려버렸다. 이런 상황에 가장 큰 충격을 받은 것은 아이젠하워 미국 대통령이었다. 그는 1952년의 선거에서 "한국에 가서 그곳의 전쟁을 끝내겠다"는 공약을 내걸고 대통령에 당선되었다. 이제 그는 이 대통령의 협력 없이는 한국전쟁을 끝낼 수 없다는 현실과 마주한 것이었다.
 아이젠하워 대통령은 이 대통령에게 미국을 방문해달라고 요청했다. 이 대통령은 중요한 일들이 많아서 미국을 방문할 수 없으니, 미국 국무장관이 한국을 방문해달라고 거꾸로 제안했다. 결국 아이젠하워 대통령은 월터 로버트슨(Walter Robertson) 국무부 극동 담당 차관보를 특사로 보내서 이 대통령과 담판하도록 했다.

 1953년 6월 25일 이 대통령은 로버트슨 차관보를 반갑게 맞았다. 로버트슨은 1945년부터 1946년까지 충칭 주재 미국 공사로 근무했었다. 장개석이 이끈 국민당 정부가 대만으로 옮겨온 뒤에도, 그는 중화민국과 장개석을 지지했다.
 인사가 끝나자, 로버트슨이 조심스럽게 말을 꺼냈다, "대통령 각하,

아이젠하워 대통령께선 각하를 존경하십니다. 그러나 이번 전쟁포로 석방 조치는 이해하기 어렵다고 말씀하셨습니다. 아이젠하워 대통령께선 이번 일이 불행한 결말로 인도할 가능성을 걱정하십니다."

이 대통령은 환하게 웃으면서 말했다. "특사님, 나도 아이젠하워 대통령을 높이 존경합니다. 그리고 그분께서 걱정하신다는 것도 압니다. 내가 표명한 정책이 미국이 추구하는 정책과 때로 상당한 차이가 나니, 그분께서 걱정하시는 것은 자연스럽습니다. 그러나 한 가지 사실은 분명합니다. 미국과 한국은 길고 힘든 전쟁에서 함께 싸워온 동맹국들입니다. 작은 차이가 그런 근본적 합치에 영향을 주어선 안 됩니다."

"옳으신 말씀입니다. 그러나 이번 포로 석방 조치는 중대한 일이라서 두 나라 사이의 동맹에 나쁜 영향을 미칠 수도 있다는 점을 아이젠하워 대통령께서 걱정하십니다."

"그것은 크게 걱정하실 일은 아닙니다," 이 대통령은 밝은 얼굴로 말했다. "휴전에 대해 두 나라가 의견을 합치시키면, 그런 문제들은 바로 사라질 것입니다. 휴전에 관한 내 생각을 밝혀볼까요?"

"예, 대통령 각하."

"대한민국을 기습한 북한군은 다 이긴 전쟁에서 결국 패퇴했어요. 그러자 중공군이 기습했어요. 중공군도 처음엔 기세가 등등했지만, 이젠 밀리고 있어요. 원자탄을 쓰지 않고도, 우리 국제연합군이 이기고 있어요. 모든 미군 장군들이 그 점에 대해선 의견이 같습니다."

로버트슨이 고개를 끄덕였다. "그렇습니다, 각하."

"특사님께서도 잘 아시는 것처럼, 공산주의자들은 자기네가 이길 때는 결코 휴전을 제안하거나 받아들이지 않습니다. 지금 휴전하면,

우리는 큰 희생을 치르고 얻은 승리를 그냥 버리는 것입니다."

"그렇습니다, 대통령 각하. 그러나 전쟁에서 완전히 이기려면, 우리는 너무 큰 대가를 치러야 합니다. 미국과 다른 연합국은 그런 대가를, 특히 인명의 손실을, 되도록 줄이려는 것입니다."

한숨을 길게 내쉬고서, 이 대통령은 천천히 고개를 끄덕였다. "바로 거기에 피하기 어려운 함정이 있습니다. 휴전이 된다고, 한반도에 평화가 올까요?"

로버트슨이 머뭇거렸다.

이 대통령이 고개를 저었다. "특사님은 중국의 운명이 결정되던 시기에 충칭에서 일하셨으니, 잘 아실 것입니다. 공산주의자들은 결코 평화로운 공존을 선택하지 않습니다. 그것은 공산주의자들로선 최악의 선택입니다. 공산주의 사회는 지옥이므로, 인민들은 자유로운 세상으로 탈출하려 합니다. 해방 뒤부터 전쟁 전까지 다섯 해 동안에 삼백만이나 되는 북한 주민들이 남한으로 내려왔습니다. 전쟁 중에 내려온 사람들은 얼마나 되는지 추산도 어려울 만큼 많습니다. 그런 상황에서 북한이나 중공이 우리와 평화롭게 공존하려 하겠습니까?"

로버트슨이 묵묵히 이 대통령의 말을 음미했다.

힘주어 고개를 젓고서, 이 대통령이 자기 물음에 대답했다. "평화로운 공존은 그들에겐 자멸을 뜻합니다. 따라서 살아남기 위해서라도 그들은 끊임없이 자유로운 국가들을 침공해서 병탄하려 합니다. 자유로운 남한의 존재 자체가 북한의 공산주의 정권에겐 위협인 것입니다."

두 손으로 탁자를 짚고 몸을 앞으로 내밀면서, 이 대통령이 결론을 내렸다. "사정이 그러하므로, 지금 휴전을 하는 것은 전쟁에서 밀리는 공산군에게 숨 돌릴 틈을 주어 뒤에 다시 침공하도록 하는 것밖에 안 됩니다. 그것은 대한민국만이 아니라 다른 자유로운 국가들에게도 재앙일 것입니다."

로버트슨이 무겁게 고개를 끄덕였다. "옳으신 말씀이십니다. 그러나 휴전은 이미 결정된 일입니다. 지금 바꿀 수는 없습니다."

이 대통령이 고개를 끄덕였다. "그렇지요. 그 사실을 받아들여야 하겠지요. 미국 시민들에게 한국은 먼 곳에 있는 작은 나라입니다. 그 나라를 지켜주려고 삼 년 동안 큰 희생을 감수한 미국 시민들을 나는 깊이 존경하고 깊이 감사합니다. 내 뜻을 미국 정부와 시민들에게 전해주시기 바랍니다."

"알겠습니다. 감사합니다."

"앞으로 나와 대한민국은 휴전에 반대하지 않겠습니다. 다만 조건이 하나 있습니다."

로버트슨이 조심스럽게 물었다, "무슨 조건인가요?"

이 대통령이 잠시 생각을 가다듬었다. "한반도의 남쪽에 세워진 작지만 자유로운 나라 대한민국이 막강한 공산주의국가들의 위협 속에서도 생존할 수 있는 실질적 방안이 마련된다는 것이 조건입니다. 한반도의 통일이 궁극적 해결책이지만, 그것이 현실적으로 불가능한 상황에선, 이것이 최소한의 조건이 될 수밖에 없습니다."

잠시 고개 숙이고 생각한 다음, 로버트슨이 말했다, "알겠습니다, 대통령 각하. 그러면, 그 조건에 대한 각하의 의견을 듣고 싶습니다."

"고맙습니다. 공산군의 위협으로부터 대한민국을 지키려면, 군사력과 경제력이 함께 필요합니다."

로버트슨이 고개를 끄덕였다.

"군사력은 미국과 한국이 군사동맹을 맺어야 비로소 확보될 수 있습니다. 중공군은 언제라도 압록강을 넘어올 수 있지만, 미군은 태평양을 건너야 합니다. 솔직히 말씀드리면, 다음에 배를 타고 건너온다는 보장도 없습니다. 따라서 공산군이 침입하면, 미군이 모든 능력을 동원해서 한국을 구원하리라고 온 세계가 인식해야 합니다. 그래야 공산군이 감히 한국을 침입하지 못할 것입니다. 미국과 한국의 군사동맹은 한국의 생존에 필수적인 조건입니다."

"잘 알겠습니다, 대통령 각하."

"사회의 안정과 군사력의 확보는 경제적 기초가 있어야 가능합니다. 한국이 경제를 발전시킬 수 있도록 당분간 충분한 경제 원조를 미국이 제공하는 것이 그래서 중요합니다. 이런 군사동맹과 경제 원조가 이루어진다면, 나와 대한민국 국민들은 휴전을 반대하지 않겠습니다."

"잘 알겠습니다. 각하께서 하신 말씀을 본국에 보고하고 각하의 뜻이 충분히 전달되도록 노력하겠습니다."

"고맙습니다, 특사님. 그동안 특사님께서 중국의 상황에 대한 견해를 표명하시는 것을 지켜보았습니다. 만일 7년 전에 미국 국무부에 특사님처럼 중국의 상황에 대해 정확히 아는 사람이 있었다면, 지금 중국은 자유로운 땅으로 남았을 것입니다. 지금 국무부에 특사님이 계신다는 사실이 나와 대한민국 시민들에겐 큰 행운입니다."

로버트슨이 밝은 웃음을 지었다. "각하의 말씀은 과찬이십니다."

이 대통령도 밝은 웃음을 지었다. "본국에 보고하실 때, 덜레스 장관께 내가 장관께 품은 깊은 경의를 전달해주시면 고맙겠습니다. 공산주의의 본질과 위협에 대해서 장관처럼 잘 아는 사람은 정말로 드뭅니다."

로버트슨 차관보는 무려 18일이나 서울에 머물면서 한국 정부와 협의했다. 국무부에서도 이 대통령의 제안에 호의적이어서, 덜레스 장관이 한국에 나와서 이 대통령과 최종적으로 조율했다.

덜레스는 냉전이 이미 여러 해 전에 시작되었다는 사실을 깊이 인식하고 그런 상황에 대처할 전략을 수립하고 실천한 외교관이었다. 냉전에서 자유 세계를 지탱한 북대서양조약기구(NATO)는 그의 적극적 지원 덕분에 자라났다.

당연히, 덜레스와 이 대통령은 본질적 문제들에서 판단을 공유했다. 이 대통령이 미국에서 독립 운동을 하면서 공산주의의 위협을 설파했다는 사정도 도움이 되었다. 덜레스가 프린스턴 대학을 나왔고 이 대통령이 프린스턴 대학원에서 학위를 받았다는 사실처럼 작지만 도움이 되는 인연들도 있었다. 결국 미국은 한국과 군사동맹을 맺고 경제 원조를 하기로 약속했다.

1953년 7월 27일 오전 판문점에서 휴전협정 조인식이 열렸다. 한국은 휴전에 원칙적으로 반대한다는 뜻을 드러내기 위해 대표를 조인식에 보내지 않았다. 10시 12분 국제연합군을 대표한 윌리엄 해리슨(William Harrison) 미군 중장과 공산군을 대표한 남일(南日) 북한군 대장이 각기 자기편 사령관이 서명한 휴전협정서에 서명하고 교환했다. 이어 조선인민군 총사령관 김일성 원수, 중국인민지원군 사령관 팽덕회 원수, 그리고 국제연합군 최고사령관 마크 클라크(Mark Clark) 대장이 각기 자기 근무지에서 서명했다. 클라크 대장은 27일 오후에 문산리에서 서명했다. 그리고 이날 밤 10시에 한반도 중부의 온 전선에서 총성이 멎었다.

3년 1개월에 걸친 치열하고 참혹한 전쟁에서 양측 모두 큰 인명 손실을 입었다. 국제연합군은 43만 7,996명의 사상자를 냈는데, 한국군 28만 명, 미군 14만 886명, 다른 나라 군대들 17만 190명이었다. 공산군의 전투 손실은 160만 명으로 추산되는데, 60%가 중공군으로 여겨진다. 공산군의 질병으로 인한 비전투 손실은 40만 명으로 추산된다. 민간인 손실은 더욱 커서, 300만 북한 주민들과 50만 남한 주민들이 죽었다고 추산된다.

이처럼 참혹한 재앙이었지만, 6·25 전쟁이 끝난 뒤 남북한은 대체로 비슷한 지역을 영유하게 되었다. 그래서 미군의 공식 전사는 6·25 전쟁을 무승부라고 평가했다. "적군의 승리 주장에도 불구하고, 한국에선 승리가—정치적이든 군사적이든—없었다. 잘해야, 결과는 무승부라고 불릴 수 있다." [월터 허미스(Walter Hermes), 『휴전 천막과 싸우는 전선(Truce Tent and Fighting Front)』] '세계 경찰' 노릇을 해온 미국의 입장에서 보면, 도전해온 라이벌인 중공군을 제압하지 못했으므로, 그런 평가를 내리는 것이 자연스러울 것이다.

그러나 전쟁의 당사자들이면서도 전쟁 초기에 조역으로 밀려난 남북한의 입장에선 얘기가 다를 수밖에 없다. 남북한의 입장에선 정치적 고려가 평가의 결정적 요소이기 때문이다. 여기서 평가 기준이 될 만한 것은 "전쟁은 다른 수단들을 뒤섞어서 정치를 지속하는 것이다"라는 카를 폰 클라우제비츠(Karl von Clausewitz)의 자주 인용되는 얘기다. 그런 뜻에서 살피면, 한국을 군사적으로 병탄하려 시도했으나 목적을 이루지 못했으므로, 북한은 패배했다. 침입한 북한군을 물리쳐 나라를 지킨다는 목적을 이루었으므로, 한국은 승리했다.

또 하나 중요한 고려 사항은 한국전쟁으로 한국이 이념적으로나 정서적으로 고도의 일체성을 이루었다는 사정이다. 전쟁이 일어나기 전, 한국엔 많은 공산주의자들과 동행자들(fellow-travelers)이 있었다. 1946년의 대구폭동과 1948년의 '2·7 구국투쟁'은 공산주의자들이 마음만 먹으면 언제라도 나라를 뒤흔들어놓을 수 있다는 것을 보여주었다.

그러나 한국전쟁은 한국 시민들에게 공산주의의 실체를 보여주었고, 대한민국은 공산주의가 뿌리를 내리기 어려운 사회가 되었다. 자연히, 자유민주주의와 시장경제를 구성 원리로 삼은 대한민국에 대한 애착과 충성이 깊어져서, 빠르게 응집력이 큰 동질적 사회로 진화했다. 그런 응집력은 보기 드물게 성공적인 경제 발전을 가능하게 했다. 그래서 많은 역사가들이 "대한민국은 한국전쟁을 통해서 새로 태어났다"고 말한다. 그런 뜻에서, 한국은 한국전쟁에서 진정한 승리를 거두었다.

1953년 8월 8일 워싱턴에서 변영태(卞榮泰) 한국 외무부장관과 덜레스 미국 국무장관은 한미상호방위조약(Mutual Defense Treaty between the United States and Republic of Korea)에 서명했다. 이 대통령이 두 사람이 서명하는 것을 지켜보았다. 그 조약의 주요 내용은 '두 나라 가운데 한 나라가 제삼국으로부터 무력 침공을 받으면, 다른 나라가 구원한다'는 것과 '한국은 미군이 한국 영토에 주둔하는 것을 허용한다'는 것이었다. 이 조약은 그 뒤로 한국의 군사적 및 정치적 안정의 바탕이 되어 한국의 발전을 가능하게 했다.

여든다섯째 이야기

조봉암 사건

•

 시린 물살이 가슴속 깊은 구석 어느 무너진 절벽을 씻고 있었다. 나오는 한숨을 되삼키고서, 정희는 마당 한쪽에 나란히 선 오동나무 두 그루를 그윽한 눈길 속에 담았다. 영자를 낳았을 때, 남편 현규가 심은 나무들이었다. 영자가 시집갈 때 장롱을 짤 나무라고 해서, 시어머니와 함께 웃었었다. 어느 사이에 재목이 될 만하게 자라난 것이었다. 하긴 영자도 이제 스물이었다.
 뿌듯함과 아쉬움이 섞인 한숨이 새어 나왔다. 아비 없이도 잘 자라서 혼담이 오가는 나이가 된 것이 대견했다. 남편과 함께 딸을 시집보내지 못하는 것은 무엇으로도 채우지 못하는 아쉬움이었다. 첫 혼담이 들어왔을 때는 문득 걱정이 들었었다. '홀어미 손에 큰 아이'라는 얘기가 돌까 봐.
 매대 쪽에서 소리가 났다. 순호가 온 듯했다. 오늘은 시어머니 생일이었다. 어제 저녁에 서울 큰댁 식구들이 내려와서 하루 묵고 아침 먹고 올라갔다. 저녁엔 순호를 불렀다. 인민군이 들어왔을 때 여기 와서 숨어 지낸 뒤로, 순호는 그녀 집안 대소사에 빠짐없이 찾아왔다.
 그녀가 장독에서 된장을 떠서 사발에 담는데, 순호가 마당으로 들어섰다. "고모, 저 왔어요."

"그래, 어서 와라."

"할마님은 점점 더 정정해지시는 것 같아요."

"그러시다. 정신도 맑으셔서, 계산이 나보다 빠르시다. 들어가자."

저녁 밥상에선 순호의 대학 생활이 화제가 되었다. 순호는 휴전이 되고 두 해 뒤에 제대했다. 수류탄 파편에 맞아 병원에서 치료를 받았지만, 건강한 몸으로 군 복무를 마쳤다. 인천 학도의용대로 중학교 다닐 때 입대했던 학생들은 대부분 학업을 중단했는데, 순호는 늦게나마 고등학교에 들어가서 졸업했다. 그리고 올봄에 인하공과대학(仁荷工科大學)에 들어갔다. 스물네 살 늦깎이 대학생이었다.

순호가 들려주는 대학 얘기를 모두 재미있게 들었지만, 길례가 특히 열심히 듣고 궁금한 것들은 캐물었다. 그녀는 대학 다닌 손주들과 외손주들이 여럿 있었지만, 순호의 대학에 관심이 컸다. 처음 하와이 동포들이 낸 성금으로 인하공대를 세운다는 얘기가 나왔을 때, 그녀는 안골 예배당 사람들이 하와이로 가서 성공해 돈을 보내 대학을 짓게 된 것이 그리도 신기하고 흐뭇했다. 그때 하와이로 간 사람들은 그녀가 철이 든 뒤 처음으로 사귄 이웃 사람들이었다. 원래 그녀의 고향은 소래였지만, 네 살 때 떠나 제물포로 온 터라, 그쪽엔 기억하는 사람이 없었다.

인하공대는 이승만 대통령의 주선으로 세워진 대학이었다. 하와이는 독립운동 시기에 이 대통령의 근거였다. 그곳에 사는 동포들은 늘 그를 충실히 지지했고 활동 자금을 대주었다. 하와이 동포 이민 50주년인 1952년을 맞아, 이 대통령은 기념 사업으로 공과대학을 설립할 것을 제안했다. 힘든 전쟁을 치르는 때였지만, 그는 공업 발전이 조국의 발전과 번영의 바탕이 된다는 생각에서 공대 설립을 추진한 것이었다.

이 대통령의 제안에 대한 반응은, 뜻밖에도, 부정적이었다. 전쟁이 한창인데, 느닷없이 공과대학을 세우는 것이 온당하냐는 얘기였다. 주한 미국 대사관의 외교관들은 드러내놓고 그런 제안을 헐뜯었다. 한국은 농업 국가인데, 갑자기 공업을 일으키겠다고 나서는 것은 비현실적 야심이라고 비판했다.

이 대통령은 그런 비판에 마음을 쓰지 않고 공과대학 설립을 추진했다. 그는 자신이 설립해서 운영했던 하와이의 한인기독학원(Korea Christian Institute)을 처분한 대금과 하와이 동포들의 성금 및 국고보조금으로 자금을 마련했다. 대학 이름은 인천의 인(仁) 자와 하와이의 하(荷) 자에서 따왔다. 그래서 두 해 뒤에 금속, 기계, 광산, 전기, 조선, 화학공학의 6개 학과에서 신입생 179명을 받아들였다.

하와이 이민은 조선 역사에서 가장 크고 성공적인 자발적 이민이었다. 많은 이민 노동자들이 하와이에 정착해서 한인 사회가 줄곧 번창했다. 독립운동 시기엔 조국을 위해 힘을 썼고, 특히 대한민국 임시정부를 충실하게 지지했다. 힘든 전쟁 기간에 시작된 인하공대의 설립은 성공적 하와이 이민을 상징했다.

식사가 끝나고 식혜를 마시면서, 정희가 조카에게 물었다, "요새 너희 대학에선 조봉암 사건을 어떻게… 조봉암 씨가 죄가 있다고 보는 사람이 많으냐, 아니면…."

"조봉암 사건요?"

"응. 조봉암 씨 재판이 열렸는데… 여기 국회의원이었잖냐?"

그녀는 자신이 지지한 국회의원이 공산당 간첩이라는 의심을 받아 재판을 받는 것이 당혹스러웠다. 동인천역(東仁川驛)에 나가서 떡을 팔면서, 그녀는 사람들의 얘기에 귀를 기울였다. [축현역은 몇 해 전에 동인천역으로 바뀌었다.] 의견들이 엇갈렸다. "아니 땐 굴뚝에 연기 날까?"라고 하는 사람들도 있었고, "조봉암이 다음 선거에서 이길 것 같으니까, 자유당에서 간첩으로 몰고 있다"고 수근거리는 사람들도 있었다.

"교수님들도 말조심을 하셔서…" 순호가 싱긋 웃었다. "자유당에서 간첩으로 몰아간다고 믿는 교수님들도 있어요."

1958년 1월 12일 서울시 경찰국은 진보당(進步黨) 간사장 윤길중(尹吉重)을 비롯한 진보당 간부들을 체포했다. 이틀 뒤엔 진보당 당수 조봉암을 체포했다. 2월 16일 검찰은 조봉암을 간첩죄, 국가보안법 위반 및 무기 불법소지 혐의로 기소했다. 윤길중은 국가보안법 위반 및 간첩 방조 혐의로, 그리고 다른 간부들은 국가보안법 위반 혐의로 기소되었다. 2월 20일엔 육군 특무대가 양명산(梁明山) 사건을 발표했다. 양명산은 남북한을 오간 이중간첩이었는데, 북한의 공작금을 대통령 선거 자금과 진보당 창당 자금으로 조봉암에게 전달했다는 혐의를 받았다.

3월 13일 첫 공판이 열렸다. 재판의 핵심은 조봉암 사건이었고, 그의 혐의의 핵심 쟁점은 양명산과의 접촉이었다. 양명산은 검찰의 기소 사실을 모두 시인했다. 그러나 조봉암은 양명산으로부터 돈을 받은 사실은 시인했으나, 그 돈이 북한으로부터 왔다는 것은 몰랐으며 북한과 내통한 적이 없다고 진술했다.

1심 재판부는 검찰이 제시한 증거들이 부족하다고 판단했다. 그래서 조봉암과 양명산에게 국가보안법 위반으로 각기 징역 5년을 선고하고 다른 진보당 간부들에겐 무죄를 선고했다.

9월 4일엔 2심 재판이 열렸다. 재판 벽두에 양명산이 1심 재판에서 자신이 한 진술을 뒤집었다. 그는 자신이 조봉암을 제거하기로 한 이승만 정권의 방침에 협조해야 살아남을 수 있다는 특무대의 회유를 받았다고 밝혔다. 그래서 허위 자백을 했다고 주장하고서, 조봉암에게 제공한 자금의 출처도 제시했다.

2심 재판부는 양명산의 진술 번복을 받아들이지 않았다. 아울러, 진보당의 평화통일 주장이 국시(國是)에 위반되고 강령과 정책들도 북한 노동당과 비슷하므로, 진보당은 결사의 목적이 불법이라고 판단했다. 그런 판단에 따라, 조봉암과 양명산에겐 사형을 선고하고 다른 진보당 간부들도 국가보안법을 위반했다고 판단했다.

1959년 2월 27일엔 3심 재판이 열렸다. 조봉암과 양명산에 대한 사형선고는 유지되었다. 다른 진보당 간부들은 무죄 판정을 받았다. 조봉암은 대법원에 재심을 청구했으나, 대법원은 그의 청구를 기각했다. 그리고 7월 31일에 조봉암에 대한 사형이 집행되었다.

이승만 대통령에 의해 초대 농림부 장관에 임명된 조봉암은 농지개혁을 열심히 추진했다. 1949년 1월 31일 정인보(鄭寅普) 감찰위원장은 '농림부 장관(조봉암)의 비행에 관한 통고'를 국회에 제출했다. 양곡매입촉진위원회의 예산에서 농림부 장관 관사 수리비, 응접실 비품대, 출장비 등의 명목으로 500만 원가량을 유용하고, 예산에 책정되지 않은 문화영화를 제작하여 500만 원을 부당 지출하고, 『농림일보(農林日報)』를 만들려고 대한식량공사에서 700만 원을 갹출했다는 내용이었다.

2월 3일 조봉암은 국회 본회의에서 이 일에 대해 해명했다. 이튿날 국회는 조사위원회를 구성했고, 2월 16일에 조사보고서가 본회의에 접수되었다. 그러나 본회의에선 "감찰위원회와 농림부의 양쪽 해석 중 어느 한쪽에 과오가 있었다고 지적하기 어려우므로, 그 법적 책임은 사직(司直)의 처단에 맡기고 국회는 이 이상 간섭하지 말자"고 결의했다.

2월 17일 법무부 장관 이인(李仁)은 조봉암에 대한 구속 동의 요청서를 국회에 제출했다. 국회는 구속동의안을 부결시켰다.

일이 커지자, 이승만 대통령은 조봉암이 농지개혁을 추진하는 농림부 장관의 직무를 효과적으로 수행할 수 없다고 판단해서 사직을 권고했다. 조봉암은 2월 21일에 사표를 냈다. 결국 그는 기소되어 재판에 회부되었는데, '문제가 된 일들에 대해 도의적 책임이 있지만 법적 책임을 물을 수는 없다'는 재판부의 판단으로 무죄 판결을 받았다.

조봉암은 그 뒤로 이승만 대통령에 비판적 태도를 보였고 이승만에 맞서 대통령 선거에 나섰다. 1952년의 제2대 대통령 선거에선 74.6%를 얻은 이승만 후보에 이어 11.4%를 얻었다. 1956년의 제3대 대통령 선거에선 유력한 후보였던 신익희가 갑작스럽게 사망한 데 힘입어 70.0%를 얻은 이승만 후보에 이어 30.0%를 얻었다.

조봉암의 이런 이력은 그의 재판에 대한 의심을 낳았다. 이승만의 자유당 정권이 인기가 높아진 조봉암을 재판을 통해서 제거했다는 얘기가 널리 퍼졌다.

그런 기류를 반영해서, 반세기가 지난 2010년 10월 29일에 진보당

사건의 재심이 열렸다. 그리고 2011년 1월 20일 대법원은 조봉암의 주요 혐의들이 근거가 없다고 판단해서 무죄를 선고했다. 변란의 목적으로 진보당을 구성하고 중앙위원장에 취임해서 국가보안법을 위반했다는 혐의와 북한의 자금을 받고 정보를 북한에 제공해서 간첩죄를 지었다는 혐의에 대해선, 증거가 체포와 불법 감금을 통해 얻은 증인의 진술뿐이었다는 이유로 무죄를 선고했다. 당국의 허가 없이 권총과 실탄을 소지해서 군정법령을 위반했다는 혐의에 대해선, 선고를 유예했다.

2020년 국민대학교 유라시아연구소 선임연구원인 표도르 째르치즈스키 박사는 모스크바의 러시아 연방 국가문서보관소에서 조봉암에 관한 외교 문서를 발견했다. 1968년 9월에 소비에트 러시아의 공산당 정치국원으로 내각 제1부의장이었던 드미트리 폴리안스키(Dmitry Polyansky)가 북한을 찾았는데, 그때 그가 김일성과 나눈 얘기들을 기록한 문서였다.

김일성은 조봉암이 1956년의 대통령 선거에 자신이 출마하는 것을 놓고 북한의 의견을 물었다고 했다. "조봉암은 이승만에 맞서 대선에 출마할 수도 있다고 생각했다. 그는 우리의 조언을 부탁했다. 우리는 그가 이승만 정권의 장관이라면 대선에 출마하지 않을 사유가 없다고 판단했고 그렇게 하라고 했다."

김일성은 조봉암에게 선거 자금을 보냈다고 밝혔다. "대선 한두 달 지나서, 어쩌면 그 이전에, 미국은 우리가 조봉암에게 선거운동을 위해 돈을 준 사실을 알게 되었다."

김일성은 조봉암이 진보당의 결성에 관해 북한의 승인을 요청했다고 말했다. "[조봉암은] 우리에게 해당 임무를 달라고 했다. 우리는 [조선노동당] 정치국에서 이 편지를 토론했고, 다른 동지를 통하여 그에게 연결체가 될 수 있는 합법 정당을 설립하자고 제안했다." 김일성은 "[진보당의] 당원은 1만 명 이상이었다"고 평가했다.

조봉암은 조선에 공산당을 세우는 일에 처음부터 참여한 원조 공산주의자였다. 소비에트 러시아의 공산당은 1919년에 블라디미르 빌렌스키-시비리아코프(Vladimir Vilensky-Sibiryakov)를 극동 업무 담당으로 블라디보스토크로 파견했다. 그는 국제공산당 극동지부(Far Eastern Bureau of the Communist International)를 설치하고 극동 지역에서 공산주의 세력을 늘리는 일에 착수했다. 조봉암은 빌렌스키-시비리아코프의 지시에 따라 활동했고 조선공산당의 창설을 주도했다. 중국으로 건너가서 활동하던 중, 1932년에 상해에서 일본 경찰에 체포되어 조선으로 압송되었다. 이어진 재판에서 7년 형을 선고받아 복역했다.

이처럼 오랫동안 공산주의자로 활동했지만, 그의 성품은 공산주의와 그리 잘 어울리지는 않았다. 그는 소탈하고 솔직하고 다감했다. 광제호 함장 신순성의 아들로 인천에서 외과의원을 운영한 신태범은 조봉암을 치료한 일화를 술회했다.

그해(1945) 10월에 조상길이 죽산(竹山)[조봉암의 호]을 모시고 병원을 찾아왔다. 이것이 죽산과 나의 첫 대면이었다. 죽산의 손가락을 고쳐달라는 부탁이었다.

'죽산의 손가락'은 일제 경찰이 모진 고문을 가하여 손가락 열 개 중여섯 개의 손톱이 몽땅 빠졌다는 이야기가 세간에 회자되고 있었다. 살펴보니 과연 여섯 개 손가락 끝이 변형되었고 손톱이 없었다. 손톱의 뿌리만 굴깍지처럼 남아 있어 모양이 흉했다.

변형된 손가락 끝을 정형하고 손톱뿌리를 제거하면 되는 것이었다. 죽산이 통원을 기피하였으므로 입원 치료로 완치했다. 상처는 고문 치상이 아니라 고생하던 소년 시절에 강화군농회(江華郡農會)에서 사환으로 일할 때, 몹시 추운 겨울날 자전거를 타고 먼 길을 가다가 동상이 걸려 상한 것이라고 했다. 그러나 그 후에도 '조봉암의 손가락'에 따른 전설은 여전히 살아 있었다.

―「인천 터줏대감 신태범의 짧은 자서전」,『월간조선』2001년 1월호

일본 경찰의 고문으로 여섯 손가락이 상했다는 전설은 당시 어떤 정치인에게나 큰 자산일 터였다. 일제강점기 말엽에 변절했다는 비난을 받던 조봉암에겐 특히 그러할 터였다. 그러나 그는 사실을 얘기했다. 그의 인품을 엿볼 수 있는 대목이다.

조봉암의 사상에 관한 신태범의 술회는 흥미롭다.

남의 얘기를 잘 듣는 매력에 이끌려 많은 대담을 나누었다. 좌익적 발언은 거의 없었고 일반 교양에 관한 화제에서는 내가 앞서는 편이기도 했다. 지금도 기억하고 있는 화제의 하나는 이승만 박사에 관한 이야기다. 앞으로 우리나라는 이승만 박사가 중심이 되는 연립정권을 수립해야 한다는 의견을 말하고 찬동을 받은 일이다. […] 47세인 죽산은 인생의 근본과 좌익의 본질을 잘 알고 있었으므로 공산주의 이데올로기에서는 완전히 벗어나 있었다.

어찌 되었든, 조선이 해방되었을 때, 조봉암이 공산주의를 버리고 전향한 것은 분명하다. 그러나 그가 전향하게 된 계기는 알려지지 않았다. 이내 떠오르는 것은 1930년대의 '모스크바 재판들'이다. 그때까지 소비에트 러시아와 스탈린을 열렬히 지지했던 서방의 지식인들 가운데 많은 이들이 이 '연출된 재판들(show trials)'에 충격을 받아 공산주의에 관한 환상에서 깨어났다.

1934년 12월에 레닌그라드에서 정치국 위원인 세르게이 키로프(Sergei Kirov)가 암살되었다. 정치적 기반과 전국적 명성을 지닌 그를 잠재적 위협으로 여긴 스탈린이 비밀경찰 NKVD를 시켜 제거한 것이었다.

스탈린은 그 암살 책임을 정적들에게 뒤집어씌웠다. 그의 눈 밖에 났던 사람들이 붙잡혀가서 '죄'를 자백하도록 강요되었다. 그리고 여러 차례의 시연(試演)을 거쳐 완벽하게 연출된 재판들이 이루어졌다.

1936년 8월에 열린 1차 재판에선 "트로츠키주의자들-카메네프 추종자들-지노비에프 추종자들-좌파-반혁명 집단"이라 불린 16명이 기소되었다. 트로츠키가 해외로 망명했으므로, 주요 피고인들은 그리고리 지노비에프(Grigori Zinoviev)와 레프 카메네프(Lev Kamenev)였다. 그들은 키로프를 암살했고 스탈린을 죽이려 모의했다는 혐의를 받았다.

이 재판을 연출한 사람은 NKVD 책임자 겐리흐 야고다(Genrikh Yagoda)였다. 죄수들은 극도의 심리적 압박과 고문을 받으면서, 연출된 재판에 순응하도록 훈련되었다. 기소된 죄목들을 자백하지 않는

죄수들은 가족들을 박해하겠다는 위협을 받았다. 마침내 지노비에프와 카메네프는 그들과 그들의 가족들 및 추종자들의 목숨을 보장한다는 정치국의 약속이 있어야 '자백'하겠다고 말했다. 그들을 만나자, 스탈린은 그들의 조건을 들어주겠다고 선선히 약속했다. 그래서 피고인들은 모두 공개 재판에서 자신들의 혐의들을 인정했다. 그러나 재판이 끝나자마자, 스탈린은 그들을 처형했고 그들의 가족들도 거의 다 체포해서 처형했다.

1937년 1월에 열린 2차 재판에선 '반소비에트 트로츠키주의자들'이라 불린 17명이 기소되었다. 이들은 독일과 연결된 트로츠키와 함께 음모를 꾸몄다는 혐의를 받았다. 이들도 자신들의 혐의들을 모두 인정했고 처형되거나 강제수용소에서 죽었다.

이런 공개 재판에 이어 1937년 6월엔 비밀 군사재판이 열렸다. 미하일 투하체프스키(Mikhail Tukhachevsky) 원수와 8명의 장군들이 독일의 첩자들이라는 죄목으로 기소되었다. 투하체프스키는 적군(赤軍)의 가장 뛰어난 지휘관으로 백군(白軍)과의 전쟁에서 수훈을 세웠고 '붉은 나폴레옹'이라 불렸다. 그러나 그는 스탈린과 사이가 아주 나빴다. 스탈린은 NKVD를 동원해서 국방위원회 부인민위원이었던 투하체프스키를 체포하고 고문해서 군부 정변을 시도했다는 자백을 받아냈다. 피고인들은 모두 유죄 판결을 받고 처형되었다.

1938년 3월에 열린 3차 재판은 '연출된 재판들'의 절정이었다. 모두 21명이 기소된 이 재판의 중심인물은 니콜라이 부하린(Nikolai Bukharin)이었다. 그는 뛰어난 이론가여서 러시아만이 아니라 전 세계의 공산주의자들에게 영향을 미쳤다. 그리고 최근까지 국제공산당 집행위원회의 의장을 지내서, 세계적으로 그를 따르는 공산주의자들이 많았다. 자연히, 그의 재판은 국제적 관심을 끌었다.

이색적 피고인은 야고다였다. 1차와 2차 재판을 성공적으로 연출한 뒤, 그는 곧바로 스탈린의 눈 밖에 나서 NKVD 책임자에서 물러났다. 스탈린의 입장에선 야고다는 이미 역할이 끝난 하수인이었고 살려두기엔 너무 많은 것들을 알고 권력까지 쥔 잠재적 위험이었다.

'우파들과 트로츠키 추종자들'이라 규정된 이들 피고인들에게 적용된 죄목들은 레닌과 스탈린의 암살 시도, 러시아 작가 막심 고리키(Maxim Gorky)의 독살, 그리고 러시아를 독일, 일본 및 영국에 분할해서 넘기려는 음모 따위였다. 피고인들은 모두 자신들의 죄를 인정했다. 부하린을 포함한 주요 피고인들은 처형되었고, 셋만이 강제수용소로 보내졌다.

그들에게 붙여진 죄목들이 워낙 우스꽝스러웠고 재판이 연출임이 명백해서, 1차와 2차 재판까지 의구심을 누르면서 지켜보았던 사람들 가운데 상당수가 3차 재판에 반발했다. 스탈린의 행태와 공산주의에 환멸을 느껴 반공주의자가 된 사람들도 적지 않았다. 헝가리 출신 영국 작가 아서 쾨슬러(Arthus Kestler)가 대표적이니, 그는 부하린의 재판을 주제로 삼아서 『일식(日蝕)』을 썼다. [이내 고전의 반열에 오른 이 작품은 원래 독일어로 씌어졌는데, 영어로 번역된 『백주의 암흑(Darkness at Noon)』은 1940년에 출간되었다.]

조봉암이 모스크바 재판들을 몰랐을 가능성은 없다. 당연히, 그 연출된 재판들은 그의 생각에 크게 영향을 미쳤을 것이다.

또 하나 조봉암에게 영향을 미쳤을 만한 사건은 빌렌스키-시비리아코프의 몰락이었다. 국제공산당 극동 지부를 설치하고 관장했던 그는 1927년에 반당분자로 몰려서 러시아 공산당에서 축출되었다. 그는 1931년에 복권되었으나 1936년에 다시 축출되었다. 그는 재판에서 강제 노역 8년 형을 선고받아 시베리아의 강제수용소(gulag)에서 노역하다가 1942년에 병사했다.

조봉암이 빌렌스키-시비리아코프의 비참한 말로를 알았을 가능성은 그리 크지 않다. 그러나 빌렌스키-시비리아코프가 러시아 공산당으로부터 축출된 것은 당연히 알았을 것이다. 자신을 지도한 국제공산당 요원의 일이었으니, 이 사건은 조봉암에게 직접적 충격을 주었을 터이다.

북한의 지속적 침투와 공격을 받아온 남한에서 온건한 좌파가 설 땅은 아주 좁을 수밖에 없었다. 그나마 자칫하면 미끄러지는 비탈이었다. 결국 조봉암은 그 위험한 지형에서 균형을 잃고 추락했다.

처형되기 전에 조봉암은 간수에게 "막걸리 한 사발과 담배 한 대"를 청했다. 간수들은 담배만을 제공했고, 그는 그 담배 한 대를 맛있게 피운 다음 형장으로 향했다.

여든여섯째 이야기

장면 부통령

●

"오늘 한강 백사장이 하얬어," 밀짚모자를 쓴 중년 사내가 마중 나온 사람들에게 큰 소리로 설명했다. "내 평생에 사람들이 그렇게 많이 모인 것은 처음이야."

"분위기가 완전히 바뀌었습니다. 이젠 자유당이 아무리 발버둥 쳐도…," 서른 줄 사내가 말을 받았다.

"그런 것 같아. 청중의 열기가… 백사장 모래 열기보다 뜨거웠어."

"경찰에선 30만으로 추산하다고 합니다," 손에 종이 뭉치를 든 늙수그레한 사내가 낮은 목소리로 말했다.

"그래요? 삼십만. 그만큼 될 것 같습니다. 경찰 쪽은 분위기가 어떻습니까?"

"뭐 꼬투리 잡을 것 없나 하고…." 늙수그레한 사내가 소리 없는 웃음을 터뜨렸다. "경찰도 충격을 받은 모양입니다."

"받을 만도 하죠. 모두 누가 이 대통령에게 맞설 수 있나, 그랬는데, 우리 신익희 후보께서 이렇게…." 그가 어깨를 으쓱하면서 대합실을 둘러보았다. 그의 눈길이 정희와 그녀의 떡 광주리에 머물렀다. "저기 떡장수 아주머니가 있네. 우리 떡이나 하나씩 먹읍시다. 소리를 질렀더니, 좀 출출한데…."

떡을 먹은 사람들이 떠나자, 정희도 빈 광주리를 이고 가벼운 걸음으로 역사에서 나왔다. 그들은 민주당(民主黨) 사람들인 모양이었다. 오늘 한강 백사장에서 민주당 대통령 후보 신익희의 연설이 있었다. 인천에서도 꽤 많은 사람들이 거기 갔던 듯했다. 열차에서 내린 사람들이 상기된 얼굴로 그 연설회 얘기를 했다.

이달 15일에 있을 선거에서 집권당인 자유당(自由黨)은 이승만 대통령을 다시 대통령 후보로 내세웠고 부통령 후보엔 이기붕(李起鵬) 국회의장을 뽑았다. 제1야당인 민주당은 신익희 전임 국회의장을 대통령 후보로 내세웠고 장면(張勉) 전임 국무총리를 부통령 후보로 뽑았다. 제2야당인 진보당(進步黨)은 조봉암 전임 농림부 장관을 대통령 후보로 내세웠고 경상남도 출신 정치가인 박기출(朴己出)을 부통령 후보로 뽑았다.

이번 선거에서 자유당은 인기가 없었다. 사람마다 자유당이 너무 썩었다고 말했다. 그래도 이승만 대통령을 대신할 사람이 있느냐고 말하는 사람들도 드물지 않았다. 부통령으로는 장면 후보가 단연 인기가 높았다. 그는 이곳 인천 사람이었다. 6·25 전쟁 때 미국 대사를 지냈고 국무총리도 했으니, 인물도 훌륭하다고 했다.

정희는 대통령은 이승만을 찍기로 일찍 마음을 굳혔다. 이 대통령이 노쇠했다는 생각이 들기도 했지만, 그래도 나라를 세우고 북한군과 중공군으로부터 나라를 지켜낸 대통령을 마다하고 다른 사람을 지지할 수는 없었다. 부통령은 장면을 찍는 것이 당연했다. 인천에서 나온 인물을 인천 사람이 찍지 않으면, 누가 찍어주랴 싶었다.

사흘 뒤인 5월 5일 신익희 후보가 갑자기 병사했다. 전주에서의 유세를 위해 4일 밤 늦게 서울역에서 열차를 타고 5일 새벽 호남선의 논산과 강경 사이를 지날 때, 심장마비가 온 것이었다. 전국적으로 민주당 바람이 불어 승산이 높아지던 참이라서, 그의 갑작스러운 죽음은 더욱 허망했다.

선거가 무사히 치러지고, 대통령엔 자유당의 이승만이 그리고 부통령엔 민주당의 장면이 당선되었다. 그러나 신익희 후보에 대한 추모는 이어졌고, 석 달 전에 나온 〈비 나리는 호남선〉이 갑자기 널리 불리게 되었다. 손로원(孫露源)의 가사에 박춘석(朴椿石)이 곡을 붙이고 손인호(孫仁鎬)가 부른 이 노래는 상황이 신익희의 죽음을 연상시키는 면이 있었다.

　　목이 메인 이별가를 불러야 옳으냐
　　돌아서서 피눈물을 흘려야 옳으냐
　　사랑이란 이런가요 비 나리는 호남선에
　　헤어지든 그 인사가 야속도 하드란다

　　다시 못 올 그 날짜를 믿어야 옳으냐
　　속는 줄을 알면서도 속아야 옳으냐
　　죄도 많은 청춘이냐 비 나리는 호남선에
　　떠나가는 열차마다 원수와 같드란다

장면은 1899년에 서울의 외가에서 태어났다. 그리고 본가가 있는 인천에서 자라났다. 그의 부친은 '타운센드 상회'의 지배인으로 인천의 유지였던 장기빈(張箕彬)이었다. 장기빈은 평안남도 중화(中和)에서 태어났으나 인천외국어학교에서 수학하고 인천 해관의 방판(幇辦)이 되었다. 그는 천주교에 입교하고 역시 천주교도인 아내를 맞아서 독실한 천주교 집안을 이루었다.

장면은 1925년에 미국 뉴욕의 맨해튼 가톨릭 대학교 영문과를 졸업했다. 귀국한 뒤엔, 교육에 종사해서, 경성의 동성상업학교(東星商業學校) 교장이 되었다. 1949년엔 주미 대사가 되어, 한국전쟁에서 한국과 미국의 협력에 공헌했다. 이어 1951년 11월부터 1952년 4월까지 국무총리로 일했다.

1960년 4월에 '4월 혁명'이 일어나서 이승만 정권이 무너지고 민주당 정권이 들어서자, 장면은 내각책임제의 국무총리가 되어 국정을 맡았다. 안타깝게도, 그는 혁명에 따르는 사회적 혼란을 제대로 극복하지 못했다. 집권한 민주당은 신파와 구파로 나뉘어 권력투쟁이 지루하게 이어졌고, 새로 도입된 내각책임제는 정치 지도자인 국무총리의 실질적 권한을 크게 줄였다.

결국 그는 1961년 5월의 '5·16 군부 정변'으로 물러났다. 그 뒤로 권력은 군부 정변을 주도한 박정희(朴正熙) 육군 소장이 장악했다. 마침내 1963년 10월 15일의 대통령 선거에서 민주공화당(民主共和黨) 박정희 후보가 당선되면서, 군정이 끝나고 정국이 정상화되었다.

여든일곱째 이야기

한일 수교(1965년)

●

"무사히 낳아야 하는데…," 서울행 열차가 떠나서 한가해진 대합실을 둘러보면서, 정희는 기대와 걱정이 섞인 마음으로 혼잣말을 했다. 영자가 둘째를 해산할 날짜가 가까워진 것이었다. 배가 불러오자, 영자는 친정으로 돌아와서 몸조리를 하고 있었다.

'어느새 내가 할머니가 되었는데… 그 사람은 지금….' 하루에도 열두 번은 먼 땅에 있을 남편 생각이 떠올랐다.

광주리를 이고 따가운 6월 햇살이 좀 누그러진 역전 마당을 한 바퀴 돌고 대합실로 돌아오니, 서울에서 오는 열차가 들어왔다. 그녀는 한가로운 호기심으로 급히 몰려나오는 승객들을 살폈다. 승객들이 거의 다 나왔을 때, 그녀 가슴이 쿵 하고 뛰었다. 맨 뒤쪽에 영치가 보였다. 이불보에 짐을 싸 들고 있었다. '무슨 일이…?'

개찰구를 나오자, 녀석이 대합실 안쪽을 살폈다.

"웬일이냐?" 걱정으로 목소리가 크게 나왔다.

"어머니, 학교가 휴교했어." 영치는 대학 3학년이었다. 서울에서 하숙을 하고 있었다.

"휴교?"

"응." 녀석이 떡 광주리 옆에 이불보를 내려놓았다. "한일회담 반대

데모 때문에… 계엄령이 선포되어서….”

아들에게 무슨 일이 생긴 것이 아니라는 것을 알자, 그녀는 마음이 놓였다. “영치야, 떡 좀 먹을래?”

녀석이 싱긋 웃으면서 인절미 하나를 집어 들었다.

올해는 처음부터 일본과의 협상 문제로 시끄러웠다. 정부는 무슨 일이 있어도 일본과 외교 관계를 맺겠다고 했고, 야당과 학생들은 그런 정책을 한사코 막으려 했다. 학생들의 시위가 격렬해지자, 그저께는 드디어 서울에 계엄령이 선포되었다.

그녀는 어느 쪽이 옳은지 판단이 서지 않았다. 정부 얘기를 들으면, 일본과 잘 지내는 것이 옳은 것 같았고, 야당 얘기를 들으면, 협상을 너무 헤프게 하는 것은 아닌가 하는 생각이 들었다. 그래도 그녀는 한국이 일본과 외교 관계를 맺기를 간절히 바라는 마음이었다. 그래야 일본을 통해서 가라후토에 있는 조선 사람들을 데려올 길이 트일 터였다. 이대로 가다간, 남편 얼굴을 영영 보지 못할 것 같았다.

뜻 모를 한숨을 조용히 내쉬고서, 그녀는 잔에 물을 따랐다. “하나 더 먹어라.”

식민지가 독립하면, 그 신생국가는 예전의 종주국과 대등한 처지에서 새로 관계를 맺어야 한다. 그 일은 어쩔 수 없이 힘들다. 한국과 일본이 정상적 관계를 맺는 데는 무려 14년이나 걸렸다.

한국과 일본 사이의 관계를 근본적으로 규정한 것은 1951년 9월 8일에 연합국과 일본 사이에 체결되어 1952년 4월 28일 발효된 ‘평화조약(Treaty of Peace)’이었다. 흔히 ‘샌프란시스코 조약(Treaty of San Francisco)’이라 불리는 이 조약은 제2차 세계대전에서 패배한 일본이 그동안 저지른 잘못들을 시정하고 국제 사회에 복귀하는 계기가 되었다.

1951년 1월 이승만 대통령은 '샌프란시스코 평화회의'에 참가하기를 희망한다고 발표했다. 그러나 한국은 연합국의 일원이 아니었다. 한국은 국제법으로는 '일본 제국 영토의 분리 분할'로 생긴 나라였다. 한국 정부는 대한민국 임시정부가 26년 동안 일본과 맞섰고 전쟁 말기에는 소규모 병력으로 일본과 싸웠다고 주장했지만, 미국은 '조선이 전쟁 중에는 실질적으로 일본의 한 부분이었고 일본의 군사력에 기여했다'고 판단했다. 결국 한국은 강화회의에 초청받지 못했고 조약에도 참여하지 못했다.

그러자 이 대통령은 일본과 직접 대화를 하겠다는 뜻을 미국에 밝혔다. 당시는 한국전쟁이 한창이었으므로, 미국은 '전쟁을 실제로 하는 국가'인 한국과 '전쟁의 후방 기지 국가'인 일본과의 교섭을 적극적으로 주선했다.

샌프란시스코 조약이 일본과 다른 나라들 사이의 관계를 근본적으로 규정했으므로, 한국과 일본 사이의 교섭도 그 조약의 틀 안에서 이루어졌다. 두 나라의 회담은 1951년 10월 도쿄에서 연합군 최고사령부(GHQ) 외교국장의 입회 아래 처음 열렸다.

이 제1차 회담에서 한국은 재일한인의 법적 지위, 해방 당시 한국 국적이었으나 일본으로 간 선박들의 반환, 청구권, 어업 문제를 주요 의제들로 제시했다. 일본은 한국에 남겨둔 재산에 대한 청구권을 의제로 제시했다.

일본의 청구권은 "일본은… 미군 사령부의 명령들에 의해서 또는 따라서 행해진 일본과 일본인들의 재산의 처분의 효력을 인정한다"는 샌프란시스코조약의 규정에 어긋났다. 남한을 통치한 미군정청은 남한의 일본인 재산을 취득한 뒤, 대한민국이 서자, 대한민국 정부에 모두 이관한 터였다.

  이런 명시적 규정들에도 불구하고, 일본은 남한 미군정청의 일본인 재산의 '처분'이 국제법상 점령군에게 인정되지 않는 처분인 '사유재산에 대한 처분'까지를 의미하는 것은 아니라고 해석했다. 그리고 그런 해석에 의거해서 사유재산에 관한 한 원래의 권리자인 일본인들에게 보상청구권(역청구권)이 남아 있다고 주장했다.

  일본의 이런 태도에 반발한 이 대통령은 1952년 1월 18일 '평화선(Peace Line)'이라 명명된 해양 주권선을 선포했다. 뒤에 '이승만 선(Syngman Rhee Line)'이라 불리게 된 이 해양 주권선은 국제적으로 인정된 영해를 훌쩍 넘어 광범위한 한반도 둘레의 해양에 대한 영유를 주장한 것이었다. '평화선'은 원래 맥아더 원수가 전쟁 수행에 필요해서 설정한 '맥아더 선(MacArthur Line)'을 이어받은 것이었다. 한국은 '맥아더 선'의 존속을 미국에 요청했는데, 미국은 샌프란시스코조약의 발효에 따라 이 선을 철폐하겠다는 방침을 통보해왔다. 동해의 대부분이 일본 어선들에 개방되는 상황을 맞자, 이 대통령은 '평화선'으로 선제적 대응에 나선 것이었다. [1954년 미국은 한국이 일방적으로 선언한 '평화선'은 국제법상 위법이라고 밝혔다.]

  청구권 문제에 관한 양측의 입장이 크게 달랐으므로, 회담은 결렬되었다. 이후 회담은 네 차례 더 열렸다. 다섯 차례의 회담을 통해 양측의 입장이 상당히 구체적으로 드러났고 부분적으로 합의에 이르기도 했다. 그러나 사무적 절충만으로 국교 수립의 바탕을 마련하기는 어렵다는 사정도 뚜렷해졌다. 두 나라의 협상 대표들은 타협이 필요하다는 것을 절감했지만, 그런 타협이 '국익을 팔아먹었다'는 비난을 받을 가능성을 두려워했다. 그래서 양측 다 '더 이상 양보할 여지가 없다'는 태도를 견지했고 회담은 나아가지 못했다.

제6차 회담은 1961년 10월에 시작되었다. 이 회담에 운동량을 부여한 것은 회담 시작 3주일 뒤에 있었던 박정희 국가재건최고회의 의장과 이케다 하야토(池田勇仁) 수상의 정상회담이었다. 두 지도자는 아시아 정세 전반에 대해 의논하고 한일회담을 진전시켜서 국교를 정상화하기로 합의했다. 그래서 대표단 회담보다 격을 높인 외상 회담에서 타협을 시도했다. 그러나 법 이론과 사실 인식에서 차이가 여전히 커서, 성과를 얻지 못했다.

1962년 10월엔 김종필(金鍾泌) 중앙정보부장(中央情報部長)과 오히라 마사요시(大平正芳) 외상 사이에 회담이 이루어졌다. 많은 권한을 부여받은 김종필 특사는 과감한 협상을 통해 청구권 문제에 대해 대략적 합의를 이루어냈고 '김-오히라 메모'라 불린 합의 사항은 양국 정부의 승인을 얻었다. 그러나 어업과 전관수역(專管水域) 문제에선 합의를 보지 못했다.

'김-오히라 메모'는 신의와 성실로 임한 두 사람이 상대의 처지를 이해하고 타협을 모색한 데서 나온 성과였다. 그들은 자신만이 아니라 상대도 '매국노'로 비난받을 위험에 놓였음을 잘 알았다.

그들의 걱정대로, 그들은 각기 국내에서 격심한 비난을 받았다. 물론 비난은 한국에서 훨씬 거셌다. 회담에 반대하는 학생들은 시위에 나섰고, 야당은 정략적으로 학생들을 부추겼다. 당시 야당 지도자는 "악질 선거로 정권을 잡은 박정희는 군정 때의 무능한 정치로 국고가 탕진되자 '평화선'을 일본에 팔려고 내놓았다"라고 비난했다. 마침내 1964년 6월 정부는 계엄령을 선포했고 제6차 회담도 더 나아가지 못했다.

1964년 9월 일본에서 사토 에이사쿠(佐藤榮作) 내각이 들어섰다. 사토 수상은 한일 국교 수립에 적극적 태도를 보였고, 한국에서도 사태가 상당히 안정되어서, 1964년 12월 제7차 회담이 열렸다. 양측은 성실한 타협을 통해 합의를 이끌어냈다. 국교 수립에 근본적 영향을 미치는 1910년의 '한일병합조약'의 효력에 관해선, 한국은 불법적으로 맺어진 조약이므로 "처음부터 무효(null and void from the first)"라고 주장했고, 일본은 조약 자체는 합법적이고 몇십 년 동안 효력을 발휘했으나 이제는 무효라고 주장하면서 "현재 무효인(at present ineffective)"이라는 표현을 제시했다. 결국 "이미 무효인(already null and void)"으로 타협해서, 양측이 자기주장에 맞도록 해석할 여지를 남겼다. 비교적 수월했던 문화재 반환 문제에서도 한국은 '반환'이라 주장했고, 일본은 '증여'라고 주장했다. 결국 '인도'라는 중립적 표현으로 타협했다.

마침내 1965년 6월 22일 도쿄에서 한국의 외무부 장관 이동원(李東元) 및 한일회담 수석대표 김동조(金東祚)와 일본의 외상 시이나 에쓰사부로(椎名悅三郞) 및 일한회담 수석대표 다카스기 신이치(高杉晋一) 사이에 '대한민국과 일본국 간의 기본 관계에 관한 조약'(한일기본조약)이 조인되었다. 이어 8월 24일 야당이 불참한 국회에서 조약이 비준되었다.

한일기본조약에 대한 반대가 워낙 거세었으므로, 8월 26일엔 서울 지구에 위수령이 발동되었다. 이 위수령은 한 달 만에 해제되었다. 이런 위기를 넘기고서, 12월 18일 양국은 비준서를 교환했다. 비로소 양국 사이에 국교가 수립된 것이다.

한일병합에서 대한민국 수립까지 한국과 일본 사이의 관계를 정리하고 새로운 관계를 맺는 조약이므로, 1965년에 맺어진 한일기본조약은 어쩔 수 없이 복잡했고 불완전했다. 위에서 살핀 것처럼, 조약을 맺은 것이 기적에 가까운 성취였다.

한일기본조약은 7개 조로 이루어졌고 4개 부속 협정과 25개 부속 문서를 포함했다.

기본조약 제1조는 양국이 "외교 및 영사 관계를 수립한다"고 밝혔다. 제2조는 "1910년 8월 22일 또는 그 이전에 대한제국과 일본 제국 간에 체결된 모든 위약(委約) 및 협정이 이미 무효임을" 확인했다. 제3조는 대한민국 정부가 "한반도에 있어서의 유일한 합법정부임을" 확인했다.

부속 협정들은 1) 어업에 관한 협정, 2) 일본국에 거주하는 대한민국 국민의 법적 지위 및 대우에 관한 협정, 3) 재산 및 청구권에 관한 문제의 해결과 경제 협력에 관한 협정, 4) 문화재 및 문화 협력에 관한 협정이었다.

부속 협정들 가운데 가장 중요한 것은 '재산 및 청구권에 관한 문제의 해결과 경제 협력에 관한 협정'(청구권 협정)이었다. 실질적 중요성도 컸지만, 양국의 견해와 입장이 크게 달라서, 이 협정은 합의가 어려웠다. 게다가 뒤에 이 협정으로 분쟁이 일어나서, 양국 관계에 나쁜 영향을 미쳤다.

이 협정의 제1조는 '무상 공여 및 저리 대부'를 규정했다. 일본은 한국에 3억 달러어치 일본 생산물 및 일본인 용역을 무상으로 제공하고, 2억 달러를 저리로 장기 대부한다는 내용이었다.

제2조는 양국의 청구권 문제가 '완전히 그리고 최종적으로 해결되었다'는 것을 확인했다.

제3조는 협정의 해석과 이행에 관한 분쟁을 해결하는 절차를 규정했다. 분쟁이 일어나면, 양국은 먼저 외교적 경로를 통해서 해결을 시도하고, 그런 시도가 실패하면, 중재위원회를 구성해서 해결을 시도한다는 내용이다.

청구권 협정은 한일기본조약의 핵심이다. 그래서 14년에 걸친 험난한 협상의 역사가 모두 그 속에 녹아 있다.

일본과 일본인들이 한국에 남겨둔 재산들에 대한 권리인 일본의 역청구권은 샌프란시스코 조약의 규정에 따라 없어졌다. 그래서 청구권에 관한 협상은 한국의 청구권이 구체화된 8개 항목을 두고 이루어졌다. 박정희 정권은 그것의 가치가 7억 달러가 된다고 주장했다. 막상 검증을 해보니, 7,000만 달러를 넘지 못한다는 것이 드러났다.

당시 한국의 정치 상황을 고려하면, 7,000만 달러의 보상으로 청구권 문제를 끝낼 수는 없었다. 한국민들의 기대치는 높았고, 학생들은 양국의 협상을 격렬하게 반대했고, 야당은 학생들을 부추기면서 박정희 정권을 '매국노'로 매도하고 있었다.

일본 정부도 그런 사정을 잘 알았다. 그러나 사토 정권도 근거 없이 양보하면 위험한 처지로 몰릴 터였다. 당시 좌파 정당들과 지식인들은 북한이 한반도에서 정통성을 지닌 유일한 정부라고 주장하면서 한일협상을 비난했다.

그런 진퇴유곡에서 벗어나기 위해, 일본은 한국에 '독립축하금'과 '발전도상국 지원' 명목으로 양국 국민들이 납득할 만한 수준의 경제적 지원을 하기로 했다. 그래서 나온 방안이 '무상 제공 3억 달러, 유상 제공 2억 달러'였다. 여기에 민간 차관을 3억 달러 이상 하기로 되었다. 결국 11억 달러가 한국에 제공되었다.

당시 한국 정부의 한 해 예산이 3.5억 달러가량 되었으니, 11억 달러는 큰 금액이었다. 이렇게 마련된 자본은 포항제철 건설, 소양강댐 건설과 같은 경제 발전의 기초가 되는 사업들에 쓰였다. 뒤에 '한강의 기적'이라 불린 한국의 경제 발전의 종잣돈이 된 것이다.

한일기본조약이 체결된 다음 날인 1965년 6월 23일 박정희 대통령은 국민들에게 함께 미래로 나아가자고 호소했다.

한 민족, 한 나라가 그의 운명을 개척하고 전진해나가려면, 무엇보다도 국제 정세와 세계 조류에 적응하는 결단이 있어야 합니다. […] 오늘의 국제 정세는 우리로 하여금 과거 어느 때보다 일본과의 국교 정상화를 강력히 요구하고 있습니다. 오늘날 우리가 대치하고 있는 적은 국제 공산주의 세력입니다. 우리는 이 나라를 어느 누구에게도 다시 빼앗겨서는 안 되지만, 더욱이 공산주의와 싸워 이기기 위하여서는 우리와 손잡을 수 있고 벗이 될 수 있다면 누구하고도 손을 잡아야 합니다. […]

나는 우리 국민의 일부 중에 한일협정의 결과가 굴욕적이니, 저자세니, 또는 군사적·경제적 침략을 자초한다는 등 비난을 일삼는 사람들이 있다는 것을 알고 있습니다. 심지어는 매국적이라는 극언을 하는 사람

이 있습니다. […]

만일 그들의 주장이 진심으로 우리가 또다시 일본의 침략을 당할까 두려워하고 경제적으로 예속이 될까 걱정을 한다면, 나는 그들에게 묻고 싶습니다. 그들은 어찌하여 그처럼 자신이 없고 피해의식과 열등감에 사로잡혀서 일본이라면 무조건 겁을 먹느냐 하는 것입니다.

이와 같은 비굴한 생각, 이것이야말로 굴욕적인 자세라고 나는 지적하고 싶습니다. 일본 사람하고 맞서면 언제든지 우리가 먹힌다 하는 이 열등의식부터 우리는 깨끗이 버려야 합니다. 한 걸음 더 나아가서 이제는 대등한 위치에서 오히려 우리가 앞장서서 그들을 이끌고 나가겠다는 우월감은 왜 가져보지 못하는 것입니까? 이제부터는 이러한 적극적인 자세를 가지고 나가야 합니다. 하나의 민족국가가 새로이 부흥할 때는 반드시 민족 전체에 넘쳐흐르는 자신과 용기와 긍지가 있어야 하고 적극성과 진취성이 충일(充溢)해야 하는 것입니다.

여든여덟째 이야기

함보른 탄광(1963년)

•

  한일 수교를 위한 정부의 노력이 마지막 고비를 넘던 1964년 12월 6일 박정희 대통령은 서독(西獨) 방문에 나섰다. 가난한 조국을 발전시켜 잘사는 나라로 만들겠다는 염원을 품은 그에게 서독은 '꿈의 나라'였다. 제2차 세계대전에서의 패배로 독일은 모든 것들이 파괴되었고 적국 네 나라에 분할 점령되었다. 미국, 영국 및 프랑스의 점령지들이 통합되어 세워진 서독은 스무 해가 채 못 되는 시일에 놀랄 만한 경제 발전을 이루었다. 그래서 박 대통령은 '라인강의 기적'으로 불린 서독의 경제 발전을 실제로 살피고 싶었다.

  현실적으로, 그는 서독과의 관계를 보다 친밀하게 만들어서 경제적 도움을 받고 싶었다. 한국은 이미 광부들과 간호원들을 서독에 파견해서 경제적 관계를 맺은 터였다. 그리고 이번에 독일로부터 1억 5,900만 마르크의 차관을 얻기로 되었다. 먼저 파견된 박충훈(朴忠勳) 상공부 장관이 서독 정부와 차관 가계약을 맺은 상황이었다.

  12월 7일 서독 수도 본에 도착한 박 대통령은 이튿날 하인리히 뤼프케(Heinrich Lübke) 서독 대통령과 의례적 정상회담을 가졌다. 서독은 내각책임제여서, 대통령은 상징적 국가수반이었고, 실질적 통치 업무는 수상이 수행했다.

8일 오후와 9일에 걸쳐 박 대통령은 루트비히 에르하르트(Ludwig Erhard) 수상의 집무실을 예방했다. 에르하르트는 콘라트 아데나우어(Konrad Adenauer) 수상 아래서 경제 장관을 지내면서 독일의 경제 부흥을 이끈 지도자였다. 자연히, 그는 한국 경제를 발전시키려는 박 대통령의 열망에 호의적이었다.

'라인강의 기적'의 현장을 살피고 싶다는 박 대통령의 희망을 듣자, 에르하르트는 먼저 고속도로(Autobahn)를 살펴보라고 조언했다. 자신이 이승만 대통령 시절에 두 번 한국을 찾은 적이 있는데, 한국은 산악 지대가 많아서 교통이 아주 불편했다는 것을 얘기한 다음, 편리한 교통은 경제 발전의 바탕이라는 사실을 강조했다. 다음엔, 중화학공업 공장들을 돌아보라고 조언했다. 특히, 철강 공장을 자세히 살피라고 권하면서, 철강 산업은 경제 발전에 필수적이라는 점을 강조했다.

박 대통령은 에르하르트 수상의 조언에 깊은 감명을 받았다. 뿌옇기만 했던 조국의 앞길이 문득 또렷해지는 느낌이 들었다. 그는 바쁜 일정에서 남은 시간을 모두 고속도로와 철강 산업 시찰에 바쳤다. 11일 시찰을 마쳤을 때, 그는 고속도로와 제철공장을 먼저 건설하겠다고 결심했다. 그날 저녁 그는 장기영(張基榮) 부총리 겸 경제기획원 장관과 박충훈 장관에게 제철공장 건설 계획을 마련하라고 지시했다.

12월 10일 박 대통령은 뒤스부르크(Duisburg) 시의 함보른(Hamborn) 탄광을 찾았다. 고국에서 찾아온 대통령 내외를 환영하는 광부들과 간호원들이 태극기를 손에 들고 강당 앞에서 기다리고 있었다.

박 대통령과 육영수(陸英修) 여사가 도착하자, 광부들과 간호원들이 태극기를 흔들면서 박수 치고 소리 내어 환영했다.

대통령 내외가 손을 흔들어 답례했다. 대통령 일행이 단상에 오르자, 국민의례가 시작되었다.

사회자가 외쳤다, "국기에 대한 경례가 있겠습니다. 모두 단상의 태극기를 향해 서주시기 바랍니다. 국기에 대하여 경례."

국기에 대한 경례가 끝나자, 〈애국가〉 합창이 이어졌다. 광부들로 이루어진 취주악단이 〈애국가〉를 연주했다. 먼 이국에서 부르는 국가인지라, 모두 목이 메었다.

〈애국가〉를 부르고 나자, 박 대통령이 손수건으로 눈물을 닦고 코를 푼 다음, 연설을 시작했다.

여러분, 만리타향에서 이렇게 상봉하게 되니, 감개무량합니다. 조국을 떠나 이역만리 남의 나라 땅 밑에서 얼마나 수고가 많으십니까? 서독 정부의 초청으로 여러 나라 사람들이 이곳에 와 일하고 있는데, 그중에서도 한국 사람들이 제일 잘하고 있다는 칭찬을 받고 있음을 기쁘게 생각합니다.

청중 사이에서 훌쩍이는 소리가 들리자, 가슴 벅찬 박 대통령은 원고를 보지 않고 연설을 했다.

광원 여러분, 간호원 여러분, 모국의 가족이나 고향 땅 생각에 괴로움이 많을 줄로 생각되지만, 개개인이 무엇 때문에 이 먼 이국에 찾아왔던가를 명심하여 조국의 명예를 걸고 열심히 하시기 바랍니다.

청중 사이에서 흐느끼는 소리가 들리고, 육 여사는 손수건으로 눈물을 훔쳤다.

비록 우리 생전에는 이룩하지 못하더라도 후손을 위해 남들과 같은 번영의 터전만이라도 닦아 놓읍시다.

흐느끼는 소리가 커지자, 박 대통령이 연설을 멈추고 손수건으로 눈물을 훔쳤다. 청중과 수행원 모두 울음을 터뜨렸다.
몇 마디 더하다가, 박 대통령은 연설을 포기하고 내려와서 광부들과 간호원들을 만났다. 일일이 악수하고 파고다 담배를 한 갑씩 선사했다.
그때 함보른 탄광에서 막 근무를 마친 광부들이 몰려들어왔다. 막장에서 갓 나와 검은 석탄 가루를 뒤집어쓴 채로, 대통령 가까이 다가왔다.
광부 한 사람이 시꺼먼 손을 내밀었다. "각하, 손 한번 잡게 해주세요."
박 대통령이 그의 손을 덥석 잡았다. 그리고 어깨를 토닥거려주었다. 박 대통령이 광부들 손을 잡고 격려하면서, 일행은 출입문 쪽으로 움직였다.
광부 한 사람이 울먹였다. "각하, 조금만 더 계세요. 우리를 두고 그냥 떠나시렵니까?"
박 대통령이 잠긴 목소리로 말했다, "내 마음 같아선, 여기서 여러분들하고 함께 지내면서⋯." 대통령은 눈물을 훔치고 가까스로 말을 이었다, "여러분들을 여기 남겨두고 가는 마음이⋯."

1960년대에서 1970년대에 걸쳐, 많은 한국 근로자들이 서독에서 일했다. 광부들은 1963년에 맺어진 '한국 광부의 임시 고용 계획에 관한 한독 정부 협정'에 따라 독일에 진출했다. 간호원들은 1950년부터 독일로 진출했다. 광부는 8,000명가량, 간호원은 1만 1,000명가량, 기능공은 1,000명가량 되었다.

   이들은 어려운 여건 속에서 힘든 일을 하면서, 독일 사회에 잘 적응했다. 그리고 저축한 봉급을 국내로 송금했다. 외자를 얻기 어려웠던 당시, 한국의 경제 발전에 그들이 한 기여는 컸다.

여든아홉째 이야기

대사 가나야마 마사히데

•

  서독 방문에서 돌아오자, 박정희 대통령은 종합제철공장 건설에 매진했다. 그러나 선진국들과 국제기구들은 그의 계획에 회의적이어서, 그의 간절한 호소에 냉담했다. 인도, 터키, 멕시코, 브라질처럼 조건이 좋은 나라들도 실패했으니, 사정이 훨씬 열악한 한국은 그만두라고 충고했다.

  박 대통령은 한국을 도와줄 나라는 일본뿐이라고 판단했다. 물론 일본도 냉담하기는 마찬가지였다. 다만, 그는 일본 정치 지도자들에게 호소할 수 있었다. 특히, 힘들었던 한일 수교의 파트너였던 사토 수상과는 친밀했다.

  어느 저녁 박 대통령은 가나야마 마사히데(金山政英) 주한 일본 대사에게 전화해서 술이나 한잔하자고 제안했다. 가나야마 대사는 한국과의 경제 협력에 열성적이어서, 당시 경제기획원 관리들은 그를 '김(金) 대사'라 불렀다.

  청와대(靑瓦臺)에서 술을 마시며 환담하다가, 박 대통령이 정색하고 가나야마에게 물었다. "대사님의 공식 직함은 무엇인가요?"

  "저는 대한민국 주재 일본국 특명전권대사입니다."

  박 대통령은 고개를 끄덕였다. "이번엔 일본국 주재 대한민국 특명전권대사가 되어주십시오."

영문을 몰라 대꾸하지 못하는 가나야마 앞에, 박 대통령은 서류봉투를 내놓았다. "이것은 내가 사토 에이사쿠(佐藤榮作) 총리대신께 보내는 친서입니다. 내용은 포항제철에 관한 얘기입니다."

"알겠습니다." 상황을 파악한 가나야마가 침중한 목소리로 대꾸하고 고개를 숙였다.

"포항제철 건설에 관해 사토 총리대신의 긍정적 답변을 얻지 못하면, 대사께선 서울로 돌아오실 필요가 없습니다."

가나야마가 맡은 일은 '불가능한 임무(mission impossible)'였다. 사토 수상은 이미 박 대통령의 요청을 거부한 터였다. 근본적 문제는 일본의 제철 업계가 단합해서 반대한다는 사정이었다. 그런 반대를 무릅쓰고 한국이 제철공장을 짓는 걸 도울 정치 지도자가 있을 리 없었다.

도쿄로 돌아간 가나야마 대사는 외무성을 거치지 않고 바로 수상에게 박 대통령의 친서를 올렸다. 그가 박 대통령으로부터 받은 임무를 수행하려면, 수상이 먼저 알아서 처리하는 것이 긴요하다고 판단한 것이었다.

박 대통령의 친서를 읽자, 사토 수상은 역정을 냈다. "제철은 안 된다고 했는데, 또 얘기하나?"

"각하, 상황이 심중합니다." 가나야마는 사토 수상에게 박 대통령의 제철공장에 관한 꿈과 의지를 간곡히 설명했다. 한국이 경제 발전을 이루려면, 고속도로와 제철공장이 먼저 세워져야 한다는 박 대통령의 믿음을 찬찬히 설명했다. 박 대통령이 그런 믿음을 품게 된 사연도 설명했다.

"그런가?" 사토 수상이 입맛을 다셨다. "그것 참…."

"각하, 제게 '긍정적 답변을 얻지 못하면, 서울로 돌아올 필요가 없다'고까지 했습니다. 박 대통령의 꿈이 굳습니다. 저는 언젠가는 박 대통령이 그 꿈을 이루리라고 봅니다. 그렇다면…."

사토 수상은 한숨을 길게 내쉬었다. "무슨 얘긴지 알겠는데… 그것 참… 제철 업계에서 일제히 반대하는데, 내가 나서서 한국에 제철소를 지어주자고 하면, 대사 생각엔 반응이 어떠할 것 같소?"

"각하 말씀 잘 알겠습니다. 그래도 우리가 최선을 다했다는 것을 한국 사람들이 인정해야, 일이 풀릴 것 아니겠습니까?"

14년 동안 끌어온 한일 국교 수립이라는 지난한 과제를 이룬 터라, 사토 수상과 박 대통령은 서로 존경하고 믿는 처지였다.

"어떻게 하면, 좋겠소?"

"제가 한번 제철업계 사람들을 만나보겠습니다."

사토 수상이 고개를 끄덕였다. "내가 이나야마 회장에게 전화를 하겠소. 한번 얘기해보시오."

이나야마 요시히로(稻山喜寬) 회장은 역사가 길고 규모가 큰 야하타(八幡) 제철소의 최고 경영자였다. 아울러 일본 '경제단체연합회'를 이끄는 경제계 지도자였다.

가나야마의 얘기를 듣자, 이나야마 회장은 냉소적 반응을 보였다. "솔직히, 나사 하나도 못 만드는 나라가 무슨 제철소요?"

"회장님, 1897년엔 일본이 바로 그런 소리를 들었습니다. 지금은 우리가 한국을 도울 때입니다."

가나야마에게 설득되어, 이나야마는 포항제철의 설립에 필요한 기술을 제공하기로 했다. 자금은 일본이 제공한 '청구권 자금'으로 충당하기로 되었다.

 박 대통령의 의지와 가나야마 대사의 헌신은 열매를 맺어서, 1970년에 포항제철소 기공식이 열렸다. 3년 뒤 포항에선 조강 연산 103만 톤의 포항제철소 준공식이 거행되었고, 사토 전 수상이 국빈으로 참석했다. 그 뒤 포항제철이 국제적 기업으로 발전한 것은 모두 잘 아는 역사다.

 가나야마 대사는 주한 대사로 4년 동안 복무한 뒤 은퇴했다. 그는 독실한 천주교 신자였고 바티칸 주재 대사를 지냈다. 그래서 일본 정부는 그를 위해 유럽에서 문화 사업을 관장하는 자리를 따로 마련하기로 했다. 그러나 그는 그 자리를 마다하고 한국과의 친선과 교류를 위해 일했다. 특히, 제2차 세계대전 뒤 사할린에서 귀국하지 못한 조선인 노무자들의 귀환과 정착을 위해 애썼다. 가라후토 탄광으로 끌고 간 조선인 징용공들의 귀환에 냉담했던 일본 정부의 태도가 부른 불행을 조금이라도 줄여보려 애썼다.

 가나야마 대사는 자신의 마음이 늘 향한 한국에 자신의 유골 일부를 묻어달라는 유언을 남겼다. 지금 그의 유골의 일부는 파주시 조리읍 천주교 묘지 '하늘묘원'에 묻혀 있다.

아흔째 이야기

고속도로

●

"각하," 김학렬(金鶴烈) 경제제1수석비서관이 조심스럽게 말했다. "이병철(李秉喆) 사장과 정주영(鄭周永) 사장이 도착했습니다."

책상 위에 놓인 지도를 들여다보던 박정희 대통령이 고개를 끄덕였다. "들어오시라고 하게."

김학렬의 안내를 받아, 이병철 삼성 사장과 정주영 현대건설 사장이 들어왔다. "각하, 안녕하셨습니까?"

"아, 이 사장님, 정 사장님, 어서 오십시오. 반갑습니다." 박 대통령과 두 기업가가 악수했다.

이병철이 지도와 자와 연필이 놓인 책상으로 한 걸음 다가서서 살폈다. "무엇을 하고 계십니까? 우리나라 지도 아닙니까?"

박 대통령이 느긋한 미소를 지었다. "예. 경부고속도로 노선을 다시 점검하는 겁니다."

"아, 예에." 두 사람이 고개를 끄덕이고서 서로 흘긋 쳐다보았다.

"길을 한번 내면, 다시 고쳐 내기가 힘드니⋯ 처음에 낼 때, 잘 내야죠."

"고속도로에 관한 각하의 뜻을 저희도 잘 압니다. 하지만 지금은⋯ 북한에서 난리를 일으켰는데⋯." 이병철이 진지한 얼굴로 고개를 저었다.

지난 1월 21일에 북한군 특공대가 내려와 청와대를 습격했다. 북한군 31명 가운데, 29명이 사살되고 1명이 붙잡히고 1명이 북한으로 돌아갔다. 23일엔 미국 첩보선 '푸에블로(Pueblo)호'가 북한 근해에서 북한군에 납치되었다. 그저께 30일엔 월남에서 월맹군과 베트콩이 자유 월남을 돕는 연합군에 대한 '구정 공세(Tet Offensive)'를 개시한 참이었다. 1968년은 1월부터 나라 안팎이 초긴장 상태였다.

박 대통령이 씨익 웃었다. "북한이 우리를 공격하는 것이야 새삼스러울 것 없지 않습니까? 우리가 월남전에 참가했다고 북한이 한반도에 '제2전선'을 만든다 했잖아요? 김일성이가 이번엔 날 죽이려고 작정했던 모양인데, 앞으로도 별의별 일을 다 꾸밀 거요. 그것만은 확실합니다."

"예, 각하. 정말로 걱정스럽습니다. 각하께서 우리나라를 부강하게 만드시니, 북한이 초조할 것입니다. 악독한 공산주의자들이 가만히 있을 리 없습니다."

정주영이 말을 받았다. "그렇습니다. 각하, 각하 신변에 위험이 닥치지 않게 특단의 대책을 세우셔야 합니다."

"이번에도 미국이 주저하는 바람에, 북한의 망나니짓을 제대로 응징하지 못했소이다. 힘이 없으면, 서러운 거요."

두 사람이 힘주어 고개를 끄덕였다. "그렇습니다."

"북한이 망나니 짓거리를 하는 것은 우리에겐 일상사입니다. 나라 살림을 꾸려가는 사람은 일상적 문제들에만 몰두할 수 없어요. 십 년, 이십 년 뒤에 나라가 갈 길을 생각해야 합니다. 지금 고속도로를 놓는 일이 바로 그렇게 먼 앞날을 생각하는 것입니다. 길이 있어야 길이 있습니다." 싱긋 웃으면서, 박 대통령이 설명했다, "사람들이 다닐 길이 있어야, 우리나라가 나갈 길이 생긴다, 그런 얘깁니다."

"참으로 옳으신 말씀이십니다." 이병철이 웃음 띤 얼굴로 정주영을 돌아보았다.

"각하," 얼굴에 웃음을 띠고서, 정주영이 말했다. "길을 뚫는 것은 제가 좀 해보았습니다. 각하 말씀대로 길이 생겨야 다른 것도 생깁니다."

"서독에 갔을 때, 가장 부러웠던 것이 바로 고속도로였습니다. 아우토반이란 그 도로 정말로 멋집디다. 그때 결심했어요, 내가 우리나라에 꼭 고속도로를 내겠다고. 그래도 돈이 너무 많이 들어서 엄두를 못 냈는데, 미국과 세계은행에서 적극적으로 추천했어요." 박 대통령이 지도를 가리켰다. "이렇게 서울에서 부산까지 고속도로가 생기면, 온 나라가 활기차게 움직일 거요. 도로는 사람의 핏줄이나 마찬가지잖아요?"

정주영이 대답했다, "참으로 좋은 말씀이십니다."

이병철이 말을 받았다, "각하의 혜안엔 그저 감탄할 수밖에 없습니다."

박 대통령이 다시 지도를 가리켰다. "저 지도를 보다가 새삼 깨달은 것인데, 우리나라엔 도로가 너무 적습니다. 산이 험하고 강도 깊으니… 이제 우리가 낸 길을 따라 차들이 많이 다니면, 점점 더 크고 멋진 고속도로들이 생겨날 겁니다. 길이 없으니, 차가 안 다니고, 차가 안 다니니, 길다운 길이 생기지 않습니다. 이 오래된 악순환을 우리 대에서 끊읍시다."

두 사람이 힘주어 대답했다, "예, 각하."

"고속도로는 지금 우리에게 버거운 사업입니다. 재원을 마련하려고 모든 부처들의 올해 예산을 일괄적으로 오 퍼센트씩 깎았습니다. 말이 오 퍼센트지, 그렇게 예산을 깎는 것은 정말로 힘든 일입니다." 박 대통령이 김 비서관을 가리키면서, 싱긋 웃었다. "김 수석이 계수에 밝고 추진력이 있었으니 망정이지, 대통령의 말도 먹히지 않았을 거요. 이제 재원은 정부에서 마련했으니, 건설은 민간 부문에서 책임지고 해주십시오. 공사는 정 사장님께서 주도하시고 이 사장님께선 재계가 적극적으로 나서도록 해주십시오."

그러나 박 대통령이 추진한 고속도로 사업은 시민들의 호응을 얻지 못했다. 거의 모든 언론 기관들이 비판적이었다. 야당 지도자들은 "고속도로를 만들어봐야, 달릴 차가 없으니, 부유층을 위한 호화 시설이 될 따름이다"라는 식으로 비난했다. 야당 의원들은 "쌀이 모자라는데 농지를 없애는 미친 짓"이라면서 도로 건설 현장에 누워 공사를 방해했다. 여당인 공화당 안에서도 "재정에 무리가 갈 수밖에 없는 고속도로 건설은 시기상조다"라는 얘기가 나왔다. 심지어 행정부 안에서도 재정을 맡은 부서들에선 반대 기류가 있었다.

상황이 심각해지자, 신범식(申範植) 공보수석 비서관이 조심스럽게 보고했다, "각하, 신문들이 고속도로 사업에 대해 좀 비판적으로 쓰고 있습니다."

"그래? 무슨 이유로 비판적인가?"

"경제성이 없다는 얘기를 합니다. 고속도로 건설엔 엄청난 자금이 들어가는데, 화물이 적어서, 경제성이 없다. 차라리 다른 데 쓰는 것이 낫다. 그런 얘기입니다."

"경제성이 없다? 늘 하는 소리군. 그래, 재원 조달 방안이 마련되지 않았다고 비판하는 사람은 없던가?"

"있습니다, 각하. 실은 모두 재원을 마련하는 방안도 없이 왜 서둘러 착공하느냐고 비판합니다."

생각에 잠긴 눈길로 지도를 살피면서, 박 대통령이 한마디 던졌다, "비판하라고 그래."

"예, 각하." 신 비서관이 우물쭈물하다가 조심스럽게 걸어 나갔다.

조금 있다가 조시형(趙始衡) 정무수석 비서관이 들어왔다. "각하, 야당 쪽 기류가 좀… 야당 대변인들이 고속도로를 반대하는 성명을 내놓았습니다."

박 대통령이 가벼운 한숨을 내쉬었다. "경제성이 없고 재원 조달 방안도 불분명하다는 얘긴가?"

조 비서관이 좀 놀란 얼굴로 대통령을 살폈다. "예, 그렇습니다, 각하."

"알았네." 박 대통령은 잠시 생각했다. "반박 성명을 내게. 경제성도 있고 재원도 마련할 수 있다고."

정무수석 비서관이 급히 수첩에 적었다.

"지금 별 얘기들이 다 나오지만, 고속도로 사업 성공할 걸세. 우리가 울산에 공업단지 만들자고 했더니, 모두 반대했지. 처음엔 미국 사람들도 극구 말렸어. 돈도 기술도 자원도 없는 나라가 무슨 공업단지냐고. 하지만 우린 멋지게 성공했어. 지금 울산이 어떤가 봐. 말 그대로 상전벽해야. 이번에도 그럴 거라고 해."

"예." 비서관이 열심히 수첩에 적었다.

"미국 사람들은 정직하기나 하지. 몇 년 뒤에 그 사람들 자기들이 잘못 생각했다고 나한테 사과했어. 우리 야당 지도자들이라는 사람들은 아직까지도 미안하단 얘기 한마디 없어." 박 대통령이 고개를 저었다. "내가 예언을 하나 하지. 앞으로 몇 년 뒤 고속도로가 다 건설되면, 내 판단이 옳았다고 판명될 거야. 그때에도 야당 지도자들이라는 사람들은 자기들이 틀렸다고 인정하지 않을 거야. 내가 그렇게 예언했다고 발표하게."

비서관이 조심스럽게 말했다. "각하, 각하의 예언은 그대로 실현될 것입니다. 하지만 그 예언을 지금 공표하시는 것은 좀…."

박 대통령이 껄껄 웃었다. "그럼 그 예언은 빼게."

여당인 민주공화당이 고속도로 건설을 위한 법안들을 통과시키자, 야당들이 거세게 반발했다.

"각하," 이후락(李厚洛) 비서실장이 상황을 보고했다. "일단 법안들은 통과되었습니다."

박 대통령이 고개를 끄덕였다. "수고들 했소."

이 비서실장은 얼굴이 어두웠다. "그런데… 야당에서 좀 거칠게 나옵니다."

"그래?"

"국회 일정을 보이콧하겠다고 야단입니다."

박 대통령은 느긋한 낯빛으로 고개를 끄덕인다. "날 욕하겠지."

"예. 좀…."

"뭐라고 하나?"

"말씀 올리기 송구스럽습니다만, 각하를 독재자라 부릅니다."

"독재자? 야당이 할 말 다하는 나라에서 독재자? 나라 위한 일을 하는데 독재자?" 한숨을 길게 내쉰 다음, 박 대통령이 부드러운 목소리로 일렀다, "나를 독재자라 부르는 사람들에게 그러시오, 나라 위한 일이면, 독재자 소리 달게 듣겠노라고. 나는 나라 위해 일할 테니, 내가 죽은 뒤 내 무덤에 침을 뱉으라고."

1967년 3월 경인고속도로의 건설이 시작되었다. 철도망의 중추인 경부선보다 경인선이 먼저 건설된 것처럼, 도로망의 중추인 경부고속도로보다 경인고속도로가 먼저 착공된 것이었다. 경부선보다 경인선이 거리가 짧고 경제적 타당성이 높은 덕분이었다.

경인고속도로는 1969년 7월에 완공되었다. 서울 양평동에서 인천 용현동에 이르는 30km 구간이었다. 40년 동안 미루어졌던 제2도크가 1974년에 건설되어 경인고속도로와 연결되면서, 인천은 빠르게 성장하는 수도 서울의 외항의 기능을 제대로 수행하게 되었다.

경부고속도로는 1968년 2월에 건설이 시작되었다. 거대한 공사여서, 어려움이 컸다. 가장 어려운 구간은 대전과 김천 사이의 옥천 당재 터널이었다. 퇴적암(堆積岩) 지층이어서, 뚫으면, 무너지고, 뚫으면, 무너지는 공사였다. '지옥의 구간'이라 불린 그곳에서 건설 요원 11명이 죽었다. 건설 과정에서 모두 77명이 죽었다.

드디어 1970년 7월에 경부고속도로가 완공되었다. 서울 강남구 양재동에서 부산 금정구 구서동에 이르는 428km의 도로였다.

박 대통령의 예언대로, 경부고속도로에 관한 박 대통령의 판단은 옳았음이 증명되었다. 그 곧고 너른 길을 따라 사람들과 물자들이 움직이면서 사회가 빠르게 발전하고 일체적이 되었다. 그리고 그의 예언대로, 당시 야당 지도자들이었던 정치가들 가운데 누구도 자신이

틀렸다고 인정하지 않았다.

고속도로가 나고 철강 공장이 세워진 것은 한국이 경제 발전의 길로 들어섰음을 세상에 알린 것이었다. 박정희 대통령의 뛰어난 영도 아래 한국 경제는 바르게 자라났다. 이어 발전된 경제를 바탕으로 삼아 정치적, 사회적, 문화적 발전을 이루었다. 이런 발전은 '한강의 기적'이라 불렸다.

한국의 경제적 성취를 기적으로 일컫는 것은 한국 경제가 놀랄 만큼 성공적으로 자라났다는 사실 때문만은 아니다. 당시까지는 한국의 경제 성장이 역사상 가장 성공적이었고 기적으로 꼽힌 제2차 세계대전 직후의 서독과 일본의 경제 성장보다도 더 성공적이었으므로, 우리가 우리 자신의 경제적 성취를 기적이라 부르는 것엔 부자연스러운 점이 없다.

그러나 한국의 경제적 성공엔 또 하나의 차원이 있다. 한국의 성취는 우리가 남들이 가지 않은 길을 고른 모험 덕분이었고, 바로 그런 모험적 결정이 '한강의 기적'을 더욱 기적적으로 만든다.

당시 뒤진 나라들의 경제 발전에 관해서 가장 큰 영향력을 지녔던 이론은 아르헨티나 경제학자 라울 프레비시(Raul Prebisch)의 주장이었다. 그는 유럽 열강의 식민지가 되었던 경험이 뒤진 나라들의 경제 구조를 뒤틀리게 했다고 지적했다. 그래서 뒤진 나라들은 앞선 나라들에 원자재들을 수출하고 앞선 나라들로부터 공산품들을 수입하도록 강요되며 교역 조건도 뒤진 나라들에 불리하게 마련이라고 주장했다. 뒤진 나라들이 앞선 나라들에 경제적으로 종속된다는 뜻을 담았으므로, 이런 주장은 '종속이론(Dependency Theory)'이라 불렸다.

종속이론의 관점에서 살피면, 앞선 나라들과의 교역은 가난한 나라들의 종속을 더욱 깊게 할 따름이어서 궁극적으로 해롭다. 그래서 프레비시는 교역을 줄이고 수입대체 산업들을 육성하는 내부지향적 경제 정책을 추진하라고 가난한 나라들에 조언했다. 실제로 많은 나라들이 그의 조언을 받아들여 내부지향적 정책을 추진했다.

종속이론을 따른 내부지향적 경제 정책이 근본적으로 잘못된 정책이라는 사실이 드러나는 데는 그리 오래 걸리지 않았다. 종속이론의 본질적 오류는 교역의 이점을 설명하는 비교 우위(comparative advantage)라는 개념을 잊은 데서 나왔다. 뒤진 나라들은 자본도 기술도 숙련된 인력도 부족하다. 그래서 별다른 설비나 기술이 필요하지 않은 광물이나 농수산물을 생산해서 수출하면서, 차츰 기술과 자본을 축적해 연관 산업들로 진출하는 것이 합리적이다. 갑자기 경쟁력이 없는 분야에서 앞선 나라들과 경쟁하려 덤볐으니, 결과가 좋을 수 없었다. 종속이론의 처방을 따른 나라들은 모두 생산성과 경쟁력이 줄어들었고 사회 발전을 이루지 못했다.

박정희 대통령의 현명한 판단 덕분에 대한민국은 외부지향적 정책을 골랐다. 무역 장벽을 낮추고, 교역을 장려하고, 외국 자본을 끌어들여 유망한 산업에 투자했다. 그런 정책은 당시로선 아주 드물고 과감한 선택이었다.

식민지에서 독립하자 곧바로 긴 전쟁을 치른 나라가 경이적 경제 발전에 성공하자, 많은 가난한 나라들이 대한민국의 경제 정책을 본받기 시작했다. 그리고 그런 나라들은 거의 다 경제 발전을 이루었다. 이것은 한반도의 오랜 역사에서 한민족이 인류 사회에 기여한 가장 큰 공헌이다.

아흔한째 이야기

1988 서울 올림픽(1988년)

●

"세울 52표." 안토니오 사마란치(Antonio Samaranch) 국제올림픽위원회(IOC) 위원장이 발표하자, 한국 대표단에서 환호성이 올랐다. 이 장면은 인숙의 마음속에 선연하게 각인되어서, 7년 뒤 서울에서 열린 올림픽 경기의 어떤 장면보다도 더 또렷하고 멋지고 흐뭇한 기억으로 남았다.

아침에 일어나서 텔레비전을 켰더니, 서독의 바덴바덴에서 열린 IOC 총회에서 서울이 일본의 나고야(名古屋)를 52표 대 27표로 누르고 1988년 하계 올림픽 개최권을 얻었다는 소식이 나왔다. 떡 광주리를 이고 동인천역에 나갔더니, 종일 텔레비전에선 그 소식을 전했다. 묘하게도 그 소식은 거듭 들어도 물리지 않았다. 그런 국제적인 일은 그녀가 잘 알 수 없는 일이었지만, 그래도 그녀는 온몸으로 느꼈다, 무엇인가 나라에 좋은 일이 일어났다는 것을. 일본의 도시와 맞붙어서 서울이 이겼다는 것도 마음을 즐겁게 했다.

다른 사람들도 마음이 달떴는지, 떡이 여느 때보다 빨리 팔렸다. 7년 전에 시어머니의 떡장사를 인숙이 이어받았다. 남편 영치가 무역 회사의 인천 사무소에 다녀서, 그녀가 역에 나가 떡장사를 하지 않아도 생계 걱정은 없었다. 그러나 시어머니가 떡 광주리를 이는 것을 힘들어하는 기색을 보이자, 그녀가 선뜻 나섰다. 그녀는 '제물진 떡집'의 전통이 자기 대에서 끊어지는 것을 받아들일 수 없었다. 처음엔 좀 어색했지만, 차츰 떡장사가 익숙해지고 부산한 역에서 세상을 배우게 되면서, 천직이라는 생각이 들었다.

슬프게도, 그녀가 역으로 나온 해에 시할머니가 돌아가셨다. 여든을 넘기셨으니, 오래 사셨지만, 아들이 돌아오는 것을 끝내 보지 못하고 돌아가신 것이었다.

서울에서 1988년 하계 올림픽을 연다는 계획은 1979년 봄에 박정희 대통령이 처음 추진했다. 그동안 이룬 경제 발전으로 올림픽을 열 만한 국력을 한국이 지녔다는 자신감을 품게 된 것이었다. 그러나 박 대통령이 그해 가을에 암살되면서, 이 계획은 포기되었다.

올림픽 개최 계획은 전두환(全斗煥) 대통령에 의해 되살아났다. 워낙 자금이 많이 드는 사업이라서, 회의적이거나 반대하는 사람들이 많았다. 심지어 남덕우(南悳祐) 국무총리까지 "올림픽을 열면, 나라가 거덜 날 것"이라고 공개적으로 반대했다. 올림픽을 유치할 만한 외교적 능력도 자신하기 어려웠다. 그래도 전 대통령은 모든 외교적 자원을 동원해서 시도하기로 결정했다. 이런 노력은 전국경제인연합회(全國經濟人聯合會)를 이끈 정주영 회장이 주도하기로 되었다.

당시 평판은 서울보다 나고야가 훨씬 높았다. 일본과 한국 사이 국력의 차이가 반영된 것이었다. 국제 정세도 서울에 불리했으니, 소비에트 러시아를 중심으로 한 공산주의 국가들은 한국보다는 일본을 지지했다. 게다가 나고야는 올림픽 유치를 위해 1977년부터 준비해 온 터였다. 나고야의 우세는 투표 며칠 전까지 그대로 유지되었다.

서울의 열세를 극복하기 위해, 정 회장을 비롯한 유치단은 한국의 강점을 내세우고 일본의 약점을 파고들었다. 먼저, 1964년의 하계 올림픽과 1972년의 동계 올림픽을 이미 개회한 일본이 다시 올림픽을 여는 것은 새로 발전하는 나라들의 기회를 빼앗는 일이라는 주장을 폈다. 이것은 강력하고 반박하기 어려운 주장이었다. 이런 주장을 바탕으로 한국 대표단은 제3세계 여러 나라들에 지지를 호소했다.

다음엔, 큰 전쟁을 겪고 다시 일어선 한국이 올림픽을 여는 것은 이미 발전된 나라가 여는 것보다 가치가 크다는 점을 부각시켰다. 특히, 중국에겐 한국이 먼저 올림픽을 여는 것은 중국이 올림픽을 여는 데 도움이 된다는 점을 지적했다.

셋째, 일본의 경제 발전에 밀리던 미국과 영국에겐 나고야 올림픽이 일본의 경쟁력을 더욱 키워주리라는 점을 지적했다.

이런 세 가지 논리를 내세운 전략은 차츰 효과를 냈다. 한국 유치단의 치밀한 준비와 열성적 호소는 그런 전략의 효과를 극대화했다. 그래서 막판에 모두 놀란 극적 반전이 나왔다.

1988 하계 올림픽은 9월 17일부터 10월 2일까지 열렸다. '화합과 전진(Harmony and Progress)'을 모토로 내건 이 대회에 160개국 8,391명의 선수들이 참가했다. 이처럼 많은 나라가 참가한 것은 그것 자체로 뜻이 컸다. 1980년의 모스크바 대회엔 소비에트 러시아의 아프가니스탄 침공에 항의하는 국가들이 불참해서 80개국만이 참가했었다. 1984년의 로스앤젤레스 대회엔 소비에트 러시아의 보복으로 140개국만이 참가했었다. 이처럼 분열을 극복한 대회였다는 점에서, 서울 올림픽은 냉전 종식의 바탕을 마련한 대회라는 평가를 받았다.

많은 나라들이 참가해 풍성한 잔치였던 서울 대회에선, 23개 종목에서 갖가지 기록들과 일화들이 나왔다. 마스코트인 '호돌이'는 좋은 평판을 얻었고, 주제가인 〈손에 손 잡고(Hand in Hand)〉는 세계적으로 큰 인기를 얻어 널리 불렸다.

가장 주목을 받은 선수는 미국 여자 달리기 선수 플로렌스 그리피스 조이너(Florence Griffith Joyner)였다. 그녀는 100m 달리기에서 10.62초로 올림픽 신기록을 세웠다. 이어 200m 달리기에서 21.34초로 세계 신기록을 세웠다(이 기록은 아직 깨어지지 않았다). 그녀는 400m 계주에서 금메달을 보탰고, 1,600m 계주에서 은메달을 얻었다.

캐나다 요트 선수인 로렌스 르미외(Lawrence Lemieux)는 2위로 달리고 있었는데, 부상한 선수를 보자, 코스에서 벗어나 그를 구했다. 르미외는 21등을 했지만, 그의 영웅적 행동을 인정한 국제올림픽위원회로부터 피에르 드 쿠베르텡 메달(Pierre de Coubertin medal)을 받았다.

미국 권투 선수 로이 존스(Roy Johns)는 한국 선수 박시헌(朴時憲)을 압도했지만, 판정패를 당했다. 이것이 대회에서 가장 큰 오심으로 꼽혔다. 물론 이 오심의 최대 피해자는 박시헌 자신이었다. 뒤에 그는 자신이 "은메달을 도둑맞았다"고 술회했다.

개최국의 이점을 한껏 살려, 한국은 4위를 했다. 33개의 메달을 얻었고, 금메달은 12개였다. 1위는 금메달 55개를 얻어 전무후무한 기록을 새운 소비에트 러시아였다. 2위는 금메달 37개를 얻은 동독(東獨)이었다. 이것이 소비에트 러시아와 동독의 마지막 영광이었으니, 다음 올림픽이 열리기 전에 소비에트 러시아는 해체되고 동독은 서독에 병합되었다. 3위는 금메달 36개를 얻은 미국이었다.

서울 올림픽은 '한강의 기적'이라 불린 한국의 경제 발전을 상징했다. 자연히, 한국의 국제적 위상은 단숨에 높아졌다. 이처럼 넓어진 외교적 공간을 활용해서, 노태우(盧泰愚) 대통령은 '북방 외교'로 공산주의 국가들과 관계를 개선했다. 1990년 9월엔 한국과 소비에트 러시아가 수교했다. 1991년 9월엔 남한과 북한이 동시에 국제연합에 가입했다. 1992년 8월엔 한국과 중국이 수교했다. 한국이 냉전이 강요한 외교적 고립에서 단숨에 벗어난 것이었다.

아흔두째 이야기

사할린 교포 모국 방문(1989년)

•

 1989년 9월 25일 저녁에 사할린에 거주하는 교포 39명이 대한항공 (KAL) 특별기로 김포 공항에 도착했다. 이들은 거의 다 조선총독부가 일본령 사할린이었던 가라후토에 관 알선이나 징용으로 보낸 노동자들이었다. 이들은 서울에서 열린 '세계 한민족 체육대회'에 참가한 소비에트 러시아 거주 한인들과 함께 모국을 방문한 것이었다. 그들은 체육대회를 마치고 10월 4일에 특별기로 돌아갔다.
 1988년의 서울 올림픽으로 한국과 소비에트 러시아의 관계가 갑자기 좋아지고 곧 국교가 수립된다는 전망이 나오면서, 반세기 동안 고국으로 돌아오지 못한 동포들이 잠시나마 고국을 찾게 된 것이었다. 더러 개인적으로 돌아온 사람들이 있었지만, 사할린 교포들이 단체로 공식적 행사를 통해 모국을 방문한 것은 이번이 처음이었다. 당시 사할린의 한국인들은 3만 5,000명가량 되었는데, 한국에서 태어난 교포 1세들은 7,000명가량 되었다.

 귀가한 정희네 식구들은 모두 거실 텔레비전 앞에 모였다. 김포 공항에서 돌아온 사람들과 맞으러 나간 사람들이 서로 이름을 부르며 얼싸안고 우는 모습을 식구들은 침울한 마음으로 말없이 바라보았다.

그 무거운 침묵을 정희가 헤쳤다. "자아, 저녁 들면서, 보자."

"네에." 며느리 인숙이 무슨 잘못을 지은 듯 조심스럽게 일어나 저녁을 준비했다.

저녁을 들면서도, 식구들은 텔레비전에 나온 상봉 장면에서 눈길을 돌리지 못했다. 그리고 슬그머니 정희를 살피곤 했다.

"이렇게 왔으니, 다음에 올 수도 있을 것 아니냐? 아범아, 그렇지 않냐?" 물기 없는 목소리로 정희가 말했다.

"그렇습니다, 어머니," 영치가 고개를 끄덕이면서 힘주어 말했다.

"할머님은 끝내 보시지 못하시고 돌아가셨지만…," 그녀 입에서 어쩔 수 없는 한숨이 새어 나왔다. "우리는 조만간… 무슨 소식이 있을 것 같다. 이번으로 끝나지는 않을 게다."

"네에, 어머님," 인숙이 말을 받았다.

정희의 예상대로, 그해가 가기 전에 또 '모국 방문단'이 왔다. 이번엔 고향에도 가고 산업단지 시찰도 하면서, 꽤 오래 머물렀다. 이듬해엔 거의 달마다 방문단이 왔다. 몇백 명은 될 듯했다. 그래도 현규에게선 소식이 없었다.

식구들은 누구도 입 밖에 내지 않았지만, 마음 한구석으론 두려움이 커졌다. 원래 탄광은 위험한 곳이었다. 많은 사람들이 죽었을 터였다.

그사이에 한국과 러시아가 수교를 했다. 영치는 자신이 사할린에 가보겠다는 뜻을 내비쳤다. 무역 회사에 다닌 덕분에, 그는 해외로 자주 나갔다.

1990년도 거의 다 갔을 때였다. 인숙이 역에 나가고 정희가 매대를 지키고 있는데, 우체부가 찾았다. 편지를 든 채, 젊은 우체부가 정희에게 물었다, "김정희 씨 맞습니까?"

무슨 예감에 그녀 가슴이 뛰었다. "네에. 제가 김정희인데요."

편지 봉투가 흔히 쓰이는 봉투가 아니고 낯선 글자들이 쓰인 것이 눈에 들어오면서, 그녀의 예감은 확신이 되었다. '왔구나.' 가위로 봉투 한쪽을 조심스럽게 자르는 그녀 손길이 떨렸다.

그리운 당신에게. 무슨 말을 하여야 할지 막막하오. 당신의 마지막 편지를 받은 것이 56년 전이구려. 어머니께서 지금 살아 계시면 아흔아홉이신데. 아직도 이 불효자식을 기다리고 계신지. 아이들 키우며 당신은 얼마나 고생을 하는지. 아이들도 잘 지내는지. 나도 그럭저럭 지내고 잇소. 이제 면목 없는 얘기를 해야만 하겟소. 나는 여기서 러시아 여자와 혼인을 햇소. 정말 면목이 업소. 당신이 어머님 모시고 아이들 키우면서 고생하는데 남편인 나는 남편 노릇 못하고 다른 여자와 살앗으니 무슨 말을 하겟소. 그저 미안하고 그저 고마울 따름이오….

정희는 흐르는 눈물을 닦지 않았다. 흘러야 할 눈물이었다. 무슨 일을 해도 남편 생각이 마음 한구석에 머문 세월이, 그 길고 힘들고 외로웠던 세월이, 이제 그녀 가슴에서 풀려나는 것이었다. 끝이 없을 것 같던 눈물이 그쳤을 때, 그녀는 자신의 가슴이 아득한 지평을 가진 들판처럼 느껴졌다. 다 비운 것이었다. 그 긴 기다림도, 그렇게 그리웠던 남편도.

현규는 이듬해 여름에야 나왔다. 러시아 여성과 결혼해서 자식을 낳았고 러시아 국적을 가졌고 앞으로도 러시아에서 살 터여서, 방문을 주선하는 기관에서 그의 방문을 뒤로 밀었다고 했다. 그 얘기를 하고서, 그는 농담 삼아 말했다, "떠날 때는 일본 제국의 신민(臣民)이었는데, 돌아올 때는 노서아 시민이 되었구나."

김포 공항에서 식구들이 만났을 때는 어쩔 수 없이 울음바다가 되었다. 고생을 많이 해서 나이보다 훨씬 늙어 보이는 남편의 얼굴이 정희의 가슴을 아프게 했다. 아픈 데는 없지만, 탄광에서 오래 일해서, 숨이 좀 차다고 했다.

동인천역에 내려 집 가까이 가자, 현규는 연신 둘러보면서 많이 변했다고 감탄했다. 집에 닿자, 그는 이층집을 올려다보면서, 탄성을 냈다. 한쪽에 걸린 '제물진 떡집' 간판을 보더니, 아내를 돌아보았다. "옛날 그 간판이오?"

아내가 고개를 끄덕이자, 그가 한숨을 길게 내쉬었다. "우리 집안이 원래 며느리들이 꾸려가는 집안이긴 하지만…." 그리고 두 손으로 아내의 손을 집고 쓰다듬었다.

이튿날 어머니 묘를 찾은 뒤 내외는 서울로 올라가서 맏형 신규의 집을 찾았다. 미리 연락한 터라서, 다른 식구들이 모두 모였다.

오후엔 종로의 금은방을 찾았다. 얘기를 들어보니, 사할린의 형편이 곤궁했다. 전쟁이 끝나서 곧 조선으로 돌아갈 줄 알았는데, 조선이 38선으로 갈라지더니, 끝내 남한과 북한에 다른 나라가 섰다. 이어 전쟁이 나더니, 완전히 두 나라가 원수지간이 되었다. 고향으로 돌아갈 길이 막힌 것이었다. 그래서 하숙을 했던 집의 안주인과 동거하기 시작했다. 소비에트 러시아와 독일 사이의 전쟁에서 남편이 죽은 러시아 여인이었다. 그녀는 딸아이가 있었는데, 전쟁 말기 어려운 시기에 병에 걸려 죽었다고 했다.

그 뒤로 북한 사람들이 사할린을 찾아와서 북한으로 가자고 유혹했다. 탄광촌에 있던 사람들은 대부분 남한에서 온 사람들이어서 그런 유혹을 거절하고 그대로 사할린에 남았다. 그래도 러시아 정부의 방침이 바뀌어 북한으로 강제로 끌려갈 위험이 있었다. 이미 러시아 여인과 결혼한 터라, 그는 아예 러시아 국적을 얻었다.

탄광에서 일하니, 벌이는 괜찮았다. 그가 일한 곳은 브이코프의 나이부치 탄광이었다. 그러다가 몇 해 전부터 탄광의 생산량이 점차 줄어들면서, 형편이 점점 어려워졌다. 사할린에서 가장 큰 탄광이어서 조선 사람들이 많이 살았는데, 이제는 빈 집들이 늘어난다고 했다. 떠난 사람들은 연해주나 다른 러시아 지역으로 옮겨갔다고 했다.

아내가 금은방 문을 열자, 남편이 물었다, "지금 어디 가는 거여?" 아내는 간단하게 대꾸했다, "급할 때는 금붙이가 제일이잖아요?" 영치와 상의했더니, 달러를 많이 갖고 나가는 것은 어렵다고 했다. 그래서 그녀 혼자 생각해낸 것이 금붙이였다.

그녀는 금반지를 두 개 샀다— 남편 것과 자기 것. 원래 그녀는 혼인할 때 은가락지를 남편으로부터 받아 지금까지 껴왔다. 그녀는 문득 달뜨는 마음으로 남편 손에 금반지를 끼워주었다. 그리고 남편이 석탄가루가 밴 거친 손으로 끼워준 금반지를 그녀는 흡족한 마음으로 만졌다.

이어 그녀는 금목걸이를 샀다. "이건 빅토르 엄마 거요."

"빅토르 엄마?" 놀라서 묻는 남편에게 그녀는 태연히 설명했다, "내 남편 잘 돌봐줘서 다시 돌아올 수 있도록 해준 사람이잖아요? 나

한텐 은인이지."

그러고는 바로 옆 시계방으로 가서, 남편과 빅토르 엄마 시계를 샀다. 남편이 찬 낡은 시계를 풀어서 자신이 갖고, 새 시계를 남편에게 채워주었다. 그리고 남편 얼굴을 부드러운 눈길로 쓰다듬으면서, 비로소 환한 웃음을 지었다.

남편을 다시 먼 타국으로 떠나보내는 마음이 허전하지 않을 수 없어서, 그녀는 가볍고 값나갈 물건들을 골라 바리바리 짐을 꾸려서 허전한 마음을 좀 달랬다. 남편은 다른 식구들과 친척들 앞에선 짐짓 쾌활하게 얘기했지만, 정작 아내와 헤어질 때는 인사도 못 하고 눈물만 흘렸다. 그녀도 눈물만 흘렸다. 둘 다 알았다, 이제 다시 보기는 어렵다는 것을. 아니, 보아선 안 된다는 것을. 이제는 두 사람의 마음을 아프게 엮었던 인연의 끈을 선선히 놓아줄 때라는 것을.

다섯 해 뒤 정희는 남편이 죽었다는 소식을 들었다. 이튿날 저녁, 그녀는 아들 내외에게 말했다, "가라후토엔 네 피붙이들이 있다."

"예, 어머니," 영치가 대답했다. "아버지가 돌아가셨어도… 제가 마음을 쓸게요."

"그렇게 해라. 그리구 너희 아버지 묘비라두 제대루 세우라구 돈 점 보내야겠다. 한 200만 원 보낼란다. 여기 현금 찾아놨다." 그때 처음으로 그녀는 며느리 눈치를 살폈다.

아흔셋째 이야기

북한의 세습 체제 (1994년)

●

　1994년 7월 8일 조선민주주의인민공화국 주석 김일성이 사망했다. 1948년에 북한 정권이 세워진 뒤, 김일성은 줄곧 권력을 장악했었다. 그리고 자신의 아들인 김정일에게 권력을 넘겨주는 데 성공했다. 1991년에 이미 김정일은 조선인민군 최고사령관에 임명된 터였다. 이렇게 해서, 북한엔 김일성 혈통의 세습이 완성되었다.

　공산주의 사회에서 권력 세습은 아주 드물다. 김일성이 권력 세습에 성공한 것은 그가 정적들과 잠재적 경쟁자들을 지속적으로 숙청해서 절대적 권력을 누린 덕분이었다. 이 점에서 그는 스탈린을 닮았다.

　그렇게 정적들과 잠재적 경쟁자들을 제거하면, 사회는 정상적으로 움직일 수 없어서 차츰 피폐해진다. 가장 심각하게 피폐한 분야는 농업이었다. 그 점에서도 김일성의 북한은 스탈린의 소비에트 러시아를 닮았다.

　1996년 초에 북한 당국은 언론 기관들의 신년 공동 사설을 통해 "전체 당원들과 인민군 장병들과 인민들은 백두밀림에서 창조된 고난의 행군 정신으로 살며 싸워가야 한다"고 선언했다. 북한 경제가 극도로 나빠진 상황을 견뎌나가라고 북한 주민들을 독려한 것이었다. 이 사설에서 언급된 '고난의 행군'은 김일성이 이끄는 항일 유격대가 일본군의 토벌 작전을 피해 1938년 12월부터 1939년 3월까지 100일 동안 혹한과 굶주림 속에서 만주 몽강현 남패자로부터 압록강 연안 국경 지대로 강행군한 것을 가리킨다.

경제 위기는 1990년대 초엽에 갑자기 닥쳤다. 이 위기를 실제로 겪은 『동아일보』 주성하(周成賀) 기자는 이렇게 회고했다.

> 1995년 봄. 평양의 공기는 음산했다. 2월경부터 쌀값이 미치기 시작했다. 1kg에 50원 정도였는데, 자고 나면 올라 석 달쯤 뒤엔 230원까지 올랐다. 120원쯤 됐을 때, 사람들이 "이러다 망하는 거 아니냐"며 술렁거렸다. 200원이 넘었을 때, 거리는 축 늘어져 좀비처럼 걸어 다니는 사람들로 넘쳤다. 식인 사건 등 범죄 소식이 퍼지며, 도시 분위기는 불과 몇 달 안에 흉흉하게 변했다.
>
> 난 1994년 12월 말 기차역에서 만난 평북 구성의 여인에게서 대량 아사 소식을 처음 들었다. 군수공장이 밀집한 그곳 노동자구(區)에서 여름부터 소나무 껍질을 벗겨 먹기 시작했고 가을쯤부터 굶어 죽는 사람들이 나오기 시작했다는 것이다.
>
> 평양에서 불과 100여km 떨어진 곳에서 그런 참사가 벌어지는 줄 몰랐다. 그때 북한은 그런 곳이었다. 몇 달 뒤 굶주림은 평양까지 순식간에 삼켰다.
>
> —『동아일보』, 2017년 9월 28일 자

흔히 '고난의 행군'이라 불리는 이 경제적 재앙은 중세 사회에서도 나오기 힘든 현상이었다. 어떻게 이런 재앙이 현대사회에서 나왔는가?

근본적 원인은 북한이 공산주의 이론에 따라 명령경제 체제를 세웠다는 사실이다. 국가가 경제 활동의 모든 영역들을 철저하게 통제하는 명령경제는 시민들이 자유롭게 경제활동을 하는 시장경제보다 효율이 크게 떨어진다. 자연히, 세월이 지날수록, 명령경제를 채택한 사회들은 시장경제 사회들에 뒤지게 된다.

특히, 문제적이었던 것은 농장의 집단화였다. 이것은 스탈린이 처음 시도했다. 그는 쿨라크(kulak)라 불린 부유한 농민들이 투기를 위해 농산물을 정부에 팔지 않고 소장하는 행태가 만성적 식량 부족의 원인이라 진단하고서, 이들을 없앨 방안을 모색했다. 이런 문제들에 대한 궁극적 대책으로 그는 농장의 집단화를 추구했다.

그러나 스탈린의 기대와 달리, 농장의 집단화는 나름의 논리에 따라 움직였다. 먼저, 농장의 집단화는 도입 과정에서 큰 무리와 부정을 불러서, 농민들의 저항을 만난다. 일단 도입되면, 생산성의 극심한 저하로 모두 굶주리게 된다. 그래서 원래의 목표인 부의 평등이 아니라, 권력을 쥔 세력에 의한 전제적 지배를 부른다. 1928년에 시작해서 1940년에 완결된 러시아의 농장 집단화는 전대미문의 참혹한 결과를 낳았다. 농민들의 저항, 정부의 박해, 집단 농장 관리 조직의 비효율, 생산성의 저하, 농민들의 산물에 대한 정부의 강제 수탈은 대규모 기아와 질병을 불렀다. 1946년 봄의 '얄타회담'에서 스탈린은 처칠에게 "1,000만 명이 죽었다"고 고백했다. 실제로 죽은 사람들은 1,200만가량으로 추산된다.

국공내전에서 승리해 중국을 차지한 중국 공산당 정권은 1958년부터 1962년에 걸쳐 모택동의 주도로 '대약진운동'을 벌였다. 이 운동의 핵심은 농장 집단화였고, 많은 중국 농민들이 처형되거나 아사했다. 아사자들의 수는 적게는 2,300만에서 많게는 5,500만에 이른다.

북한은 1945년부터 소비에트 러시아의 지도와 원조 아래 명령경제 체제를 빠르게 도입했다. 특히, 농장 집단화를 수행했다. 그 뒤로 명령경제의 비효율이 쌓이면서, 북한 경제는 점점 허약해졌다.

그러나 그런 과정은 서서히 진행되었다. 1990년대 초엽에 북한 경제를 파국으로 몬 것은 러시아와 동유럽에서 명령경제 체제가 무너졌다는 사정이었다. 그런 외부 충격에 버틸 만한 힘이 북한 경제엔 없었다.

제2차 세계대전을 통해서 동유럽의 여러 나라들을 위성국가로 거느리게 된 소비에트 러시아는 자신과 위성국가들 사이의 경제적 협력을 위해 상호경제원조회의(Council for Mutual Economic Assistance; Comecon)를 설립했다. 코메콘의 구성 국가들은 러시아를 중심으로 느슨하게 교역과 경제 협력을 했다. 중국과 북한은 코메콘에 참관국(observer)으로 참여했다. 러시아의 배려 덕분에, 북한은 코메콘 국가들과 유리한 조건으로 교역할 수 있었고 기계들을 많이 공급받았다. 아울러, 러시아는 석유와 같은 필수 물자들을 북한에 원조했다.

1991년에 코메콘이 해체되고 이어 소비에트 러시아 자체가 해체되자, 북한은 큰 경제적 손실을 보았다. 특히, 기계들과 부품들을 구입할 길이 없어서, 경제 활동이 멈추기 시작했다. 러시아가 석유의 무상 공급을 중단하자, 경제 활동은 더욱 어려워졌다.

게다가 1990년대 초엽엔 한반도에 홍수가 자주 일어났다. 그동안 치수 사업에 투자한 남한은 큰 피해를 입지 않았지만, 치수 사업에 투자할 형편이 못 되었던 북한은 큰 피해를 입었다. 부족한 식량을 생산하려고 산지에 밭을 개간한 것이 호우가 올 때마다 큰 화를 불렀다. 나무가 없는 민둥산에 내린 비는 그대로 낮은 곳으로 흘러 범람했고, 토양이 거센 물살에 씻겨 나가서 토지는 더욱 척박해졌다.

이처럼 여러 요인들이 한꺼번에 작용하면서, 북한 인민들은 굶주리게 되었다. 1992년부터 1998년까지 기근이 극심했던 시기에만, 적게는 60만에서 많게는 300만에 이르는 사람들이 아사한 것으로 추산된다.

1990년대에 공산주의 명령경제를 채택했던 국가들은 모두 어려움을 겪었다. 그러나 북한처럼 참극을 겪은 나라는 없다. 다른 나라들은 모두 개방 정책을 통해서 빠르게 경제를 회복시켰다. 그러나 북한은 그 길을 외면했다. 경제적 개방은 곧바로 김씨 세습 정권의 붕괴로 이어지리라는 판단에 따라, 북한 정권은 폐쇄적 정책을 지속하기로 결정한 것이었다.

2011년 12월 17일 북한 최고지도자 김정일이 사망했다. 예상대로, 그의 삼남 김정은이 권력을 이어받았다. 세습이 안정적으로 이루어진 것이다. 자연히, 잠재적 위협으로 인식된 인물들의 숙청도 이어졌고, 인민들의 굶주림도 여전했다.

아흔넷째 이야기

2014 인천 아시아경기대회 (2014년)

●

　비행기가 선회하면서 내려가기 시작했다. 올가는 좁은 창문으로 보이는 아래 풍경을 살폈다. 작은 섬에 만들어진 공항은 너무 작았다. '이 큰 비행기가 제대로 내려앉을까?' 하는 생각이 스쳐서, 그녀는 열없는 웃음을 지었다. 아까 인천 국제공항을 소개한 리플릿에서 읽은 얘기가 떠올랐다. 그녀는 생각을 정리했다.

　인천 국제공항은 인천 앞바다의 작은 섬에 자리 잡았다. 옛적에 '자줏빛 제비들의 섬'이라 불린 이 섬엔 이제 거대한 은빛 금속 새들이 끊임없이 날아오르고 내린다.

　기사의 첫 문장으로 그럴듯했다. 그녀는 인천 아시아경기대회 소식만 보내는 것이 아니라 한국의 빠른 발전도 소개해야 하니, 인천 국제공항의 멋진 모습으로 이야기를 시작하는 것은 그럴듯했다.
　그녀는 블라디보스토크에서 나오는 일간지 하나와 월간지 하나의 특파원 자격으로 이번에 인천에서 열리는 '2014년 아시아경기대회'를 취재하러 온 참이었다. 신문과는 별다른 인연이 없는 그녀는 대학 은사의 소개로 임시 객원기자가 된 것이었다. 러시아가 참가하지 않는 대회여서, 블라디보스토크에서는 이번 대회에 별 관심이 없었다. 그녀는 연해주와 남한 사이에 교류가 빠르게 늘어나는데, 아시아에서도 가장 동쪽인 연해주 사람들이 아시아경기에 아무런 관심을 보이지 않는 것이 이상하지 않느냐는 논리를 폈다. 그러자 신문사 담당자가 경비를 대줄 형편이 못 된다고 털어놓았다. 그녀는 자기 할아버지가 바로 인천에서 태어났고 거기 친척들이 있으니, 아주 조금만 보태주면 된다고 말했다.

그렇게 해서 신문기자 증명서를 얻고 낡은 카메라 하나를 받았다. 그녀는 곧바로 큰아버지 영치에게 연락했다. 영치는 반가워하면서, 자기 집에서 묵으라고 했다. 신문사에 들러 내일 한국으로 떠난다고 했더니, 그제야 신문사의 높은 사람이 아시아경기 자체만이 아니라 한국 사회의 속살을 살펴서 기사를 보내라고 당부했다.

1988년의 서울 올림픽 이후, 한국의 항공 교통량은 빠르게 늘어났다. 그때까지 수도권 공항이었던 김포 국제공항으로는 이런 상황에 대처하기 어려우므로, 그것을 대신할 공항을 건설해야 한다는 결론이 나왔다. 새 공항은 서울과 가까워야 하므로, 인천 지역이 선택되었다. 일은 빠르게 진행되어, 건설 사업은 1992년 11월에 시작되었다. 비행장은 영종도와 용유도 사이의 얕은 바다를 메운 간척지에 세워졌다. 인천 국제공항은 2001년 3월에 개항되었다.

개항 이후로 인천 국제공항은 동아시아의 민간 항공 중심지(hub)들 가운데 하나로 자라났다. 특히, 효율과 안전에서 높은 평가를 받아왔다.

영치는 막내 조카를 이내 알아보았다. 대학 다닐 때 사진으로 보았었는데, 이제는 앳된 티가 가시고 신문기자다운 모습이었다. 그가 손을 흔들자, 올가가 환하게 웃으면서 손을 흔들었다.

"올가구나. 어서 와라."

"큰아버지, 안녕하셨어요?"

"응. 힘들지는 않았니?"

"편하게 왔어요."

"어디 가서 커피나 좀 들래?"

"예."

그들은 근처 카페로 들어갔다. 올가가 밖을 내다보면서, 감탄하는 목소리로 말했다, "공항이 정말 좋아요."

"응. 잘 지었지? 난 여기서 태어나서 자라났는데, 여기 영종도에 국제공항이 들어설 줄은 정말로…." 영치는 고개를 저었다.

"섬에다 공항을 만든다는 것은 생각하기 어려운데, 생각해보니… 소음도 문제가 안 되고…."

"그렇지? 그런데 여기 영종도에서 우리 조상 한 분이 일본군하고 싸우다가 돌아가셨다…." 그는 이만석이 영종도에서 전사한 얘기와 떡집을 시작하게 된 얘기를 들려주었다.

"아, 예. 우리 집안이 떡장사를 그렇게 시작했군요. 하여튼, 이 공항은 모든 것이 좋아요. 깨끗하고 편리하고. 제일 좋은 것은…," 그녀가 잠시 말을 골랐다. "사람들이 활발해요."

"그래?"

"러시아 사람들보다 한국 사람들이 활발해요. 저도 이런 곳에서 일하고 싶어요."

"그래?" 영치는 잠시 생각했다. "여기서, 한국에서, 일자리를 갖고 싶다는 얘기냐?"

"예." 올가가 열심히 고개를 끄덕였다. "사람들이 모두 활발하게 일하는 곳에서 일하면, 제 미래가 아무래도…."

영치는 천천히 고개를 끄덕였다. 소비에트 러시아 연방이 무너진 뒤, 러시아 사회가 혼란스럽다는 것은 그도 알고 있었다. 경직된 계획경제에서 시장경제로 바뀌는 것이 쉽지 않아서, 경제적 어려움을 겪는다고 했다. 한국이 아주 낯선 외국이 아닌 올가로선 한국에서 일자리를 찾고 싶을 만도 했다.

그도 조카를 도와주고 싶었다. 아버지가 돌아가시고 두 해 뒤에 올가의 할머니가 돌아가셨다. 아버지 임종도 못 했던 터라, 그는 사할린을 찾기로 했다. 그때 갑자기 그가 중국의 칭다오(青島) 지사장으로 발령이 났다. 그곳에서 사고가 나서, 그것을 수습하는 일을 맡은 것이었다. 칭다오에 눌러앉으면서, 사할린을 찾는 일은 흐지부지되었다. 그래서 늘 미안한 마음을 품었던 터였다.

올가가 중학교에 들어가더니, 그에게 편지를 보내서 조선 책들을 보내달라고 했다. 할아버지 나라인 조선에 대해서 더 알고 싶다고 했다. 한글을 아는 것이 기특해서, 그 뒤로 한국 역사와 문화에 관한 책들을 수시로 부쳤다. 그리고 그녀가 대학에 들어갔을 때는 학자금도 좀 부쳤었다.

"올가야, 내가 무역 회사에서 일했잖니?"

"예."

"회사에 내가 한번 알아볼까?"

"그렇게 해주시면, 정말 좋죠." 그녀가 환하게 웃었다. "저는 무역에 대해선 잘 모르지만…."

"무역 업무는 별것 없다. 네가 한국어도 잘하니… 지금 러시아와의 교역이 늘어나고 있으니, 회사로서도 러시아어를 잘하는 사람이 필요할 것 같다. 내가 한번 알아보마."

이어 두 사람은 일정을 상의했다. 러시아가 참가하지 않았으므로, 올가는 주로 이전에 소비에트러시아 연방에 속했던 나라들을 취재할 생각이었다. 이 나라들은 러시아가 '가까운 외국(near abroad)'이라 불렀는데, 이번에 참가한 나라들은 카자흐스탄, 키르기스스탄, 타지키스탄, 투르크메니스탄, 우즈베키스탄의 6개국이었다. 내일 저녁엔 개막식이 있었다. 그 행사가 중요했으므로, 그것을 취재한 뒤에 올가의 체류 일정을 다시 생각해보기로 했다.

21세기 들어 인천이 빠르게 발전하자, 인천에서 중요한 국제 스포츠 행사를 열려는 움직임이 일었다. 이런 기류를 반영해서, 인천시는 2003년에 2010년의 아시아경기대회를 유치한다는 계획을 세웠다. 그러나 중국이 2010년 아시아경기대회를 광저우(廣州)에서 열기로 하면서, 인천은 2014년 아시아경기대회를 유치하기로 했다.

인천의 아시안게임 유치 활동은 안상수(安相洙) 인천광역시장이 주도하고 신용석(愼鏞碩) 유치위원장이 실무를 총괄했다. 안 시장은 여당인 한나라당 소속 정치인이었고 신 위원장은 야당인 민주당 소속 정치인이었다. 그러나 두 사람은 잘 협력해서 유치 활동을 효과적으로 수행했다.

국제 스포츠대회를 유치하는 일은 많은 나라 대표들을 설득하는 다자(多者) 외교 활동이므로, 그 일을 추진하는 사람들은 전문적 지식과 경험이 필요하다. 다행스럽게도, 신 유치위원장은 모든 사람들이 적임자로 꼽은 사람이었다. 그는 조선의 마지막 군함들인 양무호와 광제호의 함장이었던 신순성의 손자이고 외과의사로 인천의 유지였던 신태범의 아들이었다. 그는 원래 『조선일보』 파리 특파원을 오래 한 언론인이었다. 스포츠 외교의 중심지는 유럽인데, 당시 대한체육회는 유럽에 대표를 자주 파견할 형편이 못 되었다. 그래서 경험이 많은 그가 대신 참석하는 경우가 많았고, 그는 "대한체육회 파리 특파원"이라 불렸다. 그런 이력 덕분에 그는 당시 스포츠 외교의 가장 뛰어난 전문가였고, 서울 올림픽 유치에서도 정주영 위원장을 보좌했었다.

인천으로 아시아경기대회를 유치하려는 노력은 정부와 시민들의 전폭적 지지와 지원을 받았다. 덕분에 2006년 12월 카타르 도하에서 열린 아시아 올림픽 평의회(OCA) 회의에서 인천과 인도의 델리가 후보지로 선정되었다. 인도의 외교력이 워낙 압도적이었으므로, 인천의 승산은 밝지 않았다. 그런 열세를 극복하기 위해, 인천시와 유치위원회는 인천의 내력과 미래를 바탕으로 한 합리적 계획을 세워서 설득에 나섰다. 이런 노력이 열매를 맺어, 2007년 4월에 쿠웨이트 시티에서 열린 총회에서 인천은 32표를 얻었고 델리는 13표를 얻었다.

드디어 2014년 9월 19일 오후에 아시아경기대회가 열렸다. 개회식엔 박근혜(朴槿惠) 대통령, 토마스 바흐(Thomas Bach) 국제올림픽위원회(IOC) 위원장, 셰이크 아흐마드 알 파하드 알사바(Sheikh Ahmad Al-Fahad Al-Sabah) OCA 회장, 김영수(金榮秀) 인천 아시아경기대회 조직위원장, 유정복(劉正福) 인천광역시장 등이 참석한 가운데, 박 대통령이 개회를 공식적으로 선언했다.

'2014 인천 아시아경기대회'는 제17회 대회로 2014년 9월 19일에서 10월 4일까지 열렸다. 1986년의 서울 대회와 2002년의 부산 대회에 이어 한국에서 세 번째로 열린 대회였다. 45개국의 선수 9,501명이 36개 종목에 참가했다. 중국이 금메달 151개를 얻어 1위를 했고 한국이 79개를 얻어 2위를 했다. 3위는 47개를 얻은 일본이었다. 트집을 잡으면서 불참하겠다고 위협했던 북한도 참가해서 금메달 11개로 7위를 했다.

국제적 행사는 그것을 개최한 도시가 과거를 성찰하고 자신을 추슬러서 미래를 향하도록 만든다. 달리 말하면, 도시가 자신의 정체성을 새롭게 하는 계기가 된다. 인천 아시아경기대회는 국제적 항구와 공항을 아울러 갖춰 황해의 중요한 도시로 비약한 인천으로 하여금 아시아에서 자신이 선 자리를 살피고 앞날을 설계하는 계기를 마련해주었다. 아시아 사람들이 인천을 새롭게 인식한 것은 값진 가외 소득이었다.

아흔다섯째 이야기

황해의 귀환

●

"여기 지하실이 우리 떡 공장인 셈이다." 작지 않은 자부심으로 영치는 너른 지하실을 가리켰다. 일하는 사람들이 모두 위생복을 입고 있었다.

"아, 멋지네요." 올가가 탄성을 냈다. "공장 같지 않아요. 깨끗해서, 무슨…."

영치는 싱긋 웃었다. "음식을 만드는 곳이니, 무엇보다도 청결해야 한다. 우리 떡 먹고 누가 배탈이라도 나면, 우리 가게 문 닫아야 한다."

"큰아버지께서 공장을 운영하시나요?"

"아니다." 그가 힘주어 고개를 저었다. "우리 떡집은 며느리들이 해 왔다. 떡을 만들어 광주리에 이고 팔러 다녔으니…."

"지금도 떡을 팔러 다니세요?"

"아니다. 네 큰엄마까지는 여기 동인천역에 나가서 떡을 팔았다. 이제는 인천과 부평에 가게를 내서, 거기서 판다. 그리고 우리 '제물진 떡집'은 형서 어멈이, 그러니까 우리 맏며느리가, 운영한다."

올가가 열심히 고개를 끄덕였다. "특별하네요. 보통 아버지에서 아들로 이어지잖아요?"

"그렇지. 우리 집안은 첫 할머니 때부터 안에서 해왔다. 이제 여섯

대째다. 남자들이 해왔다면, 벌써 끊어졌을 거다."

올가가 웃음을 터뜨렸다. "그랬을 것 같아요."

"무엇이든지, 여자들이 해야 오래가는 것 같다. 고택의 종부(宗婦)들처럼." 올가가 무슨 얘기인지 알아듣기 어렵다는 것을 깨닫고, 그는 차근차근 설명하기 시작했다, "우리나라엔 몇백 년 동안 이어온 선비 집안들이 있거든. 높은 지위에 오른 사람이 지은 저택을 지켜온 것이지. 그런 집안의 중심을 종가라고 그래. 장남에서 장남으로 이어진 가문이지."

올가가 말뜻을 새기면서 고개를 끄덕였다.

"그런 집안은 살림살이가 아주 크고 복잡할 수밖에 없지. 종가이니 조상들의 제사를 지내야 하는데, 제사는 오 대까지 지내는데, 음식을 만들어서, 제상에 올리는 것이 얼마나 힘들어. 거기다가 사람들이 많이 찾아오잖아? 그런 일을 다 맡아서 하는 것이 그 집 맏며느리거든. 그런 여인들을 종부라고 한다. 종가의 자부라는 뜻이지."

"예. 종부라고 하셨죠?" 올가가 열심히 고개를 끄덕였다.

"그래. 종부. 우리 집안이야 양반 가문과는 거리가 멀지만, 우리 집안 며느리들도 종부와 같다고 생각해."

"큰아버지, 그 종부 얘기를 기사에 쓰고 싶어요. 찾아가서 사진 찍고 얘기도 듣고…."

"그래? 어렵지 않을 거다. 제일 유명한 곳이 안동 하회마을이다. 거기에 서애(西厓) 정승의 종가가 있다. 언젠가 영국 엘리자베스 여왕이 그곳을 찾아갔다. 그래서 유명해졌다."

"그래요? 그러면 거기를 꼭 찾아가야 하겠네요. 좋은 기사가 나올 것 같아요."

"그리 하자. 그때 엘리자베스 여왕이 신을 벗고 집 안으로 들어가셨다. 한옥은 신을 벗고 들어가니까, 여왕도… 그 일이 화제가 되었다. 여왕에 대한 칭송이 자자했지."

"큰아버지께선 그러면 무슨 일을 하세요?"

"나? 별로 하는 일 없다. 해외에 지점을 내는 일을 거든다. 내가 무역 일을 해서…."

"해외에 지점도 내셨어요?"

"내가 칭다오에 오래 있다 보니, 떡이 먹고 싶어서, 우리 떡집 지점 삼아, 작은 떡 가게를 하나 내보았는데, 그럭저럭 장사가 되더라."

"다른 나라에선 안 내세요?"

"글쎄. 미국에 하나 내볼까 해서, 우리 며느리하고 상의하고 있다. 아무래도 한국 사람들이 좀 살아야 장사가 되니까…."

"큰아버지, 블라디보스토크에 내실 생각 없으세요? 거기 한국인들이 상당히 있어요. 그리고 거기에 우리 집안 며느리가 있잖아요? 제 올케가 조그만 가게를 해요. 떡도 팔면, 되잖아요?"

"그러냐? 그 생각은 못 했다. 이따가 형서 어멈하고 상의해보자."

"사업에 대해선 저는 잘 모르지만, 제 올케가 잘할 것 같아요." 좀 자신이 없어진 올가가 조심스럽게 덧붙였다.

"이것은 큰돈 안 드는 사업이다. 정성을 들여서 만들면, 팔리는 장사다. 자, 그럼 네가 지낼 방으로 올라가보자."

"이 방이다." 방으로 들어서면서, 영치가 말했다. "큰할머니께서 이 방에서 지내셨다."

"큰할머니께서요?" 올가가 방을 둘러보았다. 가구라고는 한쪽에선 서가 하나뿐이었다.

"응. 저 서가에 있는 책들이 할아버지께서 젊었을 적에 모으신 책들이다."

올가는 서가로 다가가서 살펴보았다. 집에서 짠 서가였는데, 책들이 가지런히 꽂혀 있었다. 많지 않았다. 한 삼백 권 될까? 모두 일본어 책들이었다.

"할아버지께선 문학에 관심이 많으셨다. 큰할머니 얘기로는 시인이 되려고 하셨단다." 영치가 다가서서 책들을 가리켰다. "여기 『세계명시선』. 여기 『일본현대명시선』. 이것은 도스토예프스키다."

올가가 『백치』를 뽑아 들었다. "책이 아주… 잘못하면, 바스러질 것 같아요."

"오래됐으니까. 여기 있는 책들은 모두 헌책방에서 구하신 것들이다. 학교 도서관에 있는 문학 책들은 거의 다 읽으셨다고 했다. 그리고 헌책방에 들르셔서 탐나는 책이 있으면, 용돈을 아껴서 사셨다고 했다."

"아, 그러셨나요?"

"장남은 대학에 보냈지만, 차남은 그렇게 할 형편이 못 되어서… 그것이 안타까우셨던 길례 할머니께서, 네 증조할머니께서, 보고 싶은 책이 있으면, 다 사라고 하셨단다."

"할아버지께서 언젠가 제게 말씀하셨어요, '나는 어릴 적부터 시인이 되려고 했다.' 제가 학교에 들어가서 글을 잘 쓴다는 칭찬을 들었다고 했더니, 아주 반가워하셨어요. 그때 그 얘기를 하셨어요."

"할아버지께서 중학교 다니실 때 하이쿠(俳句)를 쓰시는 것을 안 일본인 교장 선생님이 칭찬을 하셨다고 했다. 때를 못 만나셔서…."

"제가 학교에 들어가기도 전에 할아버지께선 제게 조선말 쓰는 것을 가르쳐주셨어요. 그래서… 제 동무들도 조선말 아는 애들이 있었지만, 조선 글자 아는 애는 저뿐이었죠. 그리고 큰아버지께서 조선책들을 많이 보내주셔서…." 그녀가 환한 웃음을 지었다.

"언어는 많이 배울수록 좋은 거지. 어릴 적에 언어 두 개를 함께 배우면, 지능 발달에 좋다더라."

"할아버지하고 큰아버지 덕분에 제가 문학을 전공하고 작가가 되겠다는 생각을 하게 되었죠. 아, 할아버지 일기…." 그녀가 책을 서가에 도로 꽂고서, 여행 가방을 열었다. "할아버지께서 쓰신 거예요. 일기 같은 것인데, 큰아버지께서 보셔야 할 것 같아서, 제가 가져왔어요."

일기라기보다는 잡기장이었다. 기억할 만한 일들이나 생각들을 적어놓은 것이었다. 첫 기록은 '쇼와(昭和) 17년 6월 2일'이었다. 인천에서 출발해서 일본 본토를 거쳐 가라후토에 이르기까지 일어난 일들을 간단하게 정리한 것이었다. 공책이나 수첩이 아니라, 무슨 회사 양식의 뒷면에 연필로 적은 것이었다. 이어진 기록들이 모두 그런 이면지에 씌어졌다. 얼룩이 많이 지고 검은 가루들이 묻은 것으로 보아, 탄광에서 일하면서 틈이 날 때 적은 듯했다.

영치는 눈을 감았다. 가슴에 시린 물살이 차오르고 있었다. 험난한 삶을 산 아버지에 대한 연민이 가슴을 시리게 했다. 그 시린 물살에 따스한 물살이 섞이고 있었다. 정상적 삶이 무너진 상황에서도, 중노동에 시달리는 탄광에서도, 석탄가루 묻은 이면지에 흐릿한 연필 글씨로나마, 차분히 기록하는 아버지의 모습이 그를 자랑스럽게 했다. 자신에게 일어나는 일들을 응시하고 기록하는 한, 사람은 자기 삶을 다른 무엇에 힘없이 내맡기는 것은 아닐 터였다. 그는 소리 없이 외쳤다, '내 아버지는 기록하는 사람이었다.'

그렇게 기록한 이면지들을 풀로 붙인 것이 두 권이었다. 그 뒤엔 회사의 장부로 보이는 두툼한 장부에 기록되었다. 쇼와(昭和) 연호 대신 '一九四五年'이라고 쓰인 것을 보면, 일본이 패망하고 러시아가 가라후토를 차지하자, 회사 비품이 흘러나온 것 같았다.

그러고 보니, 모든 기록들이 일본어로 씌어졌다. 더러 나오는 한글 기록들은 거의 다 인명이나 지명이었다. 사건을 기록할 때도, 자신의 의견을 밝힐 때도, 시를 지을 때도, 아버지는 일본어를 썼다. 그 사실이 영치의 마음을 시리게 했다. 일상에선 어릴 적에 부모로부터 배운 모국어를 썼지만, 추상적 사고를 하거나 시를 쓸 때는 일본어를 쓴 것이었다. 자신이 지금까지 생각했던 것보다 훨씬 힘든 삶을 아버지가 살았다는 새삼스러운 깨달음이 그의 마음을 차갑게 훑었다.

"아버지," 무엇이 속에서 치밀어 오르면서, 그는 자신도 모르게 소리내어 이제는 이 세상에 없는 아버지를 불렀다.

따가워진 눈시울을 수돗물로 씻고 와서, 그는 이어 읽었다. 러시아 군대가 들어온 뒤엔, 모두 고향으로 돌아간다고 좋아하는데, 아버지는 혼자 귀국이 어려워질 수도 있다고 걱정했다: "조선인 광부들이 떠나면, 탄광이 멈추게 되는데, 러시아 정부가 그렇게 하겠는가?"

그런 상황 판단이나 하이쿠로 보이는 짧은 글들 말고는, 둘레에서 일어난 일들에 대한 간략한 정보들이 꼼꼼히 적혀 있었다. 아이들이 태어나고 자라나는 과정에서 나온 작은 이정표들이었다. 그 장부를 다 쓴 뒤엔, 누가 쓰다 만 공책들이 잡기장 노릇을 했다.

다 읽고 나니, 4시 가까이 되었다. 마지막 기록은 한글이었다.

一九九六年 十一月 三日

그리운 당신에게. 오늘 곡기를 끄넛소. 저세상에서 만나자는 얘기를 차마 하지 못하는 처지가 면목 업소. 그곳에도 우리 인천 같은 곳이 잇다면, 나는 거기서 서성거릴 것이오. 혹시 그리운 얼굴을 먼발치에서나마 볼까 해서.

"할아버지께서 돌아가셨다는 소식이 오자, 큰할머니께선 비구니 스님들이 사는 절들을 찾아다니기 시작하셨다. 비구니 스님은 여자 불교 스님이다." 차를 운전하면서, 영치가 얘기했다. 강화도로 가는 길이었다.

"아, 예." 올가가 열심히 고개를 끄덕였다. "수녀원 같은 곳인가요?"

"그런 셈이지. 인천에 부용사라는 비구니 스님들만 거처하는 절이 있다. 처음엔 거기 다니시더니, 차츰 먼 데 있는 비구니 절들을 찾으셨지. 충청도에 있는 절을 자주 찾으셨다."

"아, 예. 큰할머니 마음 알 것 같아요." 올가가 잔잔한 웃음을 얼굴에 올렸다. "할머니께서도 할아버지가 돌아가시자 교회에 열심히 나가셨어요. 러시아 정교 교회예요."

"아, 그러하셨구나."

"할머니는 원래 교회에 잘 나가시는 분이 아니셨는데…." 올가가 클클 웃었다.

"하아. 네 얘기가 재미있다. 돌아가실 때 화장을 해달라고 하셨다. 그래서 화장하고서 유골을 강화도의 납골당에 모셨지."

"납골당요?"

"시신을 화장하고서 남은 유골을 모시는 곳이다."

"아, 예." 그녀가 리플릿을 살폈다. "강화도에도 경기장이 있네요. 비엠엑스 경기장인데… 비엠엑스가 무슨 뜻인지 모르겠네요."

"비엠엑스? 나도 모르겠다. 가보면 알겠지. 어쨌든, 큰할머니께서 좋아하실 것 같다. 할아버지 일기를 받으시면. 올가야, 고맙다. 네가 챙기지 않았으면, 잃어버릴 수도 있었는데."

"저는 일본어는 모르니까, 다른 것들은 모르고. 마지막에 할아버지께서 큰할머니께 하신 말씀은… 저 그 말씀 읽고서 많이 울었어요."

"나도 울었다. 네 큰엄마도 많이 울었다."

BMX 경기장은 강화읍의 서쪽에 있었다. 이번 아시아경기대회를 위해서 막 지어진 경기장이었다. BMX는 산악자전거 경기 비슷했다. 'Bicycle Motocross'의 약자라고 했다. 경기장은 멋지게 지어졌고 선수들도 열심히 경기를 하는데, 관중은 그리 많지 않았고 학생들이 대부분이었다.

"기삿거리가 되겠니?" 영치가 묻자, 올가가 웃음을 올리면서 고개를 갸웃했다.

"일단 사진이나 찍죠." 그녀는 능숙하게 사진을 찍었다. 햇살 속에서 사진을 찍다 보니, 땀이 많이 났다.

"이만하면… 사진은 그럴듯한데요." 그녀가 손수건으로 땀을 훔치면서 싱긋 웃었다. "큰할머니 계신 곳으로 가죠."

납골당은 강화읍 동남쪽 염하 가까이 있었다. 잘 지어진 현대식 건물이라서, 외관도 좋고 내부 분위기도 밝았다.

영치는 영정 앞에 서서 마음속으로 어머니에게 설명했다, '어머님,

올가가 아버님 말씀을 지니고 왔습니다. 아버님께서 집을 떠나신 뒤 겪으신 일들을 적으셨습니다.' 그리고 종이 상자에 담긴 아버지의 일기장을 유골함 뒤에 조심스럽게 세워놓았다.

올가가 인사를 올리고 나자, 곧바로 나오기가 무엇해서, 영치는 앞에 놓인 탁자를 가리켰다. "잠시 앉았다 가자."

"잘 만들어놓았네요," 방 안으로 둘러보면서, 올가가 말했다. "밝아서, 좋아요."

"그렇지? 큰할머니께 할아버지 일기를 전해드려서, 정말로 흐뭇하다. 올가야, 정말로 고맙다."

"저는 별로 한 것이 없어요. 오히려 너무 늦었죠. 우리 집이 브이코프에서 유즈노-사할린스크로 이사하고, 오빠가 블라디보스토크로 옮겨가는 바람에, 할아버지 유품을 큰할머니께 전해드릴 생각을 못 했던 거예요. 제가 이번에 인천으로 나간다고 하니까, 그제야 아빠가 할아버지 일기를 생각해내신 거죠. 그래서 할아버지 일기를 가져오는 것이 막내인 제 몫이 되었네요."

"올가야, 너 작가가 되고 싶다고 했지?"

"예. 블라디보스토크에서 나오는 작은 잡지에 단편을 몇 편 발표했어요. 사할린 사람들 얘기인데, 평은 괜찮았어요. 할아버지를 주인공으로 삼은 단편도 하나 있어요. 손녀가 할아버지를 추억하는 얘기죠. 탄광이 문을 닫으면서, 거기 살던 사람들이 떠나는 모습을 그린 소설이에요."

"그러냐? 할아버지를 주인공으로 삼은 장편소설을 꼭 써라. 그저께 밤에 할아버지 일기를 읽고 나서, 할아버지의 일생이 압축되어 있다는 생각이 들었다. 말 그대로 비극적 인생을 꿋꿋이 살아가신 분이셨다. 새삼 깨달았다. 꼭 써다오. 우리 이씨 집안에서 그 일을 할 사람은 너뿐이다."

"예. 큰아버지."

"그 작품을 쓰면, 여기 한국에서 출판하자."

"그러면 좋죠."

"누가 아냐, 베스트셀러가 될지?"

두 사람은 밝게 웃었다.

"그리고 올가야, 그 작품을 쓸 때, 저 일기가 큰 도움이 될 것 같다. 작품을 시작하면, 내게 얘기해라. 저 일기를 너에게 돌려주마. 어떤 뜻에선 저 일기는 작가인 너의 것이다."

"여기 광성보가 강화도에서 마지막 큰 싸움이 있었던 곳이다. 안내판에서 보았듯이, 여기서 조선 군대가 미국 군대와 싸워서 패배했다. 끝까지 싸우다가 모두 죽었고, 부상당한 군사들만 포로가 되어 살아남았다. 어릴 적에 이곳에 와서 그 얘기를 들을 때는 감동했었는데, 요즘은⋯ 잘 모르겠다는 생각이 든다." 영치는 희미한 웃음을 얼굴에 올렸다. "이미 진 싸움에선 죽기보다는 살아야 하는 것 아닌가 하는 생각도 든다."

올가가 생각에 잠긴 낯빛으로 고개를 끄덕였다.

"저 수로가 염하다. 좁아서 물살이 거세다. 그래서 여기 강화도가 외국 군대의 침입을 막기 좋다. 고려 때엔 저 위쪽 개성이 수도였고, 조선 때엔 저쪽 동북쪽 서울이 수도였지. 그래서 외국 군대가 쳐들어오면, 먼저 여기 강화도로 왕실이 피란했다. 천 년 동안 그랬다."

올가가 열심히 들으면서 고개를 끄덕였다.

"유라시아를 정복한 몽골 군대도 여기 염하에서 막혔다. 말 타고 건널 수 없으니… 고려 군사들은 여기서 끝까지 버텼다. 결국 고려 왕실은 항복했지만, 삼별초는… 여기를 지키던 군대는 항복하지 않았다. 여기서 버티지 못하게 되자, 남쪽 진도로 내려가서 싸웠다. 거기서 밀리자, 다시 탐라로, 지금 제주도로 들어가서 싸우다 죽었다. 그 뒤로 외국 군대가 쳐들어오면, 여기서 맞섰다. 우리 한민족의 굳센 정신이 여기서 천 년 동안 발휘되었다."

올가가 연신 고개를 끄덕이면서, 염하를 살폈다.

"십구 세기에 우리나라가 항구를 열어 외국과 교역을 시작했는데, 그때 맨 먼저 외국에 개방한 항구가 제물포다. 바로 우리 집안이 거기 있었다." 그는 남쪽을 가리켰다. "우리 떡집 이름이 '제물진 떡집'이잖니? 제물포가 열리기 전엔, 그곳에 나루가 있어서, 제물진이라 했다."

올가가 남쪽을 바라보더니 지도를 들여다보았다. 그리고 고개를 끄덕였다.

"그 뒤로 제물포가 커져서, 지금 인천 시내가 되었다. 그래서 제물포는 우리나라에서 서양 문화가 맨 먼저 들어온 곳이다. 인천항을 안내하는 팔미도 등대가 우리나라에서 처음 세워진 등대다. 철도도 인천에서 서울로 가는 경인선이 맨 먼저 놓였다. 서양식 호텔도, 연극을 공연하는 극장도, 인천에서 처음 생겼다."

올가가 연신 고개를 끄덕였다.

"기삿거리가 되겠니?" 영치가 웃음을 지으면서 물었다.

"예. 그래서 러시아와 일본이 먼저 여기 인천 바다에서 싸운 것 아닌가요?"

"맞다. 그것을 쓰면 되겠다. 러일전쟁이 왜 인천에서 시작되었는가."

올가가 수첩을 꺼내서 적었다. "용감하게 싸운 바리아크호 얘기는 꼭 해야 하는데, 왜 인천에서 싸움이 벌어졌나 하는 점에 대해선 저는 잘 알지 못했거든요. 이제야…."

"사정이 그렇다. 그러니까 여기 강화도는 외국에 대한 저항의 땅이다. 바로 남쪽 제물포는 외국과 어울린 땅이다. 제물포가 인천으로 자라났고 마침내 여기 강화도도 인천의 한 부분이 되었다. 그래서 인천은 외세에 대한 거부를 상징하는 땅과 수용을 상징하는 땅을 함께 품은 셈이다. 이것도 기삿거리가 되겠니?"

올가가 잠시 생각하더니 고개를 끄덕였다. "그런 역사를 가진 도시가 흔하지 않겠죠. 흥미로운 얘기가 될 것 같은데요. 그리고 이번 인천 아시아경기대회의 모토가 'Diversity Shines Here'이니까…."

"그렇지. '다양성이 여기서 빛난다'지. 얘기가 그럴듯해진다. 잘 다듬으면, 괜찮은 기사가 될 것 같기도 하다."

두 사람은 흐뭇한 웃음을 지었다.

"그럼 전등사(傳燈寺)로 가자. 전등사는 아주 오래된 절이라, 기삿거리가 될 것 같다."

그녀가 지도를 살폈다. "아, 전등사. 여기 맨 남쪽에 있네요."

안내판은 전등사가 381년에 처음 세워졌다고 했다. 절은 여러 건물들로 이루어졌는데, 모두 목조 건물이라 오래가지 못하고 불이 자주 났다고 했다. 그래서 주 건물은 17세기에 다시 세워진 건물이었다. 건물들은 크지는 않았지만, 나무들로 지어져서, 친근한 느낌이 들었다.

올가가 다닌 교회와 달리, 절은 무척 개방적이었다. 사람들이 경내를 자유롭게 드나들고, 예배 드리는 건물들에도 신발만 벗으면 자유롭게 들어가서 예배할 수 있었다. 엄숙한 교회와는 분위기가 달랐다.
 정작 그녀의 마음을 끈 것은 절 이름이었다. 전등사는 '등불을 전하는 절'이라 했다. 불교에서 등불은 어떤 종파에서 탐구해 정립한 불교의 진리를 뜻했다. 그런 진리를 대대로 전한다는 것을 등불을 전한다는 비유로 표현한 것이었다. 그 비유가 그녀의 문학적 감성에 깊이 스며들었다. 기사가 문득 떠올렸다.

 지금 한국 사회는 모든 면에서 발전한 현대적 사회다. 그러나 놀라운 경제 성장을 이룬 그 사회에 질서를 부여하는 것은 한국이 지녀온 전통이다. 그 점을 일깨워주는 것은 강화도에 있는 불교 사원인 전등사다. 전등사는 '등불을 전하는 사원'이란 뜻이다. 불교의 진리를 등불에 비유해서, 등불을 대대로 전한다는 얘기다. 그런 전통이 없으면, 사회가 안정적 발전을 이루기는 어려울 것이다.

 그녀가 떠오른 생각을 수첩에 적는데, 전화를 받느라고 한쪽으로 물러났던 영치가 돌아왔다. 그녀가 다 적기를 기다려 그가 말했다, "좋은 아이디어가 떠올랐냐?"
"예." 그녀가 싱긋 웃었다. "이름이 참 좋아요. 전등사."
"그렇지?" 그가 힘주어 고개를 끄덕였다. "그런데… 무역 회사에서 전화가 왔다. 러시아어 원어민이라면, 부산 사무소에 당장 배치할 수 있다고 한다. 내일이라도 서울 본사에 들르라고 하더라. 면접을 보자고 한다."
"오, 그래요? 큰아버지, 고맙습니다."
"지금 러시아하고 교역이 늘어나니까, 전망도 밝다고 한다. 내일 서울로 올라가보자."

"예에." 그녀는 부푸는 가슴으로 남쪽 바다를 바라보았다. 절이 높은 산봉우리에 자리 잡아서, 바다가 한눈에 들어왔다. 잔잔한 바다에 크고 작은 배들이 오가고 있었다. 온화한 바다였다. 문득 마음이 푸근해지면서, 몸이 바다로 끌리는 듯한 느낌이 들었다.

그녀에게 익숙한 바다는 넓고 거칠었다. 사할린을 감싼 오호츠크 해는 겨울이면 얼어붙고 차가운 북극의 폭풍이 몰려오는 바다였다. 그런 바다에서 자라난 그녀의 몸과 마음이 낯선 이 바다에 끌리는 것은 그녀가 물려받은 할아버지의 바다, 그 한 줌의 바다, 때문일 터였다. 할아버지는 황해에서 태어나고 자라난 사람이었다. 그녀 몸과 마음속에 담긴 황해 바닷물 한 줌이 그녀를 포근한 황해로 이끌고 있었다. 그런 뜻에서 그녀는 할아버지의 몸과 마음속에 담긴 황해를 다시 황해로 가져온 셈이었다.

그녀는 긴 한숨을 내쉬었다. 고향에 돌아온 푸근함이 그녀를 감싸고 있었다. 칠십 년 전에 시작된 여정이 드디어 끝난 것이었다.

(끝)

작가 후기

•

1961년도 노벨 문학상은 유고슬라비아 작가 이보 안드리치(Ivo Andric)가 받았다. 그리고 그의 대표작 『드리나 강의 다리』는 국제적 명성을 얻었다. 16세기에 오스만튀르크 제국의 지배를 받던 보스니아의 드리나 강에 다리가 놓였다. 제1차 세계대전에서 무너질 때까지 4세기 동안, 이 다리는 북쪽 기독교 문명과 남쪽 이슬람 문명이 교류하는 통로였다. 그 긴 세월에 이 다리를 중심으로 일어난 일들을 그 작품은 다루었다.

당시 나는 고등학교 2학년이었다. 다리를 실질적 주인공으로 삼아 긴 세월을 조망한 『드리나 강의 다리』는 내 마음에 깊은 인상을 남겼다. 돌아보면, 그때 어린 마음에 씨앗 하나가 심어졌고, 나도 모르는 새, 나무로 자라났다. 그리고 그 나무의 뿌리는 자연스럽게 제물포로 뻗었다.

그 포구는 세계로 확산된 유럽 문명이 한반도에 들어온 현장이었다. 당연히, 극적인 사건들이 잇달아 일어났다. 그런 사건들은 드리나 강의 다리에서 일어난 일들과는 비교가 되지 않게 크고 중요했다. 게다가 제물포는 비류 왕자의 애달픈 전설이 어린 미추홀이었다. 비류 왕자의 전설은 이천 년 전 한반도에선 실제로 나오기 어려운 일이었지만, 그런 전설이 생겨난 사정은 분명히 있었을 것이다. 그런 사정을 역사적 현실에 맞게 다듬어내는 것은 어려운 일이지만, 그 전설은 제물포의 역사적 시공을 단숨에 크게 늘릴 터였다.

언젠가 나의 문학 스승 김현 교수가 프랑스 작가 로맹 가리(Romain Gary) 얘기를 꺼냈다. 그리고 일렀다, "복 형, 소설은 모든 것을 담을 수 있소. 작가에겐 버릴 것이 없소."

너무 일찍 세상을 하직한 스승이 이 원고를 보면, 소설의 피륙을 뚫고 나온 대목들을 짚을 것이다. 그러나 빼거나 고치라고 할 것 같지는 않다. "이런 흠결도 작품의 유기적 부분이니까…." 그런 얘기를 하지 않을까?

2024년 10월 24일

복거일

미추홀-제물포-인천 2
ⓒ 복거일, 2025

1판 1쇄 인쇄   2025년 6월 16일
1판 1쇄 발행   2025년 6월 30일

지은이   복거일
펴낸이   이재유
디자인   오필민디자인

펴낸곳   무블출판사
출판등록   제2020-000047호 (2020년 2월 20일)
주소   서울시 마포구 신촌로 2길 19, 마포출판문화진흥센터 3층 P10호
전화   02-514-0301
팩스   02-6499-8301
이메일   0301@hanmail.net
홈페이지   mobl.kr

ISBN   979-11-91433-82-1 (04810)
        979-11-91433-83-8 (세트)

• 이 책의 전부 또는 일부 내용을 재사용하려면 저작권자와
  무블출판사의 사전 동의를 받아야 합니다.
• 잘못된 책은 구입하신 서점에서 바꾸어드립니다.
• 책값은 뒤표지에 표시되어 있습니다.